BESTSELLER

J. R. Ward es una autora de novela romántica que ha recibido espléndidas críticas y ha sido nominada a varios de los más prestigiosos premios del género. Sus libros han ocupado los puestos más altos en las listas de best sellers del *New York Times* y *USA Today*. Bajo el pseudónimo de J. R. Ward sumerge a los lectores en un mundo de vampiros, romanticismo y fuerzas sobrenaturales. Con su verdadero nombre, Jessica Bird, escribe novela romántica contemporánea.

Biblioteca
J. R. WARD

Amante eterno
La Hermandad de la Daga Negra II

Traducción de
Arturo Castro Mogrovejo

DEBOLS!LLO

Título original: *Eternal Lover*
Primera edición en Debolsillo: septiembre, 2015

© 2006, Jessica Bird
Esta edición se publica de acuerdo con NAL Signet, miembro de Penguin Group (USA) Inc.
© 2015, de la presente edición en castellano:
Penguin Random House Grupo Editorial, S.A.U.
Travessera de Gràcia, 47-49. 08021 Barcelona
© Arturo Castro Mogrovejo, por la traducción

Printed in Spain – Impreso en España

ISBN: 978-84-9062-904-8 (vol.1101/2)
Depósito legal: B-15.707-2015

Impreso en Novoprint, Sant Andreu de la Barca (Barcelona)

P 6 2 9 0 4 8

Penguin
Random House
Grupo Editorial

Dedicada a Ti.
Al principio, no nos llevamos muy bien, ¿no es cierto?
pero luego me percaté de tu verdad y me enamoré.
Gracias por dejarme ver a través de tus ojos
y caminar un tiempo en tus zapatos.
Eres simplemente... hermoso.

AGRADECIMIENTOS

Con inmensa gratitud a los lectores de la Hermandad de la Daga Negra. Sin ustedes, los hermanos no tendrían un hogar en la literatura.

Muchas gracias:
Karen Solem, Kara Cesare, Claire Zion, Kara Welsh, Rose Hilliard.

Con amor a mi familia y amigos, y con perenne respeto por mi comité ejecutivo: Sue Grafton, Doctora Jessica Andersen, Betsey Vaughan.

doggen (n.). Miembro de la clase servil del mundo de los vampiros. Los doggen conservan antiguas tradiciones para el servicio a sus superiores. Tienen vestimentas y comportamientos muy formales. Pueden salir durante el día, pero envejecen relativamente rápido. Su expectativa de vida es de aproximadamente quinientos años.

las Elegidas (n.). Vampiresas criadas para servir a la Virgen Escribana. Se consideran una suerte de aristocracia, aunque de una manera más espiritual que material. Tienen poca o ninguna relación con los machos, pero pueden aparearse con guerreros, si así lo dictamina la Virgen Escribana, con el fin de perpetuar su clase. Tienen el poder de adivinar el futuro. En el pasado se usaban para satisfacer las necesidades de sangre de miembros solteros de la hermandad, pero dicha práctica ha sido abandonada por los hermanos.

esclavo de sangre (n.). Vampiro, hembra o macho, destinado a satisfacer las necesidades de sangre de otros vampiros. La práctica de mantener esclavos de sangre ha caído parcialmente en desuso, pero no está prohibida.

el Fade (n. pr.). Reino intemporal donde los muertos se reúnen con sus seres queridos para pasar la eternidad.

hellren (n.). Vampiro que ha tomado una sola hembra como compañera. Los machos toman habitualmente más de una hembra como compañeras.

Hermandad de la Daga Negra (n. pr.). Guerreros vampiros muy bien entrenados que protegen a su especie contra la Sociedad Restrictiva. Como resultado de una cría selectiva en el interior de la raza, los hermanos poseen inmensa fuerza física y mental, así como la facultad de curarse rápidamente. En su mayor parte no son hermanos de sangre, y son iniciados en la hermandad por nominación de los hermanos. Agresivos, autosuficientes y reservados por naturaleza, viven apartados de los humanos. Tienen poco contacto con miembros de otras clases de seres, excepto cuando necesitan alimentarse. Son protagonistas de leyendas y objeto de reverencia dentro del mundo de los vampiros. Sólo se les puede matar infligiéndoles heridas graves, como disparos o puñaladas en el corazón y lesiones similares.

leelan (n.). Término cariñoso, traducido de manera aproximada como «lo que más quiero».

el Omega (n. pr.). Malévola figura mística que busca la extinción de los vampiros debido a su animadversión hacia la Virgen Escribana. Existe en un reino intemporal y tiene grandes poderes, aunque carece del poder de creación.

periodo de necesidad (n.). Tiempo de fertilidad de las vampiresas, que generalmente dura dos días y va acompañado de intensas ansias sexuales. Se presenta aproximadamente cinco años después de la transición de una hembra, y luego una vez cada década. Todos los machos responden en algún grado si se encuentran cerca de una hembra en periodo de necesidad. Puede ser una época peligrosa, con conflictos y luchas entre machos rivales, particularmente si la hembra no tiene compañero.

Primera Familia (n. pr.). El rey y la reina de los vampiros y sus hijos.

princeps (n.). Nivel superior de la aristocracia de los vampiros, sólo superados por los miembros de la Primera Familia o la Elegida de la Virgen Escribana. El título es hereditario; no puede ser otorgado.

pyrocant (n.). Término que designa una debilidad crítica en un individuo. Dicha debilidad puede ser interna, por ejemplo una adicción, o externa, como la existencia de un amante.

restrictor (n.). Miembro de la Sociedad Restrictiva, humano sin alma que persigue a los vampiros para exterminarlos. A los restrictores se les debe apuñalar en el pecho para matarlos; de lo contrario, son eternos. No comen ni beben y son impotentes. Con el tiempo, su cabello, su piel y el iris de los ojos pierden pigmentación, hasta que acaban siendo rubios, pálidos y de ojos incoloros. Huelen a talco para bebé. Tras ser iniciados en la sociedad por el Omega, conservan su corazón extirpado en un frasco de cerámica.

rythe (n.). Forma ritual de salvar el honor, aceptada por alguien que haya ofendido a otro. Si es aceptada, el ofendido elige un arma y ataca al ofensor, quien se presenta a la lucha sin defensas.

shellan (n.). Vampiresa que ha tomado un macho como compañero. Las hembras generalmente no toman más de un compañero debido a la naturaleza fuertemente territorial de los machos apareados.

Sociedad Restrictiva (n. pr.). Orden de los cazavampiros convocados por el Omega con el propósito de erradicar la especie de los bebedores de sangre.

transición (n.). Momento crítico en la vida de un vampiro, cuando él o ella se convierten en adultos. A partir de la transición, deben beber la sangre del sexo opuesto para sobrevivir y son incapaces de soportar la luz solar. Generalmente tiene lugar a los veinticinco años. Algunos vampiros, sobre todo machos, no sobreviven a su transición. Antes de ella, los vampiros son físicamente débiles, sexualmente inconscientes e indiferentes, e incapaces de desmaterializarse.

la Tumba (n. pr.). Cripta sagrada de la Hermandad de la Daga Negra. Usada como sede ceremonial, así como almacén para los frascos de los restrictores. Entre las ceremonias allí realizadas destacan las iniciaciones, funerales y acciones disciplinarias contra hermanos. Nadie puede entrar, excepto los miembros de la hermandad, la Virgen Escribana, o candidatos a la iniciación.

vampiro (n.). Miembro de una especie separada del Homo sapiens. Los vampiros tienen que beber sangre del sexo opuesto para sobrevivir. La sangre humana los mantiene vivos, pero la fuerza así adquirida no dura mucho tiempo. Tras la transición, que ocurre a los veinticinco años, son incapaces de salir a la luz del día y deben alimentarse regularmente. Los vampiros no pueden «convertir» a los humanos por medio de un mordisco o una transfusión sanguínea, aunque en algunos casos son capaces de procrear con la otra especie. Pueden desmaterializarse a su voluntad, aunque deben ser capaces de calmarse y concentrarse para hacerlo, y no pueden llevar consigo nada pesado. Son capaces de borrar los recuerdos de las personas, pero sólo los de corto plazo. Algunos vampiros son capaces de leer la mente. Su esperanza de vida es superior a mil años, y en algunos casos, incluso más.

la Virgen Escribana (n. pr.). Fuerza mística consejera del rey, guardiana de los archivos vampíricos y dispensadora de privilegios. Existe en un reino intemporal y tiene grandes poderes. Capaz de un único acto de creación, que «gastó» en su momento al dar existencia a los vampiros.

wahlker (n.). Individuo que ha muerto y regresado a la vida desde el Fade. Se les respeta mucho y son venerados por sus tribulaciones.

CAPÍTULO
1

Ah, diablos, V, me estás matando. —Butch O'Neal rebuscó entre el cajón de sus calcetines. Buscaba los de seda negra y encontró los de algodón blanco.

No, un momento. Sacó unos calcetines para traje formal. No era exactamente un triunfo.

—Si te estuviera matando, policía, elegir calcetines sería lo último en lo que pensarías.

Butch se volvió a mirar a su compañero de cuarto. Fanático, como él, de los Medias Rojas, era uno de sus dos mejores amigos.

Y resultaba que eran vampiros.

Recién salido de la ducha, Vishous llevaba una toalla alrededor de la cintura y exhibía los fuertes músculos del pecho y los brazos. Se estaba poniendo un guante para conducir de cuero negro, cubriendo su mano izquierda tatuada.

—¿Tienes que usar los negros con un traje formal?

V sonrió abiertamente, sus colmillos lanzaron destellos enmarcados por el bigote y la perilla.

—Son cómodos.

—¿Por qué no le dices a Fritz que te compre unos?

—Está demasiado ocupado en satisfacer su pasión por los trajes elegantes.

Últimamente Butch sacaba a relucir su Versace interior. Le encantaba la elegancia... Quién hubiera pensado en ese aspecto de su personalidad. En cualquier caso, se preguntaba por qué era tan difícil encontrar una docena de calcetines de seda en la casa.

—Se lo pediré por ti.

—Eres todo un caballero. —V se echó hacia atrás la negra cabellera. Los tatuajes de su sien izquierda se hicieron visibles por un instante y de nuevo quedaron cubiertos—. ¿Necesitas el Escalade esta noche?

—Sí, gracias. —Butch introdujo los pies en unos mocasines Gucci, sin calcetines.

—¿Irás a ver a Marissa?

Butch asintió.

—Necesito saberlo. Para bien o para mal.

Y tenía el presentimiento de que sería para mal.

—Es una buena hembra.

Claro que lo era, lo cual explicaba probablemente por qué no respondía a sus llamadas. Los ex policías aficionados al whisky no eran precisamente la relación ideal para una mujer, ya fuera humana o vampira. Y el hecho que ella no fuera de su especie no ayudaba mucho.

—Bueno, policía, Rhage y yo estaremos bebiendo algo en One Eye. Ve a reunirte con nosotros cuando termines...

Unos fuertes golpes, como si alguien estuviera machacando la puerta delantera con un ariete, les hicieron volver la cabeza.

V se subió la toalla.

—Maldita sea, ese idiota tendrá que aprender a usar el timbre de la puerta.

—Trata de hablar con él. A mí no me escucha.

—Rhage no escucha a nadie. —V trotó hacia el pasillo.

Cuando el estruendo amainó, Butch fue a revisar su abundante colección de corbatas. Escogió una Brioni azul clara, subió el cuello de su camisa blanca, y deslizó la pieza de seda alrededor del mismo. Cuando salió al recibidor, escuchó a Rhage y V charlando mientras sonaba de fondo *RU still down?* del grupo musical 2Pac.

Butch no tuvo más remedio que reírse. La vida lo había llevado a muchos lugares, la mayoría feos, pero nunca pensó que acabaría viviendo con seis guerreros vampiros y que se encontraría colaborando en su lucha por proteger su menguada y soterrada especie. Sin embargo, de alguna manera, él pertenecía a la Hermandad de la Daga Negra. Y él, Vishous y Rhage formaban, ciertamente, un increíble trío.

Rhage vivía con el resto de la Hermandad en la mansión situada al otro lado del patio, pero el trío se pasaba la mayor parte del tiempo en la casita donde dormían V y Butch. El Hueco, como ahora se conocía el lugar, era una vivienda de lujo comparada con los cuchitriles donde Butch había vivido. Él y V tenían dos habitaciones, dos baños, una cocinita, y un recibidor decorado en un agradable estilo «Sótano de Casa de Fraternidad» posmoderna: un par de sofás de cuero, un aparato de televisión con pantalla de plasma de alta definición, un futbolín y bolsas de gimnasio por todas partes.

Cuando Butch entró en el salón principal, quedó impactado por la indumentaria que se había puesto Rhage para la noche: una gabardina de cuero negro le caía de los hombros a los tobillos. Una camiseta negra sin mangas se divisaba entre el cuero. Unas botas de puntera metálica resaltaban su enorme estatura, haciéndola superar los dos metros. Con ese atuendo, el vampiro estaba simple y llanamente hermoso. Incluso para un heterosexual certificado como Butch.

De puro atractivo, parecía romper las leyes de la física. Llevaba su rubio pelo corto por detrás y largo por delante. Los ojos, entre verde y azul, eran del color del mar de las Bahamas. Y su cara hacía que Brad Pitt pareciera un candidato a patito feo.

Era encantador, pero no un buen chico, desde luego. Algo oscuro, impreciso y letal palpitaba bajo la llamativa fachada, y eso se notaba al minuto de conocerlo. Daba la sensación de ser un sujeto que ajustaba sus cuentas con los puños mientras sonreía. Parecía capaz de mostrarse encantador mientras escupía los dientes.

—¿Qué dices, Hollywood? —preguntó Butch.

Rhage sonrió, descubriendo una espléndida dentadura perlada con largos caninos.

—Que es hora de irnos, policía.

—Maldición, vampiro, ¿no tuviste suficiente anoche? Esa pelirroja parecía cosa seria. Igual que su hermana.

—Ya me conoces. Siempre hambriento.

Por fortuna para Rhage, había un inacabable flujo de mujeres más que felices de satisfacer sus necesidades. Y aquel sujeto tenía muchas necesidades. No bebía. No fumaba. Pero le gustaban las damas como a nadie que Butch hubiera visto jamás.

Y Butch no conocía a muchos santurrones.

Rhage se volvió a mirar a V.

—Ve a vestirte, hombre. A menos que quieras ir a One Eye vestido sólo con una toalla.

—No metas prisas, hermano.

—Entonces mueve el trasero.

Vishous se levantó tras una mesa tan llena de equipos informáticos que provocaría una erección a Bill Gates. Desde su centro de mando, V dirigía la seguridad, toda la red de cámaras y sensores de la residencia de la Hermandad. Controlaba la casa principal, las instalaciones subterráneas de entrenamiento, la Tumba y su Hueco, así como el sistema de túneles subterráneos que conectaban todas las edificaciones. Lo vigilaba todo: las contraventanas retráctiles de acero instaladas sobre todas las ventanas; los cerrojos de las puertas de acero; la temperatura de las habitaciones; las cámaras de seguridad; las verjas.

V había instalado solo todo el sofisticado equipo, antes de que la Hermandad se mudara allí hacía tres semanas. Los edificios y túneles habían sido construidos a principios del siglo xx, pero en su mayor parte no se habían utilizado. Sin embargo, después de lo ocurrido en julio, se tomó la decisión de reforzar las operaciones de la Hermandad, y todos habían ido allí con esa intención.

Cuando V fue a su habitación, Rhage sacó del bolsillo una piruleta, rasgó el papel rojo y se llevó el caramelo a la boca. Butch notó que el sujeto lo observaba fijamente. Y no le sorprendió que el hermano empezara a hostigarlo.

—No puedo creer que te hayas engalanado de esa manera sólo para ir al One Eye, policía. Es decir, es demasiado, incluso para ti. La corbata, los gemelos... todo es nuevo, ¿no es cierto?

Butch se aflojó la corbata Brioni y estiró el brazo para tomar la chaqueta Tom Ford que hacía juego con los pantalones negros. No quería ahondar en el asunto de

Marissa. La simple mención del tema con V ya había sido suficiente. Además, ¿qué podía decir?

«Me temblaron las piernas cuando la conocí, pero lleva tres semanas evitándome; así que, en lugar de darme por enterado de su rechazo, iré a su casa a rogar, como un fracasado, como un desesperado».

Sí, en verdad le gustaría gritárselo a la cara a don Perfecto, aunque fuera un buen amigo.

Rhage hizo girar la piruleta dentro de la boca.

—Dime una cosa. ¿Para qué quieres esa ropa, si luego no aprovechas todo tu encanto? Es decir, te he visto rechazar a hembras en el bar todo el rato. ¿Te estás guardando para el matrimonio?

—Sí. Así es. Haré vida de santo hasta que llegue al altar.

—Vamos, en serio, siento curiosidad. ¿Te estás guardando para alguien? —Cuando el silencio fue la única respuesta, el vampiro rió por lo bajo—. ¿La conozco?

Butch entornó los ojos, diciéndose que quizás la conversación terminara antes si mantenía la boca cerrada. Aunque probablemente no daría resultado. Cuando Rhage comenzaba, no cejaba hasta que él mismo decía que era hora de hacerlo. Hablando le pasaba lo mismo que matando.

Rhage meneó la cabeza, pesaroso.

—¿Y ella no te quiere?

—Eso lo averiguaremos esta noche.

Butch comprobó cuánto dinero llevaba. Dieciséis años como detective de homicidios no habían logrado llenar sus bolsillos. Y ahora que estaba con la Hermandad tenía tantos billetes verdes que era imposible gastarlos con la debida rapidez.

—Tienes suerte, policía.

Butch se volvió para mirarlo.

—¿Por qué lo dices?

—Siempre me he preguntado cómo será eso de sentar la cabeza con una hembra que valga la pena.

Butch rió. Aquel individuo era un dios sexual, una leyenda erótica para toda su raza. V había dicho que las historias sobre Rhage se transmitían de padres a hijos cuando llegaba el momento. La idea de que se rebajara a ser el esposo de alguien le resultaba absurda.

—Bien, Hollywood, ¿adónde quieres llegar? Vamos, dilo de una vez.

Rhage dio un respingo y desvió la mirada.

No se lo podía creer, el tipo estaba hablando en serio.

—Oye. Mira, no era mi intención...

—No, no pasa nada. —La sonrisa reapareció, pero los ojos permanecieron inexpresivos. Dio unos pasos hasta la papelera y dejó caer el palo de la piruleta.

—¿Ya podemos irnos? Estoy harto de esperar, imbéciles.

* * *

Mary Luce aparcó en el garaje, apagó el motor de su Civic y se quedó mirando las palas para la nieve que colgaban de unos ganchos frente a ella.

Estaba cansada, aunque su jornada no había sido agotadora. Responder a las llamadas telefónicas y rellenar documentos en un despacho de abogados no era lo que se dice un trabajo duro. De manera que, en realidad, no debería sentirse extenuada.

Pero tal vez la razón era precisamente lo sencillo de tal labor. No constituía un desafío, no la estimulaba; y ella se estaba marchitando.

¿Había llegado la hora de volver a sus niños? Después de todo, eso era lo suyo, lo que había estudiado. Lo que amaba. Lo que la nutría. Trabajar con sus pacientes autistas y ayudarlos a encontrar vías de comunicación le había dado muchas satisfacciones, tanto personales como profesionales. Y la pausa de dos años no había sido decisión suya.

Quizás debía llamar al centro, para ver si tenían alguna vacante. Y aunque no la tuvieran, podía acudir como voluntaria hasta que hubiera un hueco.

Sí, mañana haría eso. No había razón para esperar.

Mary tomó su bolso y salió del coche. Mientras la puerta del garaje bajaba lenta y ruidosamente, ella se encaminó hacia la parte frontal de su casa y recogió el correo. Revisando facturas, hizo una pausa para respirar con placer el aire de la fría noche de octubre. Sus fosas nasales vibraron. El otoño se había llevado los malos olores del verano hacía ya más de un mes. El cambio de estación se anunciaba mediante las ráfagas de viento frío procedentes de Canadá.

Le encantaba el otoño. Y esa estación le parecía especialmente maravillosa en el norte del estado de Nueva York.

Caldwell, Nueva York, la ciudad donde había nacido y muy probablemente moriría, estaba a más de una hora del norte de Manhattan, de manera que técnicamente se consideraba «el norte del estado». Cortada en dos por el río Hudson, Caldie, como era conocida por los nativos, era como todas las ciudades medianas de Estados Unidos. Zonas ricas, zonas pobres, zonas desagradables, zonas normales. Wal-Marts, Targets y McDonalds. Museos y bibliotecas. Centros comerciales. Tres hospitales, dos universidades públicas y una estatua de bronce de George Washington en la plaza.

Echó hacia atrás la cabeza y miró las estrellas, pensando que nunca se le ocurriría marcharse. Por lealtad o por falta de imaginación, no estaba muy segura.

Quizás era su casa, pensó mientras caminaba hacia la puerta principal. El granero transformado en hogar estaba situado en el límite de una antigua granja, y ella había hecho una oferta por él quince minutos después de echarle un vistazo con el agente inmobiliario. Dentro, los espacios eran acogedores y pequeños. Era... encantador.

Por esa razón la había comprado cuatro años antes, justo después de la muerte de su madre. Por aquel entonces necesitaba algo acogedor, y también un cambio total de atmósfera. El coqueto granero era todo lo que su hogar de la niñez no había sido. Aquí, los tablones de pino del piso eran del color de la miel, barnizados, no pintados. Sus muebles eran de Crate and Barrel, todo moderno, nada usado ni antiguo. Las alfombras eran de fibra con un ribete de ante. Y todo, desde el tapizado del mobiliario hasta las cortinas, paredes y techos, era de color crema.

Su aversión a la oscuridad había actuado como un invisible decorador. Todo eran variaciones de beige, y combinaban bien.

Dejó las llaves y el bolso en la cocina y descolgó el teléfono. «Tiene... dos... mensajes nuevos», dijo la mecánica voz del aparato.

«Hola, Mary, soy Bill. Escucha, voy a aceptar tu oferta. Si puedes sustituirme en la línea directa esta noche, sólo cosa de una hora, sería maravilloso. A menos que te comuniques conmigo y me digas lo contrario, presumiré que todavía estás libre. Gracias otra vez».

Borró el mensaje.

«Mary, llamo del consultorio de la doctora Della Croce. Nos gustaría que vinieras para tu reconocimiento trimestral de rutina. ¿Podrías llamar cuando recibas este mensaje, para darte cita? Te haremos un hueco. Gracias, Mary».

Mary colgó el teléfono.

El temblor le comenzó en las rodillas y ascendió por los muslos. Cuando llegó al estómago, pensó en ir al baño.

Reconocimiento de rutina. Te haremos un hueco.

«Ha vuelto», pensó. «La leucemia ha vuelto».

Qué diablos vamos a decirle? ¡Llegará en veinte minutos!

El señor O contempló los ademanes teatrales de su colega con una mirada aburrida, pensando que si el restrictor daba otro saltito, el muy idiota se transformaría en canguro.

Ciertamente, E era todo un imbécil. Por qué lo había llevado su patrocinador a la Sociedad Restrictiva, y encima el primero, era un misterio. El hombre tenía muy poco carácter. Carecía de concentración y de estómago para afrontar las nuevas tareas en la guerra contra la raza de los vampiros.

—¿Qué vamos a...?

—No vamos a decirle nada —dijo O mientras lanzaba una mirada al sótano. Cuchillos, navajas y martillos yacían esparcidos, sin orden ni concierto, sobre un rústico aparador colocado en una esquina. Había charcos de sangre aquí y allá, pero no bajo la mesa, donde deberían estar. Y, mezclada con el líquido rojo, había una sustancia de color negro brillante, gracias a las heridas superficiales de E.

—¡Pero el vampiro escapó antes de que le sacáramos alguna información!

—Gracias por recordármelo.

Acababan de empezar a «trabajar» con el macho cuando O tuvo que salir por una llamada de asistencia. Cuando regresó, E había perdido el control sobre el vampiro, tenía un par de cortes y estaba completamente solo, sangrando en un rincón.

Ese cabrón de su jefe se volvería loco de la ira, y aunque O lo despreciaba, él y el señor X tenían una cosa en común: el descuido los sacaba de quicio.

O miró a E mientras bailaba otro poco. De pronto, encontró en los movimientos espasmódicos la solución, tanto para el problema inmediato como para los del futuro. Cuando O sonrió, E, el idiota, pareció aliviado.

—No te preocupes por nada —murmuró O—. Le diré que llevamos el cuerpo afuera y lo dejamos bajo el sol, en el bosque. Fácil.

—¿Hablarás con él?

—Claro, amigo. Pero será mejor que te vayas. Se pondrá hecho una fiera.

E asintió y corrió hacia la puerta.

—Nos vemos.

«Sí, que duermas bien, cabrón», pensó O mientras empezaba a limpiar el sótano.

La casucha donde estaban trabajando no era muy visible desde la calle, emparedada como estaba entre el cascarón quemado de lo que había sido un restaurante de parrilladas y una pensión declarada en ruinas. Esta parte de la ciudad, una mezcla de zona residencial miserable y barrio comercial de mala muerte, era perfecta para ellos. Por allí la gente no salía después de que oscureciese, los disparos eran tan comunes como el ruido de las alarmas de los automóviles, y nadie decía ni hacía nada si alguien daba un grito o dos.

También ir y venir era fácil para ellos. Gracias a los maleantes del vecindario, todos los faroles de la calle estaban rotos y la luz ambiental procedente de los otros edificios era insignificante. Como ventaja adicional, la casa contaba con una mampara exterior de entrada al sótano. Meter o sacar un cuerpo en una bolsa no era ningún problema.

Incluso en el caso de que alguien viera algo, sería cuestión de un momento eliminar la amenaza. No causaría ninguna sorpresa entre la comunidad. La basura blanca tenía la rara costumbre de hacerse matar precozmente. Junto con golpear a la esposa y tragar cerveza, buscar la muerte parecía su principal afición.

O recogió un cuchillo y secó la sangre negra de E de la hoja.

El sótano era pequeño y de techo bajo, pero había suficiente espacio para la vieja mesa que usaban como lugar de trabajo y para el abollado aparador donde guardaban sus instrumentos. Aun así, O no pensaba que aquélla fuera la infraestructura adecuada. Era imposible mantener allí un vampiro de manera segura, y eso significaba que perdían un importante medio de persuasión. El tiempo desgastaba las facultades mentales y físicas. Si se administraba correctamente, el paso de los días era tan poderoso como cualquier instrumento de tortura.

Lo que O quería era algún escondite en medio del bosque, algo lo suficientemente grande como para poder mantener a sus cautivos durante algún tiempo. Debido a que los vampiros se volvían humo a la luz del alba, debían ser protegidos del sol. Pero si únicamente se les encerraba en una habitación, se corría el riesgo de que se desmaterializaran en las narices del restrictor. Necesitaba un recinto de acero para enjaularlos...

Se oyó cómo se cerraba una puerta en el piso superior. Luego, pasos bajando por la escalera.

El señor X quedó iluminado por un foco.

El Restrictor Jefe medía dos metros y tenía la constitución física de un defensa de fútbol americano. Como todos los cazavampiros que pasaban en la Sociedad mucho tiempo, había palidecido. Su cabello y su piel eran del color de la harina y los iris parecían tan transparentes e incoloros como el vidrio. Igual que O, iba vestido con la ropa que usaban todos los restrictores, pantalones con bolsillos y suéter negro de cuello de cisne, con armas ocultas bajo una chaqueta de cuero.

—Entonces, señor O, ¿cómo va el trabajo?

Como si el caos en el sótano no fuera explicación suficiente.

—¿Estoy a cargo de esta casa? —preguntó O.

El señor X caminó de manera casual hasta el aparador y tomó un cincel.

—Hasta cierto punto, sí.

—¿Entonces se me permite hacer lo pertinente para que esto... —señaló con la mano el desorden que había a su alrededor— no suceda de nuevo?

—¿Qué sucedió?

—Los detalles son aburridos. Se escapó un civil.

—¿Sobrevivirá?

—No lo sé.

—¿Estabas tú aquí cuando eso sucedió?

—No.

—Cuéntamelo todo. —El señor X sonrió cuando el silencio duró más de la cuenta—. ¿Sabes una cosa, señor O? Tu lealtad te puede causar problemas. ¿No quieres que castigue al culpable?

—Quiero encargarme yo mismo.

—Estoy seguro de eso. Pero si no me lo cuentas, quizá tenga que cargar el costo del fracaso en tu cuenta. ¿Vale la pena?

—Si se me permite hacer lo que quiero con el responsable de lo ocurrido, sí.

El señor X rió.

—Ya imagino lo que tramas.

O esperó, observando el tenue brillo del cincel mientras el señor X caminaba alrededor de la habitación.

—Te asigné de compañero al hombre equivocado, ¿no es así? —murmuró el señor X mientras recogía un par de esposas del suelo. Luego, las dejó caer sobre el aparador—. Pensé que el señor E podía alcanzar tu nivel. No ha sido así. Y me complace que hayas decidido consultarme antes de castigarlo. Ambos sabemos lo mucho que te agrada trabajar por tu propia cuenta. Y cuánto me molesta eso.

El señor X miró fijamente a O con sus escalofriantes ojos muertos.

—A la luz de todo esto, y en particular porque acudiste a mí primero, puedes disponer del señor E.

—Quiero hacerlo en público.

—¿Ante tu escuadrón?

—Y otros.

—¿Tratas de probarte a ti mismo de nuevo?

—Quiero sentar un precedente.

El señor X sonrió fríamente.

—Eres un pequeño bastardo arrogante, ¿no?

—Estoy a su altura.

De repente, O se sintió incapaz de mover brazos o piernas. El señor X ya había puesto en práctica otras veces su truco de la paralización, así que no le sorprendió demasiado. Pero el jefe aún tenía el cincel en la mano y se estaba aproximando.

O luchó contra la invisible fuerza y rompió a sudar mientras forcejeaba sin éxito alguno.

X se inclinó hasta que los pechos de ambos se tocaron. O sintió que algo rozaba sus nalgas.

—Diviértete, hijo —susurró el hombre en el oído de O—. Pero hazte un favor. Recuerda que no importa lo fuerte que te creas, tú no eres yo. Nos vemos.

El hombre salió del sótano a grandes zancadas. La puerta del piso superior se abrió y se cerró.

En cuanto O pudo moverse, se llevó la mano al bolsillo trasero.

El señor X le había dado el cincel.

* * *

Rhage salió del Escalade y exploró con la vista la oscuridad reinante en torno a One Eye, temiendo que un par de restrictores los atacaran. No esperaba tener mucha suerte. Él y Vishous habían caminado durante varias horas esa noche, y no habían conseguido absolutamente nada. Ni siquiera un avistamiento. Era algo sobrecogedor.

Y para alguien como Rhage, que dependía de la lucha por razones personales, también era muy frustrante.

Sin embargo, la guerra entre la Sociedad Restrictiva y los vampiros era cíclica, y actualmente se hallaban en una fase de baja intensidad. Lo cual tenía sentido. El pasado julio, la Hermandad de la Daga Negra había destruido el centro local de reclutamiento de la Sociedad, liquidando a una decena de sus mejores hombres. Estaba claro que los restrictores estaban realizando un reconocimiento táctico.

Gracias a Dios, había otras formas de calmar sus ansias.

Observó el desenfrenado nido de depravación que era el lugar que actualmente frecuentaba la Hermandad. One Eye estaba en los límites de la ciudad, y los parroquianos habituales eran moteros y trabajadores de la construcción, tipos rudos que tendían a la intolerancia más que a la persuasión. Era un edificio de un solo piso rodeado por un cinturón de asfalto. Había aparcados camiones, turismos estadounidenses y Harleys. Desde diminutas ventanas, anuncios de cervezas brillaban en rojo, azul y amarillo, los logotipos de Coors, Bud Light y Michelob.

Ni Corona ni Heineken para esos chicos.

Cuando cerró la puerta del coche, su cuerpo parecía hervir de ansiedad, sentía picor en la piel, los fuertes músculos estaban crispados. Estiró los brazos buscando un poco de alivio. No le sorprendió no sentir ninguna mejoría. Su maldición le arrastraba el cuerpo de un lado a otro, llevándolo a un territorio muy peligroso. Si no encontraba pronto alguna válvula de escape, tendría graves problemas. A decir verdad, él se iba a convertir en un grave problema.

«Muchas gracias, Virgen Escribana», se dijo.

Ya era malo haber nacido atolondrado y con demasiado poderío físico, imprudente y dotado de una fuerza que nunca había apreciado ni controlado. Después no se le ocurrió nada mejor que fastidiar a la mística hembra que gobernaba a su raza. Desde luego, ella se sintió feliz de poner otra capa de excremento sobre el montón de mierda en que él había nacido. Ahora, si no dejaba escapar la presión que le agobiaba de forma regular, se volvía letal.

La lucha y el sexo eran sus desahogos, los dos únicos tranquilizantes que funcionaban en él, y los usaba como un diabético usa la insulina. Dosis constantes de ambos le ayudaban a mantenerse equilibrado. Pero el remedio no siempre funcionaba. Y cuando perdía el control, las cosas se ponían muy feas para todos, incluido él.

Estaba harto de la cárcel de su cuerpo, de la necesidad de dominar sus exigencias, del esfuerzo eterno para no caer en una brutal inconsciencia. Claro, el hermoso rostro y la fuerza desmedida estaban bien. Pero con gusto habría aceptado convertirse en un enano informe y horroroso, si eso le reportara algo de paz. Ni siquiera recordaba cómo era la serenidad. Ni siquiera recordaba quién era él.

La desintegración de su propio yo se produjo con bastante rapidez. Sólo un par de años después de sufrir la maldición ya había abandonado toda esperanza de un alivio verdadero y simplemente trataba de vivir sin herir a nadie. Fue entonces cuando empezó a morir internamente, y ahora, que ya habían transcurrido más de cien años, era en su mayor parte un ser insensible, nada más que un escaparate ostentoso y en realidad vacío.

Ya no trataba de convencerse de que era algo más que una amenaza. Porque la verdad era que nadie estaba seguro a su alrededor. Y eso era lo que en verdad lo estaba matando, aún más que el abuso físico que tenía que soportar cuando la maldición emergía de él. Vivía con el temor de lastimar a alguno de sus hermanos. Hacía sólo un mes, había estado a punto de herir a Butch.

Rhage caminó alrededor del SUV y miró a través del parabrisas al macho humano. Nunca hubiera pensado que alguna vez haría buenas migas con un Homo sapiens.

—¿Te veremos más tarde, policía?

Butch se encogió de hombros.

—Quién sabe.

—Buena suerte, viejo.

—Será lo que será.

Rhage soltó una maldición en voz baja cuando el Escalade arrancó y él y Vishous cruzaron el aparcamiento caminando.

—¿Quién es ella, V? ¿Una de nosotros?

—Marissa.

—¿Marissa? ¿Como la ex shellan de Wrath? —Rhage meneó la cabeza—. Oh, por todos los cielos, quiero detalles. V, tienes que contármelo todo.

—No bromeo con eso. Y tú tampoco deberías hacerlo.

—¿No sientes curiosidad?

V no replicó y llegaron a la entrada principal del bar.

—Ah, claro. Tú ya lo sabes, ¿no es así? —dijo Rhage—. Ya sabes lo que va a pasar.

V se limitó a encogerse de hombros y tendió el brazo para abrir la puerta.

Rhage plantó una mano sobre la madera para detenerlo.

—Oye, V, ¿alguna vez sueñas conmigo? ¿Has visto mi futuro?

Vishous giró la cabeza. Bajo el brillo del neón de un anuncio de Coors, su ojo izquierdo, el que estaba rodeado de tatuajes, se puso negro. La pupila se expandió hasta inundar el iris y la parte blanca, hasta que no hubo nada más que un agujero oscuro.

Era como mirar fijamente al infinito. O quizás al destino cuando uno muere.

—¿De verdad quieres saberlo? —preguntó el hermano.

Rhage dejó caer la mano a un costado.

—Sólo me importa una cosa. ¿Viviré lo suficiente para deshacerme de mi maldición? Ya sabes, ¿encontraré un poco de paz?

La puerta se abrió de golpe y un hombre ebrio salió dando tumbos, como un furgón con el eje roto. El sujeto se dirigió a los arbustos, vomitó, y luego se quedó boca abajo sobre el asfalto.

La muerte es una forma segura de hallar la paz, pensó Rhage. Y todos morían. Incluso los vampiros.

No miró a su hermano a los ojos de nuevo.

—Olvídalo, V. No quiero saberlo.

Tenía ante sí otros noventa y un años antes de quedar libre de la maldición. Noventa y un años, ocho meses y cuatro días faltaban para que terminara su castigo y la bestia ya no fuera parte de él. ¿Por qué habría de prestarse voluntariamente a sufrir un revés cósmico, como saber que no viviría el tiempo suficiente para verse libre de la maldita condena?

—Rhage.

—¿Qué?

—Te diré una cosa. Tu destino viene a por ti. Y ella vendrá pronto.

Rhage rió.

—¿Ah, sí? ¿Y cómo es la hembra? Las prefiero...

—Es una virgen.

Un escalofrío descendió por la espina dorsal de Rhage.

—Estás bromeando, ¿no?

—Mira mi ojo. ¿Crees que te estoy tomando el pelo?

V hizo una pausa y luego abrió la puerta, dejando salir una oleada de olor a cerveza y a cuerpos humanos, junto con el compás de una vieja canción de Guns N' Roses.

Cuando entraron, Rhage murmuraba:

—Eres muy extraño, hermano. De verdad que sí.

Pavlov tenía razón, pensó Mary mientras conducía hacia el centro de la ciudad. Su reacción de pánico al escuchar el mensaje de la doctora Della Croce era un reflejo condicionado, no algo lógico. Un reconocimiento rutinario podía ser muchas cosas. Que ella asociara cualquier noticia de los médicos con una catástrofe no significaba que pudiera ver el futuro. No tenía ni idea de lo que andaba mal, si es que había algo mal. Después de todo, la enfermedad llevaba en proceso de remisión cerca de dos años y se sentía bastante bien. Claro, se agotaba, ¿pero quién no? Su empleo y el trabajo voluntario la mantenían ocupada.

A primera hora de la mañana había llamado para solicitar la cita. Ahora se dirigía a trabajar, es decir, a cubrir la primera hora del turno de Bill en la línea directa de suicidios.

Cuando la ansiedad amainó un poco, respiró profundamente. Las siguientes veinticuatro horas iban a ser una prueba de resistencia, con los nervios convirtiendo su cuerpo en un trampolín y su mente en un torbellino. El truco estaba en aguantar las fases de pánico y luego consolidar sus fuerzas cuando el miedo disminuyera.

Aparcó el Civic en un estacionamiento de la calle Diez y caminó rápido hacia un vetusto edificio de seis pisos. Ésta era la parte lúgubre de la ciudad, los restos del esfuerzo que se había hecho en los años setenta por adecentar, llenándolo de oficinas, un área de nueve manzanas de lo que entonces era un «mal vecindario». El empeño fracasó y ahora oficinas clausuradas se mezclaban con alojamientos baratos.

Se detuvo en la entrada y saludó con la mano a dos policías que pasaron en un coche patrulla.

La sede de la línea directa de Prevención de Suicidios estaba en el segundo piso, y ella alzó la vista hacia las ventanas iluminadas. Su primer contacto con aquella organización sin ánimo de lucro fue en calidad de usuaria. Tres años después, respondía al teléfono cada jueves, viernes y sábado por la noche. También lo hacía algunos días festivos y suplía a otra gente cuando se lo pedían.

Nadie sabía que una vez había llamado, desesperada. Nadie sabía que había tenido leucemia. Y si tenía que volver a la guerra contra su propia sangre, eso también se lo iba a guardar para sí.

Habiendo visto morir a su madre, no quería que hubiera nadie sollozando junto a su cama. Ya conocía la rabia impotente que se sentía cuando la gracia salvadora no acudía a la llamada de la oración y las lágrimas. No tenía ningún interés en revivir los gestos de su madre durante el tiempo en que luchaba por respirar y nadaba en un siniestro mar de órganos defectuosos.

De acuerdo. La ansiedad había vuelto.

Mary escuchó un ruido a su izquierda, como si alguien estuviera arrastrando los pies, y captó un movimiento, como si alguien se hubiera agazapado para ocultarse detrás del edificio. Alarmada, pulsó un código en una cerradura, entró y subió deprisa las escaleras. Cuando llegó al segundo piso, tocó el timbre del portero automático para entrar en las oficinas de la línea directa.

Cuando pasó junto al mostrador de la recepción, saludó con la mano a la directora ejecutiva, Rhonda Knute, quien estaba al teléfono. Luego hizo un gesto con la cabeza a Nan, Stuart y Lola, de turno esa noche, y ocupó un cubículo vacante. Tras cerciorarse de que había suficientes impresos de admisión, un par de bolígrafos y el libro de registros de la línea directa, sacó una botella de agua de su bolso.

Casi inmediatamente, sonó una de las líneas de su teléfono y Mary revisó la pantalla para identificar al usuario. Conocía el número. Y la policía le había dicho que era de un teléfono público. En el centro de la ciudad.

Era su usuario habitual.

El teléfono sonó una segunda vez y ella lo descolgó, siguiendo las normas de la línea directa.

—Línea directa de Prevención de Suicidios, habla Mary. ¿Puedo ayudarle?

Silencio. Ni siquiera una lejana respiración.

Débilmente, escuchó en el fondo el rumor del motor de un coche aproximándose y luego alejándose. Según el control de llamadas entrantes de la policía, la persona en cuestión siempre telefoneaba desde la calle y variaba su ubicación para que no pudieran rastrearla.

—Habla Mary. ¿Puedo ayudarle? —Bajó la voz y rompió el protocolo—. Sé que es usted, y me alegra que llame otra vez esta noche. Pero, por favor, ¿no puede decirme su nombre o cuál es su problema?

Esperó. El teléfono quedó en silencio.

—¿Otro de los tuyos? —preguntó Rhonda, tomando un sorbo de un tazón de té de hierbas.

Mary colgó.

—¿Cómo lo sabes?

La mujer asintió con la cabeza.

—Ya tengo mucha experiencia. He recibido muchas llamadas silenciosas. Y he visto que, de repente, estabas encorvada sobre tu teléfono.

—Sí, bueno...

—Escucha, la policía me llamó hoy. No pueden hacer un seguimiento a cada teléfono público de la ciudad, y no están dispuestos a ir muy lejos por ahora, si no tienen verdaderas evidencias.

—Ya te lo dije. No siento que esté en peligro.

—No sabes si lo estás o no.

—Vamos, Rhonda, esto dura ya nueve meses, ¿no es así? Si alguien quisiera atacarme, ya lo habría hecho. Y, de verdad, quiero ayudar...

—Eso también me preocupa. Es obvio que quieres proteger a quienquiera que sea el que llama. Lo estás convirtiendo en un asunto personal.

—No, no es cierto. Está llamando por una razón, y sé que puedo ayudar.

—Mary, ya basta. Escúchate, reflexiona. —Rhonda acercó una silla y bajó la voz mientras se sentaba—. Es difícil para mí decirlo, pero creo que necesitas un descanso.

Mary retrocedió.

—¿De qué?

—Pasas demasiado tiempo aquí.

—Trabajo el mismo número de días que todos los demás.

—Pero permaneces aquí horas después de terminar tu turno, y reemplazas a gente constantemente. Estás demasiado involucrada. Sustituyes a Bill en este momento, pero cuando él regrese deseo que te marches. Y no quiero que vuelvas en un par de semanas. Necesitas otra perspectiva. Éste es un trabajo difícil y agotador, y debes aprender a mantener una distancia prudente.

—Ahora no, Rhonda. Por favor, ahora no. Necesito estar aquí más que nunca.

Rhonda apretó suavemente la tensa mano de Mary.

—Éste no es el lugar adecuado para que trates de resolver tus propios problemas, y lo sabes. Eres una de las mejores voluntarias que tengo y quiero que regreses. Pero sólo después de que hayas descansado y hayas tenido tiempo de aclarar tu mente.

—Quizás no disponga de ese tiempo —susurró Mary.

—¿Qué dices?

Mary se sacudió y forzó una sonrisa.

—Nada, no me hagas caso. Por supuesto, tienes razón. Me iré en cuanto Bill llegue.

* * *

Bill llegó una hora después, y Mary salió del edificio en menos de dos minutos. Cuando llegó a su casa, cerró la puerta y se recostó contra los paneles de madera, escuchando el silencio. El horrible, aplastante silencio.

Cómo deseaba regresar a las oficinas de la línea directa. Necesitaba escuchar las voces apagadas de los otros voluntarios. Y los timbres de los teléfonos. Y el zumbido de los tubos fluorescentes del techo...

Porque si no tenía distracciones, su mente evocaba terribles imágenes: camas de hospital, agujas, bolsas de medicinas colgando junto a ella. En una atroz imagen mental, vio su cabeza calva, su piel grisácea y sus ojos hundidos. Ya no se parecía a sí misma, ya no era ella misma.

Y recordó lo que se sentía al dejar de ser una persona. Cuando los médicos empezaron a darle quimioterapia, se había hundido en la frágil clase inferior de los enfermos, los moribundos, convirtiéndose en poco más que un lastimoso y tenebroso recordatorio de la provisionalidad de la existencia, un anuncio del carácter finito de la vida.

Mary cruzó rápidamente el salón, atravesó la cocina y abrió de golpe la puerta corredera. Cuando salió a la noche, el miedo no le permitía respirar, pero el impacto del aire gélido hizo que sus pulmones se normalizaran.

«No sabes si hay algo malo. No sabes qué es», pensaba.

Repitió el mantra, tratando de controlar el aplastante pánico mientras se dirigía a la piscina.

El pozo de metacrilato empotrado en el suelo no era más que una bañera grande, y el agua, que se diría espesada por el frío, parecía aceite negro bajo la luz de la luna. Se sentó, se quitó los zapatos, y dejó colgar los pies en las heladas profundidades. Los mantuvo sumergidos aun cuando se le entumecieron, deseando tener el coraje de zambullirse y nadar hasta la rejilla del fondo. Si se agarraba a ella el tiempo suficiente, quizá podría anestesiarse completamente.

Pensó en su madre. Y en cómo Cissy Luce había muerto en su propia cama en la casa que ambas siempre habían llamado hogar.

Recordaba perfectamente aquella habitación. La forma en que la luz entraba a través de las cortinas de encaje y se posaba sobre todas las cosas. Recordaba las paredes de color pastel y la alfombra de un blanco opaco, que cubría el suelo de pared a pared. Aquel edredón que su madre adoraba, el de las pequeñas rosas sobre un fondo crema. El olor a nuez moscada y jengibre que salía de un pebetero. El crucifijo sobre la cabecera curva y el gran icono de la Virgen sobre el suelo, en el rincón.

Los recuerdos quemaban, así que Mary se obligó a recordar la habitación tal como quedó cuando todo hubo terminado, la enfermedad, el momento de la muerte, la limpieza, la venta de la casa. La vio justo antes de mudarse. Pulcra. Ordenada. El crucifijo católico de su madre empaquetado, y la tenue sombra que dejó sobre la pared cubierta por un grabado de Andrew Wyeth.

Las lágrimas no se hicieron esperar. Llegaron lentamente, incesantes, cayendo sobre el agua. Las vio chocar contra la superficie y desaparecer.

Cuando alzó la vista, no estaba sola.

Mary se puso de pie de un salto y retrocedió dando traspiés, pero enseguida se dominó, se detuvo y se secó los ojos. Era sólo un muchacho. Un adolescente. Cabello oscuro, piel pálida. Tan delgado que parecía demacrado, tan hermoso que no parecía humano.

—¿Qué estás haciendo aquí? —preguntó, sin sentir demasiado temor. Era difícil tener miedo de algo tan angelical—. ¿Quién eres?

Él simplemente meneó la cabeza.

—¿Estás perdido? —Lo parecía. Y hacía demasiado frío para permanecer afuera con los pantalones vaqueros y la camiseta sin mangas que llevaba puestos—. ¿Cómo te llamas?

El chico se llevó una mano a la garganta y la movió atrás y adelante mientras meneaba la cabeza. Como si fuera extranjero y se sintiera frustrado por la barrera del idioma.

—¿Hablas inglés?

Él asintió y luego sus manos empezaron a revolotear de un lado a otro. Lenguaje de señas. Estaba usando el lenguaje de los mudos.

Mary rememoró su antigua vida, cuando enseñaba a sus pacientes autistas a usar las manos para comunicarse.

—¿Lees los labios o puedes oír? —le preguntó con señas.

Él se paralizó, como si el hecho de que ella lo entendiera fuera lo último que hubiera esperado.

—No oigo bien. No puedo hablar —respondió con signos.

Mary lo miró fijamente durante largo rato.

—Tú eres quien llama.

Él dudó. Entonces asintió con la cabeza.

—No quería asustarte. Y no te llamo para fastidiarte. Sólo... me gusta saber que estás ahí. Pero no soy ningún pervertido, de veras. Lo juro —le dijo, siempre mediante señas.

La miraba a los ojos con calma.

—Te creo —respondió. ¿Qué podía hacer? La línea directa prohibía el contacto con los usuarios, pero no iba a echar al pobre chico a patadas de su propiedad.

—¿Quieres algo de comer?

Él negó con la cabeza.

—¿Podría sentarme contigo un rato? Me quedaré al otro lado de la piscina.

Parecía acostumbrado a que la gente le dijera que se mantuviese lejos.

—No —dijo ella. Él asintió una vez y se dio la vuelta—. Quiero decir que no te alejes, siéntate aquí. Junto a mí.

Él se aproximó lentamente, como si esperara que ella cambiase de idea. Cuando lo único que hizo fue sentarse y volver a introducir los pies en el agua, el muchacho se quitó un par de andrajosas zapatillas deportivas, enrolló las holgadas perneras, y escogió un lugar a un metro de ella.

Era tan joven.

Deslizó los pies dentro del agua y sonrió.

—Está fría —dijo con un gesto.

—¿Quieres un jersey?

Él meneó la cabeza y movió los pies en círculos.

—¿Cómo te llamas?

—John Matthew.

Mary sonrió, pensando que los dos nombres tenían algo en común.

—Dos evangelistas del Nuevo Testamento.*

—Las monjas me lo pusieron.

—¿Monjas?

Hubo una larga pausa, como si estuviera pensando qué decirle.

—¿Estuviste en un orfanato? —preguntó ella amistosamente. Recordó que aún quedaba uno en la ciudad, el de Nuestra Señora de la Merced.

—Nací en el baño de una estación de autobuses. El conserje que me encontró me llevó a Nuestra Señora. A las monjas se les ocurrió ponerme ese nombre.

---

* Se refiere a los evangelistas Juan y Mateo. *[N. del E.]*

Ella contuvo una mueca de desagrado.

—Ah. ¿Y dónde vives ahora? ¿Fuiste adoptado?

Él negó con la cabeza.

—¿Padres de acogida?

«Por favor, Dios», imploró en silencio, «que haya tenido padres de acogida. Unos tutores agradables. Que lo hayan abrigado y alimentado. Buenas personas que le hicieran saber que es importante, aunque sus padres biológicos lo abandonaran».

Cuando no respondió, ella observó su ropa deteriorada y la expresión ajada de su rostro. No parecía que hubiera conocido nada agradable.

Finalmente, las manos del muchacho se movieron.

—Vivo en la calle Diez.

Lo que significaba que era, o un *okupa* que vivía en un edificio declarado inhabitable, o inquilino de alguna casucha infestada de ratas. Cómo se las arreglaba para estar tan limpio era un milagro.

—Vives cerca de las oficinas de la línea directa, ¿no es cierto? Por eso supiste que estaría allí esta noche aunque no era mi turno.

Él asintió.

—Mi apartamento está cruzando la calle. Te veo ir y venir, pero no furtivamente. Me gusta pensar en ti como en una amiga. Cuando llamé la primera vez... ya sabes, fue algo así como un capricho. Tú respondiste... y me gustó tu voz.

Tenía unas manos hermosas, pensó ella. Como de chica. Gráciles. Delicadas.

—¿Y me seguiste a casa esta noche?

—Casi todas las noches lo hago. Tengo una bicicleta, y tú conduces muy despacio. Pienso que si te vigilo estarás más segura. Te quedas hasta muy tarde, y esa zona no es una parte recomendable de la ciudad para una mujer sola. Ni siquiera aunque vaya en coche.

Mary meneó la cabeza, pensando que el chico era extraño. Parecía un niño, pero sus palabras eran las de un hombre. Bien pensado, probablemente debería estar asustada. El muchacho parecía obsesionado con ella, creyéndose algo así como un protector, aunque parecía que más bien era él quien necesitaba ser rescatado.

—Dime por qué estabas llorando hace un momento —dijo él con sus señas.

El joven tenía una mirada muy directa, y era sobrecogedor que la mirase así un hombre adulto con cara de niño.

—Porque tal vez se me ha agotado el tiempo —dijo ella impulsivamente.

—¿Mary? ¿Tienes visita?

Mary se volvió a mirar. Bella, su única vecina, había cruzado el trecho que había entre sus casas y estaba parada al borde del césped.

—Hola, Bella. Te presento a John.

Bella se aproximó a la piscina. La mujer se había mudado a la vieja casona de la granja un año antes y ambas se habían habituado a charlar por la noche. Con un metro ochenta, y una melena de ondas negras que le caían hasta la espalda, Bella era una mujer despampanante. Su rostro era tan hermoso que a Mary le había costado varios meses dejar de mirarla fijamente. El cuerpo de la vecina parecía salido directamente de la portada de la edición de trajes de baño de *Sports Illustrated*.

Naturalmente, John la miró alucinado.

Mary se preguntó qué se sentiría al ser recibida de esa manera por un hombre, aunque fuera impúber. Nunca fue hermosa, y se consideraba componente de esa vasta categoría de mujeres que no son ni feas ni guapas. Eso, antes de que la quimioterapia hiciera estragos en su cabello y su piel.

Bella se inclinó con una leve sonrisa y tendió la mano al chico.

—Hola.

John alargó el brazo y la tocó brevemente, como si no estuviera seguro de que fuera real. Mary pensó que era un comportamiento curioso, pues a menudo había sentido lo mismo respecto de aquella mujer. Había en ella algo demasiado... era excesiva. Simplemente parecía fuera de serie, más real, más viva que las demás personas que Mary conocía. Ciertamente, más hermosa.

No obstante, Bella no actuaba como una mujer fatal. Era tranquila, sin pretensiones, y vivía sola, al parecer trabajando como escritora. Mary nunca la veía durante el día, y nadie parecía entrar o salir de la vieja granja.

John miró a Mary, y sus manos se movieron.

—¿Quieres que me vaya?

Luego, como anticipándose a su respuesta, sacó los pies del agua.

Ella posó una mano sobre el hombro del chico, tratando de ignorar los angulosos huesos perceptibles bajo su camisa.

—No. Quédate.

Bella se quitó las zapatillas deportivas y los calcetines y dio unos golpecitos sobre la superficie del agua con los dedos de los pies.

—Sí, vamos, John. Quédate con nosotras.

CAPÍTULO
4

Rhage divisó a la primera presa de esa noche. Era una hembra humana rubia, muy estimulada y lista para lo que fuera. Como el resto de las de su especie presentes en el bar, le había estado enviando todo tipo de señales. Exhibiendo el trasero, atusándose el peinado cabello, retirando tarde la mirada.

—¿Has encontrado algo de tu agrado? —preguntó V secamente.

Rhage asintió con la cabeza y encorvó un dedo en dirección a la hembra elegida. Ella acudió a la llamada. Esa docilidad de los humanos le gustaba sobremanera.

Estaba evaluando las curvas de sus caderas, cuando otro curvilíneo cuerpo femenino atrajo su mirada. Alzó la vista y tuvo que hacer un esfuerzo para no quedar boquiabierto.

Caith era única en su clase, y muy hermosa, con su cabello negro y sus ojos oscuros. Pero era una perseguidora de Hermanos, que andaba siempre husmeando por ahí, ofreciéndose, dispuesta a ligar con ellos. Él tenía la sensación de que los consideraba simples trofeos, algo de qué vanagloriarse. Y eso era irritante.

En lo que a él concernía, era una perra.

—Hola, Vishous —dijo ella con una voz cadenciosa y sensual.

—Buenas noches, Caith. —V tomó un sorbo de su Grey Goose—. ¿Qué te cuentas?

—Me preguntaba dónde te habrías metido.

Rhage miró más allá de la cadera de Caith. Gracias a Dios, a la rubia no la había desanimado un poco de competencia. Se dirigía hacia la mesa.

—¿No saludas, Rhage? —preguntó Caith.

—Lo haré si te apartas del camino. Estás bloqueando mi vista.

La hembra rió.

—Otra de tu interminable lista. Qué suerte tiene.

—Ya quisieras estar en su lugar, Caith.

—Sí, ya quisiera. —Sus ojos, predadores y calientes, recorrieron el cuerpo del macho—. ¿No quieres pasar un rato con Vishous y conmigo?

Cuando ella extendió la mano para acariciarle el cabello, él le sujetó la muñeca.

—Ni siquiera lo intentes.

—¿Cómo es que lo haces con tantas humanas y a mí me rechazas?

—Simplemente, no siento interés por ti.

Ella se inclinó, hablándole al oído.

—Deberías probarme alguna vez.

Él la retiró bruscamente, apretándole los huesos con la mano.

—Eso es, Rhage, aprieta más fuerte. Me gusta que me hagas daño. —La soltó de inmediato, y ella sonrió mientras se frotaba la muñeca—. Entonces, ¿estás ocupado, V?

—Acabo de llegar. Quizás un poco más tarde.

—Ya sabes dónde encontrarme.

Cuando se fue, Rhage se volvió a mirar a su hermano.

—No sé cómo la soportas.

V tomó un trago de vodka, observando a la hembra con los ojos entornados.

—Tiene sus atributos.

La rubia llegó y se detuvo frente a Rhage, adoptando una especie de pose. Él le puso ambas manos sobre las caderas y la atrajo hacia sí de forma que quedara a caballo sobre sus muslos.

—Hola —dijo ella, resistiéndose a su sujeción. Estaba ocupada observándolo, evaluando su ropa, fijándose en el pesado Rolex de oro que asomaba por debajo de la manga de su impermeable. El aire calculador de sus ojos era tan frío como el centro de su pecho.

Si hubiera podido marcharse, lo habría hecho; estaba absolutamente hastiado de toda aquella mierda. Pero su cuerpo necesitaba el desfogue, lo exigía. Podía sentir su empuje creciente, arrollador, y, como siempre, esa atroz quemadura dejaba destrozado su muerto corazón.

—¿Cómo te llamas? —preguntó.

—Tiffany.

—Encantado de conocerte, Tiffany —dijo él, mintiendo.

* * *

A sólo unos quince kilómetros de allí, en la piscina del patio trasero de Mary, ésta, John y Bella lo estaban pasando sorprendentemente bien.

Mary rió estrepitosamente y miró a John.

—¿Lo dices en serio?

—Es verdad. Iba y venía de un teatro a otro.

—¿Qué ha dicho? —preguntó Bella, sonriendo abiertamente.

—Vio *Matrix* cuatro veces el día del estreno.

La mujer rió.

—John, siento decírtelo, pero eso es patético.

Él sonrió tímidamente, sonrojándose un poco.

—¿También viste la serie completa de *El señor de los anillos?* —preguntó ella.

Él negó con la cabeza, hizo unas señas, y miró expectante a Mary.

—Dice que le gustan las artes marciales —tradujo—. No los duendes.

—No puedo culparlo. No soporto todo ese lío de los pies peludos.

Una ráfaga de viento hizo volar las hojas caídas y algunas se posaron sobre la piscina. John estiró la mano y tomó una.

—¿Qué es eso que hay en tu muñeca? —preguntó Mary.

John mostró el brazo para que ella pudiera inspeccionar el brazalete de cuero. En él había unas marcas metódicamente dispuestas, una especie de mezcla de jeroglíficos y caracteres chinos.

—Es muy bonito.

—Lo hice yo.

—¿Puedo verlo? —preguntó Bella, inclinándose. Su sonrisa se desintegró y sus ojos se entornaron al posarse sobre la cara de John—. ¿Dónde conseguiste esto?

—Dice que él mismo lo hizo.

—¿De dónde dices que eres?

John retrajo el brazo, visiblemente nervioso por la sorprendente reacción de Bella.

—Vive aquí —dijo Mary—. Nació aquí.

—¿Dónde están sus padres?

Mary miró hacia su amigo, preguntándose por qué Bella se mostraba ahora tan interesada en esos detalles.

—No tiene.

—¿Ninguno?

—Me dijo que creció en un hogar de acogida, ¿no es así, John?

John asintió y apretó el brazo contra el estómago, protegiendo su brazalete.

—Esos signos —insistió Bella—. ¿Sabes lo que significan?

El chico negó con la cabeza y luego hizo una mueca y se frotó las sienes. Después de un momento, sus manos empezaron a hacer señas lentamente.

—Dice que no significan nada —murmuró Mary—. Simplemente sueña con ellos y le gustan, le parecen bonitos. Bella, relájate un poco, ¿quieres?

La mujer pareció percatarse de lo inconveniente de su actitud.

—Lo siento. Yo... eh, de verdad, lo siento mucho.

Mary miró a John y trató de tranquilizarlo.

—¿Y qué otras películas te gustan?

Bella se puso de pie y se calzó las zapatillas. Sin calcetines.

—¿Me disculpáis un momento? Vuelvo enseguida.

Antes de que Mary pudiera decir algo, la mujer cruzó el césped con paso rápido. Cuando estuvo lejos,

John alzó la vista hacia Mary. Aún conservaba la mueca de desagrado.

—Ya debo irme.

—¿Te duele la cabeza?

John se presionó el entrecejo con los nudillos.

—Me siento como si hubiera tomado varios kilos de helado en un momento.

—¿Cuándo comiste por última vez?

Él se encogió de hombros.

—No sé.

El pobre chico probablemente sufría de hipoglucemia.

—Escucha, ¿por qué no entras y cenas conmigo? Lo último que comí fue un bocadillo, y eso fue hace unas ocho horas.

Su orgullo se evidenció en la firme sacudida de la cabeza.

—No tengo hambre.

—Entonces, ¿me acompañas mientras como? —Pensó que así quizás podría conseguir que comiese algo finalmente.

John se puso de pie y tendió la mano como para ayudarla a levantarse. Ella tomó la pequeña palma y se apoyó sólo lo suficiente para que él sintiera algo de su peso. Juntos se dirigieron a la puerta trasera, zapatos en mano. Sus pies descalzos dejaban huellas húmedas sobre las gélidas losas que rodeaban la piscina.

* * *

Bella irrumpió en su cocina y allí se detuvo en seco. En realidad no tenía pensado ningún plan cuando se despidió precipitadamente. Sólo sabía que tenía que hacer algo.

John era un problema. Un problema grave.

No podía creer que no lo hubiera reconocido nada más verlo. Pero claro, aún no había sufrido el cambio. Y además, ¿qué andaba haciendo un vampiro en el patio trasero de Mary?

Bella estuvo a punto de soltar una carcajada. Ella pasaba gran parte del tiempo en el patio trasero de Mary. Así que ¿por qué no podían hacer lo mismo otros como ella?

Se llevó las manos a las caderas y se quedó mirando el suelo fijamente. ¿Qué diablos iba a hacer? Cuando registró la mente consciente de John, no había encontrado nada relacionado con su raza, su gente, sus tradiciones. El muchacho no sabía nada, no tenía idea de quién era en realidad o en qué se iba a convertir. Y era verdad que no sabía qué significaban esos símbolos.

Ella sí. En su brazalete, estaba escrita la palabra «Tehrror», en el antiguo idioma. El nombre de un guerrero. ¿Y cuánto tiempo quedaba para su transición? Parecía tener muy poco más de veinte años, lo cual significaba que aún quedaban uno o dos. Pero si estaba equivocada, si se encontraba más cerca de los veinticinco, podía estar en peligro inminente. Si no tenía una hembra vampiro que lo ayudara a soportar el cambio, moriría.

Su primer pensamiento fue llamar a su hermano. Rehvenge siempre sabía qué hacer. El problema era que, una vez que ese macho se involucraba en una situación, asumía el mando total. Y tenía tendencia a amenazar de muerte a todo el mundo.

Havers; podía pedir ayuda a Havers. Como médico, averiguaría cuánto tiempo le quedaba al chico antes de la transición. Y quizá consiguiera que John permaneciera en la clínica hasta que su futuro se esclareciese.

El problema era que no estaba enfermo. Era un macho en pretransición y físicamente débil, pero no había percibido síntomas de enfermedad en él. Y Havers dirigía una instalación médica, no un albergue.

Por otra parte, ¿podría hacer algo ese otro hombre? Era un guerrero...

Bingo.

Salió de la cocina y fue a la sala de estar, donde buscó la libreta de direcciones que guardaba en el escritorio. En la parte trasera, en la última página, había escrito un número que circuló mucho en los últimos diez años. Decían los rumores que si uno llamaba podía comunicarse con la Hermandad de la Daga Negra. Los guerreros de la raza.

A ellos les gustaría saber que había un chico con un nombre como el de ellos abandonado a su suerte. Quizá lo acogieran.

Las manos le sudaban cuando descolgó el teléfono, y casi esperaba que, o el número no la comunicara a ninguna parte, o que le respondiera alguien diciéndole que se fuera al infierno. En lugar de eso, escuchó una voz metálica que repetía el número que ella había marcado, y luego un pitido. Era un contestador.

«Me... me llamo Bella. Busco a la Hermandad. Necesito... ayuda». Dejó su número y colgó, pensando que era mejor ser breve. Si estaba mal informada, no quería dejar un mensaje detallado en el contestador telefónico de algún humano.

Miró por la ventana y vio el prado y el brillo de la casa de Mary en la distancia. No sabía cuánto tardarían en responder a su llamada, si es que respondían. Probablemente debía regresar y averiguar dónde vivía el chico. Y por qué conocía a Mary.

Santo Dios, Mary. Esa horrible enfermedad había regresado. Bella había sentido el retorno del mal y estaba pensando qué hacer, si decirle algo a su amiga, cuando Mary le comentó que tenía cita para su reconocimiento médico trimestral. Eso había ocurrido un par de días antes, y esta noche Bella pensaba preguntarle cómo habían salido las cosas. Tal vez podía ayudarla de alguna manera.

Moviéndose rápidamente, regresó a las puertas de vidrio que daban al jardín. Averiguaría algo más acerca de John y...

Sonó el teléfono.

¿Tan pronto? No podía ser.

Se estiró sobre el mostrador y descolgó el auricular de la cocina.

—¿Diga?

—¿Bella? —La voz masculina era profunda. Dominante.

—Sí.

—Acabas de llamarnos. ¿Qué quieres?

Ella se aclaró la garganta. Como cualquier civil, lo sabía todo sobre la Hermandad: sus nombres, sus reputaciones, sus triunfos y leyendas. Pero nunca había conocido a uno de ellos. Y era un poco difícil creer que estaba hablando con un guerrero desde su cocina.

«Así que ve al grano», se dijo.

—Yo, eh, tengo un problema. —Explicó al macho lo que sabía sobre John.

Durante un momento hubo un silencio.

—Mañana por la noche lo traerás con nosotros.

Sintió angustia. ¿Cómo podía lograr eso?

—El chico no habla. Puede oír, pero necesita un traductor para que lo entiendan.

—Entonces trae uno con él.

Ella se preguntó cómo se sentiría Mary al verse enredada en su mundo.

—La hembra que está usando esta noche de traductora es humana.

—Nos encargaremos de su memoria.

—¿Cómo puedo encontrarlos a ustedes?

—Enviaremos un coche a buscarte. A las nueve.

—Mi dirección es...

—Sabemos dónde vives.

Cuando terminó la llamada, sintió un escalofrío.

Ahora sólo tenía que conseguir que John y Mary accedieran a ver a la Hermandad.

Cuando regresó al granero de Mary, John estaba sentado a la mesa de la cocina, mientras la hembra tomaba una sopa. Ambos alzaron la vista a su llegada, y ella trató de ser natural cuando se sentó. Esperó un poco antes de poner el anzuelo.

—Oye, John, conozco a unos sujetos expertos en artes marciales. —No era exactamente mentira. Había oído que los hermanos eran casi invencibles en todas las formas de lucha—. Y me preguntaba si te interesaría conocerlos.

John ladeó la cabeza y movió las manos al tiempo que miraba a Mary.

—Quiere saber para qué. ¿Para entrenar?

—Tal vez.

John hizo otras señas.

Mary se secó la boca.

—Dice que no puede pagar clases. Y que es demasiado pequeño.

—Si fuera gratis, ¿iría? —Santo cielo, pensó enseguida, ¿qué estaba haciendo, al prometer cosas que no podía cumplir? Sólo Dios sabía lo que la Hermandad haría con él—. Escucha, Mary, yo puedo llevarlo a un lugar en el que conocerá... dile que es un sitio donde pasan su tiempo los maestros en artes marciales. Podría hablar con ellos. Conocerlos. Tal vez le gustaría...

John dio un tirón a la manga de Mary, hizo unas señas y luego miró a Bella fijamente.

—Quiere recordarte que oye perfectamente bien.

Bella miró a John.

—Lo siento.

Él asintió, aceptando la disculpa.

—Ven a conocerlos mañana —dijo ella—. No tienes nada que perder.

John se encogió de hombros y realizó un elegante movimiento con la mano.

Mary sonrió.

—Dice que está bien, que acepta.

—Y tú también deberías venir. Para traducir.

Mary pareció desconcertada, pero luego miró al chico.

—¿A qué hora?

—A las nueve —replicó Bella.

—Lo siento, a esa hora estaré trabajando.

—De noche. A las nueve de la noche.

CAPÍTULO
5

Butch entró en el One Eye sintiéndose como si alguien le hubiera atravesado con puñales todos sus órganos. Marissa se había negado a verlo, y aunque no le sorprendió, aún le dolía el desplante.

Había llegado el momento de hacer una terapia escocesa.

Tras esquivar a un gorila de bar ebrio, un grupo de prostitutas y un par de sujetos alborotadores, Butch encontró la mesa habitual del trío. Rhage estaba en el rincón más alejado, contra la pared, con una mujer trigueña. V no estaba a la vista, pero frente a una silla había un vaso lleno de Grey Goose y una vistosa coctelera.

Ya había bebido dos copas sin sentirse mucho mejor cuando llegó Vishous, procedente de la parte trasera. Tenía la camisa desabotonada y arrugada, y pegada a sus talones venía una mujer de cabellos oscuros. V la conminó a marcharse con un vaivén de la mano en cuanto vio a Butch.

—Hola, policía —dijo el hermano tomando asiento.

Butch dio un golpecito en su vaso.

—¿Qué hay?

—¿Cómo te...?

—Nada.

—Joder, amigo. Lo lamento.

—Yo también.

El teléfono de V sonó y él lo abrió. El vampiro dijo dos palabras, puso el aparato de nuevo en su bolsillo y tomó su abrigo.

—Era Wrath. Tenemos que regresar a la casa en media hora.

Butch pensó quedarse allí sentado, bebiendo solo. Pero ese plan tenía toda la pinta de ser una mala idea.

—¿Quieres desaparecer y aparecer allí, o ir en el coche conmigo?

—Tenemos tiempo para ir en el coche.

Butch arrojó las llaves del Escalade al otro lado de la mesa.

—Acerca el coche a la puerta. Yo traeré a Hollywood.

Se levantó y se dirigió a un rincón oscuro. La gabardina de cuero de Rhage estaba extendida sobre el cuerpo de la trigueña. Sólo Dios sabía hasta dónde habían llegado las cosas allí debajo.

—Rhage, compañero. Tenemos que irnos.

El vampiro alzó la cabeza, tenía los labios apretados y los ojos entrecerrados.

Butch levantó las manos.

—No te interrumpo porque sí. La nave nodriza acaba de llamar.

Con una maldición, Rhage dio un paso atrás. La ropa de la trigueña estaba toda desordenada, y ella jadeaba, pero aún no habían llegado al momento crucial. Los pantalones de cuero de Hollywood todavía estaban donde debían estar.

Mientras Rhage se retiraba, la mujer intentó retenerlo, como si se diera cuenta de que el orgasmo de su vida estaba a punto de esfumarse por la puerta. Con un fluido movimiento, él pasó una mano frente a su rostro y ella se quedó paralizada. Luego, la chica bajó los ojos y se miró, como tratando de comprender por qué estaba tan excitada.

Rhage le dio la espalda con una mirada iracunda. Instantes después, cuando él y Butch habían salido, meneaba la cabeza con consternación.

—Policía, escucha, lamento haberte mirado de esa manera allí dentro. Es que tiendo a… concentrarme.

Butch le dio una palmadita en el hombro.

—No hay problema.

—Oye, ¿cómo te fue con tu hembra…?

—Nada de nada.

—Maldición, Butch. Qué mierda.

Se amontonaron dentro del Escalade y enfilaron hacia el norte, siguiendo la carretera 22, adentrándose en la campiña. Iban a muy buena velocidad, la música de *Thug Matrimony*, de Trick Daddy, atronaba ensordecedora, cuando V pisó el freno. En un claro, a unos cien metros de la carretera, había algo colgando de un árbol.

No era exactamente eso. En realidad, alguien estaba colgando algo de un árbol. Con un público de rudos sujetos de tez pálida y ropa negra contemplando la escena.

—Restrictores —murmuró V, aparcando sobre el arcén.

Antes de que se detuviera por completo, Rhage saltó fuera del coche, corriendo directamente hacia el grupo.

Vishous miró al otro lado del asiento delantero.

—Policía, tal vez quieras quedarte...

—A la mierda, V.

—¿Tienes una de mis armas?

—No creerás que voy a ir allí desnudo. —Butch sacó una Glock de debajo del asiento y retiró el seguro de la semiautomática, mientras él y V saltaban al suelo.

Butch sólo había visto a dos restrictores antes, y lo habían espantado. Parecían hombres, se movían y hablaban como hombres, pero no estaban vivos. Una mirada a sus ojos y ya se sabía que los cazavampiros eran como recipientes vacíos, sin alma. Y apestaban, con un vomitivo olor dulzón.

Eso no le importaba mucho, pues al fin y al cabo tampoco podía soportar el olor a talco para bebés.

En el claro, los restrictores tomaron posiciones de batalla y rebuscaron en las chaquetas, mientras Rhage avanzaba por el prado a gran velocidad. Cayó sobre el grupo en una especie de asalto suicida, sin desenfundar arma alguna.

Estaba loco. Por lo menos uno de los cazavampiros había sacado una pistola.

Butch apretó la Glock y trató de apuntar, pero no pudo conseguir una línea de tiro limpia. Enseguida se dio cuenta de que no necesitaba actuar de refuerzo.

Rhage se encargó de los restrictores él solo, con un asombroso despliegue de fuerza animal y fantásticos reflejos. Usaba una especie de mezcla de artes marciales, con su impermeable ondeando detrás de él mientras pateaba cabezas y golpeaba torsos con los puños. Resultaba mortalmente hermoso bajo la luz de la luna, con su rostro crispado en un gruñido constante, su enorme cuerpo vapuleando de lo lindo a aquellos seres.

A la derecha se escuchó un grito y Butch giró en redondo. V había derribado a un restrictor que trataba de escapar, y el hermano estaba encima del maldito ser, como un perro sobre su presa.

Dejando la lucha en manos de los vampiros, Butch se dirigió al árbol. Colgado de una gruesa rama estaba el cuerpo de otro restrictor. Lo habían maltratado de mala manera.

Butch aflojó la cuerda y bajó el cuerpo, mirando de reojo hacia atrás, porque los golpes y gruñidos de la lucha se habían acrecentado de repente. Tres restrictores más se habían unido a la refriega, pero él no estaba preocupado por sus compañeros.

Se arrodilló junto al cazavampiros y empezó a registrarle los bolsillos. Estaba sacando una cartera cuando sintió el estallido de un arma de fuego. Rhage cayó al suelo. Tendido de espaldas.

Butch no lo pensó dos veces. Se colocó en posición de disparo y apuntó al restrictor que estaba a punto de disparar de nuevo a Rhage. No llegó a apretar el gatillo de la Glock. De la nada, surgió un brillante destello de luz blanca, como si hubiera explotado una bomba nuclear. La noche se convirtió en día y todo en el claro quedó iluminado: los árboles otoñales, la lucha, el espacio vacío.

Cuando el brillo se desvaneció, alguien se aproximó a Butch corriendo. Al reconocer a V, bajó el arma.

—¡Policía! ¡Entra en el maldito coche! —El vampiro corría con toda la velocidad de la que eran capaces sus piernas.

—¿Qué hay de Rhage...?

Butch no pudo terminar la frase. V lo empujó, lo sujetó y lo arrastró consigo en una carrera que sólo terminó cuando ambos estuvieron dentro del Escalade y las puertas se hubieron cerrado.

Butch se volvió hacia el hermano.

—¡No vamos a dejar a Rhage ahí!

Un poderoso rugido desgarró la noche, y Butch volvió lentamente la cabeza.

En el claro vio una criatura de unos dos metros y medio de altura. Tenía el aspecto de un dragón, con dientes de tiranosaurio y un par de afiladas garras delanteras. El ente relucía bajo la luz nocturna, con su poderoso cuerpo y su cola cubiertos de iridiscentes escamas púrpuras y verdes.

—¿Qué diablos es eso? —susurró Butch, comprobando a tientas que la puerta del coche estaba asegurada.

—Rhage está de pésimo humor.

El monstruo emitió otro aullido y fue tras los restrictores, a los que trató como si fueran juguetes. Y los vapuleó de forma infernal... No iba a quedar nada de los cazavampiros. Ni siquiera los huesos.

Butch sintió que le faltaba el aire.

Débilmente, escuchó el sonido de un encendedor, y miró al otro lado del asiento. La cara de V quedó iluminada con la llama amarilla, mientras encendía un cigarrillo con manos temblorosas. Cuando el hermano exhaló, un fuerte aroma de tabaco turco llenó el aire.

—¿Desde cuándo...? —Butch se volvió hacia la criatura que seguía en acción allá en el claro. Y perdió totalmente el hilo de sus pensamientos.

—Rhage fastidió a la Virgen Escribana y ella lo maldijo. Le regaló doscientos años de infierno. Cada vez que se excita demasiado, cambia como por arte de magia.

El dolor puede activarlo. La ira. La frustración física. No sé si entiendes a qué me refiero.

Butch tragó saliva. Y pensar que él se había interpuesto entre él y una mujer a la que deseaba. Nunca cometería de nuevo una estupidez semejante.

Al tiempo que la carnicería continuaba, Butch empezó a sentirse como si estuviera viendo el canal de terror Sci-Fi sin volumen. Aquella clase de violencia era excesiva incluso para él. En todos sus años como detective de homicidios había visto muchos cadáveres, algunos de los cuales eran verdaderamente horripilantes. Pero nunca había presenciado una matanza en vivo y en directo, y extrañamente la impresión que causaba hacía que la experiencia pareciera irreal.

Gracias a Dios.

Tenía que admitir que la bestia se movía maravillosamente. La forma en que había hecho girar a ese restrictor en el aire para luego atraparlo con sus...

—¿Sucede con frecuencia? —preguntó.

—La suficiente. Por eso recurre al sexo. Lo mantiene calmado. Como verás, con la bestia no se juega. No puede distinguir entre un amigo y el almuerzo. Lo único que podemos hacer es alejarnos y esperar por ahí hasta que Rhage cambie de nuevo; y entonces nos hacemos cargo de él.

Algo rebotó sobre el capó del Escalade con gran estruendo. Por Dios, ¿era una cabeza? No, una bota. Tal vez a la criatura no le gustaba el sabor de la goma.

—¿Os hacéis cargo de él? —murmuró Butch.

—¿Cómo te sentirías si todos los huesos de tu cuerpo estuvieran fracturados? Él sufre un cambio cuando esa cosa lo posee, y cuando se va, queda casi muerto.

En poco tiempo, el claro quedó libre de restrictores. Con otro ensordecedor rugido, la bestia giró sobre sus talones, buscando algo más que destruir. Al no encontrar más cazavampiros, sus ojos se centraron en el Escalade.

—¿Puede entrar en el coche? —preguntó Butch.

—Claro, si es que quiere hacerlo. Por fortuna, ya no puede estar muy hambriento.

—Sí, seguro... ¿Y si aún le queda sitio para el postre? —murmuró Butch.

La bestia sacudió la cabeza y su negra melena se agitó bajo la luz de la luna. Luego aulló y embistió hacia ellos, corriendo sobre dos patas. La presión de sus zancadas provocaba enorme estruendo y hacía temblar la tierra.

Butch revisó el seguro de su puerta una vez más. Luego pensó actuar como un cobarde y salir corriendo.

La criatura se detuvo junto al SUV y se agazapó. Estaba tan cerca que su respiración empañaba la ventanilla de Butch cada vez que exhalaba. A tan corta distancia, el ente era verdaderamente horroroso. Ojos blancos entornados, mandíbulas terribles y aulladoras. Y el juego completo de colmillos de su enorme boca parecía salido de una pesadilla febril. Sangre negra le corría por el pecho como un reguero de petróleo.

La bestia levantó las musculosas patas delanteras.

Dios, esas garras eran como dagas. Hacían parecer a las cuchillas de Freddie Krueger simples palillos.

Pero Rhage estaba allí. En alguna parte.

Butch colocó la mano abierta contra la ventanilla, como queriendo tocar al hermano.

La criatura ladeó la cabeza y sus blancos ojos parpadearon. De repente, soltó un gran resoplido, y el colosal cuerpo empezó a temblar. Un fuerte y penetrante grito salió de su garganta, resonando en la noche. Hubo otro resplandor. Y allí estaba Rhage, yaciendo desnudo en el suelo.

Butch salió del coche y se arrodilló junto a su amigo.

Rhage temblaba incontrolablemente sobre la tierra y la hierba, su piel estaba fría y húmeda. Cerraba los ojos con fuerza, y la boca se movía lentamente. Tenía sangre negra por toda la cara y la cabeza, y resbalándole por el pecho. El estómago estaba horriblemente dilatado. Y había un pequeño agujero en el hombro, por donde había entrado la bala.

Butch se arrancó la chaqueta y la puso sobre el vampiro. Inclinándose, trató de entender las palabras que musitaba.

—¿Qué dices?

—¿Heridos? ¿Tú... V?

—No, estamos perfectamente.

Rhage pareció relajarse un poco.

—Llevadme a casa... Por favor... a casa.

—No te preocupes por nada. Nosotros cuidaremos de ti.

* * *

O se movía rápidamente por el claro del bosque, alejándose de la matanza, corriendo agazapado casi pegado al suelo. Su camioneta estaba aparcada carretera abajo, a un kilómetro de ahí. Imaginaba que llegaría en otros tres o cuatro minutos, y hasta ese momento nada ni nadie lo estaba persiguiendo.

Había escapado en el instante en que el destello de luz iluminó completamente el claro. Supo enseguida que nada bueno podía venir después de un chispazo de tal magnitud. Se imaginó que era gas nervioso o el anuncio de una explosión de todos los diablos, pero luego escuchó un rugido. Cuando miró hacia atrás, se detuvo en seco. Algo había diezmado a sus compañeros restrictores.

Una criatura. Salida de la nada.

No se quedó mucho tiempo, y ahora, mientras corría, O se volvió a mirar una vez más para cerciorarse de que no lo seguían. El camino que dejaba a sus espaldas seguía vacío, y más adelante divisó su camioneta. Cuando llegó, se arrojó al interior, arrancó el motor y pisó el acelerador a fondo.

Lo primero era alejarse de aquel lugar. Seguro que una masacre así llamaría la atención. Ya debió llamarla por el tremendo bullicio que provocó, y más lo haría por lo que quedó allí al acabar. Tenía que serenarse y reconsiderar la situación. El señor X iba a enfurecerse hasta la locura con lo sucedido. El escuadrón de restrictores de primera clase de O había desaparecido, y los otros miembros a los que invitó a presenciar el castigo de E también estaban muertos. Seis cazavampiros liquidados en poco más de media hora.

Y para colmo no sabía gran cosa del monstruo que había causado el daño. Estaban colgando el cuerpo de E en el árbol cuando el Escalade se detuvo a un lado del camino. Un guerrero rubio había salido como el rayo; era tan grande y veloz que obviamente se trataba de un miembro de la Hermandad. Había otro macho con él, también increíblemente letal, así como un humano, aunque sólo Dios sabía lo que ese tipo estaba haciendo con los dos hermanos.

La lucha duró unos ocho o nueve minutos. O se había enfrentado al rubio, lo había golpeado varias veces sin causar un efecto apreciable en la energía y la fuerza atacante del vampiro. Estaban totalmente enfrascados en una lucha cuerpo a cuerpo cuando uno de los otros restrictores disparó un arma. O se agachó y rodó hacia un lado, evitando la bala por muy poco. Cuando alzó la vista, el vampiro se apretaba el hombro y caía de espaldas.

O había arremetido contra él, esperando dominarlo, pero en el momento de abalanzarse, el restrictor que tenía el arma también había tratado de llegar al vampiro. El muy idiota tropezó contra la pierna de O y ambos cayeron. Luego se había encendido esa luz y apareció el monstruo. ¿Era posible que, de alguna manera, la bestia hubiera salido del guerrero rubio? Por Dios, menuda arma secreta sería ésa.

O recordó con detalle al guerrero, rememorando sus ojos, la cara, la ropa que llevaba y su manera de moverse. Contar con una buena descripción física del hermano de cabellera rubia era crucial para los interrogatorios de la Sociedad. Las preguntas específicas planteadas a los prisioneros tenían más probabilidades de conducir a respuestas útiles.

Lo que estaban buscando era precisamente información sobre los hermanos. Tras décadas limitándose a liquidar civiles, ahora los restrictores tenían la mira puesta en la Hermandad. Sin esos guerreros, la raza de los vampiros sería muy vulnerable y los cazavampiros podrían completar por fin su trabajo de erradicar la especie.

O se detuvo cerca de un parque de atracciones. Desde donde estaba, se veían las luces y los rayos láser de las atracciones. Pensó que lo único bueno de la noche había sido el rato que pasó matando a E lentamente. Aplacar su irritación sobre el cuerpo del cazavampiros había sido como beber una cerveza fría en un día de verano. Satisfactorio. Calmante.

Pero lo sucedido después le había puesto de nuevo los nervios de punta.

Abrió la tapa de su teléfono móvil y oprimió un botón de marcación rápida. No había por qué esperar a llegar a casa para informar de lo sucedido. La reacción del señor X iba a ser peor si pensaba que le habían ocultado la noticia.

—Tuvimos un problema —dijo cuando respondieron a su llamada.

Cinco minutos después colgó, hizo girar en redondo la camioneta y puso rumbo a la zona rural de la población.

El señor X había exigido una reunión para recibir explicaciones. En su cabaña privada, en el bosque.

Rhage sólo podía ver sombras, porque sus ojos eran incapaces de enfocar o soportar mucha luz. Detestaba semejante pérdida de facultades y hacía lo posible por seguir con la vista las dos grandes formas que se movían a su alrededor. Cuando unas manos lo sujetaron por las axilas y los tobillos, gruñó.

—Tranquilo, Rhage, sólo vamos a levantarte —dijo V.

Un relámpago de dolor recorrió todo su cuerpo cuando lo levantaron del suelo y lo pusieron en la parte trasera del Escalade. Allí lo tendieron. Cerraron las puertas. El motor se encendió con un ronroneo sordo.

Tenía tanto frío que los dientes le castañeteaban, y trató de abrigarse más con algo que sentía sobre los hombros. No podía mover las manos, pero alguien lo cubrió con lo que supuso que era una chaqueta.

—Aguanta ahí, grandullón.

Butch. Era Butch.

Rhage hizo un esfuerzo por hablar, fastidiado por el mal sabor que sentía en la boca.

—No, relájate, Hollywood. Te repondrás enseguida. V y yo te llevaremos a casa.

El vehículo empezó a moverse, saltando un poco al salir del arcén y entrar en la carretera. Gimió como un timorato, pero no pudo evitarlo. Sentía como si lo hubieran golpeado con un bate de béisbol en todo el cuerpo. Un bate con una púa en el extremo.

Y los dolores en huesos y músculos eran un problema menor comparado con lo que sentía en el estómago. Rogaba porque llegaran a la casa antes de vomitar en el coche de V, pero no había ninguna garantía de que pudiera aguantar tanto. Sus glándulas salivares estaban trabajando a su máxima capacidad, así que tenía que tragar repetidamente, lo cual reactivaba las arcadas. Lo que a su vez incitó una náusea incontrolable. Y no quedaba más remedio que...

Tratando de salir de aquella espiral de la náusea, respiró lentamente a través de la nariz.

—¿Cómo vas, Hollywood?

—Prométeme. Ducha. Lo primero.

—Prometido, amigo.

Rhage se figuró que se había desmayado, porque despertó mientras lo sacaban del vehículo. Escuchó voces familiares. La de V. La de Butch. Un gruñido profundo que sólo podía ser de Wrath.

Nuevamente perdió la conciencia. Cuando volvió en sí, había algo frío en su espalda.

—¿Puedes levantarte? —preguntó Butch.

Rhage lo intentó y se sintió agradecido cuando sus muslos pudieron con su peso. Fuera del coche, su estómago pareció calmarse.

Sus oídos captaron un dulce tintineo, y un momento después un cálido torrente cayó sobre su cuerpo.

—¿Qué tal la notas, Rhage? ¿Demasiado caliente? —La voz de Butch. Muy cerca.

El policía estaba en la ducha con él. Y olía a tabaco turco. V también debía de estar en el baño.

—¿Hollywood? ¿Está demasiado caliente para ti?

—No. —Torpemente, buscó a tientas el jabón—. No puedo ver nada.

—Mejor así. No tienes por qué saber qué aspecto tenemos así, desnudos, juntos. Francamente, yo estoy lo suficientemente traumatizado por ambos.

Rhage sonrió a medias mientras una toallita le fregaba la cara, el cuello, el pecho.

Aquello le sentaba muy bien. Echó la cabeza hacia atrás, dejando que el jabón y el agua se llevaran consigo los restos de las andanzas de la bestia.

La ducha terminó demasiado pronto. Le envolvieron una toalla alrededor de la cadera mientras lo secaban con otra.

—¿Hay algo más que podamos hacer por ti antes de acostarte? —preguntó Butch.

—Alka-Seltzer. Armario.

—V, trae unas pastillas, ¿quieres? —La mano de Butch rodeó la cintura de Rhage—. Apóyate en mí, amigo. Sí, eso es. Maldición, tenemos que dejar de alimentarte. Pesas demasiado.

Rhage dejó que lo guiaran hasta la habitación.

—Muy bien, grandullón, a acostarte.

Cama. Descanso. Maravilloso.

—Y mira quién está aquí. La enfermera Vishous.

Rhage sintió que le levantaban la cabeza y luego le ponían un vaso en la boca. Bebió cuanto pudo y se derrumbó de nuevo sobre las almohadas. Estaba a punto de perder el sentido cuando escuchó la voz de Butch, apenas un susurro.

—Al menos la bala lo atravesó limpiamente. Pero, amigo, no tiene buena pinta.

V respondió en voz baja.

—Estará bien en uno o dos días. Se recupera rápido de cualquier cosa; pero todo esto es muy duro para él.

—Esa criatura era algo de otro mundo.

—Le preocupa mucho cuando aparece. —Se escuchó el ruidillo de un mechero y luego se sintió una fresca bocanada de aquel maravilloso tabaco—. Intenta fingir que no tiene miedo a la maldición. Tiene que mantener su fachada de galán y todo eso. Pero le aterroriza la posibilidad de hacer daño a alguien.

—Lo primero que preguntó cuando volvió en sí fue si tú y yo estábamos bien.

Rhage trató de dormir. El negro vacío era muchísimo mejor que escuchar a sus amigos apiadándose de él.

Noventa y un años, ocho meses, cuatro días. Después sería libre.

* * *

Mary estaba desesperada por conciliar el sueño. Cerraba los ojos. Respiraba profundamente. Relajaba los dedos de los pies uno por uno. Repasaba todos los números telefónicos que sabía. Nada funcionaba.

Rodó hasta ponerse boca arriba y se quedó mirando el techo. Cuando su mente evocó la imagen de John, se sintió agradecida. El chico era mejor que muchos otros temas en los que podía pensar.

Le parecía mentira que tuviese veintitrés años, aunque cuanto más pensaba en ello, más posible lo encontraba. Dejando de lado su fijación con *Matrix*, era increíblemente maduro. Viejo, en realidad.

Cuando llegó el momento de marcharse, ella había insistido en llevarlo en coche hasta su apartamento. Bella también los acompañó, así que los tres fueron hasta el centro de la ciudad con la bicicleta asomando por el portaequipajes del Civic. Dejar al chico frente a ese miserable edificio había sido difícil. Estuvo a punto de rogarle que regresara a casa con ella.

Al menos había accedido a ir a la casa de Bella al día siguiente por la noche. Y quizá la academia de artes marciales le abriera algunas puertas. Presentía que no tenía muchos amigos, y pensó que era un detalle muy dulce de Bella hacer un esfuerzo por él.

Con una pequeña sonrisa, Mary pensó en cómo había mirado John a su impresionante vecina. Con tímida admiración. Y Bella había encajado esa atención con cortesía, porque sin duda estaba acostumbrada a esa clase de miradas. Probablemente las atraía de forma permanente.

Por un momento, Mary se dio la satisfacción de imaginarse viendo el mundo a través de los perfectos ojos de Bella, caminando con las perfectas piernas de Bella y echándose el perfecto pelo de Bella sobre los hombros.

Fantasear le divirtió mucho. Decidió que iría a la ciudad de Nueva York y se pavonearía por la Quinta Avenida, vestida con ropa fabulosa. No, mejor la playa. Iría a la playa con un bikini negro. Diablos, con un tanga, es mucho mejor que un bikini negro.

Bueno, bueno, las fantasías empezaban a ir demasiado lejos.

Aun así, hubiera sido grandioso, por una vez, que un hombre se quedara mirándola con total adoración. Tenerlo... cautivado. Sí, ésa era la palabra. Le hubiera encantado que un hombre se sintiera cautivado por ella.

Pero eso nunca sucedería. Esa época de su vida, la de juventud, belleza y fresca sensualidad, había pasado. De hecho, nunca había existido. Y ahora era una mujer nada especial, de treinta y un años, que llevaba una vida muy difícil a causa del cáncer.

Mary gimió. No sentía pánico, pero estaba hundida hasta el cuello en la autocompasión. Y ésta era turbia, pegajosa y desagradable.

Encendió la luz y tomó la revista *Vanity Fair* con sombría determinación. «Dominick Dunne, llévame con tu revista, llévame lejos de aquí», pensó.

Cuando Rhage se quedó dormido, Butch y V salieron al pasillo y se dirigieron al estudio privado de Wrath. Generalmente, Butch no estaba presente cuando la Hermandad trataba sus asuntos, pero Vishous iba a hacer un informe sobre lo que habían encontrado de camino a casa, y Butch era el único que había visto de cerca al restrictor del árbol.

Cuando cruzó el umbral, tuvo la misma reacción que siempre sufría ante aquella decoración estilo Versalles: simplemente no encajaba. Todas esas espirales doradas en las paredes, esas pinturas del techo, de niños obesos con alas, y ese mobiliario extravagante. El lugar parecía la guarida de uno de aquellos anticuados franceses de peluca empolvada. No era el estado mayor de unos luchadores de élite.

Pero qué diablos. La Hermandad se había mudado a la mansión porque era conveniente y segura, no porque les gustara la chocante decoración.

Tomó una silla de patas largas y finas y trató de sentarse sin apoyar todo su peso, por lo que pudiera ocurrir. Cuando se acomodó, hizo una inclinación de cabeza en dirección a Tohrment, sentado sobre el sofá tapizado de seda del otro extremo de la habitación. El vampiro ocupaba la mayor parte del mueble, con su enorme cuerpo extendido sobre los cojines azules. Su cabello negro cortado al estilo militar y sus anchos hombros lo caracterizaban de tipo duro, pero la mirada azul contaba otra historia.

Debajo de toda esa dureza de guerrero, Tohr era en realidad un sujeto agradable. Y sorprendentemente afectivo, teniendo en cuenta que se ganaba la vida pateando culos de muertos vivientes. Era el líder oficial de la Hermandad desde que Wrath había ascendido al trono dos meses atrás, y el único guerrero que no vivía en la mansión. La shellan de Tohr, Wellsie, esperaba su primer hijo, y no estaba dispuesta a irse a vivir con un puñado de tipos solteros. ¿Quién podía reprochárselo?

—O sea, que habéis tenido un poco de diversión camino de casa —dijo Tohr a Vishous.

—Sí, y esta vez Rhage se ha empleado de verdad —replicó V sirviéndose un trago de vodka del bar.

Phury entró a continuación, e inclinó la cabeza a modo de saludo. A Butch le agradaba en verdad ese hermano, a pesar de que no tenían mucho en común. Sólo compartían cierto fetichismo en la vestimenta, aunque incluso ahí diferían. La rutina de Butch en cuanto a la ropa era como una capa nueva de pintura en una casa barata. En cambio el estilo y la masculina elegancia de Phury eran algo innato. Era letal, no cabía duda, pero daba una indudable sensación de metrosexual.

La impresión de caballero refinado no era sólo efecto de sus elegantes trapos, como el suéter de casimir negro y los finos pantalones de sarga que llevaba puestos. El hermano poseía la mata de cabello más asombrosa que Butch hubiera visto nunca. Las largas y abundantes ondas rubias, pelirrojas y castañas serían extraordinariamente hermosas incluso para una mujer. Y sus extraños ojos amarillos, que relucían como el oro bajo los rayos del sol, aumentaban su atractivo.

Por qué era célibe era un total misterio.

Cuando Phury fue hasta el bar y se sirvió un vaso de vino de Oporto, su cojera era apenas perceptible. Butch había escuchado que el sujeto perdió tiempo atrás la pierna por debajo de la rodilla. Ahora tenía una extremidad artificial, pero evidentemente eso no entorpecía lo más mínimo su rendimiento en el campo de batalla.

Butch volvió la vista cuando alguien más entró en la habitación.

Por desgracia, el gemelo de Phury había decidido comparecer a tiempo. Menos mal que al menos Zsadist fue hasta el rincón más apartado y allí se quedó, alejado del resto. Eso era bueno para Butch, porque aquel bastardo lo ponía muy nervioso.

El rostro lleno de cicatrices de Z y sus lustrosos ojos negros eran sólo la punta del iceberg de su chocante personalidad. El cabello cortado al rape, la quincalla alrededor del cuello y muñecas, los piercings; era un peligro ambulante, y acumulaba un odio de alto voltaje, suficiente para respaldar con hechos la impresión que daba. En el lenguaje de la policía, era una amenaza triple. Frío como la piedra. Perverso como una serpiente. Impredecible como el demonio.

Aparentemente, Zsadist había sido raptado de niño y vendido a alguna clase de practicantes de la esclavitud. Los ciento y pico años que pasó cautivo habían eliminado cualquier huella humana, o mejor dicho, vampírica, de él. Ahora no era más que un montón de oscuras pasiones atrapadas en una piel estropeada. Y cualquiera que supiera lo que le convenía se apartaba de su camino.

Del pasillo llegó el sonido de fuertes pisadas. Los hermanos callaron, y un momento después Wrath ocupó todo el umbral de la puerta.

Wrath era un individuo de pesadilla, enorme, con cabellos oscuros y labios crueles. Usaba gafas de sol todo el tiempo, llevaba mucho cuero y era la última persona del mundo a quien cualquiera querría fastidiar.

Pero también resultaba ser el primero en la lista de hombres que Butch elegiría para que le cuidaran las espaldas. Él y Wrath habían establecido un fuerte vínculo la noche que el vampiro recibió un disparo mientras rescataban a su esposa de manos de los restrictores. Butch ayudó, y eso bastaba. Eran inseparables.

Wrath entró en la habitación como si fuera el dueño del mundo entero. Este hermano se comportaba como un verdadero emperador, lo cual tenía sentido, porque eso era exactamente. El Rey Ciego. El último vampiro de pura sangre que quedaba en el planeta. El gobernante de su raza.

Wrath miró hacia Butch.

—Cuidaste bien de Rhage esta noche. Te lo agradezco.

—Él hubiera hecho lo mismo por mí.

—Sí, lo habría hecho. —Wrath fue detrás del escritorio y se sentó, cruzando los brazos sobre el pecho—. Esto es lo que sucede. Havers atendió un caso de trauma esta noche. Macho civil. Golpeado hasta la náusea, apenas consciente. Antes de morir, le contó a Havers que los restrictores lo habían torturado. Querían saber algo de la Hermandad, dónde vivíamos, qué sabía de nosotros.

—Otro —murmuró Tohr.

—Sí. Creo que estamos ante un cambio de estrategia de la Sociedad Restrictiva. El macho describió un lugar acondicionado para interrogatorios violentos. Por desgracia, murió antes de poder dar su ubicación. —Wrath clavó la mirada en Vishous—. V, quiero que visites a la familia del civil y les digas que su muerte será vengada. Phury, ve donde Havers y habla con la enfermera que escuchó la mayor parte de lo que dijo el macho. A ver si puedes conseguir alguna pista de dónde lo tenían y cómo escapó. No voy a permitir que usen a mis civiles como alfombrilla para limpiarse los zapatos.

—También lo están haciendo con los de su propia clase —interrumpió V—. Encontramos a un restrictor colgado de un árbol cuando veníamos. Rodeado de amigos suyos.

—¿Qué le hicieron?

Butch tomó la palabra.

—Muchísimo. Ya no respiraba, lo torturaron hasta matarlo. ¿Asesinan con frecuencia a los suyos?

—No. No lo hacen.

—Entonces se trata de una casualidad de mil demonios, ¿no es verdad? Un civil escapa de un campo de torturas esta noche. Un restrictor aparece convertido en alfiletero...

—Estoy de acuerdo contigo, policía. —Wrath se volvió hacia V—. ¿Obtuviste alguna información de esos restrictores, o Rhage arrasó con todo antes de poder preguntar algo?

V meneó la cabeza.

—Todo desapareció.

—No exactamente. —Butch buscó en su bolsillo y sacó la cartera que había retirado del restrictor linchado—. Le quité esto al que mataron. —Revisó el contenido y encontró el permiso de conducir—. Gary Essen. Qué casualidad, vivía en mi viejo edificio. Vaya, uno nunca conoce a los vecinos.

—Yo registraré el apartamento —dijo Tohr.

Cuando Butch entregó la cartera, los hermanos se pusieron de pie, listos para salir.

Tohr habló antes de que alguien se marchara.

—Hay otra cosa. Recibimos una llamada telefónica esta noche. Una hembra civil encontró a un macho joven que anda solo por ahí. Llevaba consigo el nombre Tehrror. Le dije que lo llevara al centro de entrenamiento mañana por la noche.

—Interesante —dijo Wrath.

—No puede hablar, y su traductora vendrá con él. A propósito, es humana. —Tohr sonrió y puso la cartera del restrictor en el bolsillo trasero de su pantalón de cuero—. Pero no hay que preocuparse por eso. Borraremos sus recuerdos.

* * *

Cuando el señor X abrió la puerta principal de la cabaña, la escasa preocupación que demostraba el señor O no mejoró su humor en lo más mínimo. El restrictor del otro lado parecía seguro, imperturbable. Algo de humildad lo hubiera ayudado un poco, pero ni la debilidad ni la sumisión eran parte de la naturaleza de ese hombre. Por ahora.

El señor X se dirigió a su subordinado secamente.

—¿Sabes algo? Todo lo que estamos hablando aquí no me convence en absoluto. No debí confiar en ti. ¿Te importaría explicarme por qué mataste a todo tu escuadrón?

El Señor O se dio vuelta en redondo.

—¿Disculpe? ¿Cómo dice?

—No trates de esconderte detrás de tus mentiras, es muy molesto. —El señor X cerró la puerta.

—Yo no los maté.

—¿Y una criatura lo hizo? Por favor, señor O. Por lo menos podrías ser más original. Mejor sería que culparas a la Hermandad. Eso habría sido más plausible.

El señor X fue hasta el otro extremo de la habitación principal de la cabaña, guardando silencio por un tiempo, tratando de que su subordinado se pusiera lo más nervioso posible. Ociosamente revisó su ordenador portátil y luego paseó la vista por sus aposentos privados. El lugar era rústico, el mobiliario escaso, las treinta hectáreas que rodeaban la propiedad eran una excelente barrera defensiva. El inodoro no funcionaba, pero como los restrictores no comían, esa clase de instalaciones era innecesaria. Sin embargo, la ducha funcionaba perfectamente.

Y hasta que se instalaran en otro centro de reclutamiento, aquel humilde puesto de avanzada sería el cuartel general de la Sociedad.

—Le he dicho exactamente lo que vi —dijo el señor O, rompiendo el silencio—. ¿Por qué habría de mentir?

—El porqué es irrelevante para mí. —El señor X abrió con indiferencia la puerta de la alcoba. Los goznes rechinaron—. Debes saber que envié un escuadrón a ese lugar mientras tú venías hacia acá. Informaron de que no quedaba nada de los cadáveres, así que presumo que los sepultaste en algún lugar desconocido. Y confirmaron que hubo una lucha de grandes proporciones, con mucha sangre. Imagino cómo habrá luchado tu escuadrón contra ti. Debiste luchar espectacularmente para ganarlos.

—Si los hubiera matado como dice, ¿por qué está limpia la mayor parte de la ropa que llevo?

—Te cambiaste antes de venir. No eres estúpido. —El señor X se colocó bajo el dintel de la puerta de la alcoba—. Así que aquí estamos, señor O. Eres una maldita molestia, y la pregunta que necesito hacerme es si tú vales toda esta irritación. Esos que mataste allá eran Veteranos. Restrictores avezados. ¿Sabes cuánto tiempo...?

—Yo no los maté...

El señor X dio dos rápidos pasos hacia delante y le propinó un golpe a O en la mandíbula. El otro hombre cayó al suelo.

El señor X colocó después una de sus botas sobre un lado de la cara del señor O, inmovilizándolo.

—Terminemos ya con las mentiras, ¿quieres? ¿Tienes idea de cuánto tiempo cuesta fabricar un Veterano? Décadas, siglos. Tú te las arreglaste para aniquilar a tres de ellos en una sola noche. Eso te lleva a un total de cuatro, contando al señor M, a quien mataste sin mi permiso. Y también están los Beta que también asesinaste esta noche.

El señor O estaba completamente furioso; su mirada feroz asomaba desde el otro lado de la suela de la bota Timberland. El señor X apoyó todo el peso del cuerpo sobre su pie, hasta que los párpados del otro restrictor se abrieron completamente por efecto de la presión.

—Así que, de nuevo, tengo que preguntarme, ¿vales la pena? Hace sólo tres años que estás en la Sociedad. Eres fuerte, eres efectivo, pero estás demostrando ser imposible de controlar. Te coloqué entre Veteranos porque presumí que así alcanzarías su nivel de excelencia y temple. En lugar de eso, los mataste.

El señor X sintió que la sangre le hervía y se recordó a sí mismo que la ira no era apropiada para un líder. La calma, el dominio y la sangre fría funcionaban mejor. Respiró profundamente antes de hablar de nuevo.

—Has aniquilado a algunos de nuestros mejores efectivos esta noche. Y eso tiene que parar, señor O. En este preciso momento.

El señor X levantó la bota. El otro restrictor se puso en pie de un salto inmediatamente.

Justo cuando el señor O estaba a punto de hablar, un extraño y discordante zumbido resonó a través de la noche. Giró la vista en dirección al sonido.

El señor X sonrió.

—Ahora, si no te importa, entra en la alcoba de inmediato.

El señor O se agazapó, colocándose en posición de ataque.

—¿Qué es eso?

—Es hora de proceder a una pequeña modificación de comportamiento. Un leve castigo también. Así que entra en la alcoba.

Para entonces el sonido era tan alto que parecía más una vibración en el aire que algo que los oídos pudieran registrar.

—Le he dicho la verdad —gritó el señor O.

—A la alcoba. El momento de hablar ya pasó. —El señor X miró por encima del hombro, en dirección al zumbido—. Venga, por todos los demonios.

Aplicó sus grandes músculos en el cuerpo del otro restrictor y arrojó a pulso al señor O hasta la otra habitación, dándole un empellón para dejarlo sobre la cama.

De un golpe, la puerta principal se abrió de par en par.

Los ojos del señor O casi se salieron de sus órbitas en cuanto vio al Omega.

—Oh... Dios... no...

El señor X limpió la ropa del hombre, le colocó la chaqueta y la camisa. Por añadidura, le peinó la oscura cabellera castaña y lo besó en la frente, como si fuera un niño.

—Si me disculpáis —murmuró el señor X—, os dejaré solos.

El señor X salió de la cabaña por la puerta trasera. Estaba entrando en el coche cuando empezaron los gritos.

CAPÍTULO
8

Ah, Bella, creo que llegó nuestro transporte. —Mary dejó caer de nuevo la cortina—. Es eso, o un dictador del tercer mundo anda perdido por Caldwell.

John fue hasta la ventana. Hizo señas admirativas.

—Mirad ese Mercedes —dijo con gestos—. Esas ventanillas ahumadas parecen blindadas.

Los tres salieron de la casa de Bella y se dirigieron hacia el coche. Un hombre pequeño, vestido con una librea negra, salió del puesto del conductor y dio la vuelta en torno al vehículo para recibirlos. Sorprendentemente, tenía aire festivo, era todo sonrisas. Con la fláccida piel de la cara, los largos lóbulos de las orejas y los carrillos colgantes, parecía que se estuviera derritiendo, aunque su radiante felicidad sugería que la desintegración era su estado ideal.

—Soy Fritz —dijo, haciendo una profunda reverencia—. Por favor, permítanme ser su chófer.

Abrió la puerta de atrás y Bella entró la primera. John la siguió, y cuando Mary estuvo acomodada sobre el asiento, Fritz cerró la puerta. Un segundo después estaban en camino.

A medida que el Mercedes avanzaba, Mary trató de ver hacia dónde se dirigían, pero las ventanillas eran demasiado oscuras. Presumió que habían tomado rumbo norte, pero quién sabía.

—¿Dónde queda ese lugar, Bella? —preguntó.

—No muy lejos. —La voz de la mujer no parecía muy segura. De hecho, se mostró muy nerviosa desde que Mary y John habían llegado a su casa.

—¿Sabes adónde nos llevan?

—Oh, claro —sonrió y miró a John—. Vamos a conocer a unos hombres de lo más asombroso que hayas visto.

Los instintos de Mary se agolparon en su pecho, enviándole toda clase de señales de alarma. Debería haber llevado su propio coche.

Veinte minutos más tarde, el Mercedes aminoró la velocidad y se detuvo. Luego avanzó unos centímetros. Se detuvo de nuevo. Esto ocurrió varias veces, a intervalos regulares. Finalmente, Fritz bajó su ventanilla y habló en algún tipo de intercomunicador. Recorrieron otro tramo y el automóvil se detuvo completamente. El motor se apagó.

Mary trató de abrir la puerta del coche. Estaba bloqueada.

«Misteriosos y peligrosos desconocidos, aquí estamos», pensó. Se imaginó sus propias fotografías en televisión, como víctimas de un crimen violento.

Pero el conductor los dejó salir inmediatamente, todavía con la misma sonrisa en la cara.

—¿Quieren seguirme?

Al salir, Mary miró a su alrededor. Estaban en alguna clase de aparcamiento subterráneo, pero no había otros coches. Sólo dos autobuses pequeños, del tipo de los que se usan en los aeropuertos.

Se mantuvieron cerca de Fritz y cruzaron un par de gruesas puertas metálicas que los condujeron a un laberinto de pasillos iluminados con tubos fluorescentes. Gracias a Dios, el sujeto parecía saber hacia dónde iba. Había bifurcaciones en todas las direcciones, aparentemente sin un plan racional, como si el lugar hubiera sido diseñado para que la gente se perdiera y no pudiese salir.

Pero había alguien que sabía en todo momento dónde estaban. Cada diez metros se veía una especie de pantallita en el techo. Mary las había visto antes en centros comerciales y también en hospitales. Cámaras de vigilancia.

Finalmente los hicieron pasar a una pequeña habitación dotada de un espejo bidireccional, una mesa y cinco sillas de metal. Había una pequeña cámara montada en la esquina opuesta a la puerta. Era exactamente como una sala de interrogatorios de la policía, o como debería ser, según los escenarios de las series de televisión.

—No tendrán que esperar mucho —dijo Fritz con una pequeña reverencia. Cuando salió, la puerta se cerró sola, como si estuviera dotada de voluntad propia.

Mary se acercó y tocó el pomo. Se sorprendió al ver que éste cedía fácilmente. Pero claro, quienquiera que estuviera a cargo del lugar no tenía que preocuparse por perder la pista de sus visitantes.

Se volvió a mirar a Bella.

—¿Te importaría decirme qué sitio es éste?

—Es una instalación.

—Una instalación.

—Ya sabes, para entrenamiento.

—Sí, pero ¿qué clase de entrenamiento? ¿Estos amigos tuyos son del gobierno o algo así?

—Oh, no. No.

John hizo señas.

—Esto no parece una academia de artes marciales.

—No me digas.

—¿Qué ha dicho? —preguntó Bella.

—Tiene tanta curiosidad como yo.

Mary regresó a la puerta, la abrió, y asomó la cabeza al pasillo. Cuando escuchó un sonido rítmico, dio un paso fuera de la habitación, pero no se aventuró más lejos.

Pasos. O mejor dichos, pies que se arrastraban. ¿Qué sería aquello?

Un hombre rubio y alto, vestido con una camiseta negra sin mangas y pantalones de cuero, dio vuelta a una esquina, tambaleándose. Parecía inestable sobre sus pies descalzos, con una mano sobre la pared y los ojos fijos en el suelo. Parecía mirar el terreno con mucho cuidado, como si necesitara hacerlo para mantener el equilibrio.

Daba la impresión de estar ebrio, o quizás enfermo, pero... ciertamente, era hermoso. De hecho, su cara era tan deslumbrante que ella tuvo que pestañear un par de veces. Mandíbula perfectamente cuadrada. Labios llenos. Pómulos firmes. Frente amplia. Su cabello era tupido y ondulado, más claro al frente, más oscuro en la parte de atrás, donde lo llevaba más corto.

Y su cuerpo era tan espectacular como su cabeza. Huesos grandes. Músculos fuertes. Sin grasa. Su piel era dorada incluso bajo las luces fluorescentes.

De repente, la miró. Sus ojos eran de un eléctrico color verde azulado, tan brillantes, tan vívidos, que casi parecían de neón. Y su mirada pareció atravesarla sin verla.

Mary retrocedió, y pensó que la falta de respuesta no era ninguna sorpresa. Hombres como él no notaban la presencia de mujeres como ella. Era una ley de la naturaleza.

Simplemente debía regresar a la habitación. No tenía sentido seguir allí, viendo cómo la ignoraba. El problema era que, mientras más se acercaba, más hipnotizada se sentía.

Dios, en verdad era... hermoso.

* * *

Rhage se sentía infernalmente mal mientras recorría el pasillo tambaleándose. Cada vez que la bestia surgía de él y su vista se tomaba unas pequeñas vacaciones, sus ojos tardaban lo suyo en volver al trabajo. El cuerpo tampoco quería funcionar, y brazos y piernas colgaban del torso como pesados fardos, no del todo inútiles, pero casi.

Y su estómago todavía estaba revuelto. El simple hecho de pensar en comida le provocaba náuseas.

Pero estaba hastiado de permanecer en su habitación. Doce horas acostado era suficiente pérdida de tiempo. Estaba decidido a llegar al gimnasio del centro de entrenamiento, saltar sobre una bicicleta estática, y desahogarse un poco...

Se detuvo, tensando los músculos. No podía ver mucho, pero sabía que no estaba solo en el pasillo. Alguien se encontraba muy cerca de él, a la izquierda. Y era un extraño.

Giró en redondo y dio un tirón a la figura parada bajo una puerta, agarrándola por la garganta, empujando el cuerpo hasta la pared opuesta. Demasiado tarde se dio cuenta de que era una hembra, y el agudo grito sofocado lo avergonzó. Rápidamente aflojó el apretón, pero no la soltó.

El esbelto cuello bajo la palma de su mano era cálido, suave. Su pulso era frenético, la sangre le corría por las venas a máxima velocidad. Se inclinó hacia delante y olió. Tras hacerlo se echó hacia atrás bruscamente.

Por todos los cielos, era una humana. Y estaba enferma, tal vez moribunda.

—¿Quién eres? —preguntó—. ¿Cómo has entrado aquí?

No hubo respuesta, sólo una respiración agitada. Estaba completamente aterrorizada. El vampiro olfateó el pánico de la chica. Suavizó la voz.

—No te haré daño. Pero no eres de aquí, y quiero saber quién eres.

La garganta latía bajo su mano, se movía ondulantemente, como si estuviera tragando.

—Me llamo... me llamo Mary. Estoy aquí con una amiga.

Rhage dejó de respirar. Su corazón se aceleró por un segundo y luego latió lentamente.

—Di eso otra vez —susurró.

—Me... me llamo Mary Luce. Soy amiga de Bella... Vinimos aquí con un chico, con John Matthew. Fuimos invitados.

Rhage se estremeció, una agradable sensación de euforia le recorrió toda la piel. La cadencia musical de su voz, el ritmo de su lenguaje, el sonido de sus palabras, se propagaron por su cuerpo, calmándolo, reconfortándolo. Encadenándolo dulcemente.

Cerró los ojos.

—Di algo más.

—¿Qué? —respondió ella, desconcertada.

—Habla. Háblame. Quiero escuchar tu voz otra vez.

La mujer permaneció en silencio, y él estaba a punto de exigirle que hablara cuando ella dijo al fin:

—No parece encontrarse bien. ¿Necesita un médico?

De repente él se sintió inseguro. Las palabras no importaban. Era su sonido: profundo, suave, un tranquilo roce en sus oídos. Sintió como si lo acariciaran desde dentro de su piel.

—Más, habla más —dijo, haciendo girar la palma de la mano alrededor de su cuello para poder sentir mejor las vibraciones de la garganta.

—¿Podría... podría, por favor, soltarme?

—No. —Levantó la otra mano. Mary llevaba puesto algo en el cuello, y él movió hacia un lado la gargantilla, colocando la mano sobre uno de sus hombros, para que no pudiera escapar de él—. Habla.

—Está atosigándome —acertó a decir, forcejeando.

—Lo sé. Habla.

—Por el amor de Dios, ¿qué quiere que diga?

Incluso exasperada, su voz era hermosa.

—Cualquier cosa.

—Bien. Quite la mano de mi garganta y déjeme ir, o voy a darle un rodillazo en bendita sea la parte.

Él rió. Luego empujó la parte inferior de su cuerpo contra el de ella, atrapándola con sus muslos y sus caderas. Ella se puso rígida al sentir el abrumador contacto. El vampiro sintió el cuerpo femenino. Era de constitución delgada, aunque no cabía duda de que se trataba de una hembra. Los senos se apretaron contra su pecho, las caderas de la mujer contra las suyas. Su estómago era suave.

—Sigue hablando —le dijo al oído. Qué bien olía. Limpia. Fresca.

Cuando ella le dio un empujón para apartarlo, él volcó todo su peso para inmovilizarla. La mujer soltó el aliento de golpe.

—Por favor —murmuró él.

El pecho de Mary se movía contra el suyo.

—Yo... no tengo nada que decir. Excepto que deje de aplastarme.

Él sonrió, cuidando de mantener la boca cerrada. No tenía sentido mostrarle sus colmillos, especialmente si ella no sabía lo que él era.

—Entonces di eso.

—¿Qué?

—Que no tienes nada que decir. Dilo. Una y otra y otra y otra vez. Hazlo.

Ella se enfadó, el aroma del miedo fue reemplazado por un olor picante, como de fresca y acre menta de jardín. Ahora estaba molesta.

—Dilo —ordenó él, ansioso por seguir experimentando aquellas sensaciones.

—Bien. Nada. Nada. Nada. —De repente, Mary rió, y el sonido de la risa le recorrió la espina dorsal como una centella, quemándolo—. Nada, nada. Na-da. Na-da. Naaaaaada. Ya. ¿Así está bien para usted? ¿Ahora me soltará?

—No.

Ella porfió de nuevo, creando una deliciosa fricción entre sus cuerpos. Y él supo instantáneamente el momento en que la ansiedad y la irritación de la mujer se convirtieron en algo más caliente. Olió su excitación sexual, un encantador aroma dulzón que flotó en el aire. Su cuerpo respondió a la llamada.

Tuvo una erección dura como el diamante.

—Háblame, Mary. —Movió la cadera contra ella trazando un pequeño círculo, frotando la erección contra su vientre, aumentando el dolor y el calor de la mujer.

Al cabo de un momento la tensión de la chica se aplacó, y su cuerpo se aflojó contra los embates de los músculos y la pasión. Las manos de la hembra se aplastaron contra la cintura del macho. Y luego se deslizaron lentamente hacia la espalda, como si no estuviera segura de por qué estaba respondiendo de aquella manera.

Se apretó contra ella otro poco, para mostrar su aprobación y animarla a tocarlo más. Cuando las palmas de las manos de la mujer se desplazaron por su espina dorsal, él soltó un gruñido gutural y dejó caer la cabeza para acercar el oído a su boca. Quería sugerirle otra palabra que decir, algo como «exquisito», o «susurro», o «lujuria».

¡No!, «esternocleidomastoideo» sería ideal.

El efecto que producía en él era casi narcótico, una tentadora combinación de necesidad sexual y profunda relajación. Como si estuviera teniendo un orgasmo y cayendo en un pacífico sueño al mismo tiempo. Algo que nunca antes había sentido.

Un escalofrío le recorrió el cuerpo.

Echó hacia atrás la cabeza en cuanto recordó lo que Vishous le había dicho.

—¿Eres virgen? —preguntó entonces Rhage.

La rigidez regresó al cuerpo de Mary como cemento en solidificación. Le propinó un empujón con todas sus fuerzas, sin conseguir moverlo ni un milímetro.

—¿Disculpe? ¿Qué clase de pregunta es ésa?

La ansiedad llevó al vampiro a apretarle el hombro con más fuerza.

—¿Alguna vez te ha poseído un macho? Contesta.

Su adorable voz adquirió un tono chillón, asustado.

—Sí. Sí, he tenido... un amante.

Desilusionado, aflojó la presión. Pero muy pronto sintió una sensación de alivio.

Considerándolo todo, no estaba muy seguro de necesitar encontrarse con su destino en ese momento.

Lo cierto era que, aunque no fuera su sino, aquella mujer humana era extraordinaria... algo especial.

Algo que tenía que poseer.

* * *

Mary aspiró con fuerza cuando disminuyó la compresión sobre su garganta.

«Ten cuidado con lo que deseas», pensó, recordando cuánto había querido que un hombre se sintiera cautivado por ella.

Pero lo sentido, lo sucedido, era lo que había esperado de esa experiencia. Estaba completamente abrumada. Por todo: por el cuerpo masculino presionándola, por la promesa sexual que bullía en él, por el poder letal que podía ejercer si se decidía a apretarle el cuello de nuevo.

—Dime dónde vives —dijo el hombre.

Al no obtener respuesta, hizo ondular la cadera, moviendo el colosal miembro erecto en círculos, presionándolo contra su vientre.

Mary cerró los ojos. Y trató de no pensar en lo que sentiría si estuviera dentro de ella mientras hacía eso.

El hombre bajó la cabeza y la rozó con los labios en un lado del cuello.

—¿Dónde vives?

Ella sintió una caricia suave, húmeda. Era la lengua, recorriéndole la garganta.

—Ya me lo contarás —murmuró él—, tómate tu tiempo. No tengo mucha prisa en este momento.

La cadera del hombre se apartó momentáneamente y regresó enseguida. Un muslo se introdujo entre sus piernas y empezó a frotarle el clítoris. La mano en la base de su cuello descendió hasta el esternón, posándose entre sus senos.

—Tu corazón está latiendo rápido, Mary.

—Es... es porque estoy asustada.

—Miedo no es lo único que estás sintiendo. ¿Por qué no verificas lo que están haciendo tus manos?

Mierda. Estaban aferradas a sus bíceps. Y lo apretaban, atrayéndolo hacia sí. Sus uñas estaban enterradas en la piel del macho.

Cuando lo soltó, él frunció el ceño.

—Me gusta mucho lo que haces, no lo dejes.

La puerta se abrió detrás de ellos.

—¿Mary? ¿Estás bi...? Oh... por Dios. —Bella arrastró las palabras.

Mary cruzó los brazos sobre el pecho cuando el hombre giró el torso y miró a Bella. Entornó los ojos, parpadeó varias veces, y luego se volvió a Mary.

—Tu amiga está preocupada por ti —dijo suavemente—. Dile que no debería estarlo.

Mary trató de zafarse y no le sorprendió que él dominara fácilmente sus espasmódicos esfuerzos.

—Tengo una idea —murmuró—. ¿Por qué no me suelta y así no tendré que tranquilizarla?

Una seca voz masculina resonó en el pasillo.

—Rhage, esa hembra no está aquí para tu placer, y esto no es el One Eye, hermano. Nada de sexo en el pasillo.

Mary trató de volver la cabeza, pero la mano colocada entre sus senos se deslizó hasta la garganta y luego le agarró la barbilla, inmovilizándola. Unos ojos verdes la taladraron.

—Los ignoraré a ambos. Si tú me imitas, podemos hacerlos desaparecer.

—Rhage, suéltala. —Siguió un severo torrente de palabras, en un idioma que ella no entendió.

Mientras la diatriba continuaba, la brillante mirada del rubio permaneció fija sobre ella, el dedo pulgar acariciando suavemente su mandíbula. Lo hacía despacio, con afecto, pero cuando le replicó al otro hombre, su voz fue dura y agresiva, tan poderosa como su cuerpo. El interlocutor respondió, ahora con tono menos agresivo. Parecía que el otro sujeto trataba de razonar con él.

Repentinamente, el rubio la soltó y retrocedió. La ausencia de su cálido y pesado cuerpo, curiosamente, la decepcionó.

—Nos veremos más tarde, Mary. —Le acarició la mejilla con el índice y le dio la espalda.

Sintiendo que se le aflojaban las rodillas, se recostó contra la pared, mientras él se alejaba vacilante, equilibrándose con un brazo extendido hacia la pared.

Mientras la tuvo a su merced, había olvidado que estaba enferma.

—¿Dónde está el chico? —preguntó, con tono perentorio, la voz masculina.

Mary miró a la izquierda. El sujeto era grande e iba vestido de cuero negro, con un corte de pelo de estilo militar y un perspicaz par de ojos de color azul marino.

Un soldado, pensó, sintiéndose algo más tranquila ante su presencia.

—¿El chico? —urgió el que parecía un soldado.

—John está aquí —replicó Bella.

—Entonces terminemos con esto.

El hombre abrió la puerta y se recostó contra ella de manera que Mary y Bella tuvieron que apretujarse para poder pasar. Él no les prestó atención, y clavó los ojos en John. Éste le devolvió la mirada con los ojos entornados, como tratando de clasificar al soldado.

Cuando todos estuvieron sentados a la mesa, el hombre inclinó la cabeza en dirección a Bella.

—Tú fuiste la que llamó.

—Sí. Ella es Mary Luce. Y éste es John. John Matthew.

—Soy Tohrment. —Volvió a enfocar los ojos en John—. ¿Cómo estás, hijo?

John hizo señas, y Mary tuvo que aclararse la garganta antes de traducir.

—Dice que bien, señor. Y que cómo está usted.

—Muy bien. —El hombre sonrió a medias y luego miró a Bella—. Quiero que esperes en el pasillo. Hablaré contigo después.

Bella dudó.

—No es un ruego —añadió el vampiro con voz neutral.

Cuando Bella hubo salido, el sujeto volteó la silla en dirección a John, se recostó en ella, y extendió las piernas en toda su longitud.

—Dime, hijo, ¿dónde creciste?

John movió las manos, y Mary tradujo.

—Aquí en la ciudad. Primero estuve en un orfanato, luego con un par de familias de acogida.

—¿Sabes algo sobre tu padre o tu madre?

John meneó la cabeza.

—Bella me dijo que tenías un brazalete con unos dibujos. ¿Quieres mostrármelo?

John se remangó y extendió el brazo. La mano del hombre aferró la muñeca del muchacho.

—Es muy bonito, hijo. ¿Lo hiciste tú?

John asintió con la cabeza.

—¿Y de dónde sacaste la idea de estos diseños?

John se zafó del apretón del soldado y empezó a hacer señas. Cuando se detuvo, Mary dijo:

—Sueña las figuras.

—¿Sí? ¿Te importa que te pregunte cómo son tus sueños? —El hombre regresó a su pose relajada en la silla, pero tenía los ojos entornados.

«Entrenamiento de artes marciales, y una mierda», pensó Mary. No tenía nada que ver con lecciones de kárate. Era un interrogatorio.

Cuando John vaciló, ella quiso tomar al chico de la mano y marcharse, pero tuvo el presentimiento de que el joven no estaría de acuerdo. Estaba completa e intensamente absorto en el hombre.

—Está bien, hijo. Describe tus sueños. Como quieras. Lo que sea estará bien.

John levantó las manos, y Mary hablaba a medida que él hacía señas.

—Eh... está en un lugar oscuro. Arrodillado frente a un altar. Detrás de él, ve escritos sobre la pared cientos de líneas de escritura en piedra negra... John, espera, más despacio. No puedo traducir cuando lo haces tan rápido. —Mary se concentró en las manos del muchacho—. Dice que en el sueño va una y otra vez a tocar una franja de escritura igual a la del brazalete.

El hombre frunció el ceño.

Cuando John bajó la vista, como avergonzado, el soldado volvió a hablar.

—No te preocupes, hijo, todo está bien. ¿Hay algo más sobre ti mismo que te parezca extraño? ¿Percibes cosas que quizá te hagan diferente de las demás personas?

Mary se agitó en la silla, verdaderamente incómoda por el rumbo que tomaban las cosas. Estaba claro que John iba a responder a cualquier pregunta que le hicieran, pero no sabían quién era ese hombre. Y Bella, aunque había hecho las presentaciones, se había sentido obviamente incómoda. No sabía qué estaba pasando allí.

Mary levantó las manos, a punto de hacerle a John una señal de advertencia, cuando el chico se desabotonó la camisa. Abrió un lado, exhibiendo una cicatriz circular sobre su pectoral izquierdo.

El hombre se inclinó hacia delante, estudió la marca y luego se reclinó.

—¿Dónde te hiciste eso?

Las manos del chico volaron frente a él.

—Dice que nació con la marca.

—¿Hay algo más? —preguntó el hombre.

John se volvió a mirar a Mary. Respiró profundamente y habló con signos.

—Sueño con sangre. Con colmillos. Con... morder.

Mary sintió que los ojos se le agrandaban, sin poder evitarlo.

John la miró ansioso.

—No te preocupes, Mary. No soy un psicópata ni nada parecido. Me aterroricé la primera vez que me asaltaron esos sueños, y la verdad es que no puedo controlar lo que hace mi cerebro.

—Sí, lo sé —dijo ella, tomándole la mano y apretándosela afectuosa.

—¿Qué ha dicho? —preguntó el hombre.

—Esa última parte iba dirigida a mí.

Aspiró profundamente. Y continuó traduciendo.

Bella se recostó contra la pared del pasillo y comenzó a trenzarse mechones de pelo, algo que siempre hacía cuando estaba nerviosa.

Había escuchado que los miembros de la Hermandad eran casi una especie aparte, pero nunca creyó que fuera verdad. Hasta ese momento. Esos dos machos no sólo eran colosales en lo físico; también irradiaban dominación. Diablos, hacían que su hermano pareciera un aficionado en el campo de la agresividad, y eso que Rehvenge era el tipo más rudo que conocía.

Dios santo, ¿qué había hecho llevando allí a Mary y a John? Estaba un poco menos preocupada por el chico, pero con Mary era otro cantar. La forma en que el guerrero rubio había actuado con ella anunciaba problemas graves. Sin sospecharlo, había puesto a hervir un mar de lujuria, y los miembros de la Hermandad de la Daga Negra no estaban acostumbrados a ser rechazados. Por lo que había oído contar, cuando querían una hembra, la tomaban.

Por fortuna, no se les conocía como violadores, aunque por lo que acababa de ver, no tendrían ninguna necesidad de serlo. Los cuerpos de esos guerreros estaban hechos para el sexo. Copular con uno de ellos, ser poseída por toda esa potencia, sería una experiencia extraordinaria.

Aunque Mary, siendo humana, bien podría no sentir lo mismo.

Bella recorrió el pasillo con la mirada, intranquila, tensa. No había nadie por los alrededores, y si tenía que permanecer quieta por más tiempo, el pelo le quedaría completamente lleno de pequeñas trenzas, estilo afro. Se echó hacia atrás la cabellera, escogió una dirección al azar, y caminó sin rumbo. Cuando captó el sonido de un lejano golpeteo rítmico, siguió el ruido hasta un par de puertas metálicas. Abrió uno de las batientes y cruzó el umbral.

El gimnasio tenía el tamaño de una cancha profesional de baloncesto, con suelo de madera barnizado y muy brillante. Había colchonetas de color azul aquí y allá, y luces fluorescentes empotradas en cajas colgaban del alto cielo raso. Un palco sobresalía hacia la izquierda, y bajo el saliente, pendiendo de cuerdas, había varios sacos de arena.

Un magnífico macho estaba vapuleando de lo lindo uno de ellos, de espaldas a la mujer. Bailando sobre las puntas de los pies, ligero como la brisa, lanzaba golpe tras golpe, agachándose, pegando, empujando la pesada bolsa con la fuerza de sus puños, de modo que el saco siempre estaba en movimiento.

No podía verle la cara, pero tenía que ser atractivo. El pelo, cortado al rape, era castaño claro, y llevaba puesto un suéter negro de cuello vuelto, pegado al cuerpo, y unos holgados pantalones de entrenamiento de nailon negro. Las correas de una funda de puñal se entrecruzaban sobre su ancha espalda.

La puerta se cerró a su espalda con un leve sonido metálico.

De un manotazo, el macho desenfundó una daga de hoja negra y la enterró en la bolsa. Rasgó el saco, y la arena y el relleno se derramaron sobre la colchoneta. Entonces, giró en redondo.

Bella se llevó una mano a la boca. Su cara estaba cruzada por una gran cicatriz, como si alguien hubiera tratado de cortarla por la mitad con un cuchillo. La gruesa línea empezaba en la frente, descendía por el puente de la nariz, y se curvaba sobre la mejilla. Terminaba en una de las comisuras de la boca, distorsionándole el labio superior.

Unos ojos entornados, negros y fríos como la noche, la observaron, y luego se fueron abriendo muy lentamente. Parecía desconcertado, su cuerpo permanecía inmóvil, agitado sólo por la fuerte respiración.

El macho la deseaba, pensó Bella. Y no estaba muy segura de cómo debía comportarse.

Pero en un instante la especulación y la confusión desaparecieron. En su lugar afloró una furia cortante que la llenó de terror. Sin apartar la vista del hombre, retrocedió hasta la puerta y apretó el pestillo. Al comprobar que no cedía, tuvo el presentimiento de que él la había aprisionado allí dentro.

El macho observó su forcejeo por un momento y luego fue hasta ella. Al tiempo que avanzaba sobre las colchonetas, hizo girar la daga en el aire y la atrapó por el mango. Nuevamente la hizo girar y la volvió a sujetar. Una y otra vez.

—No sé qué estás haciendo aquí —dijo con voz profunda—, además de fastidiar mi entrenamiento.

Cuando los terribles ojos recorrieron su cara y su cuerpo, la hostilidad que despedían era palpable; pero también irradiaban calor animal, una especie de amenaza sexual.

—Lo siento. No sabía...

—¿No sabías qué, hembra?

Dios, estaba muy cerca. Y era mucho más grande que ella.

Se apretó contra la puerta.

—Lo siento...

El macho colocó de un golpe ambas manos en el metal, una a cada lado de su cabeza. Ella vio de reojo el cuchillo que él sostenía, pero se olvidó del arma en cuanto el macho se inclinó sobre ella. Se detuvo justo antes de que sus cuerpos se tocaran.

Bella tomó aire con fuerza, oliéndolo. Su aroma la impactó, pues era lo más parecido al fuego que hubiera percibido jamás. Y ella respondió calentándose, esperando.

—Lo lamentas —dijo él, ladeando la cabeza y fijando la vista en su cuello. Cuando sonrió, asomaron sus colmillos, largos y muy blancos—. Sí, seguro que sí.

—Lo siento, sí, y mucho.

—Entonces pruébalo.

—¿Cómo? —preguntó ella con voz ronca.

—Al suelo, sobre las manos y las rodillas. Yo me haré cargo de todo.

Una puerta se abrió de golpe al otro lado del gimnasio.

—Oh, por Dios... ¡Suéltala! —Otro macho, éste con una larga cabellera, cruzó trotando el recinto—. Quítale las manos de encima, Z. Ahora.

El macho de la cara cruzada se inclinó de nuevo sobre ella, colocando la deforme boca junto a su oído. Algo le presionó el esternón, sobre el corazón. Era la yema del dedo del tipo.

—Te acaban de salvar, hembra.

Pasó junto a ella y salió por la puerta, justo cuando el otro macho llegaba a su lado.

—¿Estás bien?

Bella observó el destruido saco de boxeo. Apenas podía respirar, pero no estaba muy segura de si se debía al temor o a la excitación sexual. Probablemente a una combinación de ambas causas.

—Sí, eso creo. ¿Quién es ése?

El macho abrió la puerta y la guió hasta la sala de interrogatorios, sin responder a la pregunta.

—Hazte un favor y quédate aquí, ¿de acuerdo?

«Buen consejo», pensó ella cuando se quedó sola.

Rhage despertó de una sacudida. Al mirar el reloj colocado sobre la mesilla de noche, se alegró de poder enfocar y leer los números. Luego se enfureció cuando vio la hora que era.

¿Dónde diablos estaba Tohr? Había prometido llamar en cuanto hubiera terminado con la hembra humana, pero eso había ocurrido hacía más de seis horas.

Rhage tomó el teléfono y marcó el número del móvil de Tohr. Cuando le respondió el buzón de voz, soltó una maldición y colgó.

Al levantarse de la cama, se estiró cuidadosamente. Estaba dolorido y tenía el estómago revuelto, pero ya era capaz de moverse mucho mejor. Una ducha rápida y unos pantalones de cuero limpios contribuyeron a que se sintiera mejor, y se dirigió al estudio de Wrath. Pronto amanecería, y si Tohr no respondía al teléfono, probablemente era porque estaba haciéndole un informe detallado al rey antes de irse a casa.

Las puertas dobles de la habitación estaban abiertas, y allí estaba Tohrment en ropa deportiva, empaquetando algo sobre la alfombra Aubusson mientras hablaba con Wrath.

—Precisamente te buscaba —dijo Rhage arrastrando las palabras.

Tohr se volvió a mirarlo.

—Ahora iba a pasar por tu habitación.

—Claro, te creo. ¿Cómo va todo, Wrath?

El Rey Ciego sonrió.

—Me alegra verte otra vez en forma para la lucha, Hollywood.

—Sí, estoy listo, eso es seguro. —Rhage miró fijamente a Tohr—. ¿Tienes algo que decirme?

—En realidad no.

—¿Estás diciendo que no sabes dónde vive la humana?

—No sé si debes ir a verla, ¿qué te parece?

Wrath se recostó contra el respaldo de su silla y colocó los pies sobre el escritorio. Sus enormes botas con puntera metálica hacían que el delicado mueble pareciera un escabel.

Sonrió.

—¿Alguno de vosotros, par de idiotas, podría ponerme al tanto de esta conversación?

—Asuntos privados —murmuró Rhage—. Nada especial.

—Al diablo. —Tohr se volvió hacia Wrath—. Nuestro chico parece que quiere conocer mejor a la traductora humana del muchacho.

Wrath meneó la cabeza.

—Ah, no, no lo harás, Hollywood. Acuéstate con alguna otra hembra. Dios sabe que hay suficientes para ti. —Inclinó la cabeza en dirección a Tohr—. Como te decía, no me opongo a que el muchacho se una a la primera clase de aprendices, siempre y cuando verifiques sus antecedentes. Y esa humana también tiene que ser investigada. Si el chico desaparece de repente, no quiero que cause problemas.

—Yo me haré cargo de ella —dijo Rhage. Cuando ambos lo miraron con severidad, se encogió de hombros—. O me permites encargarme de esa mujer, o seguiré a quien lo haga. De un modo u otro, encontraré a esa hembra.

Las cejas de Tohr convirtieron su frente en un campo recién arado.

—Olvida eso ya, hermano. Suponiendo que el chico venga aquí, hay una conexión demasiado cercana con esa humana. Déjala en paz.

—Lo lamento. La deseo.

—Por Dios. Puedes llegar a ser una verdadera molestia, ¿sabes? No controlas tus impulsos y eres completamente obsesivo. Una combinación infernal.

—Escucha, de un modo u otro, poseeré a esa hembra. Ahora, ¿quieres que la investigue mientras lo hago, o no?

Cuando Tohr se frotó los ojos y Wrath soltó una maldición, Rhage supo que había ganado.

—Está bien —murmuró Tohr—. Averigua sus antecedentes y su conexión con el chico, y luego haz con ella lo que quieras. Pero cuando todo acabe, borra su memoria y no vuelvas a verla. ¿Lo has entendido? Bórrala tú también de tu memoria cuando hayas terminado, y no la vuelvas a ver.

—Trato hecho.

Tohr abrió la tapa de su móvil y oprimió unos botones.

—Te estoy enviando un mensaje de texto con el número de la humana.

—Y el de su amiga.

—¿También la quieres a ella?

—Sólo dame el número, Tohr.

* * *

Bella estaba preparándose para ir a la cama cuando sonó el teléfono. Lo descolgó, esperando que fuera su hermano. Detestaba que la llamara para cerciorarse de que estuviera en casa cuando la noche finalizaba. Como si ella anduviera por ahí, acostándose con hombres o algo así.

—¿Hola? —dijo.

—Llamarás a Mary y le dirás que se reúna conmigo esta noche para cenar.

Bella se puso en pie de un salto. El guerrero rubio.

—¿Has oído lo que te he dicho?

—Sí... ¿pero qué quiere hacer con ella? —preguntó, como si no lo supiera.

—Llámala ahora. Dile que soy un amigo tuyo y que pasará un rato divertido. Será mejor así.

—¿Mejor que qué?

—Que yo irrumpa en su casa para llegar hasta ella. Y eso es lo que haré, si me veo obligado.

Bella cerró los ojos y vio a Mary arrinconada contra la pared; el macho amenazante volcado sobre su amiga mientras la mantenía inmóvil. Iba tras ella por una sola y única razón: para aplacar todo el ardor sexual que tenía en el cuerpo. Para volcarlo en ella.

—Oh, por Dios... por favor, no la lastime. No es una de nosotros. Y está muy enferma.

—Lo sé. No le haré ningún daño.

Bella apoyó la cabeza en una mano, preguntándose qué sabría un macho duro como él de lo que hacía o no hacía daño.

—Guerrero... ella no sabe nada de nuestra raza. Es... se lo ruego, no...

—No me recordará cuando todo termine.

¿Y se suponía que eso debería tranquilizarla? Se sentía como si estuviera sirviendo a Mary en una bandeja, como si la estuviera traicionando.

—No puedes detenerme, hembra. Pero puedes facilitarle las cosas a tu amiga. Piénsalo. Se sentirá más segura si se reúne conmigo en un lugar público. No sabrá lo que soy. Será lo más normal del mundo para ella.

Bella detestaba que la presionaran, y no soportaba la idea de que estaba traicionando la amistad de Mary.

—Ojalá no la hubiera llevado conmigo —murmuró.

—Me alegro de que lo hicieras. —Hubo una pausa—. Tiene... algo muy especial.

—¿Y si lo rechaza?

—No lo hará.

—Pero ¿y si lo hace?

—Respetaré su decisión. No la forzaré. Te lo juro.

Bella se llevó la mano a la garganta y enredó un dedo en el collar de diamantes falsos que siempre usaba.

—¿Dónde? —preguntó al fin con desaliento—. ¿Dónde quiere reunirse con ella?

—¿Dónde se reúnen los humanos para citas normales?

¿Cómo diablos iba ella a saberlo? Pero entonces recordó que Mary había dicho algo sobre una colega suya que se había citado con un hombre... ¿Cómo se llamaba ese lugar?

—TGI Friday's —dijo—. Hay uno en la plaza Lucas.

—Bien. Dile que a las ocho en punto, esta noche.

—¿Qué nombre debo darle?

—Dile que soy... Hal. Hal E. Wood.

—Guerrero.

—¿Sí?

—Por favor...

La voz se suavizó.

—No te preocupes, Bella. La trataré bien.

La comunicación se cortó.

* * *

En la cabaña del señor X, en lo profundo del bosque, O se sentó lentamente en la cama, asumiendo una postura rígida. Se pasó las manos por las húmedas mejillas.

El Omega se había marchado hacía sólo una hora, y el cuerpo de O todavía rezumaba líquidos por diferentes lugares, distintas heridas. No estaba seguro de poder moverse, pero tenía que salir lo antes posible de la habitación.

Cuando trató de ponerse en pie, su vista giró sin control, y se sentó de nuevo. A través de la pequeña ventana del otro lado de la alcoba vio que amanecía; el tibio fulgor se astillaba por efecto de las ramas de los pinos. No creyó que el castigo durara todo un día. Y en muchos momentos había estado seguro de que no iba a lograr soportarlo.

El Omega lo había llevado a lugares de su propio interior que no sabía que existieran. Sitios de terror y aversión a sí mismo. Rincones de total humillación y degradación. Y ahora, cuando había terminado, sentía como si no tuviera piel, como si estuviera totalmente abierto y expuesto. Todo su cuerpo era pura laceración en carne viva, que, por algún milagro podía respirar.

La puerta se abrió, los hombros del señor X ocuparon todo el umbral.

—¿Cómo te sientes?

O se cubrió con una sábana y abrió la boca. No salió nada. Tosió varias veces.

—So... sobreviví.

—Esperaba que así fuera.

Para O era difícil ver al tipo vestido con traje de calle, jugueteando con un portafolios, como si estuviera listo para iniciar otro productivo día de trabajo. En comparación con lo que O había soportado las últimas veinticuatro horas, la normalidad le parecía falsa y vagamente amenazadora.

El señor O sonrió un poco.

—Tú y yo vamos a hacer un trato. Te atienes a las normas y permaneces aquí, y eso no volverá a ocurrir.

O estaba demasiado agotado para discutir. Su resistencia volvería, estaba seguro, pero en ese momento lo único que quería era jabón y agua caliente. Y un tiempo de soledad.

—¿Qué me dices? —preguntó el señor X.

—Sí, de acuerdo. —A O no le importaba lo que tuviera que hacer, o lo que tuviera que decir. Sólo tenía que salir de esa cama... de esa habitación... de esa cabaña.

—Hay ropa en el baño. ¿Podrás conducir?

—Sí. Sí... estoy bien.

O pensó en la ducha de su propia casa, con sus azulejos color crema. Limpia. Siempre limpia. Y él también lo estaría cuando saliera de ella.

—Quiero que te hagas un favor a ti mismo, señor O. Cuando estés trabajando, recuerda todo lo que has sentido esta noche. Evócalo, mantenlo fresco en tu mente y aplícalo en tus proyectos. Puede que me irriten tus iniciativas, pero te despreciaría si te ablandaras ante mí. ¿Nos entendemos?

—Sí, señor.

El señor X le dio la espalda, pero luego se volvió a mirarlo por encima del hombro.

—Creo saber por qué el Omega te permitió vivir. Cuando se fue, se deshizo en elogios. Sé que le gustaría verte de nuevo. ¿Debo decirle que te agradaría mucho que te visitara?

O emitió un sonido ahogado. No pudo evitarlo.

El señor X rió por lo bajo.

—Tal vez no.

Mary paró en el aparcamiento de TGI Friday's. Al observar a su alrededor los coches y monovolúmenes de todo tipo, se preguntó cómo demonios había accedido a reunirse con un hombre desconocido para cenar. Por lo poco que podía recordar, Bella le había telefoneado esa mañana y de alguna manera la había convencido, pero maldita era si recordaba los detalles de la conversación.

A decir verdad, la memoria le fallaba mucho últimamente. Al día siguiente por la mañana iría al médico, y con eso en mente, se sentía aturdida. Como la noche anterior, por ejemplo. Juraría que fue a alguna parte con John y Bella, pero esa noche era un completo agujero negro en su cabeza. También le fallaba la memoria en el trabajo. Hoy había realizado sus labores cotidianas en el despacho de abogados. Cometió errores simples y se había quedado mirando al vacío largos ratos.

Cuando se apeó del Civic, trató de aclarar la mente lo mejor que pudo. Le debía al pobre tipo que se reuniría con ella un esfuerzo por permanecer alerta. Aparte de eso, no sentía presión alguna. Le había dejado a Bella muy claro que sería una cita de amigos. Pagarían a medias. Encantada de conocerte; fue un placer y hasta luego.

Actitud que de todos modos habría asumido aunque no hubiera estado tan distraída por la ruleta rusa médica que pendía sobre su cabeza. Además de hallarse alterada por el temor a estar enferma de nuevo, había perdido la práctica en el arte de las citas y estaba lejos de querer ponerse en forma de nuevo. ¿Quién necesitaría todo ese drama, o comedia, en sus circunstancias? La mayoría de los hombres solteros de su edad aún buscaban diversión, o ya estaban casados, y ella era poco divertida, por no decir aguafiestas. Seria por naturaleza, y con muy poca experiencia sexual.

Y tampoco tenía el aspecto de querer ir a una fiesta. Llevaba la ordinaria cabellera completamente estirada hacia atrás, y sujeta con una goma, en una cola de caballo. El jersey de lana de color crema que tenía puesto era holgado y cálido, muy informal. Sus pantalones caqui también eran cómodos, y sus zapatos planos marrones tenían las punteras gastadas. Probablemente parecía el ama de casa que nunca sería.

Cuando entró en el restaurante, la camarera la condujo hasta una mesa, en un rincón al fondo del local. Mientras dejaba el bolso, captó un olor a pimientos verdes y cebollas, y alzó la vista. Una camarera pasaba con un plato crepitante.

El restaurante era un hervidero de actividad y gente. Se escuchaba una gran algarabía. Los camareros iban y venían con bandejas de comida humeante o pilas de platos sucios. Familias, parejas y grupos de amigos reían, hablaban, discutían. El desenfrenado caos le pareció más abrumador que de costumbre, y el hecho de estar sentada sola la hizo sentirse totalmente aislada, como una impostora, una persona de mentira en medio de gente verdadera.

Todos tenían futuros prometedores. Ella en cambio... sólo citas con su médico, en el mejor de los casos.

Con una maldición, trató de controlar sus emociones, ahuyentando el pánico y las previsiones de catástrofes, y quedándose con la firme decisión de no pensar obsesivamente en la doctora Della Croce esa noche.

Mary pensó en animales y plantas de jardinería ornamental, y sonrió, justo cuando una apresurada camarera se acercó a la mesa. La mujer sirvió agua en un vaso de plástico, derramando un poco.

—¿Espera a alguien?

—Sí, así es.

—¿Quiere beber algo?

—Así estoy bien. Gracias.

Cuando la camarera se marchó, Mary tomó un sorbo de agua, que le supo a metal, y empujó el vaso lejos de sí. Con el rabillo del ojo captó una oleada de movimiento en la puerta principal.

Qué bárbaro.

Un hombre había entrado al restaurante. Un hombre muy, muy... muy apuesto.

Era rubio. Como una estrella de cine, hermoso, monumental con su gabardina de cuero. Los hombros del monumento eran tan anchos como la puerta por la que había entrado, sus piernas tan largas que era más alto que cualquiera de los presentes. A medida que se abría paso entre el tropel de gente de la entrada, los otros hombres bajaban la vista, desviaban la mirada o miraban sus relojes, como si supieran que no podían estar a la altura de su imponente competidor.

Mary frunció el ceño, sintiendo que lo había visto antes en algún lugar.

«Claro, será en el cine», se dijo. Tal vez estaban rodando una película en la ciudad.

El hombre se acercó a una de las camareras y la recorrió con la mirada de la cabeza a los pies, como calculando su talla. La pelirroja parpadeó, mirándolo a su vez con atónita incredulidad, y justo entonces su instinto femenino acudió al rescate. Se echó el cabello hacia delante, como queriendo asegurarse de que él lo notara, y luego movió de un golpe las caderas como si fuera lo más natural del mundo.

«Menuda lagarta», pensó Mary.

Cuando ambos empezaron a transitar por el restaurante, el hombre inspeccionó cada una de las mesas, y Mary se preguntó con quién cenaría.

A dos mesas de distancia había una rubia que estaba sola. Llevaba un suéter de angora ajustado al cuerpo, que dejaba adivinar un deslumbrante despliegue de atributos. Y la mujer irradiaba expectación mientras lo veía aproximarse entre las mesas.

«Bingo. Ken y Barbie», se dijo Mary.

Bueno, en realidad, no tan Ken. A medida que el sujeto caminaba, había algo en él que no encajaba totalmente con ese prototipo de perfección anglosajona, a pesar de su soberbia apariencia. Algo... animal. Sencillamente no movía su cuerpo igual que las demás personas.

De hecho, se movía como un depredador, sus anchos hombros se balanceaban siguiendo los vaivenes de su andar y la cabeza giraba de un lado a otro, explorando. Ella tuvo la incómoda sensación de que si él quisiera, podía matar a todos los presentes sin usar más arma que sus manos.

Apelando a su fuerza de voluntad, Mary se obligó a dirigir la mirada al vaso de agua. No quería quedarse embobada mirando, igual que todos aquellos idiotas.

Pero tuvo que alzar la vista otra vez.

Había pasado de largo ante la rubia y estaba plantado frente a una trigueña, al otro lado del pasillo. La mujer sonreía de oreja a oreja. Lo cual parecía muy razonable.

—Hola —dijo él.

«Vaya, quién lo hubiera dicho», pensó Mary. La voz del hombre también era espectacular. Tenía una modulación profunda y resonante.

—Hola.

El tono de la voz del hombre se agudizó.

—Tú no eres Mary.

Mary se puso tensa. «Oh, no».

—Seré quien tú quieras que sea.

—Busco a Mary Luce.

«Mierda».

Mary se aclaró la garganta, deseando estar en cualquier otro lugar y ser cualquier otra persona.

—Yo... eh, yo soy Mary.

El hombre se dio la vuelta. Cuando sus intensos ojos verdes la taladraron, su gran cuerpo se puso rígido.

Mary bajó la mirada rápidamente, hundiendo la pajita en el agua del vaso.

«No soy lo que esperabas, ¿no es así?», pensó.

El hombre se quedó callado, como sin saber qué decir. Estaba claro que buscaba una excusa socialmente aceptable para escapar corriendo.

Dios, ¿cómo había podido Bella humillarla de esta manera?

***

Rhage contuvo la respiración y observó a la humana con toda atención. Ah, era adorable. En absoluto lo que había esperado, pero adorable al fin y al cabo.

Su piel era pálida y tersa, como la papelería fina. Los huesos de su rostro eran igualmente delicados, su mandíbula formaba un grácil arco desde las orejas hasta la barbilla, sus mejillas eran firmes y coloreadas por un rubor natural. El cuello era largo y esbelto, como sus manos, y probablemente sus piernas. Su cabello, de color castaño oscuro, estaba recogido en una deliciosa cola de caballo.

No llevaba maquillaje, no se detectaba perfume alguno, y las únicas joyas que tenía puestas eran un par de diminutos pendientes de perla. Su jersey blanco era abultado y suelto, y sus pantalones también parecían holgados.

No había en ella absolutamente nada que llamara la atención. Distaba mucho de las hembras que le atraían. Y sin embargo, lo tenía hipnotizado.

—Hola, Mary —dijo al fin suavemente.

Esperaba que ella levantara la vista y le devolviera la mirada, porque no había podido observar bien sus ojos. Y estaba ansioso por escuchar su voz otra vez. Las dos palabras que había pronunciado fueron casi un susurro y eso no era ni mucho menos suficiente.

Extendió la mano, ansioso por tocarla.

—Soy Hal.

Ella dejó que la mano del hombre colgara entre ellos mientras tomaba el bolso y empezaba a escabullirse fuera de la mesa.

Él se plantó en su camino.

—¿Adónde vas?

—Mira, no importa. No se lo diré a Bella. Simplemente le haremos creer que hemos cenado.

Rhage cerró los ojos y filtró el ruido del local para poder absorber el sonido de su voz. Su cuerpo se agitó y luego se calmó con un pequeño estremecimiento.

Y entonces se percató de lo que ella había dicho.

—¿Y por qué habríamos de mentir? Cenaremos juntos de verdad.

La mujer apretó los labios, pero al menos cejó en su afán de escapar.

Cuando Rhage estuvo seguro de que no saldría corriendo, se sentó y trató de acomodar las piernas bajo la mesa. Al notar que ella lo miraba, dejó de mover las rodillas de un lado a otro.

Sus ojos no se correspondían con el dulce acento de su voz. Pertenecían más bien a una guerrera.

De un gris metálico, rodeados por pestañas del mismo color del pelo, eran solemnes, serios, le recordaban a machos que habían luchado y sobrevivido a la batalla. Eran tremendamente hermosos por la fuerza que emanaba de ellos.

Su voz vibró.

—Por Dios, ya lo creo que voy a cenar contigo.

Aquellos ojos brillaron y luego se entrecerraron.

—¿Siempre haces obras de caridad?

—¿Cómo dices?

Una camarera se acercó y colocó un vaso con agua frente a él, lentamente. Rhage pudo oler la lujuriosa señal de la hembra y eso lo irritó.

—Hola, soy Amber —dijo ella—. ¿Quieres algo de beber?

—Agua estará bien. Mary, ¿quieres algo más?

—No, gracias.

La camarera se acercó aún más a él.

—¿Quieres saber cuáles son nuestros platos especiales?

—Está bien.

Rhage no apartó la vista de Mary mientras la camarera recitaba la lista de especialidades. Pero ella le ocultaba los ojos.

Cuando terminó, la camarera se aclaró la garganta. Un par de veces.

—¿Seguro que no quieres una cerveza? ¿O tal vez algo un poco más fuerte? ¿Qué tal un trago de...?

—Estamos bien, vuelve luego para anotar lo que queremos. Gracias.

Amber entendió la indirecta.

Cuando estuvieron solos, Mary habló.

—De verdad, terminemos con...

—¿Te he dado algún indicio de que no quiero cenar contigo?

Ella posó la mano sobre el menú. Abruptamente, apartó la carta de un manotazo.

—No te me quedes mirando.

—Los machos hacen eso —dijo. «Cuando encuentran una hembra que desean», agregó para sí.

—Sí, bueno, no conmigo. Imagino cuán desilusionado estarás, pero no necesito que te concentres en los detalles, ¿entiendes? Y en verdad no me interesa soportar una hora en tu compañía, sacrificándote por tu amiga.

Qué voz. Estaba causándole el mismo efecto otra vez. Su piel era un festival de escalofríos, y luego se relajaba, y volvía a estremecerse. Tomó aire, tratando de captar algo de su aroma natural.

Ya se dejaba notar el silencio entre ellos, así que Rhage le devolvió la carta de un codazo.

—Decide lo que vas a pedir, a menos que sólo quieras quedarte ahí sentada, mirando mientras yo como.

—Puedo irme en cualquier momento que lo desee.

—Cierto. Pero no lo harás.

—Ah, ¿y por qué no? —Sus ojos brillaron, y su cuerpo se iluminó como una aparición.

—No vas a marcharte porque estimas a Bella lo suficiente para no avergonzarla haciéndome eso. Y a diferencia de ti, yo sí le diré que me dejaste plantado.

Mary frunció el ceño.

—¿Chantaje?

—Persuasión.

Ella abrió lentamente la carta y la miró.

—Aún estás mirándome.

—Sí.

—¿Te importaría mirar otra cosa? El menú, esa morena del otro lado del pasillo, qué sé yo. Hay una rubia estupenda dos mesas atrás, por si no lo habías notado.

—Nunca usas perfume, ¿verdad?

Los ojos de la mujer se alzaron para encontrarse con los del hombre.

—No, nunca.

—¿Puedo? —Inclinó la cabeza en dirección a una de sus manos.

—¿Cómo?

No podía decirle que quería olerle la piel de cerca.

—Puesto que estamos cenando y todo eso, parece de simple buena educación estrecharnos la mano, ¿no crees? Y aunque me rechazaste de muy mal talante la primera vez que traté de ser amable, estoy dispuesto a intentarlo de nuevo.

Cuando ella no respondió, él alargó el brazo hasta el otro lado de la mesa y tomó su mano entre la suya. Antes de que pudiera reaccionar, se inclinó y presionó los labios contra sus nudillos. Aspiró profundamente.

La respuesta de su cuerpo a aquel aroma fue inmediata. El miembro en erección se comprimió contra la bragueta de sus pantalones de cuero, tensando, empujando. Se movió un poco para abrirse campo entre los pantalones.

Dios, estaba ansioso por tenerla sola en casa.

Mary contuvo la respiración mientras Hal le soltaba la mano.

Tal vez estaba soñando. Sí, eso tenía que ser. Porque era demasiado hermoso. Demasiado sensual. Le ocurría a ella, y eso no podía ser real.

La camarera regresó, acercándose a Hal tanto como pudo. Sólo le faltaba sentarse en su regazo. La mujer se había retocado el brillo labial, lo cual no sorprendió a Mary. En conjunto, su actitud resultaba un poco ridícula.

—¿Qué vas a tomar? —preguntó a Hal.

Él miró al otro lado de la mesa y levantó las cejas. Mary meneó la cabeza y empezó a recorrer el menú con un dedo.

—Bien, veamos qué tenemos aquí —dijo él, abriendo su propia carta—. Tráeme un pollo Alfredo, un bistec jugoso y una hamburguesa con queso, también jugosa. La ración de patatas fritas que sea doble. Y unos nachos. Sí, quiero nachos con todo. Doble ración también ¿te parece?

Mary sólo acertó a quedarse mirándolo mientras cerraba la carta.

La camarera le miró un poco incómoda.

—¿Todo eso para ti y para tu hermana?

Mary se dio por enterada. Sólo una relación familiar podía explicar que aquel hombre y ella cenaran juntos.

—No, eso es sólo para mí. Y ella es mi cita, no mi hermana. ¿Mary?

—Yo... eh, sólo una ensalada César, cuando la... cena de él esté lista.

La camarera apuntó las peticiones y se marchó.

—Bueno, Mary, háblame un poco de ti.

—¿Y por qué no hablamos sobre ti?

—Porque entonces escucharía menos tu voz.

Mary se puso rígida, algo se removió bajo la superficie de su conciencia. Un difuso recuerdo.

«Habla. Quiero escuchar tu voz».

«Di que no tienes nada que decir, di cualquier cosa. Una y otra y otra y otra vez. Hazlo».

Hubiera podido jurar que ese mismo hombre le había dicho esas cosas, pero no lo había visto nunca. Lo recordaría, naturalmente.

—¿A qué te dedicas? —preguntó él.

—Soy secretaria ejecutiva.

—¿Dónde?

—En un despacho de abogados de esta ciudad.

—Pero hacías otra cosa, ¿no es así?

Ella se preguntó cuánto le había contado Bella sobre su vida. Esperaba que no le hubiese mencionado lo de la enfermedad. Quizás era ésa la razón de que todavía estuviera allí.

—¿No contestas?

—Antes trabajaba con muchachos.

—¿De maestra?

—De terapeuta.

—¿Física o mental?

—Ambas cosas. Era especialista en rehabilitación de niños autistas.

—¿Qué te impulsó a dedicarte a eso?

—¿De verdad tenemos que hacer esto?

—¿Hacer qué?

—Fingir que te interesa conocerme.

Él frunció el ceño y se recostó contra el respaldo de la silla cuando la camarera puso una enorme fuente de nachos sobre la mesa.

La mujer se inclinó y le habló al oído.

—No se lo digas a nadie. Robé esto de otro pedido. Ellos pueden esperar, y tú pareces muy hambriento.

Hal asintió y sonrió cortésmente, pero no pareció interesado.

Era educado, pensó Mary. Sentado allí, frente a ella, al otro lado de la mesa, no parecía prestar atención a otras mujeres.

Él le ofreció la bandeja. Cuando Mary negó con la cabeza, se introdujo un nacho en la boca.

—No me sorprende que la charla intrascendente te fastidie —dijo.

—¿Por qué lo dices?

—Has sufrido mucho.

Ella arrugó la frente.

—¿Exactamente qué te dijo Bella sobre mí?

—No mucho.

—¿Entonces cómo sabes que he sufrido mucho?

—Lo veo en tus ojos.

Se sintió inquieta. También era listo. Lo tenía todo.

—Pero no quiero que te molestes —dijo él, mientras se ocupaba en hacer desaparecer los nachos rápida y limpiamente—. Quiero saber qué te impulsó a interesarte en esa actividad, y tú vas a decírmelo.

—Eres un arrogante.

—Menuda sorpresa, ¿verdad? —sonrió—. Pero estás eludiendo mi pregunta. ¿Qué te llevó a trabajar en eso?

La respuesta era la lucha de su madre contra la distrofia muscular. Después de ver lo que ella había tenido que soportar, el deseo de ayudar a otras personas a sobreponerse a sus limitaciones se convirtió en una vocación. Quizás incluso una manera de liberarse de cierto sentimiento de culpa por estar sana mientras su madre estaba tan grave.

Y luego Mary tuvo que afrontar su propia enfermedad, más que grave.

Lo primero que pensó cuando la diagnosticaron fue que era injusto. Había visto a su madre afrontar todo el proceso de su enfermedad, lo había sufrido junto a ella. ¿Por qué exigía ahora el destino que ella sufriera en carne propia el dolor que ya había presenciado, y en parte padecido? Fue entonces cuando se dio cuenta de que no existe una cuota de dolor máximo para la gente, un límite que, una vez alcanzado, lo libra a uno milagrosamente y para siempre del trance del sufrimiento.

—Siempre quise hacer eso —dijo al fin, evasivamente.

—¿Entonces por qué dejaste de hacerlo?

—Mi vida cambió.

Por fortuna, él no profundizó en esa respuesta.

—¿Te gustó la experiencia de trabajar con chicos discapacitados?

—Ellos no son... no eran discapacitados.

—Claro. Lo siento —dijo él, con voz muy sincera.

La sinceridad de su voz eliminó su recelo de una forma que los cumplidos o las sonrisas nunca hubieran logrado.

—Simplemente son distintos. Experimentan el mundo de una forma diferente. Lo normal es lo que siente y hace la mayoría, pero no necesariamente la única forma de ser, o de vivir... —Hizo una pausa, al notar que él había cerrado los ojos—. ¿Te estoy aburriendo?

Hal abrió los párpados lentamente.

—Me encanta oírte hablar.

Mary contuvo un grito de asombro. De repente, los ojos del hombre eran de neón, brillantes, iridiscentes.

Debía llevar lentillas, pensó. Los ojos de las personas no tienen ese color verde azulado, metálico, asombroso.

—Lo diferente no te molesta, ¿verdad?

—No.

—Me alegro.

Sin saber muy bien por qué, le sonrió.

—Yo tenía razón —susurró el hombre.

—¿Sobre qué?

—Estás adorable cuando sonríes.

Mary apartó la vista.

—¿Te pasa algo?

—Por favor, ahora no saques a relucir tu capacidad seductora. Prefiero la charla intrascendente.

—Soy honesto, no encantador ni seductor. Puedes preguntar a mis hermanos. Siempre meto la pata cuando hablo.

¿Había más hombres como él? Qué familia.

—¿Cuántos hermanos tienes?

—Cinco. Ahora. Perdimos a uno. —Bajó la mirada y tomó un largo sorbo de agua, como si no quisiera que ella le viera los ojos.

—Lo lamento —dijo ella suavemente.

—Gracias. Fue hace muy poco. Y lo echo mucho de menos.

La camarera llegó con una pesada bandeja. Cuando sus platos estuvieron alineados frente a él y la ensalada de Mary sobre la mesa, la mujer tomó aire y se quedó esperando. Hal tuvo que mirarla para darle las gracias y forzarla a marcharse.

Atacó primero el pollo Alfredo. Hundió el tenedor en los fettuccini de guarnición, lo retorció hasta que tuvo un nudo de pasta entre los dientes del utensilio, y se lo llevó a la boca. Masticó pensativo, y agregó un poco de sal. A continuación probó el bistec, sobre el que espolvoreó algo de pimienta. Luego agarró la hamburguesa con queso. Ya estaba a medio camino de la boca cuando frunció el ceño y la devolvió a su lugar. Usó tenedor y cuchillo para cortar un bocado.

Comía como todo un caballero. Con un aire casi de exquisitez.

De repente, la miró.

—¿Qué ocurre?

—Lo siento, yo, eh... —La joven se ocupó otra vez de su ensalada. Pero enseguida volvió a mirarlo comer.

—No me quitas los ojos de encima y voy a ruborizarme —dijo con voz cansina.

—Lo siento.

—Yo no. Me gusta que me mires.

El cuerpo de Mary volvió a la vida. Se le cayó un pedazo de pan tostado sobre el regazo.

—¿Y qué es lo que miras? —preguntó él.

Ella usó la servilleta para limpiar ligeramente la mancha que había quedado sobre sus pantalones.

—Tus modales en la mesa. Son muy buenos.

—La comida es para saborearla.

Ella se preguntó qué otros placeres disfrutaba con tanta elegancia y deleite. Con lentitud. Concienzudamente. Imaginaba cómo sería su comportamiento erótico. Debía ser maravilloso en la cama. Ese gran cuerpo, esa piel dorada, esos dedos largos y delgados...

Mary sintió la garganta seca y tomó su vaso.

—¿Pero siempre comes tanto?

—Más. Ahora estoy un poco enfermo del estómago. Trato de ser frugal. —Echó un poco más de sal sobre los fettuccini—. Así que solías trabajar con niños autistas, pero ahora estás en un despacho de abogados. ¿Qué otras cosas haces? ¿Pasatiempos? ¿Cuáles son tus aficiones?

—Me gusta cocinar.

—¿De veras? A mí me gusta comer, como es evidente.

Ella frunció el ceño, tratando de no imaginarlo sentado a su mesa.

—Estás irritada otra vez.

Ella negó con la mano.

—Sí lo estás. No te gusta la idea de cocinar para mí, ¿no es cierto?

Su desinhibida honestidad la hizo pensar que podía decirle cualquier cosa y él le respondería exactamente lo que pensara y sintiera. Bueno o malo.

—Hal, ¿tienes alguna clase de filtro entre tu cerebro y tu boca? ¿Siempre dices lo que piensas?

—En realidad no tengo filtro, no. —Terminó el pollo Alfredo e hizo el plato a un lado. La emprendió con el bistec—. Háblame de tus padres.

Ella respiró hondo y habló.

—Mi madre murió hace cuatro años. Mi padre falleció cuando yo tenía dos años, por encontrarse en el lugar equivocado en el momento equivocado.

—Muy duro, perderlos a ambos.

—Sí, fue duro.

—Los míos también desaparecieron. Pero por lo menos ambos llegaron a la vejez. ¿Tienes hermanas o hermanos?

—No. Desde que tengo recuerdos, fuimos sólo mi madre y yo. Y ahora sólo yo.

Hubo un largo silencio.

—¿Y cómo llegaste a conocer a John?

—¿John?... Ah, ¿John Matthew? ¿Bella te habló sobre él?

—En cierto modo.

—No lo conozco muy bien. Llegó a mi vida recientemente. Pienso que es un chico especial, afable. Tengo el presentimiento de que las cosas no han sido fáciles para él.

—¿Conoces a sus padres?

—Me dijo que no tenía.

—¿Sabes dónde vive?

—Sé en qué zona de la ciudad. No es muy recomendable.

—¿Quieres salvarlo, Mary?

«Qué pregunta más extraña», pensó ella.

—No creo que necesite que lo salven, pero sí me gustaría ser su amiga. A decir verdad, apenas lo conozco. Simplemente se presentó en mi casa una noche.

Hal asintió con la cabeza, como si ella le hubiera dado la respuesta que quería.

—¿Cómo conociste a Bella? —preguntó Mary.

—¿No te gusta la ensalada?

Ella bajó los ojos al plato.

—No tengo hambre.

—¿Estás segura?

—Sí.

En cuanto hubo dado cuenta de la hamburguesa y las patatas, alcanzó la carta pequeña que estaba cerca del salero y el pimentero.

—¿Te apetece un postre? —preguntó.

—Esta noche no.

—Deberías comer más.

—Almorcé muy bien.

—No, eso no es cierto.

Mary cruzó los brazos sobre el pecho.

—¿Y cómo sabes tú eso?

—Puedo percibir tu hambre.

Ella dejó de respirar. Aquellos ojos estaban reluciendo de nuevo. Tan azules, tan brillantes, de color infinito, como el mar. Un océano que invitaba a zambullirse en él. A ahogarse en él. A morir apasionada y dulcemente en él.

—¿Cómo sabes que tengo... hambre? —insistió, sintiendo que el mundo daba vueltas.

La voz de él se hizo más suave, hasta convertirse en un susurro.

—Tengo razón, ¿no? ¿Qué importa cómo lo sé?

Por fortuna, la camarera llegó para recoger los platos y alivió la tensión del momento. Cuando Hal terminó de encargar una tarta de manzana, un dulce hecho con bizcocho de chocolate y nueces y una taza de café, Mary sintió que ya había regresado al planeta.

—¿Y tú cómo te ganas la vida? —preguntó.

—Haciendo esto y aquello.

—¿Eres actor? ¿Modelo?

Él rió.

—No. Puedo ser creativo, pero prefiero ser útil.

—¿Y cómo eres útil?

—Creo que podría decirse que soy un soldado.

—¿Estás en el ejército?

—Algo así.

Bueno, eso explicaría su aire peligroso. Su confianza física. La agudeza siempre perceptible en sus ojos.

—¿En qué arma, y con qué grado? —«Seguro que es marine», pensó. «O quizás comando de operaciones especiales».

La cara de Hal se puso tensa.

—Sólo soy un soldado raso. No tiene importancia.

Como salida de la nada, una nube de perfume invadió la nariz de Mary. Procedía en realidad de la camarera pelirroja, que llegaba a la mesa.

—¿Todo bien? ¿Todo a su gusto? —Cuando Hal se volvió a mirarla, prácticamente se podía oír el deseo de la mujer, de evidente que era.

—Sí. Todo bien, gracias —dijo él.

—Me alegro. —Deslizó algo sobre la mesa. Una servilleta. Con un número y un nombre escritos.

Cuando la mujer parpadeó, coqueta, y se alejó contoneándose, Mary bajó la vista y se miró las manos. Con el rabillo del ojo, vio su bolso.

«Es hora de irse», pensó. Por alguna razón, no quería ver a Hal guardar la servilleta en el bolsillo. Aunque tenía todo el derecho de hacerlo.

—Bueno, esto ha sido muy... interesante —dijo. Tomó su bolso y se levantó de la mesa arrastrando los pies.

—¿Por qué te vas? —Su gesto, ahora serio, le daba aspecto de verdadero militar, alejándolo mucho de su imagen de modelo de portada de revista.

Ella sintió un destello de inquietud en el pecho.

—Estoy cansada. Pero gracias, Hal. Esto ha sido... Bueno, gracias.

Cuando trató de pasar junto a él, Hal le sujetó la mano, acariciando con el pulgar la parte interior de su muñeca.

—Quédate hasta que termine mi postre.

Ella apartó la vista de su perfecto rostro y sus anchos hombros. La morena del otro lado del pasillo estaba poniéndose en pie y lo miraba con una tarjeta de presentación en la mano.

Mary se inclinó un poco.

—Estoy segura de que encontrarás muchísimas otras mujeres que podrán hacerte compañía. De hecho, una de ellas se dirige hacia ti en este preciso momento. Te desearía suerte con ella, pero creo que no la necesitas, parece una cosa segura.

Se dirigió en línea recta a la salida. El aire frío y el relativo silencio fueron un alivio después de tanta aglomeración y tanto barullo. Pero cuando ya se aproximaba a su coche, tuvo la sobrecogedora sensación de no estar sola. Miró hacia atrás, por encima del hombro.

Hal estaba justo detrás de ella, aunque juraría que lo había dejado en el restaurante. Giró sobre sus talones, su corazón latía como si quisiera salírsele del pecho.

—¡Jesús! ¿Qué estás haciendo?

—Acompañándote a tu coche.

—Yo... no te molestes.

—Demasiado tarde. Este Civic es el tuyo, ¿no?

—¿Cómo lo supis...?

—Las luces se encendieron cuando pulsaste el mando.

Se apartó de él, pero a medida que retrocedía, Hal avanzaba. Cuando chocó contra su coche, extendió las manos abiertas.

—Detente.

—No me tengas miedo.

—Entonces no me acoses.

Le dio la espalda para abrir la puerta del conductor. Entró y se sentó al volante. La mano del hombre salió disparada, y sujetó la puerta antes de que la cerrase.

—¿Mary? —La voz profunda sonó junto a su cabeza, y ella se sobresaltó.

Sintió su cruda seducción e imaginó el cuerpo del hombre alrededor del suyo. De pronto, el miedo se transformó en un anhelo lascivo.

—Déjame —susurró.

—Todavía no.

Oyó cómo aspiraba profundamente, como si la estuviera oliendo, y luego sus oídos se inundaron de un latido rítmico. El hombre parecía ronronear. Su cuerpo se relajó, se calentó, se abrió de piernas preparándose para aceptarlo dentro de ella.

Tenía que alejarse como fuera, pues estaba a punto de sucumbir.

Sujetó con fuerza el antebrazo del hombre y empujó. De nada le sirvió.

—Mary.

—¿Qué? —respondió ella bruscamente, ofendida porque se sentía excitada cuando debía estar furiosa. Por el amor de Dios, era un extraño, un extraño grande y agresivo, y ella una mujer sola a quien nadie echaría de menos si no regresaba a casa.

—Gracias por no dejarme plantado.

—No hay de qué. Ahora, ¿qué tal si me dejas marchar?

—En cuanto me des un beso de buenas noches.

Mary tuvo que abrir la boca para dejar entrar suficiente aire a sus pulmones.

—¿Por qué? —preguntó con voz ronca—. ¿Por qué quieres hacer eso?

Las manos de Hal se posaron sobre los hombros de Mary y la hicieron darse la vuelta. Su enorme estatura le impedía ver el resplandor del restaurante, las luces del aparcamiento, las estrellas en la distancia. Ante ella no había más que hombre, sólo hombre.

—Déjame besarte, Mary. —Deslizó las manos por su garganta y le tomó la cara por ambos lados—. Sólo una vez, ¿te parece bien?

—No, no me parece bien —susurró ella al tiempo que él le inclinaba la cabeza hacia atrás, con suavidad.

Los labios del vampiro descendieron y la boca de ella se estremeció. Había pasado mucho tiempo desde la última vez que la besaron. Y nunca la había besado un hombre semejante.

Sorprendentemente, el contacto fue suave, tenue. Muy dulce.

Y justo cuando una ráfaga de calor le rozó los senos y fue a alojarse entre sus piernas, escuchó un siseo.

Hal retrocedió dando traspiés y la miró de una manera muy extraña. Con un movimiento espasmódico, cruzó los gruesos brazos sobre el pecho, como si se contuviera a sí mismo.

—¿Qué pasa, Hal?

Él no dijo nada, sólo se quedó allí, mirándola fijamente. De no haber sido ridículo, habría pensado que estaba alterado por la emoción.

—Hal, ¿estás bien?

Él negó con la cabeza una vez.

Luego se alejó caminando y desapareció en la oscuridad que rodeaba el aparcamiento.

13

Rhage se materializó en el patio, al lado de la mansión.

No podía precisar con exactitud la sensación que experimentaba bajo la piel, pero era una especie de vibración de bajo nivel en músculos y huesos, como la de un diapasón. Lo que sí sabía con total seguridad era que nunca antes había sentido tal sensación. Y también sabía que le había asaltado en el instante mismo en que su boca había tocado la de Mary.

Ya que cualquier fenómeno diferente en su cuerpo era para él una señal de alarma, se había alejado inmediatamente de ella. No hallarse cerca de la hembra pareció ayudarle. El problema era que, ahora que la sensación estaba desvaneciéndose, su cuerpo necesitaba el alivio del desahogo sexual, y eso lo tenía crispado. No era justo. Cuando la bestia salía a la superficie, generalmente había después unos días de descanso.

Miró su reloj.

Maldición, quería ir a cazar restrictores para relajarse un poco, pero desde que Tohr había asumido el comando de la Hermandad, existían nuevas reglas. Ahora se suponía que Rhage debía enfriar sus motores durante un par de días hasta alcanzar de nuevo su plenitud de facultades. Con la muerte de Darius el verano anterior, el número de hermanos se había reducido a seis, y luego Wrath ascendió al trono, así que ahora eran solamente cinco. La raza no podía permitirse el lujo de perder a otro guerrero.

El descanso y la relajación tenían sentido, pero detestaba que le dijeran lo que debía hacer. Y no podía soportar estar mucho tiempo alejado del campo de batalla, especialmente cuando necesitaba aliviar algo su presión interior.

Tomó un juego de llaves del abrigo y fue hasta su coche, un GTO acondicionado para carreras. El automóvil despertó con un rugido, y un minuto y medio después ya se encontraba en la autopista. No sabía qué rumbo había tomado. No le importaba.

Mary. Aquel beso.

La boca de la mujer le supo increíblemente dulce, tanto que él había querido apartar esos labios con su lengua, y deslizarla dentro de ella. Introducirla, retirarla, y regresar para saborearla otra vez. Y luego hacer lo mismo con su cuerpo entre sus piernas.

Pero tuvo que detenerse. La asombrosa vibración le había alterado los nervios, así que era peligroso. Pero esa maldita reacción no tenía ningún sentido. Mary lo calmaba, le transmitía un poco de paz. Claro, él la deseaba, y eso debía alterarlo en alguna forma, pero no tanto como para hacerlo peligroso.

Quizás había malinterpretado la respuesta de su cuerpo. Tal vez la extraña corriente era simplemente atracción sexual de una clase más profunda de la que él estaba acostumbrado a experimentar... Normalmente sólo sentía el deseo de eyacular, cuanto antes, con el único propósito de que su cuerpo no tuviera tantas probabilidades de volverse contra él.

Pensó en las hembras que había tenido. Su número era incontable. Todas fueron en realidad cuerpos sin nombre ni rostro dentro de los cuales había descargado. Ninguna constituyó una fuente de verdadero placer para él. Las había manoseado y besado sólo porque, si ellas no se corrían también, se sentía como un violador.

Mierda, de todos modos se sentía como un violador. Lo era.

Así que, aunque no le hubiera hecho retroceder el zumbido que sintió al besar a Mary, él la habría dejado en paz en ese aparcamiento. Con esa adorable voz, esos ojos de guerrera y esa boca trémula, Mary no podía ser sólo objeto de otro polvo rutinario. Tomarla, aunque estuviera dispuesta, parecía la violación de algo puro, de algo mucho mejor que él.

Su teléfono móvil sonó y lo sacó del bolsillo. Al ver el nombre en el identificador, soltó una maldición, pero respondió a la llamada.

—Hola, Tohr. Ya iba a llamarte.

—Acabo de ver tu coche salir de aquí. ¿Vas a reunirte con la hembra humana?

—Ya lo hice.

—Qué rápido. Debe de haberte dado el tratamiento que te mereces.

Rhage rechinó los dientes. Por una vez no encontró de inmediato una respuesta aguda.

—Le hablé sobre el chico. No habrá ningún problema en ese sentido. Lo estima, siente pena por él, pero si desapareciera, ella no causaría problemas. Lo conoció hace muy poco tiempo.

—Buen trabajo, Hollywood. ¿Y adónde te diriges ahora?

—Sólo estoy dando un paseo, sin rumbo.

La voz de Tohr se suavizó.

—Te consumes por no poder luchar, ¿no es así?

—¿Y tú no?

—Por supuesto, pero no te preocupes, en muy poco tiempo, mañana por la noche, regresarás a la acción. Entretanto, podrías soltar toda esa adrenalina tuya en el One Eye. —Tohr rió entre dientes—. Por cierto, ya me han contado lo de las hermanas que despachaste hace dos noches, una tras otra. Amigo, eres asombroso, ¿lo sabías?

—Sí. Tohr, ¿puedo pedirte un favor?

—Lo que sea, hermano.

—¿Podrías no... fastidiarme con eso de las hembras? —Rhage respiró profundamente—. Porque la verdad es que odio todo eso, de verdad lo odio.

Quería dejar el asunto ahí, pero, de repente, las palabras salieron a borbotones sin que pudiera cerrar la boca.

—Odio el anonimato. Odio cómo me duele el pecho después de hacerlo. Odio los olores que quedan sobre mi cuerpo y mi pelo cuando llego a casa. Pero sobre todo odio el hecho cierto de que tendré que volver a hacerlo porque, si no lo hago, podría acabar hiriendo a cualquiera de vosotros, o a algún transeúnte inocente —suspiró—. Y sobre esas dos hermanas que te tienen tan impresionado, te diré que escojo a las que les importa un bledo con quién están, porque de otra manera no sería justo mi comportamiento. Esas dos promiscuas baratas de bar vieron mi reloj y mi coche y pensaron que yo era un trofeo para exhibir ante su chulo. Mis polvos con ellas tuvieron tanta intimidad como un accidente de tráfico. ¿Y esta noche qué pasará? Tú irás a casa con Wellsie. Yo regresaré solo. Tal como ayer. Y tal como lo haré mañana. Lo de andar con perras no es divertido para mí, y ha estado matándome durante muchos años, así que, por favor, no lo menciones más, ¿me has entendido?

Hubo un largo silencio.

—Joder... Lo siento. No lo sabía. No tenía idea...

—Ya. Escucha, tengo que colgar. Tengo que... colgar. Hasta luego. —Tenía una necesidad casi física de acabar con tal conversación.

—No, espera, Rhage...

Rhage apagó el teléfono y detuvo el coche a un lado de la carretera. Cuando miró a su alrededor, se dio cuenta de que se encontraba en un descampado, sin otra compañía que el propio bosque. Se inclinó y apoyó la cabeza sobre el volante.

Visiones de Mary ocuparon su mente. Y se percató de que había olvidado borrarle la memoria.

En realidad, no la había limpiado porque quería verla de nuevo. Y deseaba que ella lo recordara.

Oh, Dios... Eso era malo. Desde cualquier punto de vista.

Mary se dio la vuelta en la cama y se deshizo de mantas y sábanas, empujándolas con los pies. Medio dormida, estiró las piernas para tratar de refrescarse.

Maldición, seguramente había dejado el termostato de la calefacción demasiado alto...

Una horrible sospecha la despertó por completo y su mente se puso alerta en medio de una oleada de terror.

Fiebre de baja intensidad. Tenía fiebre de baja intensidad.

Santo Dios... Conocía la sensación demasiado bien, el sofoco, el calor seco, el dolor en las articulaciones. Y el reloj señalaba las cuatro y cuarto de la madrugada. Cuando estuvo enferma anteriormente, era más o menos la hora en que a su temperatura le gustaba subir.

Extendió la mano sobre la cabeza y abrió la ventana situada detrás de la cama. El aire frío se tomó la invitación en serio, y entró en ráfagas, refrescándola, calmándola. La fiebre bajó pronto, el brillo del sudor anunció su retirada.

Quizá simplemente tenía un resfriado. Los que padecían leucemia también tenían enfermedades normales, como los demás. No había duda.

Pero fuera lo que fuese, catarro o metástasis, ya no podría volver a dormirse. Se puso una chaqueta de lana sobre la camiseta sin mangas y fue al piso de abajo. Camino de la cocina, encendió cuantos interruptores de luz tuvo a su alcance, hasta que todos los rincones de la casa estuvieron iluminados.

Destino: la cafetera. No había duda de que responder correos electrónicos de la oficina y prepararse para el asueto del largo fin de semana del Día de la Raza era mejor que quedarse en la cama contando las horas que faltaban hasta la cita con el doctor.

Aún quedaban cinco horas y media.

Odiaba la espera.

Llenó la cafetera con agua y fue a la despensa a por la lata de café. Estaba casi vacía, de modo que sacó su suministro de reserva y el abridor de latas manual y...

No estaba sola.

Mary se inclinó hacia delante y miró por la ventana, sobre el fregadero. Sin luces encendidas en el exterior no pudo ver nada, así que dio la vuelta hasta la puerta corredera y accionó el interruptor que había junto a ella.

—¡Santo Dios!

Había una enorme silueta negra al otro lado del cristal.

Mary hizo ademán de ir a buscar el teléfono, pero se detuvo cuando vio un destello de cabello rubio.

Hal levantó la mano a modo de saludo.

—Hola. —El vidrio ahogaba su voz.

Mary se abrazó el estómago instintivamente, protegiéndose.

—¿Qué estás haciendo aquí?

Sus anchos hombros se encogieron.

—Quería verte.

—¿Para qué? ¿Y por qué a estas horas?

—Me pareció una buena idea —respondió, volviendo a encogerse de hombros.

—¿Estás loco?

—Sí.

Ella casi sonrió. Y luego se recordó a sí misma que no tenía vecinos cerca y que aquel hombre era un gigante medio desconocido.

—¿Cómo me has encontrado? —Pensó que quizás Bella le había dicho dónde vivía.

—¿Puedo entrar? O tal vez puedas salir, si así te sientes más cómoda.

—Hal, son las cuatro y media de la mañana.

—Lo sé. Pero ya ves, tú estás despierta y yo también.

Resultaba impresionante, con todo aquel cuero negro, y con la mayor parte de la cara en sombras. En ese momento era más amenazador que hermoso.

¿De verdad estaba pensando en abrir la puerta? Obviamente ella también estaba loca.

—Mira, Hal, no creo que sea una buena idea.

Él la miró fijamente a través del cristal.

—¿Entonces podemos hablar tal como estamos ahora?

Mary se quedó mirándolo, desconcertada. ¿Estaba dispuesto a quedarse allí, fuera de la casa, como un criminal, sólo para charlar?

—Hal, no quiero ofenderte, pero hay cerca de cien mil mujeres en esta zona de la ciudad que no sólo te dejarían entrar en su casa, sino también en su cama. ¿Por qué no vas a buscar una de ésas y me dejas en paz?

—Ellas no son Mary.

La oscuridad que caía sobre la cara hacía que su mirada fuera imposible de interpretar. Pero el tono de voz era enormemente sincero.

En la larga pausa que siguió, ella trató de convencerse a sí misma de que no debía dejarlo entrar.

—Mary, si quisiera hacerte daño, podría hacerlo en un instante. Aunque atrancases todas las puertas y ventanas entraría. Lo único que quiero es... hablar contigo un poco más.

Ella observó la anchura de sus hombros. Debía de tener razón al decir que podría entrar cuando lo deseara. Tuvo el presentimiento de que, si le decía que podía hablar a través de una puerta cerrada, él traería una de las sillas de jardín y se sentaría en la terraza.

Levantó el picaporte de la puerta corredera, la abrió y dio un paso atrás.

—Sólo explícame una cosa.

Él sonrió mientras entraba.

—Dispara.

—¿Por qué no vas con una mujer que quiera estar contigo? —Hal se detuvo en seco—. Lo que quiero decir es que esas mujeres del restaurante, todas, estaban pendientes de ti. ¿Por qué no estás... divirtiéndote con una de ellas? —Le hubiera gustado decir «copulando como un sátiro».

—Prefiero estar aquí hablando contigo, que dentro de una de esas hembras.

Ella se sintió un poco asqueada ante tal franqueza, pero entonces se dio cuenta de que no estaba siendo grosero, sólo abiertamente honesto.

Bueno, por lo menos en algo tenía razón: cuando se había retirado después de aquel beso, ella había presumido que era porque no había sentido pasión alguna. Evidentemente, había dado en el clavo. No estaba allí por deseo sexual, y se dijo que era bueno que no sintiera lujuria por ella. Casi llegó a creerlo.

—Estaba a punto de hacer café, ¿quieres un poco?

Él asintió y empezó a recorrer la sala de estar, tomando nota de cuanto veía. En contraste con el mobiliario blanco y las paredes color crema, su ropa negra resultaba siniestra; pero entonces ella lo miró a la cara. Él sonreía de una manera un poco tonta, como si se sintiera feliz por el solo hecho de estar dentro de la casa. Casi como un animal que hubiera estado encadenado en el patio y finalmente le permitieran entrar.

—¿No quieres quitarte la gabardina? —dijo ella.

Él se deshizo de la prenda de cuero y la arrojó sobre el sofá. El gabán cayó con un pesado golpe sordo, aplastando los cojines.

«¿Qué demonios tendrá en esos bolsillos?», se preguntó ella.

Entonces le miró el cuerpo y olvidó todo lo referente a la gabardina. Llevaba puesta una camiseta sin mangas que dejaba ver los poderosos brazos. Su pecho era amplio y bien definido, el estómago tan sólido que se podían ver los músculos abdominales aun bajo la camiseta. Piernas largas, muslos fuertes...

—¿Te gusta lo que ves? —preguntó él con voz profunda y serena.

«Sí, cómo no», pensó. Pero, por supuesto, no respondería a eso.

Se dirigió a la cocina.

—¿Te gusta fuerte el café?

Recogió el abrelatas, perforó la tapa del Hills Bros y empezó a dar vueltas a la manivela, como si en ello le fuera la vida. La tapadera cayó dentro del café molido y ella metió un dedo para sacarla.

—Te he hecho una pregunta —dijo él, muy cerca de su oído.

Mary dio un salto y se hizo un corte en el pulgar con el metal. Con un gemido, alzó la mano y se miró la incisión. Era profunda, sangraba.

Hal soltó una maldición.

—No quería asustarte.

—Sobreviviré.

Abrió la llave del agua, pero antes de que pudiera introducir la mano bajo el chorro, él le agarró la muñeca.

—Déjame ver. —Sin darle oportunidad de protestar, se inclinó sobre su dedo—. Es una herida grande.

Se llevó el dedo a la boca y chupó con suavidad.

Mary soltó un grito sofocado. La cálida y húmeda sensación de absorción la paralizó. Y luego sintió que le pasaba la lengua. Cuando la soltó, ella sólo acertó a mirarle, estupefacta.

—Mary —dijo él con tristeza.

Ella estaba demasiado impresionada para preguntarse a qué se debía ese cambio de humor.

—No has debido hacer eso.

—¿Por qué?

—¿Cómo sabes que no tengo sida o algo así?

Él se encogió de hombros.

—No importaría si lo tuvieras. Y no es que tenga ya la enfermedad.

Ella palideció, pensando que él era cariñoso e inconsciente, y que le había permitido llevarse a la boca una herida abierta.

—Entonces, ¿por qué no importaría?

—Sólo quería curarte. ¿Lo ves? Ya no sangra.

Ella se miró el pulgar. El corte parecía haber cicatrizado. La herida estaba curada. ¿Cómo diablos...?

—¿Ahora vas a responderme? —preguntó Hal, cortando deliberadamente las preguntas que ella estaba a punto de hacer.

Cuando alzó la vista, Mary notó que los ojos del hombre estaban reluciendo de nuevo, el verde azulado tenía un brillo hipnótico, irreal.

—¿Cuál era la pregunta? —murmuró.

—¿Te complace mi cuerpo?

Ella apretó los labios. Si le excitaba escuchar a las mujeres decir que era hermoso, regresaría a casa decepcionado.

—¿Y qué harías si no me gustara?

—Me taparía.

—Sí, claro.

Él ladeó la cabeza, como si no hubiera oído bien. Luego se dirigió a la sala de estar donde estaba su gabardina.

Por Dios, hablaba en serio.

—Hal, vuelve. No tienes que... yo... tu cuerpo me gusta.

Volvió sonriente.

—Me alegra. Quiero complacerte.

«Muy bien, señorito», pensó ella, «entonces quítate la camisa, deshazte de esos pantalones de cuero, y acuéstate sobre las baldosas. Nos turnaremos uno debajo del otro».

Maldiciéndose a sí misma, volvió a ocuparse del café. Mientras volcaba cucharadas de café molido en la cafetera, pudo sentir que Hal la miraba. Y lo oyó tomar aire por la nariz con fuerza, como si la estuviera oliendo. Y sintió que... se acercaba muy lentamente.

Punzadas de pánico le recorrieron el cuerpo. Estaba demasiado cerca. Era demasiado grande. Demasiado... hermoso. Y el calor y la pasión que despertaba en ella eran demasiado poderosos.

Cuando hubo acabado de poner la cafetera, se alejó de él.

—¿Por qué no quieres que te complazca? —preguntó el vampiro.

—Deja ya el asunto. —Cuando hablaba de complacer, en lo único que ella pensaba era en sexo.

—Mary. —La voz era profunda, resonante, penetrante—. Quiero...

Ella se tapó los oídos. De repente, sintió que la abrumaba la presencia de ese hombre en su casa. En su mente.

—No sé por qué te dejé pasar. Creo que deberías irte.

Sintió que una mano muy grande se posaba suavemente sobre su hombro.

Mary se puso fuera de su alcance, casi atragantándose. Él era salud, vitalidad y sexo crudo, y cientos de otras cosas que ella no podía tener. Él estaba totalmente vivo, y ella... muy probablemente enferma de nuevo.

Fue hasta la puerta corredera y la abrió.

—Vete, ¿de acuerdo? Por favor, vete.

—No quiero.

—Sal de aquí. Por favor. —Él se limitó a mirarla fijamente—. Santo cielo, eres como un perro callejero del que no puedo librarme. ¿Por qué no vas a importunar a otra?

El poderoso cuerpo de Hal se puso rígido. Por un momento pareció como si fuera a decir algo desagradable, pero luego recogió su gabán en silencio. Cuando lo ondeó para posarlo encima del hombro y se dirigió a la puerta, no se volvió a mirarla.

Vaya, era magnífico. Ahora se sentía fatal.

—Hal. Hal, espera. —Le tomó la mano—. Lo siento, Hal...

—No me llames así —dijo él bruscamente.

Cuando se soltó la mano encogiendo el hombro, ella se interpuso en su camino. Y deseó no haberlo hecho. Los ojos del hombre eran ahora totalmente fríos. Como fragmentos de aguamarina.

Fue cortante en las palabras que pronunció.

—Siento mucho haberte ofendido. Imagino el gran fastidio que sientes porque alguien quiera llegar a conocerte.

—Hal...

Él la empujó a un lado fácilmente.

—Dices eso una vez más y perforo la pared de un puñetazo.

Salió a grandes zancadas, en dirección al bosque que lindaba con el lado izquierdo de la propiedad.

Actuando por impulso, Mary metió los pies en un par de zapatillas deportivas, se echó una chaqueta sobre los hombros y salió corriendo por la puerta corredera. Atravesó el prado, llamándolo. Cuando llegó al borde del bosque, se detuvo.

No se escuchaban ramas rompiéndose, ni sonidos de un hombre grande caminando. Pero había tomado esa dirección. ¿O no?

—¡Hal! —gritó.

Pasó un buen rato antes de que, decepcionada, diera la vuelta y regresara a la casa.

Hiciste un buen trabajo anoche, señor O.

O salió del cobertizo construido detrás de la cabaña, pensando que la aprobación del señor X era pura mierda. Pero se guardó la irritación para sí mismo. Apenas había pasado un día desde que estuviera en las garras del Omega y no se sentía de humor para semejantes halagos.

—Pero el macho no nos dijo nada —murmuró.

—Eso es porque no sabía nada.

O hizo una pausa. Bajo la tenue luz del alba, la cara blanca del señor X brillaba como un farol.

—Disculpe, ¿cómo lo sabe, señor?

—Yo mismo lo trabajé antes de que llegaras. Tenía que cerciorarme de que podía fiarme de ti, no quería desperdiciar la oportunidad de comprobar si aún sigues siendo de fiar.

Lo cual explicaba las condiciones en que encontró al macho. O pensó que el vampiro había luchado a más no poder en el momento de su captura.

«Tiempo perdido, esfuerzo perdido», pensó O, sacando las llaves del automóvil.

—¿Tengo que pasar más pruebas? —preguntó, diciéndose que aquel individuo era un maldito imbécil.

—No, por el momento. —El señor X miró su reloj—. Tu nuevo escuadrón llegará pronto, así que guarda esas llaves. Vamos adentro.

La repulsión de O por estar cerca de la cabaña le hacía perder sensibilidad en los pies. Se le entumecían completamente.

Pero sonrió.

—Después de usted, señor.

Cuando estuvieron dentro, fue directamente a la alcoba y se apoyó en el quicio de la puerta. Aunque sus pulmones se habían convertido en órganos delicados como ovillos de algodón, se mantuvo sereno. Si hubiera evitado entrar, el señor X habría inventado una razón para obligarlo. El muy bastardo sabía que hurgar en las heridas abiertas era la mejor manera de determinar si habían sanado o seguían supurando.

A medida que los cazavampiros llegaban a la cabaña, uno tras otro, O los observaba. No reconoció a uno solo, pero cuanto más tiempo pasaba un miembro en la Sociedad, más anónimo se volvía. Al palidecer el cabello, la piel y el color de los ojos, un restrictor tendía a parecerse cada vez más a cualquier otro restrictor.

Cuando los otros hombres lo observaron a él, miraron con fijeza su cabello oscuro. En la Sociedad, los reclutas nuevos se encontraban en la parte más baja del escalafón, y era insólito que uno de ellos fuera incluido en un grupo de Veteranos. O miró a cada uno a los ojos, dejando muy en claro que si querían alguna explicación, él estaría encantado de poner las cosas en su sitio.

La idea de una posible lucha lo hizo volver a la vida. Era como despertar después de una buena noche de sueño, y se deleitó con las oleadas de agresividad que lo invadían de arriba abajo, con la vieja y agradable necesidad de dominar a los otros. Eso le infundió la seguridad de que era lo que siempre había sido. De que el Omega no se había llevado su esencia, pese a todo.

La reunión no duró mucho, y se trataron los asuntos usuales. Presentaciones. Un recordatorio de que todas las mañanas cada uno de ellos debía dar novedades a través del correo electrónico. También hicieron un repaso de la estrategia de persuasión y algunas sugerencias para captura y exterminio de enemigos.

Cuando acabó, O fue el primero en dirigirse a la puerta. El señor X se interpuso en su camino.

—Tú te quedarás.

Los ojos claros escudriñaron fijamente los de O, inquiriendo, esperando ver un destello de miedo.

O asintió y separó las piernas.

—Claro, señor. Lo que usted diga.

Por encima del hombro del señor X, O vio salir a los demás, comportándose como extraños. Sin hablar, con los ojos directamente hacia delante, sin tocarse, ni siquiera de manera casual. Estaba claro que no se conocían entre sí, de modo que debieron de ser convocados desde diferentes distritos. Lo cual significaba que el señor X estaba recurriendo a los soldados rasos.

Cuando la puerta se hubo cerrado tras el último hombre, O sintió que la piel le hormigueaba de miedo, pero se mantuvo firme como una roca.

El señor X lo miró de arriba abajo. Luego fue hasta su ordenador portátil, que estaba sobre la mesa de la cocina, y lo encendió. Casi como si se le acabara de ocurrir, le dio una sorpresa.

—Te pondré a cargo de ambos escuadrones. Los quiero entrenados en las técnicas de persuasión que usamos habitualmente. Los quiero trabajando como equipos. —Levantó la vista de la brillante pantalla—. Y los quiero vivos y respirando durante mucho tiempo, ¿entendido?

O frunció el ceño.

—¿Por qué no anunció eso cuando todos estaban aquí?

—No me digas que necesitas esa clase de ayuda.

El tono burlón hizo que O entornara los ojos.

—Puedo manejarlos perfectamente.

—Más te vale.

—¿Ya hemos terminado?

—Yo nunca termino. Pero puedes irte.

O se dirigió hacia la puerta, pero sabía que en el momento en que llegara habría algo más. Cuando colocó la mano sobre el pomo, hizo una pausa involuntaria.

—¿Hay algo que quieras decirme? —murmuró el señor X—. Pensé que ya te ibas.

O miró al otro lado de la habitación y dijo lo primero que se le vino a la cabeza para justificar su vacilación.

—Ya no podremos usar la casa del centro para persuasión, quedó neutralizada cuando ese vampiro escapó. Necesitamos otras instalaciones además de las que hay detrás de esta cabaña.

—Soy consciente de eso. ¿O pensaste que te había enviado a inspeccionar terrenos sin ninguna razón concreta?

Luego ése era el plan.

—Lo que vi ayer no sirve. Demasiado pantanoso, y hay demasiados caminos en los alrededores. ¿Tiene algún otro terreno en mente?

—Te enviaré el listado de bienes raíces disponibles por correo electrónico. Y hasta que decida dónde construiremos, traerás a los cautivos aquí.

—En el cobertizo no hay suficiente espacio para tener público.

—Pienso en la alcoba. Es bastante grande, como sabes.

O tragó saliva y mantuvo sereno el tono de la voz.

—Si quiere que enseñe, necesitaré más espacio.

—Vendrás aquí hasta que construyamos. ¿Está lo suficientemente claro para ti o quieres que te haga un dibujo?

O desistió. Ya se las apañaría. Abrió la puerta y en ese instante X volvió a hablar.

—Señor O, creo que ha olvidado algo.

Ahora sabía a qué se referían los humanos cuando aseguraban que se les erizaba el cabello.

—¿Sí, señor?

—Quiero que me des las gracias por el ascenso.

—Gracias, señor —dijo O con los dientes apretados.

—No me decepciones, hijo.

«Sí, vete a la mierda, papi», respondió mentalmente.

O hizo una pequeña reverencia y salió a toda prisa. Se sintió muy bien cuando subió a su camioneta y se alejó de allí. Mejor que bien. Era una maldita liberación.

Camino de su casa, O se detuvo en una farmacia. No le llevó mucho tiempo encontrar lo que necesitaba y diez minutos después se encontraba cerrando su puerta principal y desactivando el sistema de alarma. Su casa de dos pisos era muy pequeña y estaba situada en una zona residencial no muy en boga. Su ubicación le proporcionaba buena cobertura. La mayoría de sus vecinos eran adultos mayores, y los que no, eran extranjeros residentes en el país, que tenían dos y tres empleos y casi no se dejaban ver. Nadie lo molestaba.

Mientras subía las escaleras hasta su alcoba, el sonido de sus pasos haciendo eco en el suelo sin alfombras y en las vacías paredes le resultaba extrañamente reconfortante. Aun así, esa casa no era un hogar y nunca lo había sido. La edificación era una barraca. Un colchón y un sofá reclinable constituían todo su mobiliario. Unas persianas colgaban frente a todos los ventanales, obstruyendo cualquier vista. Los armarios estaban atiborrados de armas y uniformes. La cocina estaba completamente vacía, los electrodomésticos no se usaban desde que él se había mudado allí.

Se desnudó y fue al baño con la bolsa de plástico de la farmacia y una pistola. Inclinándose hacia el espejo, se dividió el cabello con una raya. Las raíces mostraban cerca de tres milímetros de decoloración.

El cambio había comenzado hacía más o menos un año. Primero unos cuantos cabellos de la parte de arriba, luego un mechón completo. Las sienes eran las que más habían aguantado, aunque ahora incluso ellas se estaban aclarando.

El tinte Clairol Hydrience se hizo cargo del problema, lo volvió castaño de nuevo. Había empezado con Hair Color for Men, pero pronto descubrió que los productos femeninos funcionaban mejor y duraban más.

Rasgó la caja para abrirla y no se molestó en usar los guantes transparentes. Vació el tubo en la botella de plástico, agitó el producto y se lo aplicó en el cuero cabelludo por partes. Detestaba el olor a productos químicos. Pero la idea de palidecer le repugnaba.

Ignoraba por qué los restrictores perdían la pigmentación con el paso del tiempo. Nunca lo preguntó. Los porqués no le importaban. Simplemente no quería perderse en un gran anonimato junto con los demás.

Puso a un lado el recipiente y se miró al espejo. Parecía un completo idiota, con grasa de color castaño embadurnándole toda la cabeza. Por Dios, ¿en qué se estaba convirtiendo?

Qué pregunta más estúpida. Lo hecho, hecho estaba, y era demasiado tarde para arrepentirse.

La noche de su iniciación, cuando había intercambiado una parte de sí mismo por la posibilidad de matar durante años y más años, llegó a pensar que sabía a qué renunciaba y qué recibiría a cambio. El trato le pareció más que justo.

Y durante tres años le siguió pareciendo insuperable. La impotencia no lo había molestado mucho, porque la mujer a la que quería estaba muerta. A no comer ni beber le había costado acostumbrarse, pero nunca había sido ni un glotón ni un bebedor empedernido. Y estuvo más que dispuesto a perder su antigua identidad, porque la policía lo andaba buscando.

El lado positivo del trato le había parecido maravilloso. Adquirió más fuerza de la que esperaba. Fue un excelente rompedor de cráneos cuando trabajó como gorila de un bar en Sioux City. Pero después de que el Omega le aplicara su tratamiento, O fue dueño de un poder sobrehumano en brazos, piernas y pecho, y le gustaba usarlo.

Una ventaja añadida fue la liberación financiera. La Sociedad le suministraba todo lo necesario para hacer su trabajo, cubriendo el costo de su casa, su camioneta, sus armas, su vestuario y sus juguetes electrónicos. Era completamente libre para cazar a sus presas.

O lo había sido los primeros años. Cuando el señor X asumió el mando, esa autonomía llegó a su fin. Ahora debía dar novedades constantemente. Estaban organizados en escuadrones. Había que cubrir cuotas.

Y recibían visitas del Omega.

O entró en la ducha y se enjuagó el pelo. Mientras se secaba, regresó al espejo y echó un vistazo a su cara. Los ojos, antes oscuros como su pelo, se estaban volviendo grises.

En aproximadamente un año su antiguo aspecto habría desaparecido.

Se aclaró la garganta y habló a su imagen en el espejo:

—Me llamo David Ormond. David Ormond. Hijo de Bob y Lilly. Ormond. Ormond.

Dios, el nombre sonaba muy raro al salir de su boca. Y en su mente, escuchó la voz del señor X refiriéndose a él como señor O.

Una tremenda emoción lo invadió. Pena y pánico combinados. Quería regresar. Quería... regresar, deshacer, borrar. El trato a cambio de su alma sólo fue bueno en apariencia. En realidad, era como entrar en una clase especial de infierno. Era un fantasma viviente que respiraba y mataba. Ya no era un hombre, sino una cosa.

O se vistió con manos temblorosas y entró en su camioneta de un salto. Cuando llegó al centro de la ciudad ya no pensaba de manera lógica. Aparcó en la calle Trade y empezó a recorrer los callejones. Tardó algún tiempo en encontrar lo que andaba buscando.

Una prostituta de cabello largo y oscuro. Ella, siempre y cuando no mostrara los dientes, se parecía un poco a su Jennifer.

Le pasó cincuenta dólares y la llevó detrás de un contenedor de basura.

—Quiero que me llames David —le dijo.

—Por supuesto. —La mujer sonrió mientras se desabotonaba el abrigo y exhibía sus senos desnudos.

Él le puso una mano sobre la boca y empezó a apretar. No se detuvo hasta que los ojos de la mujer casi se salieron de las órbitas.

—Di mi nombre.

—David —susurró ella.

—Dime que me amas. —Cuando ella vaciló, él le pinchó la piel del cuello con la punta de una navaja. La sangre resbaló por el reluciente metal—. Dilo.

Sus senos escurridos, tan diferentes de los de Jennifer, subían y bajaban como pistones.

—Te... amo.

Él cerró los ojos. La voz no era la correcta.

No le estaba dando lo que necesitaba.

La ira de O creció, incontrolable.

Rhage elevó las pesas desde el pecho, haciendo una mueca por el esfuerzo. El cuerpo le temblaba y sudaba a mares.

—Y diez —dijo Butch en voz alta.

Rhage colocó la barra en el pedestal que estaba sobre su cabeza y escuchó el crujido de las pesas al caer y agitarse, para luego quedar inmóviles.

—Agrega otros cincuenta.

Butch se inclinó sobre la barra.

—Ya tienes ciento veinticinco, amigo mío.

—Y necesito otros cincuenta.

Sus ojos de color avellana se entornaron.

—Tranquilo, Hollywood. Si quieres destrozarte los pectorales, es asunto tuyo. Pero no me vuelvas loco.

—Lo siento. —Se sentó y agitó los brazos, que le ardían. Eran las nueve de la mañana, y él y el policía llevaban en el salón de pesas desde las siete. No había una sola parte de su cuerpo que no le quemara, pero aún le faltaba mucho para terminar. Su objetivo era alcanzar el agotamiento físico total, el que se siente en los mismos huesos.

—¿Ya está listo? —preguntó en voz baja.

—Déjame apretar las abrazaderas. Bien, ya está.

Rhage se recostó de nuevo, izó la barra con las pesas del pedestal, y la dejó descansar sobre el pecho. Estabilizó la respiración antes de levantarla.

—Uno. Dos. Uno. Dos. Uno. Dos.

Pudo con las pesas hasta los dos últimos levantamientos, cuando Butch tuvo que intervenir.

—¿Has terminado? —preguntó Butch mientras le ayudaba a colocar la barra sobre el pedestal.

Rhage se sentó, resoplando, y descansó los antebrazos sobre las rodillas.

—Una última serie después de este descanso.

Butch dio la vuelta hasta ponerse frente a su amigo. Retorcía la camisa que se había quitado, convirtiéndola en una gruesa soga. Gracias al entrenamiento que hacían, los músculos de los brazos y el pecho del macho estaban aumentando, y eso que no era ningún pequeñín cuando empezaron. No podía con el enorme peso que Rhage manejaba, pero para ser humano, el tipo era un tractor.

—Te estás poniendo en forma, policía.

—Oye, ya está bien de bromas —dijo Butch con una sonrisa—. Nada de tirarme los tejos. No dejes que esa ducha que tomamos juntos se te suba a la cabeza.

Rhage le lanzó una toalla.

—Sólo quería recalcar que ha desaparecido tu barriga cervecera.

—Estaba hecho un barril, y no echo de menos la panza. —Butch se pasó la mano por los marcados músculos abdominales—. Ahora cuéntame por qué te estás matando de esa manera esta mañana.

—¿Estás muy interesado en hablar de Marissa?

La cara del humano se puso tensa.

—No especialmente.

—Entonces comprenderás que yo tampoco tengo mucho que decir.

Butch alzó las oscuras cejas.

—¿Tienes una mujer? Es decir, ¿una mujer específica?

—Pensé que no íbamos a hablar de hembras.

El policía se cruzó de brazos y arrugó la frente. Parecía un tahúr estudiando su próxima apuesta. Habló con tono rápido y mordaz.

—Me muero por Marissa. Ella no quiere verme. Eso es todo, fin de la historia. Ahora háblame sobre tu pesadilla.

Rhage tuvo que sonreír.

—La idea de que yo no sea el único rechazado es un alivio.

—Eso no me dice nada. Quiero detalles.

—La hembra me echó de su casa esta mañana temprano después de aplastar completamente mi ego.

—¿Qué clase de comentario malicioso te hizo?

—Una comparación muy poco halagadora entre un animal canino independiente y yo.

—Ay, ay, ay. —Butch retorció la camisa una vez más—. Así que, naturalmente, te mueres por verla otra vez.

—Más o menos.

—Eres patético.

—Lo sé.

—Pero yo casi puedo ganarte a eso. —El policía meneó la cabeza—. Anoche... fui en el coche a casa del hermano de Marissa. Ni siquiera sé cómo se me ocurrió. Quiero decir, que lo último que necesito es tropezarme con ella, ¿me entiendes?

—Déjame adivinar. Rondaste por allí con la esperanza de ver si podías...

—Entre los matorrales, Rhage. Me senté entre unos matorrales. Bajo la ventana de su alcoba.

—Vaya. Eso sí que es...

—Sí. En mi antigua vida arrestaba a los merodeadores. Oye, quizá deberíamos cambiar de tema.

—Excelente idea. Pero antes cuéntame la historia de ese macho civil que escapó de los restrictores.

Butch se recostó contra la pared de cemento, cruzó un brazo sobre el pecho y empezó a hacer estiramientos.

—Phury habló con la enfermera que lo atendió. El tipo estaba medio muerto, pero se las arregló para contarle que le habían hecho preguntas sobre vosotros, sobre la Hermandad. Dónde viven sus miembros. Cómo viven. La víctima no acertó a contar dónde lo habían torturado, pero tiene que ser en algún lugar del centro de la ciudad, porque fue ahí donde lo encontraron, y es imposible que hubiera recorrido mucho camino. Ah, y mascullaba continuamente letras. Sobre todo X, O y E.

—Así es como los restrictores se llaman entre sí.

—Fascinante. Muy a lo 007. —Butch empezó a trabajar en su otro brazo, y el hombro crujió—. Bien, le quité una cartera al restrictor que colgaron en ese árbol, y Tohr fue a la casa del sujeto. La habían limpiado completamente, como si supieran que no volvería.

—¿Su frasco estaba allí?

—Tohr dijo que no.

—Entonces ellos sí estuvieron.

—¿Y qué es lo que hay en esos frascos?

—El corazón.

—Desagradable. Pero es mejor guardar eso que otras partes de la anatomía. —Butch dejó caer los brazos y se succionó los dientes, haciendo el habitual ruidillo que anunciaba que estaba meditando—. Todo esto empieza a tener sentido. ¿Recuerdas esas muertes de prostitutas en callejones que investigué el verano pasado? ¿Las que tenían marcas de mordeduras en el cuello y heroína en la sangre?

—Son las novias de Zsadist, hombre. Así se alimenta él. Sólo humanas, aunque es un completo misterio cómo sobrevive con esa sangre tan débil.

—Dijo que no había sido él.

Rhage puso los ojos en blanco.

—¿Y tú piensas que se le puede creer?

—Pero si creemos lo que dice... Oye, sólo llévame la corriente, Hollywood. Si le creemos, entonces tengo otra explicación.

—¿Cuál?

—Carnada. Un cebo. Si quisieras raptar a un vampiro, ¿cómo lo harías? Con alimento, chico. Ubicarías la comida, esperarías a que acudiera uno, lo drogarías y lo arrastrarías a donde quisieras. Encontré dardos en las escenas de los crímenes, de los que se usan para paralizar a los animales.

—Joder.

—Y hay más. Estuve escuchando la radio de la policía esta mañana. Una prostituta fue hallada muerta en un callejón, cerca de donde asesinaron a las otras. Le pedí a V que entrara furtivamente en el servidor de la policía y el informe visible en internet decía que le habían cercenado la garganta.

—¿Les has contado a Wrath y a Tohr todo esto?

—No.

—Deberías hacerlo.

El humano se movió, incómodo.

—No sé hasta qué punto involucrarme, ¿entiendes? Es decir, no quiero meter la nariz donde no debo. No soy uno de vosotros.

—Pero estás con nosotros. O, por lo menos, eso fue lo que dijo V.

Butch frunció el ceño.

—¿Dijo eso?

—Sí. Por eso te trajimos aquí con nosotros en lugar de... bueno, ya sabes.

—¿Ponerme bajo tres metros de tierra? —El humano sonrió a medias.

Rhage se aclaró la garganta.

—No es que hubiéramos disfrutado haciéndolo. Bueno, excepto Zsadist. De hecho, no, él no disfruta con nada... La verdad es, policía, que has llegado a ser...

La voz de Tohrment lo interrumpió.

—¡Santo Dios, Hollywood!

El hombre irrumpió en el salón de pesas como un toro bravo. Y de toda la Hermandad, él era el sensato. De modo que algo estaba sucediendo.

—¿Qué pasa, hermano? —preguntó Rhage.

—Tengo un pequeño mensaje para ti en el buzón de correos general. Es de esa humana, Mary. —Tohr se llevó las manos a las caderas y proyectó el torso hacia delante—. ¿Por qué demonios te recuerda? ¿Y cómo es que tiene nuestro número?

—Yo no le dije cómo localizarnos.

—Y tampoco le borraste la memoria. ¿En qué mierda estás pensando?

—Ella no será problema.

—Ya lo es. Tiene nuestro teléfono.

—Relájate, hombre...

Tohr le apuntó con el índice.

—Arregla eso antes de que tenga que hacerlo yo, ¿entendido?

En un abrir y cerrar de ojos, Rhage se había levantado del banco y estaba a unos centímetros de la cara de su hermano.

—Nadie se le acerca, a menos que quiera vérselas conmigo. Eso te incluye a ti.

Los ojos azul marino de Tohr se entornaron. Ambos sabían quién ganaría si llegaban a las manos. Nadie podía vencer a Rhage en combate singular; era un hecho probado. Y estaba completamente listo para vapulear a Tohrment si tenía que hacerlo. En aquel mismo lugar y en aquel momento.

Tohr habló en tono severo.

—Quiero que respires hondo y te retires un paso, Hollywood.

Rhage no se movió, sonaron unos pasos sobre las colchonetas y el brazo de Butch le rodeó la cintura.

—¿Por qué no te calmas un poco, grandullón? —dijo Butch con tono cansino—. Acabemos ya con esta fiesta, ¿de acuerdo?

Rhage permitió que lo retiraran, pero mantuvo los ojos fijos en Tohr. La tensión se sentía en el aire.

—¿Qué está pasando aquí? —preguntó Tohr con voz exigente.

Rhage se soltó del brazo de Butch y caminó a grandes zancadas por el salón de pesas, de aquí hacia allá.

—Nada. No está pasando nada. Ella no sabe lo que soy y yo no sé cómo consiguió el número. Tal vez esa hembra civil se lo dio.

—Mírame, hermano. Rhage, detente de inmediato y mírame.

Rhage se paró y lo miró fijamente.

—¿Por qué no le borraste la memoria? Ya sabes que una vez que sus recuerdos se vuelven memoria de largo plazo, no pueden limpiarse bien. ¿Por qué no lo hiciste cuando tuviste oportunidad? —Se hizo un silencio y Tohr meneó la cabeza—. No me digas que te estás prendando de ella.

—Piensa lo que quieras.

—Tomaré eso como un sí. Por Cristo, hermano... ¿en qué estás pensando? Ya sabes que no puedes enredarte con una humana, y en especial con ella, por lo del chico. —La mirada de Tohr se agudizó—. Te estoy dando una orden. De nuevo. Quiero que te borres de la memoria de esa hembra, y no quiero que la vuelvas a ver.

—Ya te he dicho que ella no sabe lo que soy...

—¿Estás tratando de negociar conmigo en este asunto? No puedes ser tan estúpido.

Rhage lanzó a su hermano una mirada feroz.

—Y tú no querrás enfrentarte conmigo de nuevo. Esta vez, no dejaré que el policía me aparte.

—¿Ya la besaste con esa boca tuya? ¿Qué te dijo cuando vio tus colmillos, Hollywood? —Mientras Rhage cerraba los ojos y maldecía, su tono de voz se suavizó—. Vuelve a la realidad. Ella es una complicación que no necesitamos, y significa problemas para ti, porque la elegiste desobedeciendo una orden mía. No hago esto para fastidiarte la vida, Rhage. Es más seguro para todos. Más seguro para ella. Harás lo que te digo, hermano.

Más seguro para ella.

—Lo haré —dijo finalmente.

* * *

—¿Señorita Luce? Venga conmigo, por favor.

Mary alzó la vista y no reconoció a la enfermera. La mujer parecía muy joven con su holgado uniforme de color rosa, probablemente acababa de salir de la universidad. Y tenía un aire aún más joven cuando sonreía, debido a los hoyuelos que aparecían en sus mejillas.

—¿Señorita Luce? —Se acomodó el voluminoso historial en los brazos.

Mary se colgó de un hombro la correa del bolso, se puso de pie y siguió a la mujer fuera de la sala de espera. Recorrieron hasta la mitad un largo pasillo y se detuvieron frente a una sala de consultas.

—Sólo voy a pesarla y tomarle la temperatura. —La enfermera sonrió nuevamente y ganó aún más puntos por saber manejar bien la balanza y el termómetro. Fue rápida y amable, casi cariñosa.

—Ha perdido algo de peso, señorita Luce —dijo mientras escribía una nota en el historial—. ¿Cómo está su apetito?

—Igual.

—Estamos aquí a la izquierda.

Todas las salas de reconocimiento eran similares. Un póster enmarcado de Monet y una pequeña ventana con persianas cerradas. Un escritorio con unos folletos y un ordenador. La camilla tenía un papel blanco por encima. Un lavabo y diferentes productos médicos, y en una esquina, un recipiente rojo para material biológicamente peligroso.

Mary sintió ganas de vomitar.

—La doctora Della Croce dijo que quería ver sus constantes vitales. —La enfermera le entregó una bata de tela cuidadosamente doblada—. Póngase esto, por favor, ella llegará en un momento.

Las batas también eran todas iguales. Finas, de algodón suave, azules, con un pequeño ribete rosa. Tenían dos juegos de lazos. Nunca estaba segura de si estaba poniéndose la maldita cosa correctamente, si el ojal debía ir delante o detrás. En esta ocasión eligió delante.

Cuando terminó de cambiarse, Mary subió a la camilla, dejando los pies colgando sobre el borde. Sintió frío sin su ropa, y la miró, perfectamente colocada sobre la silla, junto al escritorio. Habría dado lo que fuera por ponérsela de nuevo.

Con un timbre y un silbido, su móvil sonó dentro del bolso. Se dejó caer al suelo y fue a responder.

No reconoció el número que le indicaba el identificador de llamadas, así que contestó sin hacerse ilusiones.

—Diga.

—Mary.

El sonido de la sonora voz masculina la hizo respirar aliviada. Estaba completamente segura de que Hal no devolvería su llamada.

—Hola. Hola, Hal. Gracias por llamar. —Miró a su alrededor, buscando algo en qué sentarse que no fuera la camilla de reconocimientos—. Mira, lamento muchísimo lo de anoche. Yo sólo...

Alguien llamó a la puerta y luego la enfermera asomó la cabeza.

—Disculpe, ¿nos entregó los escáneres óseos de julio pasado?

—Sí. Deberían estar en mi historia clínica. —Cuando la enfermera cerró la puerta, Mary volvió a disculparse.

—Lo siento.

—¿Dónde estás?

—Yo ... —carraspeó—. No importa. Sólo quería que supieras lo mal que me sentí por lo que te dije.

Hubo un largo silencio.

—Es que tuve miedo —dijo al fin ella.

—¿Por qué?

—Tú me haces... No sé, es que eres... —Mary jugó nerviosamente con el borde de la bata. Las palabras salieron a borbotones—. Tengo cáncer, Hal. Es decir, lo he tenido y es posible que haya regresado.

—Lo sé.

—Entonces Bella te lo contó. —Mary esperó a que él se lo confirmara; y cuando vio que no lo hacía, respiró profundamente—. No estoy usando la leucemia como excusa por la forma en que me comporté. Lo que sucede... Estoy pasando por un momento muy extraño. Tengo toda clase de emociones rebotando por todas partes y tenerte en mi casa... activó algo... no sé... y hablé sin pensar.

—Entiendo.

De alguna manera, ella sintió que era verdad.

Pero sus silencios la mataban. Empezó a sentirse tonta por hablar de aquella manera.

—Bueno, eso es todo lo que quería decir.

—Te recogeré esta noche a las ocho. En tu casa.

Ella agarró con fuerza el teléfono. Por Dios, estaba verdaderamente ansiosa por verlo.

—Estaré esperándote.

Desde el otro lado de la puerta de la sala la voz de la doctora Della Croce subía y bajaba junto con la de la enfermera.

—Mary —dijo el vampiro.

—¿Sí?

—Lleva el pelo suelto para mí.

Tocaron a la puerta y la doctora entró.

—Está bien. Eso haré —dijo Mary antes de colgar—. Hola, Susan.

—Hola, Mary. —La doctora Della Croce cruzó la pequeña habitación sonriendo. Sus ojos pardos mostraban arrugas en los bordes. Tenía unos cincuenta años y llevaba el encanecido cabello recortado a la altura de la línea de la mandíbula.

La doctora se sentó detrás del escritorio y cruzó las piernas. Mary, alarmada porque no hablaba, meneó la cabeza.

—Detesto tener razón —murmuró.

—¿Sobre qué?

—Ha vuelto, ¿no es cierto?

Hubo una pequeña pausa.

—Lo siento, Mary.

CAPÍTULO
17

Mary no fue a trabajar. En lugar de eso, se dirigió a su casa, se desnudó y se metió en la cama. Una corta llamada a la oficina y ya tenía, no sólo el día libre, sino también toda la semana siguiente. Iba a necesitar ese tiempo. Después del largo fin de semana del Día de la Raza se sometería a una multitud de pruebas, y luego ella y la doctora Della Croce se reunirían para hablar de las distintas posibilidades que había.

Lo más extraño era que Mary no estaba sorprendida. Siempre supo en lo más profundo de su corazón que sólo habían intimidado a la enfermedad, forzándola a una retirada temporal, no a una rendición definitiva.

O quizá simplemente estaba conmocionada y la enfermedad era para ella algo familiar.

Cuando pensaba en lo que le esperaba, lo que más le asustaba no era el dolor, sino la pérdida de tiempo. ¿Cuánto pasaría hasta que controlaran la enfermedad de nuevo? ¿Cuánto duraría la última tregua? ¿Cuándo podría volver a su vida normal?

Se negó a pensar que había una alternativa a la remisión. No llegaría a ese punto.

Se colocó de costado, se quedó mirando la pared del otro lado de la habitación y pensó en su madre. La vio pasando las cuentas del rosario con las yemas de los dedos, murmurando palabras devotas mientras yacía en cama. La combinación de manoseo y susurros la había ayudado a encontrar un alivio mucho mayor del que la morfina podía darle. Porque, de alguna manera, incluso en medio de su infierno, aun en el clímax del dolor y del miedo, su madre había creído en los milagros.

Mary siempre quiso preguntarle a su madre si en realidad pensaba que se salvaría, y no en el sentido metafórico, sino de una manera práctica. ¿En verdad había creído Cissy que si decía las palabras correctas y tenía a su alrededor los objetos adecuados se curaría, caminaría de nuevo, viviría de nuevo?

Jamás le hizo tales preguntas. Un interrogatorio semejante habría sido cruel, y de todos modos Mary ya sabía las respuestas. Siempre tuvo el presentimiento de que, hasta el mismo fin, su madre esperaba una redención temporal.

Pero también pensaba a veces que ella, Mary, simplemente había proyectado sus propios deseos. Para ella, la gracia salvadora significaba que había que vivir la vida como una persona normal: como si uno fuera saludable y fuerte, y la perspectiva de la muerte algo muy lejano, una hipótesis poco menos que descabellada. Una deuda que se pagaría en un futuro remoto.

Tal vez su madre lo había visto de una forma diferente, pero una cosa sí era segura: el desenlace fue el previsto. Sus oraciones no la habían salvado.

Mary cerró los ojos, y el agotamiento la invadió. A medida que la envolvía completamente, se sintió agradecida por el vacío temporal que se avecinaba. Durmió varias horas, perdiendo y recuperando la conciencia, revolviéndose en la cama.

Despertó a las siete, extendió la mano en busca del teléfono y marcó el número que Bella le había dado para llamar a Hal. Colgó sin dejar un mensaje. Probablemente, cancelar la cita era lo correcto, porque no iba a ser una compañía muy agradable, pero se sentía egoísta. Quería verlo. Hal la hacía sentirse viva, y en ese preciso momento necesitaba como nunca tal estímulo.

Tras darse una ducha rápida, se puso una falda y un suéter de cuello de cisne. En el espejo de cuerpo entero de la puerta del baño vio que ambas prendas le quedaban más holgadas que antes, y pensó en la balanza del consultorio de la doctora. Esa noche probablemente iba a comer con el mismo apetito de Hal, porque Dios sabía que no había razón alguna para moderarse. Si lo que se avecinaba era otra tanda de quimioterapia, lo mejor sería engordar unos cuantos kilos.

Ese pensamiento la dejó helada.

Se pasó las manos por el pelo y tiró del cuero cabelludo. Dejó escurrir el cabello entre los dedos. Pensó que era muy vulgar, con aquel triste color castaño. Qué más daba.

La idea de perderlo otra vez, por la quimioterapia, la puso al borde de las lágrimas.

Con una expresión sombría, se recogió el cabello, lo retorció en un moño, y lo sujetó con una horquilla.

Minutos más tarde había salido por la puerta principal y esperaba en el camino de entrada. El frío la sorprendió y se dio cuenta de que había olvidado ponerse un abrigo. Regresó adentro, tomó una chaqueta de lana negra, y en ese proceso perdió las llaves.

¿Dónde estaban las llaves? ¿Las había dejado en la...?

Sí, las llaves estaban en la puerta.

Cerró la puerta al salir, giró la llave en la cerradura y luego la guardó en el bolsillo del abrigo.

Mientras esperaba, pensó en Hal.

«Lleva el pelo suelto para mí».

Muy bien.

Soltó el pasador y se peinó con los dedos lo mejor que pudo. Y luego se quedó inmóvil.

La noche estaba muy tranquila, pensó. Y por eso vivía en una granja; no tenía más vecino que Bella.

Lo cual le recordó que había tenido la intención de llamarla para contarle cómo fue la cita de la otra noche, pero luego no se sintió con fuerzas suficientes. Mañana. Hablaría con Bella mañana. Y le contaría las dos citas.

Vio las luces de un coche que se acercaba por el sendero, acelerando con un potente rugido que ella escuchó con claridad. Si no hubiera sido por los dos faros, habría pensado que lo que venía por la carretera era una Harley.

Cuando el coche acondicionado para carreras, de llamativo color púrpura, se detuvo frente a ella, Mary pensó que parecía un GTO de alguna clase. Lustroso, ruidoso, espectacular... totalmente adecuado para un hombre al que le gustaba la velocidad y se sentía cómodo llamando la atención.

Hal salió del puesto del conductor y dio la vuelta alrededor del capó. Llevaba puesto un traje negro, muy atildado, con una camisa oscura. Se había peinado el pelo hacia atrás y le caía en doradas mechas hasta la nuca. Parecía una aparición, tan sensual, poderoso y misterioso.

Pero su expresión no era de ensueño. Tenía los ojos, los labios y la mandíbula apretados.

Aun así, sonrió un poco cuando se aproximó a ella.

—Llevas el cabello suelto.

—Era lo acordado.

Alzó las manos como para tocarla, pero vaciló.

—¿Estás lista?

—¿Adónde vamos?

—Hice una reserva en el Excel. —Dejó caer el brazo y desvió la mirada, silencioso, inmóvil.

Dudó.

—Hal, ¿estás seguro de que quieres hacer esto? Es obvio que estás un poco indispuesto esta noche. Francamente, yo también.

Él dio un paso atrás y se quedó mirando el pavimento, rechinando los dientes.

—Podemos dejarlo para alguna otra ocasión —insistió ella, pensando que el tipo era demasiado amable como para marcharse sin prometerle alguna compensación—. No tiene import...

Él se movió tan rápido que ella no pudo seguirlo. En un momento estaba a un metro de distancia; al siguiente, pegado a su cuerpo. Le tomó la cara entre las manos y colocó los labios en los suyos. Con las bocas juntas, la miró directamente a los ojos.

No había pasión en él, sólo una sombría determinación que convirtió el gesto en una especie de promesa solemne.

Cuando la soltó, ella salió despedida hacia atrás. Y cayó al suelo de culo.

—Ay, por Dios, Mary, lo siento. —Se arrodilló—. ¿Estás bien?

La joven asintió, aunque no lo estaba. Se sentía torpe y ridícula, allí despatarrada en el suelo.

—¿Seguro que estás bien?

—Sí. —Haciendo caso omiso de la mano que le ofrecía, se levantó y se sacudió los restos de césped. Gracias a Dios, la falda era de color marrón y el suelo estaba seco.

—Venga, vayamos a cenar, Mary. Vamos.

Una mano grande se deslizó alrededor de su nuca y la guió hasta el coche sin dejarle más opción que seguirlo.

De todas formas, no se le había pasado por la cabeza resistirse. Estaba abrumada por toda una serie de cosas, él entre ellas, y demasiado cansada como para oponer cualquier resistencia. Además, algo había pasado entre ellos en el instante en que sus bocas se tocaron. No tenía idea de lo que era o significaba, pero se trataba de una atracción muy fuerte.

Hal abrió la puerta y la ayudó a entrar en el coche. Cuando él se acomodó en el asiento del conductor, Mary se volvió a contemplar el impecable interior, para no tener que mirar el perfil del hombre.

El vehículo rugió cuando lo puso en marcha, y tomaron el sendero que iba de la casa hasta el stop de la carretera 22. Miró a ambos lados y luego aceleró hacia la derecha. El rugido del motor subía y bajaba como una respiración, a medida que cambiaba de marcha una y otra vez.

—Es un coche espectacular —dijo ella.

—Gracias. Mi hermano lo hizo para mí. A Tohr le encantan los automóviles.

—¿Qué edad tiene tu hermano?

Hal sonrió ligeramente.

—La edad suficiente.

—¿Es mayor que tú?

—Sí.

—¿Tú eres el menor?

—No, pero no se trata de lo que piensas. No somos hermanos porque hayamos nacido de la misma hembra.

Hembra. Por Dios, a veces tenía una manera de hablar bastante especial.

—¿Os adoptó la misma familia?

Él negó con la cabeza.

—¿Tienes frío?

—Eh, no. —Se miró las manos. Estaban incrustadas en su regazo tan profundamente que los hombros se le habían encorvado hacia delante. Lo cual explicaba por qué pensaba él que tenía frío. Trató de relajarse—. Estoy bien.

Miró por el parabrisas. La doble línea amarilla en el centro de la carretera brillaba, iluminada por los faros. Y el bosque llegaba hasta el borde mismo del asfalto. En la oscuridad, la ilusión óptica de que estaban en un túnel era hipnótica. Se diría que aquella carretera era infinita.

—¿Qué velocidad alcanza este coche? —preguntó con un murmullo.

—Mucha.

—Hazme una demostración.

Sintió que los ojos del hombre la perforaban desde el otro lado del asiento. Luego cambió a la marcha anterior, pisó el acelerador, y salieron disparados.

El motor rugía como un ser vivo y el coche vibraba mientras los árboles pasaban como rayos, en una imagen borrosa, similar a un muro negro lleno de rayas blancas. Avanzaban cada vez más rápido, pero Hal conservó un total control del vehículo, tomando las curvas apretadamente, saliendo del carril y volviendo a él con un movimiento zigzagueante y seguro.

Cuando empezó a disminuir la velocidad, ella colocó una mano sobre uno de sus gruesos muslos.

—No te detengas.

Él vaciló un instante. Luego extendió el brazo y encendió el equipo de sonido. *Dream Weaver*, el himno de los años setenta, inundó el interior del coche. El volumen parecía estar al máximo, era ensordecedor. Pisó el acelerador y el coche casi explotó, llevándolos a una velocidad suicida por el interminable camino libre de tráfico.

Mary bajó la ventanilla para dejar entrar el aire. El viento le enredó el cabello y heló sus mejillas, despertándola del relativo aturdimiento en que había estado desde que salió del consultorio médico. Empezó a reír, y aunque notaba el dejo de histeria que había en su voz, no le importó. Asomó la cabeza, exponiéndola al gélido viento ululante.

Y dejó que el hombre y el coche la llevaran a su antojo.

* * *

El señor X vio a sus dos nuevos escuadrones de élite entrar en la cabaña para celebrar otra reunión. Los cuerpos de los restrictores ocuparon el espacio libre, reduciendo el tamaño de la habitación y haciéndole sentirse satisfecho de tener suficiente fuerza para cubrir la vanguardia. Les había ordenado presentarse para mantener la rutina disciplinaria, pero también quería ver personalmente cómo habían reaccionado ante la noticia de que el señor O era ahora su jefe directo.

Éste fue, precisamente, el último en entrar, y se encaminó directamente a la puerta de la alcoba, apoyándose contra el quicio con naturalidad, con los brazos cruzados sobre el pecho. Su mirada era aguda, pero ahora había en ella algo de reserva, una reticencia que le era mucho más útil de lo que antes había sido su furia. Parecía como si el peligroso cachorro hubiera sido amaestrado, y si esa tendencia continuaba, ambos, él y el jefe, habrían sido afortunados. El señor X necesitaba un segundo en el mando.

Con las bajas que habían sufrido últimamente, tenía que concentrarse en el reclutamiento, y eso requería dedicación completa. Escoger los candidatos correctos, atraerlos a la causa, amoldarlos; cada paso del proceso exigía concentración y dedicación. Pero mientras él se encontraba renovando las filas de la Sociedad, no podía permitir que la estrategia de rapto y persuasión que había establecido perdiera impulso. Además, el desorden, la anarquía entre los cazavampiros era algo que no podía tolerar.

O tenía buenas condiciones para llegar a ser su mano derecha. Era entregado, despiadado, eficiente, inteligente: un factor de poder, que motivaba a los demás mediante el miedo. Si el Omega había conseguido eliminar sus tendencias rebeldes, estaría cerca de la perfección.

Era hora de empezar la reunión.

—Señor O, háblenos de las propiedades.

El restrictor comenzó a dar su informe sobre los dos terrenos que había visitado durante el día. El señor X ya había decidido comprar ambos, pagando en efectivo. Y mientras se cerraban esas transacciones, quería que los escuadrones erigiesen un centro de persuasión en un terreno de treinta hectáreas que ya poseía la Sociedad. El señor O se haría cargo del lugar al final, pero debido a que el señor U había supervisado proyectos de construcción en Connecticut, él sería quien dirigiese la fase de edificación del centro.

Las características principales de la misión serían la velocidad y la idoneidad. La Sociedad necesitaba otros sitios donde trabajar, lugares que fueran aislados, seguros y aptos para su trabajo. Y los necesitaban cuanto antes.

Cuando el señor O terminó su exposición, X delegó la responsabilidad de la edificación del centro a él y al señor U, y a continuación ordenó a los hombres que salieran a las calles durante la noche.

El señor O se quedó tras la reunión.

—¿Tenemos asuntos pendientes? —preguntó el señor X—. ¿Algún problema que requiera la intervención de su querido Omega?

Los pardos ojos del señor O brillaban, pero no perdió el control. Más pruebas de su mejoría.

—Quiero construir algunas áreas de almacenamiento en las nuevas instalaciones.

—¿Para qué? Nuestro propósito no es conservar a los vampiros como mascotas.

—Espero tener más de un sujeto a la vez y quiero conservarlos el mayor tiempo posible. Pero necesito recintos de los que no puedan salir desmaterializándose y que los protejan de la luz solar.

—¿Qué tienes en mente?

La solución que el señor O expuso en detalle no sólo era factible, sino económicamente viable.

—Hazlo —dijo el otro, sonriendo.

Cuando Rhage llegó al aparcamiento del Excel, no se detuvo frente a los aparcacoches. No quería dejar su maravillosa máquina en manos de un extraño. Y menos, con las armas y municiones que llevaba en el maletero.

Eligió un hueco de la parte trasera, junto a la puerta. Tras apagar el motor, tomó el cinturón de seguridad y...

Y no hizo nada con él. Sólo se quedó allí sentado, con la mano en el pasador.

—¿Hal? —dijo ella.

Él cerró los ojos. En ese momento habría dado cualquier cosa sólo para escucharla decir una vez su verdadero nombre. Y quería... maldición, la quería desnuda en su cama, con la cabeza en su almohada, su cuerpo entre sus sábanas. Quería poseerla en privado, ellos dos solos. Sin testigos. Nada público, nada de encuentros rápidos en un pasillo o un baño.

Quería sus uñas en su espalda y su lengua en su boca, y las caderas de la hembra meciéndose bajo las suyas hasta que se corriera tan intensamente que viera las estrellas. Luego quería dormir con Mary entre sus brazos. Y despertar, comer algo, y hacer el amor otra vez. Y hablar en la oscuridad sobre cosas estúpidas y cosas serias...

No había duda, se estaba creando un vínculo. La temida, la prohibida conexión se establecía sin remedio.

Otros machos le habían contado que ocurría a veces. Que era un proceso rápido, intenso, poco lógico. Los instintos más elementales tomaban el mando en esos casos; y uno de los más fuertes era el impulso de poseerla físicamente, marcarla para que otros machos supieran que tenía una pareja y se mantuvieran lejos de ella.

Se volvió y le miró el cuerpo. Y se dio cuenta de que mataría a cualquier miembro de su propio sexo que tratara de tocarla, o de estar con ella simplemente. Quería amarla.

Rhage se frotó los ojos. El instinto estaba haciendo su trabajo. Debía marcar a su hembra.

Para colmo, volvía la extraña vibración de su cuerpo, estimulada por las imágenes de ella que le pasaban por la cabeza, por su cercanía, por su olor, por el suave sonido de su respiración.

Y por el flujo de su sangre.

Quería saborearla... beber de ella.

Mary se volvió hacia él.

—¿Hal, estás...?

Habló con voz extraña, ronca.

—Necesito decirte algo.

Los pensamientos del hombre se agolpaban: «Soy un vampiro. Soy un guerrero. Soy una bestia peligrosa. Al final de esta noche, ni siquiera recordarás que me conociste. Y la idea de no ser para ti ni siquiera un recuerdo me hace sentirme como si me hubieran apuñalado en el pecho».

—¿Hal? ¿Qué pasa?

Las palabras de Tohr resonaron en su cabeza. «Es más seguro, también para ella».

—Nada —dijo él al fin, desabrochando el cinturón y saliendo del coche—. No es nada.

Dio la vuelta y abrió la otra puerta, tendiendo una mano para ayudarla a levantarse. Cuando ella colocó la palma de la mano sobre la suya, él bajó los párpados. Contemplar la piel de aquellos brazos y aquellas piernas hizo que los músculos se le tensaran y la garganta dejara escapar un leve gruñido.

No pudo evitarlo: en lugar de apartarse de su camino, dejó que se le acercara tanto que sus cuerpos casi se tocaron. La vibración bajo su piel se hizo más rápida y fuerte, y aumentó hasta el infinito el crepitante deseo de poseerla. Sabía que debía mirar hacia otro lado, porque sus ojos estarían empezando a brillar. Pero no pudo.

—Hal —dijo ella débilmente—. Tus ojos...

Los cerró.

—Lo siento. Entremos...

Pero Mary retiró la mano.

—Creo que no quiero cenar.

Su primer impulso fue discutir, pero no quiso forzarla. Además, cuanto menos tiempo pasaran juntos, menos habría que borrar.

Debió borrarle la memoria en el momento mismo en que llegó junto a ella.

—Te llevaré a casa.

—No es eso, quiero decir que prefiero que demos un largo paseo. ¿Te apetece caminar por ese parque de allá? No tengo ganas de estar atrapada en una mesa. Estoy demasiado... intranquila.

Rhage se echó al bolsillo las llaves del coche, que ya tenía en la mano.

—Me encanta tu idea.

Mientras deambulaban sobre el césped y caminaban bajo bóvedas de hojas de colores, él exploró los alrededores con la mirada. No había nada peligroso en las inmediaciones, no percibía ninguna amenaza. Miró hacia arriba. Había media luna.

Ella rió por lo bajo.

—Normalmente nunca haría esto. Ya sabes, salir al parque de noche. Pero contigo, no temo que puedan asaltarme.

—Haces bien, no debe preocuparte.

Él despedazaría a cualquiera que intentara hacerle daño, humano, vampiro o muerto viviente.

—Pero no parece muy apropiado —murmuró ella—. Estar aquí afuera, en la oscuridad, quiero decir. Siento como si fuera algo ilícito y me aterra un poco. Mi madre siempre me advirtió que no saliera de noche.

Se detuvo, echó la cabeza hacia atrás y miró fijamente el firmamento. Despacio, tendió el brazo al cielo con la palma de la mano hacia arriba. Cerró un ojo.

—¿Qué estás haciendo? —preguntó Hal.

—Tengo la luna en mi mano.

Él se inclinó y siguió la longitud de su brazo con la mirada.

—Sí, es verdad. Lo estás logrando.

Cuando se enderezó, le pasó las manos alrededor de la cintura y la atrajo contra su cuerpo. Tras un momento de rigidez, la mujer se relajó y dejó caer la mano.

Le enloquecía ese aroma. Tan limpio y fresco, con ese sutil toque frutal, ácido.

—Estabas en el médico cuando te llamé esta mañana.

—Sí, así es.

—¿Te han hablado de algún tratamiento?

Ella se apartó y empezó a caminar de nuevo. Él marchó a su lado, permitiéndole marcar el paso.

—¿Qué te dijeron, Mary?

—No quiero hablar de eso.

—¿Por qué no?

—Estás traicionando tu naturaleza —dijo ella con suavidad—. Los casanovas no están hechos para lidiar con las partes desagradables de la vida.

El vampiro pensó en su maldición, en su bestia interior.

—Estoy acostumbrado a lo desagradable, créeme.

Mary se detuvo de nuevo, meneando la cabeza.

—En todo esto hay algo que no parece correcto.

—Tienes razón. Yo debería tomarte de la mano mientras caminamos.

Extendió el brazo, pero ella rechazó el gesto.

—Hablo en serio, Hal. ¿Por qué estás haciendo esto? ¿Por qué quieres estar conmigo?

—Me desconciertas. ¿Qué hay de malo en querer pasar un poco de tiempo contigo?

—¿Me tomas por tonta? Soy una mujer del montón, con una esperanza de vida muy por debajo del montón. Tú eres hermoso. Saludable. Fuerte.

Diciéndose a sí mismo que lo que hacía era una soberana estupidez, la cortó el paso y le colocó las manos en la base del cuello. Iba a besarla otra vez, aunque no debía. Y ese beso no tendría nada que ver con el que le había dado frente a su casa.

Cuando bajó la cabeza, se intensificó la extraña vibración, pero no se detuvo por ello. Por nada del mundo permitiría que su cuerpo lo dominara esa noche. Se sobrepuso a la inquietante sensación a base de fuerza de voluntad. Cuando logró reprimirla un poco, se sintió aliviado.

Estaba decidido a entrar en ella, aunque fuera únicamente con la lengua, en su boca.

* * *

Mary alzó la vista a los ojos eléctricos de Rhage. Hubiera jurado que resplandecían en la oscuridad. De hecho, la tenue luz verde azulada que había allí, entre tanta oscuridad, procedía de ellos. Ya había tenido esa misma sensación en el estacionamiento.

Se estremeció.

—No te preocupes por el brillo —dijo él suavemente, como si le hubiera leído el pensamiento—. No es nada.

—No logro comprenderte —susurró Mary.

—No lo intentes.

El vampiro acortó la distancia entre ellos y se inclinó. Sacó la lengua y le acarició la boca con ella, suavemente.

—Ábrela para mí, Mary. Déjame entrar.

La lamió hasta que ella separó los labios. Cuando deslizó la lengua en su interior, el delicado empujón repercutió directamente entre las piernas y aflojó el cuerpo femenino, que se pegó al del hombre. Mary sintió una oleada de calor en el instante en que sus senos tocaron el pecho de Hal. Se aferró a sus hombros, tratando de acercarse a la impresionante y cálida musculatura.

Lo logró sólo un momento. De repente, él separó los cuerpos, aunque mantuvo el contacto de los labios. Ella se preguntó si la seguía besando para disimular su retroceso. O si simplemente estaba tratando de calmarla un poco. ¿Estaría siendo demasiado atrevida, o algo así?

Ladeó la cabeza.

—¿Qué te pasa? —preguntó él—. A ti también te gusta.

—Sí, bueno, pero parece que a ti no.

Sujetando su nuca, Hal impidió que la joven se retirase.

—Claro que me gusta. Yo no quiero detenerme, Mary. —Le acarició la piel del cuello con los pulgares y luego le empujó la barbilla para inclinarle la cabeza hacia atrás—. Quiero que te calientes tanto que no sientas otra cosa que no sea mi cuerpo. Tanto, que no pienses más que en lo que te estoy haciendo. Quiero que te derritas.

Bajó la cabeza y se introdujo en la boca, profundamente. Exploró cada uno de sus rincones, hasta que no quedó resquicio sin sondear. Luego cambió el estilo del beso, retirándose y avanzando, en una rítmica penetración que la hizo lubricarse todavía más y estar más preparada para recibirlo.

—Eso es, Mary —dijo él sin soltarle los labios—. Entrégate. Dios, puedo oler tu pasión... Eres exquisita.

Desplazó las manos hacia abajo, bajo las solapas del abrigo de la mujer, y le acarició las clavículas. Se había rendido a él. Si le hubiera dicho que se quitara la ropa, se habría desnudado. Si le hubiera dicho que se acostara en el suelo y abriera las piernas, se habría tendido sobre el césped, feliz y entregada. Cualquier cosa. Haría cualquier cosa que le pidiera mientras no dejara de besarla.

—Voy a tocarte —anunció Hal—. No mucho, no cuanto quisiera. Sólo un poco...

Sus dedos se movieron sobre el cuello alto del jersey de casimir y descendieron, cada vez más...

El cuerpo de la mujer se sacudió cuando él encontró sus erectos pezones.

—Estás lista para mí —murmuró él, pellizcándolos suavemente—. Quisiera tenerlos en la boca. Quiero chupártelos, Mary. ¿Me dejarías hacerlo?

Abrió las manos y le abarcó los senos.

—¿Me dejarías, Mary, si estuviéramos solos? ¿Si estuviéramos en una cama tibia? ¿Si estuvieras desnuda para mí? ¿Me dejarías saborearlos? —Cuando ella asintió con la cabeza, el sonrió fieramente—. Sí, me dejarías. ¿En qué otras partes quieres que ponga mi boca?

No respondió. La besó con más fuerza.

—¿Dónde?

Ella dejó escapar el aliento en una muda exhalación. No podía pensar, no podía hablar.

Hal tomó una de sus manos.

—Si no hablas, al menos guíame, Mary —le dijo al oído—. Muéstrame dónde quieres que vaya. Vamos. Hazlo.

Incapaz de detenerse, ella le tomó la mano y la colocó sobre su cuello. Arrastrándola lentamente, la llevó de vuelta a sus senos. Él ronroneó con aprobación y la besó en la mejilla.

—Sí, ahí. Ambos sabemos que me quieres ahí. ¿Dónde más me quieres?

Incapaz de razonar, fuera de control, le llevó la mano hasta su vientre. Luego hasta la cadera.

—Bien. Eso está bien. —Mary vaciló, él susurró—. No te detengas, Mary. Continúa. Muéstrame dónde quieres que vaya.

Antes de perder el valor, la excitada humana puso al fin la mano del vampiro entre sus piernas. Su falda holgada le dio paso, lo dejó entrar, y cuando sintió la palma de la mano en el clítoris dejó escapar un gemido.

—Sí, Mary. Eso es. —La frotó, y ella aferró sus gruesos bíceps mientras dejaba caer la cabeza hacia atrás—. Dios, te estás quemando viva. ¿Te humedeciste para mí, Mary? Creo que sí. Creo que estás cubierta de miel...

Necesitaba tocarlo, y metió las manos entre su chaqueta para rodearle la cintura, sintiendo el crudo, y de alguna manera aterrador, poder de su cuerpo. Sin embargo, antes de que llegara más lejos, él le retiró los brazos y sujetó ambas muñecas con una mano, aunque era obvio que no se le había pasado la excitación. La presionó con el pecho, obligándola a retroceder, hasta que ella sintió el sólido tronco de un árbol contra los omoplatos.

—Mary, déjame hacerte feliz. —A través de la falda, sus dedos sondearon y encontraron el maravilloso punto del placer—. Quiero hacer que te corras. Aquí mismo, ahora mismo.

Con un grito, ella se dio cuenta de que estaba al borde del orgasmo mientras él parecía totalmente desconectado, como un ingeniero accionando una máquina, sin sentir nada: su respiración era estable, su voz firme, su cuerpo no parecía afectado.

—No —dijo, con tono de protesta.

La mano de Hal dejó de frotar el sexo de la chica.

—¿Cómo?

—No.

—¿Estás segura?

—Sí.

Instantáneamente, él retrocedió. Y mientras permanecía calmadamente frente a ella, Mary trataba de recuperar el aliento.

Su fácil aquiescencia le dolía, pero se preguntó por qué había hecho lo que había hecho. Tal vez encontraba placer en el ejercicio del autocontrol. Hacer jadear como loca a una mujer debía ser una inyección de autoestima. Y eso explicaría por qué quería estar con ella y no con las otras mujeres, mucho más sensuales, más expertas. Sería más fácil distanciarse de una mujer poco atractiva.

La vergüenza le oprimió el pecho.

—Quiero volver —dijo, a punto de echarse a llorar—. Quiero ir a casa.

Él respiró profundamente.

—Mary...

—Si intentas poner alguna excusa, vomitaré.

De repente, Hal frunció el ceño y empezó a estornudar.

A Mary también le picaba la nariz sin parar. Había algo en el aire. Dulce. Como detergente para ropa. O tal vez talco para bebés.

La mano de Hal se hundió en su antebrazo.

—Al suelo. Ahora.

—¿Por qué? ¿Qué es lo...?

—¡Al suelo! —La empujó, y ella cayó de rodillas—. Cúbrete la cabeza.

Giró sobre sus talones, y se plantó frente a ella con los pies bien separados y las manos en alto, frente al pecho. Entre sus piernas, Mary vio a dos hombres salir de un macizo de arces. Estaban vestidos con trajes negros y su piel pálida y sus cabellos claros relucían bajo la luz de la luna. Su actitud amenazante la hizo darse cuenta de cuán lejos se habían adentrado Hal y ella en el interior del parque.

Buscó a tientas el teléfono móvil dentro de su bolso y trató de convencerse a sí misma de que Hal estaba reaccionando de modo exagerado.

Pero no era así. Los hombres se separaron y atacaron a Hal desde ambos lados, avanzando veloces y agazapados, en posición ofensiva. Ella dio un grito de alarma, pero Hal... Santo Dios, Hal sabía lo que hacía. Se abalanzó hacia la derecha y agarró a uno de los sujetos por el brazo, arrojándolo al suelo con una violenta voltereta. Antes de que el hombre pudiera levantarse, Hal le pisó en el pecho, inmovilizándolo. El otro atacante terminó con la garganta aprisionada, lanzando patadas al aire y retorciéndose, buscando aire desesperadamente, incapaz de liberarse.

Sombrío, letal, Hal era dueño de sí mismo, parecía hallarse a gusto en medio de la violencia. Y su expresión fría y calmada la perturbaba a más no poder, aunque agradecía que los venciese, que la hubiera salvado.

Encontró el teléfono y empezó a marcar el 911, pensando que era obvio que Hal contendría a los maleantes mientras llegaba la policía.

Escuchó un crujido escalofriante.

Levantó la vista. El hombre que estaba sujeto por la garganta cayó al suelo, su cabeza pendía del cuello en un ángulo completamente antinatural. No se movía.

La mujer se puso en pie de un salto.

—¡Qué has hecho!

Hal sacó de alguna parte un largo cuchillo de hoja negra y se abalanzó sobre el tipo que antes había pisoteado. El hombre se alejaba gateando tratando de escapar.

—¡No! —De un salto, Mary se puso frente a Hal.

—Vuelve. —La voz del vampiro era sobrecogedora. Plana. Totalmente indiferente.

Ella lo sujetó por el brazo.

—Por favor, detente...

—Tengo que terminar...

—No dejaré que mates a otro...

Alguien la agarró con fuerza del pelo y la derribó de un tirón. En ese mismo instante otro hombre de negro atacó a Hal.

Ella sintió un fuerte dolor en la cabeza y el cuello, y luego aterrizó de espaldas, reciamente. El impacto le cortó la respiración, la visión se le llenó de estrellas semejantes a fuegos artificiales. Luchaba por llevar aire a sus pulmones cuando sintió que la agarraban por los brazos y se la llevaban a rastras. Rápido.

Su cuerpo rebotaba contra el suelo y sus dientes castañeaban. Levantó la cabeza, lo que le costó un violento dolor en la espalda. Lo que vio le causó un horrible alivio. Hal estaba arrojando otro cuerpo sin vida sobre el césped y corría hacia donde ella estaba a una velocidad vertiginosa. Sus piernas devoraban la distancia, su chaqueta ondeaba tras él, y llevaba una daga en la mano. Sus ojos emitían un destello azul bajo la luz nocturna, como si fueran los faros de un automóvil. El enorme cuerpo anunciaba la muerte por todos los poros.

Gracias a Dios.

Pero entonces, otro hombre se abalanzó sobre la espalda de Hal.

Mientras el vampiro se defendía del nuevo atacante, Mary recurrió a su entrenamiento de defensa personal, retorciéndose hasta que su agresor tuvo que sujetarla más fuerte. Cuando sintió que, pasados unos instantes, los dedos se aflojaban, tiró tan fuerte como pudo. Él se volvió y la capturó de nuevo, pero esta vez con una sujeción menos firme. Mary tiró de nuevo, forzándolo a detenerse y girar sobre sí mismo.

Se encogió, lista para recibir un golpe, esperando que le hubiera dado a Hal tiempo de alcanzarlos.

Pero no recibió golpe alguno. En lugar de ello, el hombre emitió un aullido de dolor y cayó sobre ella, casi asfixiándola con su peso. El pánico y el terror le dieron fuerzas para quitárselo de encima.

El cuerpo rodó, lánguido. La daga de Hal se había clavado en el ojo izquierdo de su atacante.

Demasiado sobrecogida para gritar, Mary se puso en pie de un salto y escapó tan rápido como pudo. Estaba segura de que la atraparían de nuevo, convencida de que moriría.

Pero entonces, se hizo visible el brillo de las luces del restaurante. Cuando sintió bajo los pies el asfalto del estacionamiento, tuvo deseos de llorar de alivio y gratitud.

De pronto vio a Hal frente a ella, como si hubiera surgido de la nada.

Se detuvo jadeando, mareada, incapaz de comprender cómo había llegado antes que ella. Cuando sintió que las rodillas se le doblaban, se apoyó en uno de los automóviles.

—Ven, vayámonos de aquí —dijo él bruscamente.

Con una fría ráfaga de imágenes, recordó el crujido del cuello del hombre y la hoja negra atravesando el ojo del otro atacante. Y el feroz y sereno dominio de Hal.

Hal era... la muerte con un bello envoltorio.

—Aléjate de mí. —Dio un tropezón, y él extendió los brazos para sostenerla—. ¡No! No me toques.

—Mary...

—No te me acerques. —Retrocedió en dirección al restaurante, con los brazos extendidos para protegerse de él.

Hal la siguió, moviéndose con poderosos desplazamientos de brazos y piernas.

—Escúchame...

—No me toque. Necesito... —Tomó aliento—. Necesito llamar a la policía.

—No, no lo harás.

—¡Nos atacaron! Y tú... mataste a unos tipos. Personas. Mataste a personas. Quiero llamar a la...

—No lo entiendes. Son asuntos privados. La policía no puede protegerte. Yo sí puedo.

Ella se detuvo, dándose cuenta en un instante de la desagradable verdad sobre quién era él. Todo encajaba perfectamente. El peligro que escondía tras su encanto. Su total frialdad cuando fueron atacados. Su empeño en no llamar a la policía. ¡Había roto el cuello de un hombre con tanta facilidad! Parecía que no era la primera vez que lo hacía.

Hal no quería llamar al 911 porque estaba al otro lado de la ley. No era menos delincuente que los hombres que los habían agredido.

Quiso sujetar con fuerza el bolso, lista para escapar corriendo, y se dio cuenta de que el bolso había desaparecido.

Al instante, Hal soltó una maldición.

—Has perdido tu bolso, ¿no es cierto? —miró alrededor—. Escucha, Mary, tienes que venir conmigo.

—Vete al infierno.

Intentó escapar hacia el restaurante, pero Hal se interpuso en su camino de un salto y la sujetó de los brazos.

—¡Gritaré! —Buscó con la mirada a los empleados del aparcamiento. Se encontraban a unos treinta metros de distancia—. Voy a gritar con todas mis fuerzas.

—Tu vida está en peligro, pero yo puedo protegerte. Confía en mí.

—Yo no te conozco.

—Sí, sí me conoces.

—Ah, sí, tienes razón. Eres atractivo, así que es imposible que seas malo.

Él apuntó con un dedo en dirección al parque.

—Yo te he salvado la vida. No estarías viva si no hubiera sido por mí.

—Bien. Muchas malditas gracias. ¡Ahora déjame en paz!

—No quiero hacer esto —murmuró él—. De verdad, no quiero.

—¿Hacer qué?

Hal pasó una mano frente a su cara.

Y de repente, no pudo recordar por qué estaba tan irritada.

Parado frente a Mary, Rhage se dijo a sí mismo que tenía que terminar con el trabajo. Simplemente debía borrarse de la memoria de la joven como quien quita una mancha de una superficie inmaculada.

Eso era doloroso, pero fácil. Lo complicado era lo otro.

Había dejado vivos por lo menos a uno o dos de los restrictores en el parque, cuando fue tras ella. Si esos hijos de perra cogían su bolso, y no podía menos que suponer que lo habían hecho, ahora estaría en el punto de mira de esos bastardos. La Sociedad ya estaba raptando civiles que no sabían nada de la Hermandad, no le importaría liquidar a humanos, y ella fue vista con él.

¿Pero qué diablos iba a hacer ahora? No podía dejarla sola en su casa, porque su dirección estaría en el permiso de conducir y sería el primer lugar donde los restrictores la buscarían. Llevarla a un hotel no era una alternativa razonable, porque no había manera de estar seguros de que ella se quedaría allí; no entendería por qué tenía que permanecer lejos de su casa si no tenía recuerdos del ataque.

Lo mejor era llevarla a la mansión, por lo menos hasta que pudiera pensar en cómo controlar toda aquella tormenta de mierda. El problema era que, tarde o temprano, alguien descubriría que la mujer estaba en su habitación de la mansión, y eso significaría malas noticias para todos. Aunque la orden de Tohr de borrarle la memoria ya estaba cumplida, los humanos estaban prohibidos en su mundo. Demasiado peligroso. Lo último que la Hermandad necesitaba era que la existencia de la raza y su guerra secreta contra los restrictores se conociera entre los Homo sapiens.

No obstante, él era responsable de la vida de Mary. Y las reglas se habían hecho para violarse...

Quizás podría convencer a Wrath de que tolerase su presencia. La shellan de Wrath era medio humana, y desde que se habían unido, el Rey Ciego era más blando en lo referente a las hembras. Tohr no podía anular las órdenes del rey. Nadie podía.

Mientras tanto, Mary necesitaba protección urgente.

Pensó en la casa de Mary. No estaba situada en un lugar muy concurrido, de modo que si la cosa se ponía peliaguda, él podía defenderla sin preocuparse mucho de que la policía humana interfiriese. Tenía abundantes armas en su coche. Podía instalarla, defenderla si llegaba el caso, y llamar a Wrath.

Rhage le limpió la mente, eliminó todos sus recuerdos desde el momento en que se bajaron del coche. Ni siquiera recordaría los besos.

Lo cual, bien mirado, era algo bueno, aunque le doliera. Qué imbécil había sido. La había presionado demasiado. Él mismo había estado a punto de estallar también. Mientras su boca y sus manos estuvieron sobre ella, el zumbido, la vibración de su cuerpo se elevaron hasta casi convertirse en un alarido. En especial cuando le tomó la mano para colocarla entre sus muslos.

—¿Hal? —Mary lo miraba fijamente, confundida—. ¿Qué está pasando?

Se sintió fatal cuando se miró en sus grandes ojos. Había borrado los recuerdos de incontables hembras humanas y nunca lo había pensado dos veces. Pero con Mary, sintió que le estaba quitando algo, que violaba su intimidad, que la traicionaba.

Se pasó una mano por la cabeza, tomó un mechón y sintió ganas de arrancárselo de la cabeza.

—¿Prefieres no cenar y volver a tu casa? No me importa, si es lo que deseas. Me encantaría pasar un rato tranquilo.

—Bien, pero... —Bajó la vista para mirarse y empezó a sacudirse el césped pegado a la ropa—. Considerando lo que le hice a esta falda cuando salimos de mi casa, quizá no debería presentarme así en público. Ya sabes, quiero quitarme la hierba de encima... Espera, ¿dónde está mi bolso?

—Tal vez lo dejaste en el coche.

—No, yo... Por Dios. —Empezó a temblar incontrolablemente, se le aceleró la respiración. Los ojos se desorbitaron—. Hal, lo lamento, yo... no sé qué me pasa, necesito... mierda.

Era la adrenalina, que fluía sin control por su cuerpo. La mente podía hallarse en calma, pero el organismo aún estaba dominado por el miedo.

—Ven aquí —dijo él, apretándola contra su cuerpo—. Déjame abrazarte hasta que se te pase.

Al tiempo que murmuraba, procuró sujetarla disimuladamente, para que no palpase el puñal que llevaba en una funda bajo su brazo, ni la Beretta de nueve milímetros que llevaba en la espalda. Recorrió los alrededores con la mirada, escrutando las sombras del parque a la derecha y el restaurante a la izquierda. Urgía subirla al coche.

—Estoy muy avergonzada —dijo ella, apretando la cara contra su pecho—. No había tenido ataques de pánico desde hace mucho tiempo.

—No te preocupes por eso. —En cuanto la chica dejó de temblar, él retrocedió—. Vamos.

La llevó deprisa hasta el vehículo y se sintió mejor cuando metió la primera marcha y salió del aparcamiento haciendo chirriar los neumáticos.

Mary buscó por todo el coche.

—Mi bolso no está aquí. Me lo habré dejado en casa. Llevo todo el día hecha un manojo de nervios. —Se recostó en el asiento y se registró los bolsillos—. Bueno, por lo menos tengo mis llaves.

El viaje fue rápido y sin incidentes. Cuando el coche se detuvo frente a su casa, Mary reprimió un bostezo y se dirigió a la puerta. Él puso una mano sobre su brazo.

—Permíteme que sea un caballero y haga eso por ti.

Ella sonrió y bajó la mirada, como si no estuviera acostumbrada a que los hombres se afanaran por complacerla.

Rhage salió. Husmeó el aire con todos sus sentidos alerta, escudriñando la oscuridad. Nada. Absolutamente nada.

Se dirigió al maletero de su coche y lo abrió. Sacó una bolsa de lona y volvió a escuchar, atento. Todo estaba tranquilo, incluso sus agudos sentidos.

Cuando le abrió a Mary la puerta, ella vio la bolsa que colgaba de su hombro y arrugó la frente.

Él meneó la cabeza.

—No planeo pasar la noche contigo ni nada parecido. Acabo de ver que mi maletero no cierra bien, y no quiero dejar esto a merced de los ladrones.

Detestaba mentir a Mary. Literalmente, le revolvía el estómago.

La chica se encogió de hombros y caminó hasta su puerta.

—Debe de haber algo importante dentro de esa bolsa.

Tenía razón, había suficiente potencia de fuego para demoler un edificio de oficinas de diez pisos. Y aun así no estaba seguro de que fuera suficiente para protegerla.

Parecía incómoda mientras abría la puerta y entraba. Él la dejó pasar de una habitación a otra, encendiendo luces y desahogando su nerviosismo, pero se mantuvo a su lado a cada paso. Mientras la seguía, revisaba puertas y ventanas. Todas estaban cerradas. El lugar era seguro, por lo menos el primer piso.

—¿Quieres algo de comer? —preguntó ella.

—No, estoy bien.

—Yo tampoco tengo hambre.

—¿Qué hay arriba?

—Pues... mi habitación.

—¿Te importa mostrármela? —Tenía que revisar el segundo piso.

—Tal vez después. Es decir, ¿en realidad tienes que verla? Quiero decir... —Dejó de caminar y lo miró fijamente con las manos en las caderas—. Seré completamente sincera contigo. Nunca he tenido un hombre en esta casa. Y estoy falta de práctica en eso de la hospitalidad.

Él dejó caer al suelo la bolsa de lona. Aunque estaba listo para la batalla y tenso como un gato, le quedaba la energía mental suficiente para sentirse conmovido por las tribulaciones de la joven. Saber que nunca había habido otro macho en su espacio privado le complacía tanto que el pecho le rebosaba.

—Creo que lo estás haciendo muy bien —murmuró. Extendió la mano y le acarició la mejilla con el pulgar, pensando en lo que querría hacer con ella arriba, en esa habitación.

Inmediatamente, su cuerpo empezó a encenderse, un extraño ardor interno se condensó a lo largo de su espina dorsal.

Procuró controlarse.

—Tengo que hacer una llamada rápida. ¿Te importa si voy arriba para hacerla en privado?

—Por supuesto que no me importa. Yo... esperaré aquí.

—No tardaré mucho.

Mientras subía trotando a la habitación, sacó del bolsillo el teléfono móvil. La cubierta del aparato estaba rota, probablemente por alguna patada de un restrictor, pero aún se podía marcar. Cuando oyó el buzón de voz de Wrath, le dejó un mensaje corto y rezó para que le respondiera pronto.

Tras evaluar rápidamente la seguridad del segundo piso, regresó abajo. Mary estaba en el sofá, sentada, con las piernas encogidas.

—¿Qué estamos buscando? —preguntó, esperando encontrar, no sabía por qué, caras pálidas en puertas y ventanas—. ¿Por qué estás mirando por toda la casa como si fuera un callejón de mala muerte?

—Lo siento. Es una vieja costumbre..

—Debes pertenecer a una unidad militar de todos los diablos. ¿Quieres que veamos alguna película? —Se dirigió hasta los estantes donde estaban alineados todos los DVD—. Elige lo que quieras. Yo voy a ponerme algo... —Se ruborizó—. Algo más cómodo. Y que no esté manchado de hierba.

Él esperó junto el primer escalón mientras ella se movía por la habitación. Cuando empezó a bajar la escalera, regresó rápidamente a los estantes.

Le bastó una mirada a la colección de películas para saber que tendría problemas para elegir. Había muchos títulos extranjeros y algunos muy americanos. Vio películas antiguas de la época dorada, como *Tú y yo*. Por Dios, si tenía *Casablanca*.

No vio nada de Sam Raimi o Roger Corman. ¿Acaso no había oído hablar de la serie *Evil Dead*? Le quedaba una esperanza. Sacó una de las cubiertas, *Nosferatu, una sinfonía del horror*, la película alemana clásica de vampiros, de 1922.

—¿Has encontrado algo que te guste? —preguntó ella.

—Sí.

Se volvió para mirarla y se quedó paralizado. Le pareció que estaba vestida para el amor. Pantalones de pijama de franela, con estrellas y lunas. Una pequeña camiseta sin mangas. Unos mocasines flexibles, de gamuza.

Coqueta, dio un tirón al dobladillo de la camiseta, tratando de bajarla todavía más.

—Pensé ponerme unos vaqueros, pero estoy cansada, y esto es lo que uso para la cama... eh, para relajarme. Ya sabes, nada extravagante.

—Me gustas así —dijo él en voz baja—. Me encantas.

Estaba para comérsela.

Puso la película, tomó la bolsa de lona, la llevó hasta el sofá, y se sentó en el extremo opuesto. Se desperezó, tratando de fingir que estaba relajado. La verdad era que se encontraba muy tenso. Entre el temor a que los restrictores irrumpieran en la casa, el deseo de que Wrath llamara cuanto antes, y el impulso de devorar lo que había entre aquellos muslos, estaba a punto de estallar.

—Puedes poner los pies sobre la mesa, si quieres —dijo ella.

—Estoy bien. —Extendió el brazo y apagó la lámpara que estaba a su izquierda, con la esperanza de que ella se durmiera. Por lo menos podría recorrer el lugar y vigilar el exterior sin irritarla ni intrigarla.

A los quince minutos de empezar la película, ella se rindió.

—Lo siento, pero me muero de sueño.

Hal la miró. El cabello le caía sobre los hombros y se abrazaba, de puro cansancio. Su piel relucía con un leve resplandor bajo la luz del televisor y tenía los párpados caídos.

«Así de hermosa debe de estar al despertarse, por las mañanas», pensó.

—Duerme, Mary. Pero yo me quedaré un poco más, ¿de acuerdo?

—Sí, por supuesto. Pero..., Hal...

—Espera. ¿Me harías el favor de llamarme por mi... otro nombre?

—Está bien, ¿cuál es?

—Rhage.

Ella frunció el ceño.

—¿Rhage?

—Sí.

—Ah, claro. ¿Es un apodo o algo así?

Él cerró los ojos.

—Sí.

—Bueno, Rhage... Gracias por esta noche. Por ser tan tolerante, quiero decir.

Él soltó una maldición por lo bajo, pensando que debería abofetearlo en lugar de sentirse agradecida. Casi había hecho que la mataran. Ahora era un objetivo de los restrictores. Y si supiera la mitad de las cosas que quería hacer con su cuerpo, seguramente se encerraría en el baño.

—Está bien, ¿sabes? —murmuró ella.

—¿Qué está bien?

—Sé que quieres que seamos sólo amigos.

—¿Amigos?

Ella esbozó una sonrisa.

—Lo que quiero decir es que no debes pensar que malinterpreté el beso que me diste cuando fuiste a recogerme. Sé que no fue... ya sabes. De todos modos, no tienes por qué preocuparte. No me hice una idea equivocada.

—¿Por qué crees que me preocuparía que tú hicieras eso?

—Estás sentado en el otro extremo de este sofá, rígido como una tabla. Como si temieras que te saltara encima.

Él escuchó un ruido en el exterior y sus ojos se dirigieron raudos a la ventana de la derecha. Pero era sólo una hoja que el viento había hecho chocar contra el vidrio.

—No pretendía hacerte sentir incómodo —exclamó ella—. Sólo quería... ya sabes, tranquilizarte.

—Mary, no sé qué decir.

La verdad la aterrorizaría. Y ya le había mentido lo suficiente.

—No digas nada. Tal vez no debí traer eso a colación. Sólo quise decir que me alegra que estés aquí. Como amigo. Disfruté con ese paseo en tu coche. Y me gusta pasar el tiempo contigo. No necesito más de ti, honestamente. Eres un amigo excelente.

Rhage suspiró. En toda su vida adulta, ninguna hembra lo había llamado amigo. O había valorado su compañía por algo que no tuviera que ver con el sexo.

Susurró unas palabras en el antiguo idioma:

—Carezco de palabras, mi hembra. Porque ningún sonido de mi boca es digno de tu oído.

—¿Qué idioma es ése? —preguntó ella al oír la incomprensible parrafada.

—Es mi lengua materna.

Ella ladeó la cabeza, contemplándolo intrigada.

—Me recuerda al francés... aunque no, más bien parece eslavo. ¿Es húngaro o algo así?

Él asintió.

—Básicamente.

—¿Qué has dicho en ese idioma?

—A mí también me agrada estar aquí contigo. Eso he dicho.

Ella sonrió y bajó la cabeza. Se tapó con una manta y cerró los ojos.

En cuanto confirmó que se había quedado dormida, abrió el cierre de la bolsa de lona y verificó que las armas estaban cargadas. Luego recorrió la casa, apagando todas las luces. Cuando hubo total oscuridad, sus ojos se adaptaron a ella y sus sentidos se afinaron al máximo.

Exploró el bosque que había detrás de la casa. Y el prado de la derecha. Y la casona de la granja distante. Y la calle de enfrente.

Escuchó, rastreando las pisadas de animales sobre el césped, percibiendo el viento que azotaba los listones de madera del granero. Cuando la temperatura descendió en el exterior, escudriñó cada resquicio de la casa, tanteando, buscando una posible entrada. Rondó de una habitación a otra, hasta que quedó satisfecho.

Revisó el teléfono móvil. Estaba encendido, con el timbre activado. Y el aparato estaba recibiendo señal.

Soltó una maldición. Caminó un poco más.

La película terminó. La reinició por si ella se despertaba y quería saber por qué aún estaba allí. Luego recorrió de nuevo el primer piso.

Cuando regresó al salón recibidor, se frotó la frente y notó que estaba bañada en sudor. En la casa hacía demasiado calor, más del que estaba acostumbrado a soportar, o quizá sólo estaba nervioso. De cualquier modo, estaba sudando, así que se quitó la chaqueta y puso las armas y el teléfono móvil dentro de la bolsa de lona.

Mientras se subía las mangas, se situó junto a ella y se deleitó con su respiración lenta y uniforme. Parecía pequeña en aquel sofá, y aún más con sus grandes ojos grises de guerrera ocultos tras párpados y pestañas. Se sentó junto a ella y, con gran delicadeza, la cambió de posición de modo que quedara acomodada sobre su brazo.

Junto a sus músculos, se veía diminuta.

Despertó, levantó la cabeza.

—¿Rhage?

—Vuelve a dormirte —susurró él, atrayéndola contra su pecho—. Déjame abrazarte. Eso es todo lo que haré.

Absorbió su suspiro por la piel y cerró los ojos mientras ella le rodeaba la cintura con el brazo e introducía la mano entre el costado y el sofá.

Calma.

Todo estaba muy calmado. Calma en la casa. Calma en el exterior.

Tuvo el estúpido impulso de despertarla y cambiarla de posición otra vez, sólo para disfrutar una vez más la maravillosa sensación que le producía que se apretara contra él.

Pero no lo hizo, sino que se concentró en la respiración de la mujer, acompasando las contracciones y dilataciones de sus propios pulmones con los suyos.

Tanta... tranquilidad.

Y calma.

Cuando John Matthew salió del restaurante Moe's, donde trabajaba como ayudante de camarero, estaba preocupado por Mary. Había faltado a su turno del jueves en la línea directa, lo cual era muy raro, y tenía la esperanza de que esa noche estuviera allí. Como ya eran las doce y media, aún le faltaba una media hora antes de salir, y estaba seguro de que la alcanzaría. Suponiendo que se hubiera presentado.

Caminando lo más rápido posible, recorrió en diez minutos las seis sucias manzanas que había hasta su apartamento. Los edificios cercanos estaban llenos de gente que parecía entregada a mil juegos y diversiones. Cuando llegó a la puerta principal, escuchó a unos hombres discutiendo con el tono de los borrachos, con muchos insultos sueltos, pintorescos e inconsistentes. Una mujer gritó algo por encima de una música estridente. Recibió una furiosa respuesta masculina. Parecía la voz de un delincuente.

John cruzó raudo el vestíbulo, subió las deterioradas escaleras, y se encerró con llave en su estudio con un rápido giro de las manos.

Su vivienda era pequeña. No tardarían mucho en declararla inhabitable. Los suelos eran de linóleo, con alfombras aquí y allá. El linóleo se había deshilachado hasta formar una especie de lanilla, y alguna alfombra había tomado una consistencia rígida muy similar al parqué. Las ventanas eran opacas de puro sucias, lo que de hecho era algo bueno, porque así no necesitaba cortinas. La ducha funcionaba, igual que el lavabo del baño, pero el fregadero de la cocina se había atascado desde el día en que se instaló allí. Había intentado desatascarlo con uno de esos productos que venden, pero no funcionó y él no quiso desarmar las tuberías. No quería saber qué habían arrojado dentro de semejante sumidero.

Como siempre, cuando llegaba a casa los viernes, abrió de un tirón una ventana y miró al otro lado de la calle. Las luces de la línea directa de Prevención de Suicidios estaban encendidas, pero Mary no se encontraba en la mesa acostumbrada.

John frunció el ceño. Quizá no se sentía bien. Le había parecido extenuada cuando la visitó en su casa.

Al día siguiente, decidió, iría en bicicleta a su casa, para ver cómo estaba.

Le alegraba mucho haber tenido finalmente el valor de acercársele. Era tan agradable, incluso más que por teléfono. Y conocía el lenguaje de los signos. Sí, los había reunido el destino.

Cerró la ventana, fue hasta la nevera y desató la cuerda que mantenía cerrada la puerta. Dentro había cuatro paquetes de seis envases de batido de vainilla. Sacó dos y luego volvió a atar la cuerda de la puerta. Pensaba que el suyo era el único apartamento del edificio que no estaba infestado de roedores y cucarachas porque no guardaba allí comida verdadera. Simplemente no podía soportarla.

Sentado en su colchón, se recostó contra la pared. Había tenido mucho trabajo en el restaurante y los hombros le dolían terriblemente.

Sorbió con cautela un poco de vainilla, esperando que su estómago le diera un respiro esa noche, y tomó la última edición de la revista *Muscle & Fitness*, que por lo demás ya había leído dos veces.

Se quedó mirando la portada. El sujeto que aparecía en ella era todo protuberancias sobre una piel bronceada, un hinchado paquete atiborrado de bíceps, tríceps, pectorales y abdominales. Para incrementar su aspecto varonil, tenía junto a él, abrazándolo, a una hermosa chica con un bikini amarillo.

John llevaba años leyendo revistas y libros de halterofilia, y había ahorrado durante meses para comprarse un pequeño juego de pesas. Se ejercitaba seis días por semana. Y su esfuerzo no se veía por ninguna parte. No importaba cuánto entrenara, o con cuánta desesperación quisiera crecer, no había conseguido musculatura alguna.

Parte del problema era su dieta. Esos batidos eran prácticamente lo único que podía ingerir sin sentirse enfermo, y no contenían muchas calorías. Pero la comida no era la única dificultad. Sus genes eran una porquería. A los veintitrés años, medía poco más de uno sesenta y apenas llegaba a los sesenta kilos. No necesitaba afeitarse. No tenía vello corporal. Nunca había tenido una erección.

Poco varonil. Débil. Y lo peor de todo, sin visos de cambio. Hacía diez años que medía y pesaba lo mismo. No había cambiado nada.

La monotonía de su existencia lo desgastaba, lo extenuaba, lo agotaba. Había perdido la esperanza de convertirse en un hombre alguna vez, y la aceptación de la realidad lo envejecía. Se sentía como un anciano atrapado en su pequeño organismo, como si su mente no perteneciera a ese cuerpo.

Pero encontraba algún alivio. Le encantaba dormir. En sus sueños se veía a sí mismo luchando, fuerte, seguro, como un... hombre. De noche, con los ojos cerrados, era temible, siempre con un puñal en la mano, un asesino que mataba eficientemente por una razón noble. Y no estaba solo en su tarea. Tenía la compañía de otros hombres como él, luchadores, algo así como sus hermanos, leales hasta la muerte.

Y en sus visiones, hacía el amor con mujeres, hermosas hembras que emitían extraños sonidos cuando él se introducía en sus cuerpos. A veces había más de una con él, y las poseía con ímpetu, porque así lo deseaban ellas, y él también. Sus amantes se agarraban a su espalda, arañándole la piel mientras se estremecían y se sacudían bajo el choque de sus caderas. Con rugidos de triunfo, se corría, y su cuerpo se contraía y derramaba el semen en el húmedo calor que ellas le ofrecían. Y después de eyacular, en horrorosos actos de depravación, bebía su sangre y ellas la de él, y el salvaje frenesí dejaba rojas las blancas sábanas. Finalmente, cuando las necesidades estaban satisfechas y la furia y las ansias habían pasado, las abrazaba cariñosamente y ellas alzaban la vista hacia él con ojos relucientes de adoración. La paz y la armonía reinaban, y eran recibidas como bendiciones.

Por desgracia, luego despertaba.

En la vida real, no podía esperar derrotar a nadie ni defender a persona alguna. No era posible, con ese físico.

Nunca había besado a una mujer. Jamás había tenido oportunidad de hacerlo. El sexo opuesto tenía dos reacciones hacia él: las maduras lo trataban como a un niño y las jóvenes como si no existiera. Ambas respuestas dolían, la primera por hacer patente su debilidad, la segunda por eliminar cualquier esperanza de encontrar alguien a quien querer.

Buscaba una mujer. Sentía una tremenda necesidad de proteger, de resguardar, de defender. Una vocación extraña, cuyo origen se le escapaba.

Además, ¿qué mujer podía quererlo? Era tan esquelético. Los pantalones vaqueros le colgaban de las piernas. La camisa rellenaba el cóncavo foso que le corría entre las costillas y las caderas. Los pies eran del mismo tamaño de los de un chico de diez años.

John podía sentir la frustración acumulándose en su interior, pero no sabía qué le molestaba tanto. Claro, le gustaban las mujeres. Y quería tocarlas, porque su piel parecía muy delicada y olían bien. Pero nunca se había sentido excitado, ni siquiera cuando despertaba en medio de uno de sus sueños. Era un tío raro, ciertamente. Se diría que era un ser a mitad de camino entre hombre y mujer, ni lo uno ni lo otro. Un hermafrodita sin el juego completo de genitales.

Pero una cosa era segura. No le gustaban los hombres. Muchos, demasiados, lo habían perseguido a lo largo de los años, ofreciéndole dinero, o drogas, o amenazándole para que les chupara el pene en baños o automóviles. De alguna manera, siempre se las había arreglado para escapar.

Bueno, así fue hasta el invierno anterior. En enero, uno lo había acorralado a punta de pistola en el hueco de la escalera del edificio donde antes vivía.

Después de eso, empezó a llevar siempre un arma.

También había llamado a la Línea Directa de Prevención de Suicidio cuando ocurrió aquello.

Habían pasado diez meses y todavía no podía soportar el roce de los vaqueros contra la piel. Habría tirado todos si hubiese tenido dinero para comprar ropa nueva. En lugar de ello, quemó los que llevaba puestos aquella noche y comenzó a usar calzoncillos largos bajo los pantalones, incluso en verano.

No, no le gustaban los hombres.

Quizás ésa era otra razón por la que respondía a las mujeres como lo hacía. Sabía cómo se sentían al ser perseguidas sólo por tener algo que alguien más poderoso quería usar a su antojo.

No es que quisiera consuelo. No tenía intención de compartir con nadie lo que le había ocurrido en el hueco de la escalera. No se imaginaba contando semejante cuento.

Pero ¿y si una mujer le preguntaba si había estado con alguien? No sabría cómo responderle.

Alguien llamó a la puerta con fuertes golpes.

John se incorporó como un rayo y buscó su pistola bajo la almohada. Quitó el seguro con un movimiento rápido del dedo.

Llamaron de nuevo.

Apuntando el arma hacia la puerta, esperó que algún hombre astillara la madera.

—¿John? —Era una voz masculina, profunda y poderosa—. John, sé que estás ahí. Me llamo Tohr. Me conociste hace dos noches.

John frunció el ceño y luego hizo una mueca de dolor al sentir una punzada en las sienes. De repente, como si alguien hubiera abierto la compuerta de una esclusa, recordó haber ido a algún lugar subterráneo y haber conocido allí a un hombre alto vestido de cuero. Con Mary y Bella.

Al evocar los recuerdos, algo todavía más profundo se agitó en su interior. Algo situado en el nivel de sus sueños. Algo antiguo...

—He venido a hablar contigo. ¿Me permites entrar?

Con el arma en la mano, John fue hasta la puerta y la abrió, manteniendo la cadena en su lugar. Tuvo que levantar la cabeza para mirar al hombre a los ojos azules y metálicos. Le vino a la mente una palabra, pero no entendió su significado.

Hermano.

—¿Quieres poner el seguro al arma, hijo?

John meneó la cabeza, atrapado entre el eco del extraño recuerdo que bailaba en su mente y lo que había frente a él: un hombre de aspecto amenazador vestido de cuero.

—Está bien. Por lo menos ten cuidado, no me apuntes. No pareces muy experto en el manejo de esa cosa y no quiero salir de aquí con un agujero en el cuerpo. —El hombre miró la cadena—. ¿Vas a dejarme entrar, o no?

Dos puertas más allá, una serie de gritos fue aumentando hasta acabar con un sonido de cristales rotos.

—Vamos, hijo. Sería bueno un poco de tranquilidad, déjame entrar.

John buscó en lo profundo de su pecho alguna sensación instintiva que le avisara de un peligro verdadero. No encontró ninguna, a pesar de que el hombre era grande y fuerte, e indudablemente iba armado. Un tipo así siempre llevaba artillería.

John deslizó la cadena para soltarla y dio un paso atrás, bajando el arma.

El hombre cerró la puerta tras de sí.

—Recuerdas haberme conocido, ¿no?

John asintió, preguntándose por qué había recuperado la memoria de aquello tan súbitamente. Y por qué el recuerdo le había traído ese dolor de cabeza tan agudo.

—¿Y recuerdas de qué hablamos? ¿La oferta de entrenarte?

John puso el seguro al arma. Lo recordaba todo, y volvió incluso la curiosidad que entonces había sentido. Sintió un incontenible anhelo.

—Entonces, ¿te gustaría inscribirte y trabajar con nosotros? Y antes de que digas que no tienes el tamaño adecuado, conozco a muchos chicos de tu talla. De hecho, pronto tendremos un curso para los de tu tamaño.

Manteniendo los ojos fijos en el extraño, John se guardó la pistola en el bolsillo trasero y fue hasta la cama. Tomó un bloc de papel, y escribió: «No tengo $».

Cuando le mostró el bloc, el hombre lo leyó.

—No te preocupes por eso.

John garabateó: «Sí, me preocupa», y dio vuelta al papel.

—Yo dirijo el centro y necesito algo de ayuda con las cuestiones administrativas. Podrías trabajar para cubrir los gastos. ¿Sabes algo de ordenadores?

John negó con la cabeza, sintiéndose idiota. Lo único que sabía hacer era recoger platos y vasos, y lavarlos. Y ese sujeto no necesitaba un ayudante de camarero.

—Bueno, tenemos un hermano que domina ese campo. Él te enseñará. —El hombre sonrió a medias—.

Trabajarás. Entrenarás. Todo saldrá bien. También hablé con mi shellan. Le agradaría mucho que te quedaras con nosotros mientras vas a la escuela.

John entornó los ojos, cada vez más desconfiado. Parecía una tabla de salvación en muchos sentidos. Pero ¿por qué razón quería salvarlo aquel individuo?

—¿Quieres saber por qué estoy haciendo esto?

Cuando John asintió, el hombre se quitó el abrigo y desabotonó la parte superior de su camisa. La abrió y mostró el pectoral izquierdo.

Los ojos de John quedaron fijos en la cicatriz circular que quedó expuesta.

A la vez que se llevaba la mano al pecho, su frente rompió a sudar. Tuvo el extrañísimo presentimiento de que algo trascendental estaba ocurriendo, de que algo en su vida empezaba a encajar.

—Eres uno de los nuestros, hijo. Es hora de que vengas a casa, con tu familia.

John se quedó sin aliento, un extraño pensamiento le pasaba por la cabeza: «Por fin, he sido hallado».

Pero entonces, sufrió el choque de la realidad, haciendo desaparecer toda la alegría que empezaba a sentir.

A él nunca le alcanzaban los milagros. Su buena suerte se había agotado mucho antes de ser siquiera consciente de que existía. La fortuna había pasado junto a él sin tocarlo. De cualquier modo, ese hombre cubierto de cuero negro, salido de la nada, que le ofrecía una posibilidad de escape del agujero de mala muerte en que vivía, era demasiado bueno para ser verdad.

—¿Quieres más tiempo para pensarlo?

John negó con la cabeza, retrocedió y escribió: «Quiero quedarme aquí».

El hombre frunció el ceño cuando leyó esas palabras.

—Escucha, hijo, estás en un momento muy peligroso de tu vida.

Vaya descubrimiento. Había invitado a ese tipo a pasar, sabiendo que nadie acudiría si gritaba pidiendo ayuda. Se palpó en busca de la pistola.

—Está bien, tómatelo con calma. ¿Sabes silbar?

John asintió con la cabeza.

—Aquí tienes un número donde puedes localizarme. Silba al teléfono y sabré que eres tú. —Le entregó una tarjeta pequeña—. Te daré un par de días. Llámame si cambias de opinión. Si no lo haces, no te preocupes. No recordarás nada.

John no supo qué pensar de ese último comentario, así que sólo se quedó mirando los números negros, meditando sobre todas las posibilidades e improbabilidades. Cuando levantó la mirada otra vez, el hombre había desaparecido.

Dios, ni siquiera había oído el ruido de la puerta al abrirse o cerrarse.

Mary despertó con una violenta sacudida.

Un estridente alarido resonó por todo el salón, desgarrando la calma del amanecer. Se incorporó como un resorte, pero al instante sintió que caía otra vez. Luego el sofá completo salió despedido lejos de la pared.

Bajo la gris luz del alba, vio la bolsa de lona de Rhage y su gabardina.

Y se dio cuenta de que él había saltado detrás del sofá.

—¡Las cortinas! —gritó él—. ¡Cierra las cortinas!

El trueno de aquella voz eliminó su confusión y la envió en carrera desenfrenada por la habitación. Cubrió todas las ventanas, hasta que la única luz que entraba era la procedente de la cocina.

—Y esa puerta también... —Su voz era angustiosa—. La que da a la otra habitación.

La cerró rápidamente. Ahora reinaba una oscuridad casi completa, rota sólo por el brillo del televisor.

—¿Tu baño tiene ventana? —preguntó él destempladamente.

—No, no tiene. Rhage, ¿qué pasa? —Empezó a inclinarse sobre el borde del sofá.

—No te me acerques. —Las palabras sonaron ahogadas. Y fueron seguidas por una gruesa palabrota.

—¿Estás bien?

—Sí. Sólo déjame... recuperar el aliento. Necesito que me dejes solo.

De todos modos, ella dio la vuelta por el extremo del sofá. En la penumbra, sólo pudo distinguir la gran masa del cuerpo del vampiro.

—¿Qué pasa, Rhage?

—Nada.

—Ah, ya entiendo —dijo, pensando que odiaba aquellas contestaciones bruscas, de hombre duro—. Es la luz del sol, ¿no? Eres alérgico a ella.

Él rió desabridamente.

—Puede decirse que sí. Mary, detente. No regreses aquí.

—¿Por qué no?

—No quiero que me veas.

Ella extendió el brazo y encendió la lámpara más cercana. Un fuerte siseo resonó por toda la habitación.

Cuando sus ojos se ajustaron a la luz, vio que Rhage estaba acostado sobre el suelo, con un brazo en el pecho y el otro cubriéndole los ojos. Ostentaba una quemadura de pésimo aspecto sobre la piel que dejaban a la vista las mangas subidas. Tenía gesto de dolor y los labios entreabiertos dejaban asomar sus...

La sangre se le heló en las venas.

Colmillos.

Había dos largos caninos incrustados entre sus dientes superiores.

Tenía colmillos.

Probablemente profirió un grito ahogado, porque él la hizo un reproche.

—Te dije que no miraras.

—Santo Dios —susurró ella—. Dime que son falsos.

—No lo son.

Mary retrocedió hasta chocar contra la pared.

—Por Dios. ¿Qué... eres? —preguntó medio ahogada.

—No soporto la luz solar. Y tengo dientes raros. —Tomó aire con dificultad—. Adivina.

—No... eso no es...

Él gimió, y se escuchó el sonido de algo pesado arrastrándose, como si se hubiera movido.

—¿Puedes apagar la lámpara, por favor? Las retinas se me han quemado y necesitan algo de tiempo para recuperarse.

Ella estiró el brazo y cerró el interruptor, luego retiró la mano rápidamente. Abrazó su propio cuerpo y escuchó los roncos sonidos que hacía él al respirar.

Pasó el tiempo. Él no dijo nada más. No se sentó para echarse a reír y quitarse de la boca unos dientes falsos. No le dijo que era el mejor amigo de Napoleón, o Juan el Bautista, o Elvis, como haría un desequilibrado.

Tampoco salió volando para tratar de morderla. Ni se convirtió en murciélago.

«Por favor», pensó, «no es posible que me lo esté tomando en serio».

Pero no podía quitarse de la cabeza la idea de que él era distinto. Muy diferente a cualquier hombre que hubiera conocido. ¿Sería posible...?

Rhage gimió suavemente. A la luz del televisor, Mary vio una bota asomando por detrás del sofá.

Para ella no tenía sentido lo que él insinuaba que era, pero sí sabía que ahora estaba sufriendo. Y no iba a dejarlo herido en el suelo, si había algo que pudiera hacer por él.

—¿Cómo puedo ayudarte? —preguntó.

Hubo una pausa. Como si lo hubiera sorprendido.

—¿Puedes traerme un poco de helado? O cubitos de hielo, si tienes. Y una toalla.

Cuando ella regresó con un tazón lleno, vio que se esforzaba por incorporarse. O mejor dicho, lo oyó.

—Déjame acercarme —le dijo.

Él se irguió, tenso.

—¿No me tienes miedo?

Considerando que el hombre estaba medio enloquecido, delirante, o que era un vampiro, debería sentirse aterrorizada.

—¿Una vela sería demasiada luz? —dijo, ignorando la pregunta—. Sin ella no podré ver nada allá atrás.

—Una vela podría servir, Mary. No te haré daño. Lo prometo.

Ella dejó el helado en el suelo, encendió una gruesa vela y la colocó sobre la mesa contigua al sofá. Bajo el tembloroso fulgor de la llama distinguió el gran cuerpo del hombre. Aún tenía el brazo sobre los ojos. Y las quemaduras. Ya no tenía la cara crispada por el dolor, pero la boca permanecía entreabierta.

Y pudo ver la punta de los colmillos.

—Sé que no me harás daño —murmuró, mientras recogía el tazón—. Ya has tenido suficientes oportunidades.

Se dejó caer por encima del respaldo del sofá, sacó un poco de helado con una cuchara y se inclinó hacia él.

—Toma. Abre bien la boca. Es Häagen-Dazs de vainilla.

—No es para comer. La proteína de la leche y el frío ayudarán a curar las heridas.

No había manera de alcanzar las quemaduras, de modo que corrió el sofá un poco más y se sentó en el suelo, junto a él. Batió el helado hasta formar un puré y usó los dedos para untarlo sobre la inflamada piel llena de ampollas. Se estremeció, mostrando los terribles colmillos, y ella se detuvo un instante.

«Claro que no es un vampiro. No puede ser».

—Sí, en realidad sí lo soy —murmuró él.

Ella contuvo el aliento.

—¿Puedes leer la mente?

—No, pero sé que me estás mirando, e imagino cómo me sentiría si estuviera en tu lugar. Escucha, somos una especie diferente, eso es todo. No somos monstruos, sólo... diferentes.

«Muy bien», pensó Mary, aplicando más helado sobre las quemaduras. «Hay que pensar fríamente en toda esta locura».

Allí estaba, con un vampiro. Un mito del terror. Un ser de más de dos metros de altura y ciento treinta kilos de peso, dotado de una dentadura similar a la de un doberman.

¿Podía ser cierto, o se trataba de un mal sueño? ¿Y por qué le creyó cuando le dijo que no le haría daño? Debía de estar loca.

Rhage gimió, aliviado.

—Está funcionando lo del helado. Gracias a Dios.

«Bueno», siguió pensando Mary. «Para empezar, él está demasiado ocupado combatiendo el dolor para constituir una gran amenaza. Le costará semanas recuperarse de esas quemaduras».

Introdujo los dedos en el tazón y llevó más Häagen-Dazs al brazo herido. La tercera vez, tuvo que inclinarse y mirar muy de cerca, para cerciorarse de que no estaba viendo visiones. La piel estaba absorbiendo el helado como si fuera ungüento, y sanaba a toda velocidad. Frente a sus propios ojos.

—Me siento mucho mejor —dijo él con voz suave—. Gracias.

Levantó el brazo de la frente. La mitad de la cara y el cuello eran de color rojo brillante.

—¿Quieres que te lo aplique en esta parte también? —Señaló la zona quemada.

Sus misteriosos ojos verde azulados se abrieron. La miraron con cautela.

—Sí, por favor. Si no te importa.

Mientras el vampiro la observaba, ella metió otra vez los dedos en el tazón y luego le acercó la mano. Temblaba un poco mientras ungía la pasta sobre su mejilla.

Dios, qué pestañas tan pobladas. Gruesas, de un rubio oscuro. Y tenía la piel suave, aunque le había crecido la barba durante la noche. Su nariz era hermosa. Recta como una flecha. Labios perfectos, del tamaño ideal para su rostro, rosados. El inferior era más grande.

Buscó más helado y le cubrió la mandíbula. Luego se trasladó al cuello, pasando sobre los gruesos haces musculares que iban desde los hombros hasta la base del cráneo.

Cuando sintió que algo le rozaba un hombro, se volvió a mirar. Los dedos de él le acariciaban las puntas del pelo.

La ansiedad la dominó. Se echó hacia atrás bruscamente.

Rhage bajó la mano, sin sorprenderse por el rechazo.

—Lo siento —musitó cerrando los ojos.

Como no podía ver, percibía con aguda sensibilidad los suaves dedos de la mujer al moverse sobre su piel.
Y estaba muy cerca, lo suficiente para que su fragancia
fuera lo único que oliese. A medida que el dolor por la
exposición solar disminuía, su cuerpo empezaba a arder,
pero de una manera diferente.

Abrió los ojos, manteniendo los párpados entornados. Observando. Deseando.

Cuando terminó, Mary colocó el tazón a un lado y
lo miró a los ojos.

—Vamos a suponer que creo que eres un... diferente.
¿Por qué no me mordiste cuando tuviste oportunidad de
hacerlo? Es decir, esos colmillos no pueden ser simples
elementos decorativos, ¿estoy en lo cierto?

El cuerpo de la chica estaba tenso, como preparado
para escapar de un salto en cualquier momento, pero no
era presa del pánico. Lo había ayudado cuando tuvo necesidad, aun estando asustada.

Semejante valentía era un afrodisiaco para él.

—Me alimento de hembras de mi propia especie.
No de humanas.

Los ojos de Mary destellaron.

—¿Sois muchos?

—Bastantes, pero no tantos como antes. Nos persi-
guen, y estamos a un paso de la extinción.

Al pensar en lo que decía recordó que estaba separa-
do de sus armas por unos seis metros y un sofá. Trató de

levantarse, pero la debilidad hacía sus movimientos lentos y descoordinados.

«Maldito sol», pensó. «Te roba la vida en un instante».

—¿Qué necesitas? —preguntó ella.

—La bolsa de lona. Tráela y déjala a mis pies, por favor.

Ella se levantó y desapareció al otro lado del sofá. Se escuchó un golpe seco y luego el sonido de la bolsa arrastrada por el piso.

—Por Dios, ¿qué hay aquí? —Apareció de nuevo en su campo visual. Cuando soltó las asas, éstas cayeron a los lados.

Él deseó con toda el alma que la joven no mirara dentro.

—Escucha, Mary... tenemos un problema. —Con gran esfuerzo irguió la parte superior del cuerpo, apoyándose en los brazos.

La probabilidad de que un restrictor atacara la casa era mínima. Aunque los cazavampiros podían salir a la luz del día, trabajaban siempre de noche y necesitaban entrar en trance el resto del tiempo para recuperar fuerzas. Casi siempre se quedaban quietos durante el día.

Pero no había recibido respuesta de Wrath. Y la noche llegaría, eso era seguro.

Mary bajó la vista y lo miró con expresión solemne.

—¿Necesitas estar bajo tierra? Porque puedo llevarte a la vieja bodega de grano. La entrada está en la cocina, pero puedo colgar edredones sobre las ventanas... Maldición, hay tragaluces. Tal vez pueda cubrirte con algo. Es probable que estés más seguro allá abajo.

Rhage dejó caer la cabeza hacia atrás y se quedó mirando el techo.

Allí tenía a una hembra humana que pesaba la mitad que él, estaba enferma, acababa de descubrir que tenía a un vampiro en su casa... y estaba preocupada por protegerlo.

—¿Me oyes, Rhage? —Se aproximó y se arrodilló junto a él—. Puedo ayudarte a bajar...

Antes de pensar en lo que hacía, él le tomó la mano, presionó los labios contra la palma, y luego la colocó sobre su corazón.

Su miedo se arremolinó en el aire, en forma de olor penetrante y ahumado que se mezclaba con su delicioso aroma natural. Pero esta vez no retrocedió, y el temor no duró mucho.

—No tienes por qué preocuparte —dijo ella suavemente—. No dejaré que te ataquen. Estás a salvo.

Lo estaba derritiendo, conmoviéndolo, poniéndolo al borde de las lágrimas.

Tragó saliva.

—Gracias. Pero soy yo quien está preocupado por ti. Mary, anoche nos atacaron en el parque. Perdiste tu bolso, y tengo que suponer que mis enemigos lo tienen.

La tensión bajó disparada por el brazo de la mujer, viajó por la palma de su mano y golpeó al hombre en el pecho. Deseó con todas sus fuerzas que hubiese alguna manera de sufrir el miedo en el lugar de ella.

Mary negó con la cabeza.

—No recuerdo ningún ataque.

—Borré tus recuerdos.

—¿Borraste mis recuerdos?

En ese momento, el vampiro entró en su mente y restauró el recuerdo de los acontecimientos de la noche anterior.

Mary dio un grito ahogado y se llevó las manos a la cabeza, parpadeando. Rhage sabía que tenía que dar explicaciones rápidamente. Ella no tardaría mucho en procesar toda la información y llegar a la conclusión de que era un asesino del que había que huir de inmediato.

—Mary, necesitaba llevarte a mi casa para poder protegerte mientras esperaba noticias de mis hermanos. Esos hombres que nos atacaron no son humanos, y son muy eficaces en su trabajo, muy peligrosos.

Ella se asentó sobre el suelo de forma muy insegura, como si las rodillas le hubieran fallado. Tenía los ojos desorbitados y la mirada perdida, y meneaba la cabeza.

—Mataste a dos de ellos —dijo con voz apagada—. Desnucaste a uno. Y al otro le...

Rhage soltó una maldición.

—Lamento haberte metido en todo esto. Lamento que ahora estés en peligro. Y lamento haberte borrado la memoria...

—Eso no lo vuelvas a hacer —dijo ella con una mirada feroz.

El vampiro deseó poder hacerle esa promesa.

—Sólo lo haré si es necesario para salvarte. Ahora sabes mucho sobre mí, y eso te pone en peligro.

—¿Me has robado otros recuerdos?

—Nos conocimos en el centro de entrenamiento. Fuiste allí con John y Bella.

—¿Cuándo?

—Hace un par de días. Puedo devolverte esos recuerdos también.

—Espera un minuto —arrugó la frente—. ¿Por qué no me hiciste olvidar todo lo referente a ti, incluso tu propia existencia?

—Iba a hacerlo. Anoche. Después de la cena.

Ella apartó la mirada.

—¿Y no lo hiciste por lo que pasó en el parque?

—Y porque...

¿Hasta dónde pretendía llegar con todo esto? ¿En verdad quería que supiera todo lo que sentía por ella? «No», pensó. Parecía completamente conmocionada. No era el momento de soltarle la noticia de que un vampiro macho se había enamorado de ella.

—Porque es una violación de tu intimidad.

En el silencio subsiguiente, la vio meditando sobre los acontecimientos, las implicaciones, la realidad de la situación. Luego, su cuerpo despidió el dulce aroma de la pasión. Estaba recordando cómo la había besado.

De repente, ella hizo una mueca de desagrado y frunció el ceño. Y la fragancia cesó.

—Mary, en el parque, cuando te apartaba de mí mientras nosotros...

Ella levantó la mano y le obligó a callar.

—De lo único que quiero hablar es de lo que vamos a hacer ahora.

Sus ojos grises se encontraron con los del hombre y no titubearon. Él se dio cuenta de que estaba preparada para cualquier cosa.

—Dios... eres asombrosa, Mary.

—¿Por qué? —dijo ella alzando las cejas.

—Estás afrontando toda esta mierda muy bien. Especialmente lo que has sabido sobre mí.

Ella se acomodó unos mechones de cabello detrás de las orejas y estudió la cara de Rhage.

—En realidad, no ha sido una gran sorpresa. Bueno, lo es, pero... supe que eras diferente desde el momento en que te vi por primera vez. No sabía que eras un... ¿Os lla-máis vampiros entre vosotros?

Él asintió.

—Vampiro —dijo ella, como si estuviera ensayando la palabra—. No me has hecho daño ni me has asusta-do. He estado clínicamente muerta por lo menos en dos ocasiones. Una cuando entré en paro cardiaco mientras me trasplantaban médula ósea. Otra, cuando enfermé de neumonía y los pulmones se me llenaron de líquido. No... no estoy segura de adónde fui o de por qué regresé, pero me dirigí a algún sitio, había algo al otro lado. No un cielo con nubes y ángeles y todo eso. Sólo una luz blanca. La primera vez no sabía lo que era. La segunda, simplemente entré en ella directamente. No sé por qué regresé...

Se ruborizó y dejó de hablar, como si la avergonzara lo que había revelado.

—Has estado en el Fade —murmuró él, sobrecogido.

—¿El Fade?

—Así es como lo llamamos.

Ella meneó la cabeza, obviamente poco dispuesta a continuar con el tema.

—De todos modos, hay muchas cosas que no en-tendemos sobre este mundo. ¿Que los vampiros existen? Es una de ellas, nada más.

Al ver que él no decía nada, fijó la vista en su rostro.

—¿Por qué me miras así?

—Eres una wahlker —dijo él, sintiendo que debía levantarse y hacer una reverencia ante ella, como era la costumbre.

—¿Una wahlker?

—Quien ha estado en el otro lado y ha vuelto. En mi mundo es un signo de distinción.

El timbre de un teléfono móvil les hizo volver la cabeza. El sonido procedía del interior de la bolsa de lona.

—¿Podrías pasarme la bolsa?

Ella se inclinó y trató de levantarla. No pudo.

—¿Por qué no te paso sólo el teléfono?

—No. —Forcejeó para levantarse—. Sólo déjame...

—Quieto, yo lo traeré...

—Mary, detente —le ordenó—. No quiero que abras eso.

Ella se apartó bruscamente de la bolsa, como si contuviera serpientes.

Tambaleante, él introdujo la mano. En cuanto encontró el teléfono, lo abrió y se lo llevó al oído.

—¿Sí? —dijo en voz alta, mientras echaba parcialmente el cierre de la bolsa de lona.

—¿Estás bien? —dijo Tohr—. ¿Dónde diablos te has metido?

—Estoy bien. Pero no estoy en casa.

—No me digas. Cuando no fuiste a la cita con Butch en el gimnasio, y no te encontró en la casa principal, se preocupó y me llamó. ¿Necesitas que te recojan?

—No. Estoy bien donde estoy.

—¿Y dónde es?

—Llamé a Wrath anoche pero él no me devolvió la llamada. ¿Está por ahí?

—Beth y él fueron hasta su casa en la ciudad para pasar un tiempo en privado. Ahora, dime, ¿dónde estás? —Al ver que no respondía, la voz del hermano bajó de tono—. Rhage, ¿qué diablos está pasando?

—Nada, dile a Wrath que lo estoy buscando.

Tohr soltó una maldición.

—¿Estás seguro de que no necesitas que te recojan? Puedo enviar a un par de doggens con una bolsa forrada de plomo.

—No, estoy bien. —No iba a ir a ninguna parte sin Mary—. Nos vemos, hermano.

—Rhage...

Colgó y el teléfono sonó de nuevo inmediatamente. Tras mirar el identificador, dejó que Tohr grabara un mensaje de voz. Estaba dejando el artefacto junto a él en el piso, cuando su estómago emitió un gruñido.

—¿Quieres que te traiga algo de comer? —preguntó Mary.

Él la miró por un momento, asombrado. Entonces tuvo que recordarse a sí mismo que ella no sabía la clase de intimidad que le estaba ofreciendo. Aun así, la idea de que lo honrara con alimento preparado por sus propias manos lo dejó sin aliento.

—Cierra los ojos para mí —dijo.

Ella se puso tensa. Pero bajó los párpados.

Él se inclinó hacia delante y presionó los labios suavemente contra los suyos.

Los ojos grises se abrieron desmesuradamente, pero él se retiró antes de que ella pudiera apartarse.

—Me encantaría que me dieras de comer. Gracias.

A la salida del sol, O echó una ojeada a los planos que cubrían la mesa de la cocina de U. Hizo girar uno de ellos.

—Esto es lo que quiero. ¿Con cuánta premura podemos hacerlo?

—Muy rápido. Está lejos de los centros urbanos, y la edificación no dependerá de los servicios públicos municipales, por lo que no hay necesidad de tramitar una licencia de construcción. Armar los soportes para los muros y tender unos listones de madera en el exterior, sobre un espacio de quinientos metros cuadrados, no llevará mucho tiempo. Instalar la infraestructura de almacenamiento para cautivos no será problema. En cuanto a la ducha, podemos desviar fácilmente el riachuelo cercano e instalar una bomba para proveernos de agua corriente. Los suministros, tales como equipo, maquinaria y herramientas, son todos genéricos, y usaremos tablones de tamaño estándar para no hacer mucho trabajo de carpintería. Un generador de gas nos proporcionará electricidad para las sierras y los martillos neumáticos. También nos dará luz, si la queremos.

—¿Cuántos días, más o menos?

—Con una cuadrilla de cinco operarios, puedo poner un techo sobre tu cabeza en cuarenta y ocho horas. Siempre y cuando pueda ponerlos a trabajar y los suministros lleguen a tiempo.

—Entonces lo programaré para dos días.

—Empezaré a conseguir lo que necesitamos en Home Depot y Lowe's esta misma mañana. Dividiré entre los dos las órdenes de suministros. Y también necesitaremos una retroexcavadora pequeña, una de esas Toro Dingos con pala intercambiable y azada. Sé dónde podemos alquilar una.

—Bien. Todo esto está muy bien.

O se echó hacia atrás para estirar los brazos y separó las cortinas con aire relajado. La casa de U era una anónima construcción de varias alturas levantada en lo más profundo de la zona de la clase media. Era la parte de Caldwell con calles de nombres como Olmos, Cedros y Pinares, donde los chicos montaban en sus bicicletas sobre las aceras y la cena estaba en la mesa cada noche a las seis en punto.

Toda aquella tranquilidad urbana hacía que a O se le erizara la piel. Él hubiera querido incendiar aquellas casas. Esparcir sal sobre los prados. Talar todos los árboles. Demoler el barrio hasta que no quedara piedra sobre piedra. El impulso era tan fuerte que hasta él se sorprendió. No es que considerara un problema la destrucción de inmuebles, pero él era un asesino, no un vándalo. No podía entender por qué le importaba tanto.

—Quiero usar tu camioneta —decía U—. Voy a alquilar un remolque para engancharlo. En ambos vehículos podré traer los tablones y materiales para el techo, en pocos viajes. No hay razón para que los de Home Depot sepan dónde estamos.

—¿Y el material para las áreas de almacenamiento?

—Sé exactamente qué es lo que buscas y dónde encontrarlo.

Sonó una especie de pitido electrónico.

—¿Qué diantres es eso? —preguntó O.

—Un recordatorio de que hay que dar el parte de las nueve. —U sacó un miniordenador BlackBerry y sus toscos dedos volaron sobre el pequeño teclado—. ¿Quieres que envíe un correo con tu informe?

—Sí. —O pensó en su colega, en U. El restrictor llevaba ciento setenta y cinco años en la Sociedad. Era pálido como un papel blanco. Calmado y astuto como un zorro. No tan agresivo como algunos, bastante estable.

—Eres un miembro valioso, U.

U sonrió y levantó la vista del BlackBerry.

—Lo sé. Y me gusta que me sepan utilizar. A propósito, ¿a quién me asignarás para el trabajo de construcción?

—Usaremos los dos escuadrones de primera.

—¿Estás diciendo que estaremos todos fuera de servicio durante dos noches?

—Y dos días. Dormiremos por turnos en el lugar de la construcción.

—Bien. —U volvió a centrar su atención en el artefacto que tenía en la mano, moviendo un pequeño dial hacia la derecha con un dedo—. Mierda. Al señor X no le va a gustar esto.

O entornó los ojos.

—¿Qué es?

—Es un mensaje de alerta a los escuadrones Beta. Todavía estoy en la lista, creo.

—¿Y qué?

—Un grupo de Betas estaba de cacería anoche y tropezaron con uno de la Hermandad en el parque. De los cinco, tres fueron eliminados. Y escucha esto, el guerrero estaba con una hembra humana.

—A veces tienen relaciones sexuales con ellas.

—Sí. Cabrones afortunados.

* * *

Mary estaba junto a la estufa, pensando en la forma en que Rhage la había mirado. No podía comprender por qué ofrecerse a prepararle el desayuno era tan importante, pero él se comportó como si le hubiera hecho un obsequio fabuloso.

Dio la vuelta a la tortilla y fue hasta el frigorífico. Sacó un recipiente de plástico con fruta picada, y con una cuchara vertió todo el contenido en un tazón. No parecía suficiente, así que tomó un plátano y le cortó la parte superior.

Cuando dejó el cuchillo, se tocó los labios. No hubo nada sexual en el beso que le había dado detrás del sofá; no era más que gratitud. Aunque el encuentro del parque fue distinto, más profundo para ella, el vampiro también pareció distante. La pasión sólo se manifestaba en un lado. El suyo.

¿Se acostaban los vampiros con humanos? En la respuesta tal vez estaba la explicación del comportamiento de Rhage.

¿Y por qué miró, entonces, de aquella manera a la encargada del TGI Friday's? La estudió de arriba abajo, y no porque quisiera comprarle un vestido. Era obvio que los de su especie no tenían problemas en mezclarse con los humanos. Era ella, y no las humanas en general, quien no le interesaba.

Amigos. Sólo amigos.

Cuando estuvieron listas la tortilla y la tostada con mantequilla, enrolló un tenedor en una servilleta, cogió la comida y lo llevó todo al salón. Cerró rápidamente la puerta tras ella y se volvió hacia el sofá.

Se le cortó el aliento.

Rhage se había quitado la camisa y estaba recostado contra la pared, revisando sus quemaduras. Bajo el fulgor de la vela, miró arrobada aquellos abultados hombros, los poderosos brazos, el pecho. Ese estómago. La piel que cubría la musculatura era dorada, sin rastro de vello.

Esforzándose en conservar el decoro, colocó lo que llevaba en el suelo, junto a él, y se sentó a corta distancia. Para no mirarle descaradamente el cuerpo, fijó la vista en su rostro. Él contemplaba la comida, sin moverse, sin hablar.

—No sé si te gustará —dijo Mary.

Los ojos del vampiro se clavaron en los suyos. De frente resultaba incluso más espectacular. Sus hombros tenían la anchura suficiente para llenar el espacio entre el sofá y la pared. Y la cicatriz con forma de estrella, visible sobre su pectoral izquierdo, era endiabladamente sensual.

Tras unos segundos de intercambio de miradas, la mujer alargó el brazo para recoger el plato.

—Te traeré otra cosa.

La mano de Rhage se movió rauda, y la sujetó por la muñeca. Le acarició la piel con el dedo pulgar.

—Esto me encanta.

—Pero si no lo has probado.

—Tú lo has cocinado. Eso es suficiente. —Sacó el tenedor de la servilleta, poniendo en acción los músculos y tendones del antebrazo.

—Mary.

—Dime.

—Quiero darte de comer.

—Esta comida es para ti. No te molestes. Prepararé algo para mí... ¿Por qué frunces así el ceño?

Rhage se acarició el pelo.

—Claro, no me entiendes, no puedes saberlo.

—¿Saber qué?

—En mi mundo, cuando un macho se ofrece para alimentar con su propia mano a una hembra, es una forma de demostrar respeto. Respeto y... afecto.

—Pero tienes hambre.

Él acercó un poco el plato y partió un pedazo de la tostada. Luego cortó un cuadrado perfecto de la tortilla y lo colocó encima.

—Mary, come de mi mano.

Se inclinó hacia delante y extendió su largo brazo. Sus ojos eran hipnóticos, brillaban llamándola, atrayéndola, abriéndole la boca. Cuando ella posó los labios alrededor del alimento que había cocinado para él, Rhage gruñó con aprobación. Y cuando tragó, él acercó a su boca un nuevo trozo de tostada.

—¿No deberías comer algo tú también? —dijo ella.

—Hasta que tú estés satisfecha, no.

—¿Y si me lo como todo?

—Nada me complacería más que saber que estás bien alimentada.

«Amigos», se dijo a sí misma. «Sólo amigos».

—Mary, come, por mí. —Su insistencia hizo que abriera la boca de nuevo. Los ojos del macho permanecieron clavados en ella.

No parecía el comportamiento de un simple amigo.

Mientras Mary masticaba, Rhage introdujo los dedos en el tazón de fruta. Finalmente eligió un trocito de melón y se lo ofreció. Ella lo mordió, un poco de zumo escapó por la comisura de sus labios. Levantó el dorso de la mano, pero él la detuvo, recogió la servilleta y la pasó sobre su boca.

—No quiero más. Ya he terminado.

—No, no has terminado. Puedo sentir tu hambre. —Ahora acercó media fresa entre sus dedos—. Abre la boca para mí, Mary.

Le fue dando trozos escogidos con delicadeza, observándola con una satisfacción, con un arrobo que ella no había visto jamás.

Cuando estuvo saciada de verdad, él dio buena cuenta de las sobras y después Mary recogió el plato y se dirigió a la cocina. Le preparó otra tortilla, llenó un tazón con cereales, y le llevó los plátanos que quedaban.

El hombre exhibía una sonrisa radiante mientras ella lo colocaba todo frente a él.

—Me honras con todo esto.

Mientras el vampiro comía a su manera, insaciable, metódica y ordenada, ella cerró los ojos y dejó que su cabeza cayera hacia atrás hasta apoyarse en la pared. Se agotaba cada vez con mayor facilidad y sentía un miedo creciente, porque ahora conocía la causa. Le aterrorizaba saber qué le iban a hacer los médicos cuando terminasen las pruebas.

Cuando abrió los ojos, la cara de Rhage estaba muy cerca, frente a ella.

Se echó hacia atrás con un movimiento brusco, y se dio un golpe contra la pared.

—Me has asustado, no te he oído acercarte.

Agazapado, apoyado sobre manos y pies como un animal a punto de saltar, tenía los brazos a cada lado de las piernas, y los macizos hombros proyectados hacia arriba. Así, de cerca, era enorme. Y mostraba mucha piel. Y olía realmente bien, a especias o algo parecido.

—Mary, quiero darte las gracias, si me lo permites.

—¿Cómo? —preguntó ella con voz ronca.

Él ladeó la cabeza y posó los labios sobre los suyos. Mientras la joven ahogaba un jadeo, la lengua del hombre penetró en su boca. Al retroceder un poco para ver la reacción de Mary, los ojos le brillaban con la promesa de un placer que le fundiría hasta la médula de los huesos.

—No hay nada que agradecer —dijo al fin, tragando saliva.

—Quiero agradecértelo mil veces, Mary. ¿Me lo permites?

—Un simple gracias es suficiente. De veras, yo...

Los labios de él la interrumpieron, y la lengua del vampiro volvió a tomar el control, invadiendo, acariciando. Cuando el calor bramó en su cuerpo, Mary dejó de luchar y saboreó la demente lujuria, los latidos que retumbaban en su pecho, la aguda sensación naciente en sus senos, entre sus piernas.

Hacía mucho que no se excitaba. Y nunca se había excitado de ese modo.

Rhage dejó escapar un profundo ronroneo, como si hubiera sentido la pasión que se apoderaba de la hembra humana. Mary notó que él retiraba la lengua, para luego aprisionarle el labio inferior con sus...

Colmillos. Los colmillos mordisqueaban su carne.

El espanto se mezcló con la pasión y la incrementó, añadiéndole un toque de emoción, de gusto por el peligro, que hizo que se entregara todavía más. Le puso las manos sobre los hombros. Era tan fuerte, tan sólido. Seguramente pesaría, sería maravilloso estar dulcemente aplastada, debajo de él.

—¿Me permitirías acostarme contigo? —preguntó súbitamente el vampiro.

Mary cerró los ojos, imaginándose a ambos juntos, acostados, desnudos. No había estado con un hombre desde mucho antes de declararse su enfermedad. Y su cuerpo había sufrido grandes cambios desde entonces.

Tampoco comprendía de dónde procedía su deseo de estar con ella. Los amigos no tenían relaciones sexuales. Por lo menos, según su escala de valores.

Meneó la cabeza.

—No estoy segura...

La boca de Rhage se posó otra vez sobre la suya, brevemente.

—Sólo quiero acostarme junto a ti. ¿Te parece bien?

Quería decir dormir juntos, sin más. Al mirarlo fijamente, no pudo ignorar las diferencias que había entre ambos. Ella estaba jadeante. Él calmado. Ella mareada. Él reposado.

Ella caliente. Él... no.

Bruscamente, Rhage se recostó contra la pared y tiró de la manta que colgaba del sofá, para ponerla sobre su regazo. Ella se preguntó, por una milésima de segundo, si estaba escondiendo una erección.

Qué tontería. Lo más probable era que tuviera frío, porque estaba medio desnudo.

—¿Has recordado de repente lo que soy? —preguntó él.

—No te entiendo.

—¿Ha sido eso lo que ha apagado tu deseo?

Recordó la sensación que le produjeron los colmillos sobre sus labios. La idea de que él fuera un vampiro la había excitado.

—No.

—¿Entonces por qué has cambiado de actitud de repente, Mary? —Los ojos del hombre la taladraron—. ¿Quieres decirme qué pasa?

La confusión perceptible en su rostro era atroz. ¿Acaso pensaba que a ella no le importaba que la follara por simple lástima?

—Rhage, aprecio que estés dispuesto a llegar tan lejos en nombre de la amistad, pero no es necesario que me hagas ningún favor, ¿de acuerdo?

—Te gusta lo que te hago. Puedo sentirlo. Puedo olerlo.

—Por el amor de Dios, ¿te excita avergonzarme? Has de saber que si un hombre me calienta y me estimula mientras a él le daría lo mismo estar leyendo el periódico, no es que me haga sentir muy bien. Dios... eres un pervertido, ¿lo sabías?

Rhage pareció ofendido.

—Crees que no te deseo.

—Lo siento. Imagino que soy una tonta incapaz de captarlo. Sí, en realidad eres pura pasión —dijo con tono irónico.

Mary se quedó asombrada por su rapidez de movimientos. Primero estaba sentado, con la espalda contra la pared, mirándola. Un instante después, la tenía tumbada en el suelo, debajo de él. Con una rodilla le abrió las piernas, y luego empujó las caderas, llevando el vientre hacia su clítoris. Mary sintió que algo grueso y duro chocaba contra ella.

Las manos del macho se enredaron en su cabello y tiraron, atrayéndola hacia sí. Bajó la cara y le habló al oído.

—¿Notas esto, Mary? —Movió su miembro excitado en círculos cortos, acariciándola, haciéndola arder de deseo por él—. ¿Me sientes? ¿Qué crees que significa esto?

Ella jadeó, buscando aire. Se sentía muy húmeda, con el cuerpo listo para ser penetrado profundamente.

—Dime lo que significa, Mary. —Al no escuchar respuesta alguna, le chupó el cuello, hasta hacerla arder, y luego le mordió muy suavemente el lóbulo de la oreja. Pequeños, maravillosos castigos—. Quiero que respondas. Así sabré si tienes claro lo que siento por ti.

Sumergió la mano libre bajo las nalgas de la mujer, la acercó todavía más, y luego frotó su miembro erecto contra ella, justo donde debía, donde más la hacía estremecerse. Mary sintió el pene empujando a través de sus bragas.

—Dilo, Mary.

Dio un nuevo empujón y ella gimió.

—Me deseas —confesó ella, al fin.

—Y vamos a cerciorarnos de que lo recordarás en el futuro, ¿te parece bien?

Soltó los dedos del pelo y atacó sus labios con brusquedad. La exploró entera, la boca, el cuerpo. Su calor y su olor masculino, y su tremenda erección, prometían un magnífico festín erótico y salvaje.

Pero, entonces, él se apartó rodando y regresó al lugar donde había estado antes, contra la pared. Había recuperado el control otra vez. Su respiración era estable. El cuerpo permanecía inmóvil.

Ella se esforzó por incorporarse, tratando de recordar cómo se usan los brazos y las piernas. Le costaba salir del éxtasis.

—Yo no soy un hombre, Mary, aunque algunas de mis partes hagan suponerlo. Lo que acabas de sentir no es nada en comparación con lo que quiero hacerte. Deseo poner mi cabeza entre tus piernas, para poder lamerte hasta que grites mi nombre. Luego quiero montarte como un animal y mirarte a los ojos y vaciarme dentro de ti. Y después de eso, quiero poseerte de todas las formas posibles. Quiero poseerte por detrás. Quiero follarte de pie contra la pared. Quiero que te sientes sobre mis caderas y te menees hasta que me dejes sin aliento. —Su mirada era desapasionada, brutal, sincera—. Pero nada de eso va a suceder. Si me importaras menos, habría sido diferente, más fácil. Pero le causas algo muy raro a mi cuerpo, y sólo puedo permanecer contigo si conservo el control. De otra manera estaría en peligro de perder la cabeza, y lo último que quiero es amenazarte. O peor aún, herirte.

Mary experimentó lo que parecían alucinaciones, visiones de todo lo que él había descrito, y su cuerpo lo deseó de nuevo. Él respiró profundamente y gruñó, como si hubiera captado el aroma de su sexo y éste lo deleitara.

—Dios, Mary. ¿Me dejarías darte placer? ¿Me dejarías llevar esa dulce excitación tuya hasta donde realmente quiere ir?

Ella quería decir que sí, pero lo que él acababa de sugerir la volvió a la realidad. Además, no quería desnudarse frente a él, a la luz de la vela. Sólo los médicos y las enfermeras sabían lo que había quedado de su cuerpo tras la batalla contra la enfermedad. Y no podía evitar pensar en las muy sensuales mujeres que había visto aproximarse a él.

—No soy lo que era —dijo ella en voz baja—. No soy... hermosa. —Él frunció el ceño, pero ella meneó la cabeza, insistente—. Créeme.

Rhage se acercó a ella gateando, sus hombros se movían como los de un león.

—Déjame mostrarte lo hermosa que eres. Suavemente. Lentamente. Sin brusquedad. Seré un perfecto caballero, lo prometo.

Entreabrió los labios y Mary alcanzó a ver brevemente la punta de sus colmillos. Luego, esa boca estuvo sobre ella y fue fantástico. Recibió narcóticas caricias de labios y lengua. Con un gemido, le rodeó el cuello con los brazos, enterrándole las uñas en el cuero cabelludo.

La echó sobre el suelo, y Mary se preparó para soportar su enorme peso. Pero él se recostó junto a ella y le alisó el cabello.

—Lentamente —murmuró—. Suavemente.

La besó de nuevo y pasó un tiempo antes de que sus largos dedos llegaran a la parte inferior de su camiseta. Mientras se la subía, ella trató de concentrarse en lo que le estaba haciendo a su boca. Pero cuando le sacó la prenda por la cabeza, sintió el aire frío en los senos. Levantó las manos para cubrírselos y cerró los ojos, rogando por que estuviera lo suficientemente oscuro para que no pudiera verla bien.

La yema de un dedo le rozó la base del cuello, donde estaba la cicatriz de su traqueotomía. Luego se quedó sobre los puntos arrugados del pecho donde le habían pinchado unos catéteres. El vampiro tiró del pijama hasta que las huellas de las sondas gástricas en el estómago quedaron al descubierto. Luego encontró en su cadera el punto de inserción del transplante de médula ósea.

No pudo soportarlo más. Se sentó y tomó la camisa para escudarse tras ella.

—Por favor, no, no, Mary. No me detengas. —Le sujetó las manos y se las besó. Luego tiró de la camisa—. ¿No me dejarás verte?

Ella apartó la mirada cuando él la dejó desnuda. Sus senos subían y bajaban mientras él los observaba.

Luego, Rhage besó todas y cada una de las cicatrices.

Ella temblaba, sin poder evitarlo, por mucho que intentara controlarse. A su cuerpo le habían inyectado todo tipo de venenos. Lo habían dejado lleno agujeros, cicatrices y rugosidades. Y estéril. Y allí estaba aquel hermoso varón, adorándola como si todo lo que había soportado fuera digno de veneración.

Cuando él alzó la vista y sonrió, Mary estalló en lágrimas. Los sollozos salían con fuerza, como golpes imparables, destrozándole el pecho y la garganta, aplastándole las costillas. Se cubrió la cara con las manos, deseando tener la fortaleza suficiente para irse a otra habitación.

Mientras lloraba, Rhage la apretaba contra su pecho, acunándola, meciéndola. Nunca supo cuánto tiempo transcurrió hasta que se le agotaron las lágrimas, pero el llanto cedió al fin, y se dio cuenta de que le estaba hablando. Las sílabas y la cadencia eran completamente desconocidas, y las palabras indescifrables. Pero el tono... el tono era adorable.

Y su bondad, una tentación a la que no sucumbió.

No podía depender de él para encontrar consuelo, ni siquiera en ese momento. Su vida dependía de otra cosa, de la capacidad de conservar el dominio de sí misma, y se encontraba a un paso del abismo. Si comenzaba a llorar de nuevo, no se detendría en varios días, o en varias semanas. Dios era testigo de que su valentía interior había sido lo único que la había ayudado a sobrevivir la última vez que estuvo enferma. Si perdía esa firmeza, no tendría nada que oponer a la enfermedad.

Se enjugó los ojos.

«Otra vez no», pensó. No perdería el control frente a él de nuevo.

Aclarándose la garganta, trató de sonreír.

—¿Qué te ha parecido ese anticlímax? ¿A que te he sorprendido?

Él dijo algo en su misterioso idioma y luego meneó la cabeza y cambió de lengua.

—Llora todo lo que quieras.

—No quiero llorar. —Se miró el pecho desnudo.

Lo que quería en ese momento era tener relaciones sexuales con él. Terminado el acceso de llanto, su cuerpo estaba respondiendo de nuevo al hombre. Y dado que ya había visto lo peor de sus cicatrices, y no parecía asqueado, se sentía más cómoda.

—¿Hay alguna posibilidad de que aún quieras besarme, después de todo eso?

—Sí.

Sin permitirse pensar, le aferró los hombros y lo atrajo hacia su boca. Él se resistió por un segundo, como sorprendido por la insospechada fuerza de la mujer, pero luego la besó profunda y largamente, como si entendiera lo que necesitaba de él. En cuestión de segundos la tuvo completamente desnuda, sin los pantalones del pijama, sin los calcetines, con las bragas a un lado.

La acarició de la cabeza a los pies, y ella siguió todos sus movimientos, gozándolos en oleadas, arqueándose, sintiendo la piel desnuda de su pecho contra sus senos y su vientre, mientras la sedosa tela de sus costosos pantalones le frotaba las piernas; el roce era suave, como si los pantalones estuvieran hechos de aceite corporal. Se sentía ávida y aturdida mientras Rhage le besaba el cuello y mordisqueaba la clavícula, en su recorrido hacia los senos. Levantó la cabeza y lo vio sacar la lengua y lamerle en círculos un pezón, antes de tomarlo entre los labios. Al tiempo que la chupaba, deslizó una mano hasta el interior de sus muslos.

Y entonces le acarició el clítoris. Ella se estremeció, soltando de un golpe todo el aire de los pulmones.

El vampiro gimió, y su pecho vibró contra el de ella al hacerlo.

—Dulce Mary, eres tal como te imaginé. Suave... húmeda. —Su voz era áspera, dura, y le daba una idea de lo mucho que se esforzaba para mantener el control de sí mismo—. Abre más tus piernas para mí. Un poco más. Eso es, Mary. Eso es... así.

Deslizó un dedo, y luego dos, dentro de ella.

Había pasado mucho tiempo desde la última vez que había sentido el placer del sexo, pero su cuerpo sabía lo que estaba ocurriendo. Jadeando, aferrándose a sus hombros con las uñas, Mary lo observó lamerle los senos, mientras movía la mano dentro y fuera de su cuerpo, y al entrar frotaba el punto adecuado con el pulgar. Explotó en un abrir y cerrar de ojos, y la fuerza de la descarga la envió directamente a un placentero abismo en el que sólo existían pulsaciones y calor al rojo vivo.

Cuando recuperó la conciencia, los ojos de Rhage estaban serios, su cara era adusta y sombría. Era como un completo extraño, totalmente distanciado.

Extendió el brazo para cubrirse con la manta, pensando que la camisa sólo haría la mitad del trabajo. El movimiento la hizo tomar conciencia de que los dedos de Rhage aún la estaban penetrando.

—Eres hermosa —dijo él con voz áspera.

Esa palabra la hizo sentirse aún más incómoda.

—Déjame levantarme.

—Mary.

—Esto es demasiado incómodo. —Forcejeó, y el movimiento de su cuerpo sólo consiguió que lo sintiera más en su interior.

—Mary, mírame.

Lo miró, frustrada.

Lentamente, él retiró la mano del interior de su cuerpo y se llevó los dos lustrosos dedos a la boca. Abrió los labios y, saboreando con delicia, succionó el producto de su jugosa pasión. Cuando tragó, cerró los resplandecientes ojos.

—Eres increíblemente hermosa.

Mary se quedó sin aliento. Enseguida, su respiración se intensificó porque él descendió por su cuerpo, poniendo las manos en el interior de sus muslos. Cuando trató de abrirle las piernas, se puso rígida.

—No me detengas, Mary. —La besó el ombligo, luego la cadera, y le separó las piernas completamente—. Necesito más de ti en mi boca, en mi garganta.

—Rhage, yo... Oh, Dios.

La cálida lengua la acarició directamente en el centro, sembrando el caos en su sistema nervioso. Él levantó la cabeza y la miró. Y luego la bajó para lamerla de nuevo.

—Me matas —dijo, y ella sintió su aliento donde más estragos le causaba. Frotó su cara contra ella, su barba incipiente la raspó con suavidad al tiempo que su lengua se sumergía en su clítoris.

La mujer cerró los ojos, sintiendo que explotaría en cualquier momento.

Rhage la besuqueó y luego aprisionó su cálida carne con los labios, succionando, tirando, agitando la lengua. Cuando ella arqueó la espalda, él situó una mano en su región lumbar y colocó la otra sobre su bajo vientre. Así la mantuvo mientras se ocupaba de ella, evitando que el dulce cuerpo escapara de su boca al sufrir espasmos.

—Mírame, Mary. Mira lo que estoy haciendo.

Cuando así lo hizo, alcanzó a ver fugazmente su rosada lengua lamiendo la parte superior de su vagina, y eso fue el detonante. La descarga la destrozó en convulsiones enloquecedoras, pero él no se detuvo. Ni su concentración ni su habilidad parecían tener límite.

Finalmente, extendió los brazos hacia él, ansiando que su gruesa masculinidad la llenara por completo. Él se resistió fácilmente, e hizo algo alucinante con los colmillos, nunca supo qué. Cuando se corrió de nuevo, él observó el orgasmo con los brillantes ojos verdes azulados fijos entre sus piernas, proyectando sombras con su destello. Al terminar, ella lo llamó por su nombre en una ronca interrogación.

Con un movimiento fluido, Rhage se puso en pie y retrocedió. Al darle la espalda, ella dejó escapar el aliento en un siseo.

Un magnífico tatuaje multicolor le cubría toda la espalda. El dibujo representaba un dragón, una pavorosa criatura con cinco garras en cada miembro, y un poderoso cuerpo enroscado. Desde su posición, la bestia miraba con fijeza, como si en verdad pudiera ver a través de los blancos ojos. Y al tiempo que Rhage recorría la habitación de un lado a otro, la cosa se movía con la ondulación de los músculos y la piel, cambiando de forma, agitándose.

Como si quisiera salir, pensó Mary.

Al sentir una corriente de aire, la joven se envolvió el cuerpo en la manta. Cuando alzó la vista, Rhage estaba en el otro extremo de la habitación.

Y el tatuaje continuaba mirándola.

Rhage caminó de un lado a otro del salón, tratando de aplacar el ardor. Ya había sido lo bastante difícil mantener su cuerpo a raya antes de posar la boca sobre ella. Ahora que conocía su sabor, la espina dorsal le ardía y la calentura se había propagado a todos los músculos de su cuerpo. Le hormigueaba toda la piel, causándole tal excitación, que llegó a pensar en darse una ducha.

Mientras se frotaba los brazos, las manos le temblaban incontrolablemente.

Dios, tenía que alejarse del aroma de su sexo. De su vista. De saber que podía poseerla en ese mismo instante porque ella se lo permitiría.

—Mary, necesito estar solo un rato. —Volvió la vista hacia la puerta del baño—. Entraré allí. Si alguien viene a la casa o escuchas algo fuera de lo común, quiero que me avises inmediatamente. No tardaré mucho.

No se volvió a mirarla al cerrar la puerta.

En el espejo de encima del lavabo, sus pupilas emitían un brillo blanquecino en la oscuridad.

Por Dios, ahora no podía permitirse la mutación. Si la bestia escapaba...

El miedo, el terror por la seguridad de Mary le aceleró el corazón de una manera tal que sólo empeoró la situación.

Mierda. ¿Qué podía hacer? ¿Y por qué estaba sucediendo aquello? ¿Por qué...?

«Basta. Deja ya de pensar. Que no te domine el pánico. Enfría tu motor interno. Luego podrás preocuparte todo lo que quieras».

Bajó la tapa del excusado y se sentó, con las manos apoyadas sobre las rodillas. Obligó a sus músculos a relajarse y luego centró su atención en los pulmones. Inhalando por la nariz y exhalando por la boca, se concentró en mantener la respiración estable y lenta.

Inhalar y exhalar. Inhalar y exhalar.

El mundo se desvaneció, hasta que todos los sonidos, imágenes y olores fueron excluidos y sólo quedó su respiración.

Sólo su respiración.

Sólo su respiración.

Sólo su...

Una vez calmado, abrió los ojos y levantó las manos. El temblor había desaparecido. Y un rápido vistazo al espejo confirmó que sus pupilas eran negras otra vez. Apoyó los brazos sobre el lavabo y se inclinó.

Desde que sufriera la maldición, el sexo había sido una herramienta útil, que lo ayudaba a contener a la bestia. Cuando poseía a una hembra, se sentía lo suficientemente estimulado como para lograr el alivio que necesitaba, pero la excitación nunca se había elevado a un nivel como el de ese día. Le daba miedo que pudiera activar al monstruo.

Con Mary, el efecto calmante del sexo no funcionaba. No creía poder controlarse lo suficiente como para penetrarla, y mucho menos para llevarla a un orgasmo, sin convertirse en lo que odiaba. La maldita vibración que ella le provocaba estimulaba su impulso sexual hacia terrenos peligrosos.

Respiró profundamente. Lo único positivo parecía ser que era capaz de recuperar la calma rápidamente. Si se alejaba de ella, si dominaba su sistema nervioso, podría vencer la conmoción y llevarla a una intensidad manejable. Gracias a Dios.

Rhage usó el excusado, luego se lavó la cara en el lavabo y se secó con una toalla de manos. Cuando abrió la puerta, se preparó. Tenía el presentimiento de que al ver a Mary otra vez, la conmoción reaparecería.

Así fue.

Estaba sentada en el sofá, vestida con unos pantalones caqui y un chal de lana. La vela remarcaba la ansiedad en su rostro.

—Hola —dijo él.

—¿Estás bien?

—Sí. —Se frotó la mandíbula—. Lamento mucho esto. A veces necesito un minuto.

Ella abrió los ojos completamente.

—¿Qué pasa? —preguntó el vampiro.

—Son cerca de las seis. Has estado ahí dentro casi ocho horas.

Rhage lanzó una maldición. Lo de controlarse rápidamente era una ilusión.

—No sabía que hubiera pasado tanto tiempo.

—Yo... entré una o dos veces a ver cómo estabas. Me preocupé... Pero bueno, alguien te llamó. ¿Puede ser Roth?

—¿Wrath?

—Ése es el nombre que me dijo, sí. Tu teléfono sonaba y sonaba. Finalmente respondí. —Bajó la vista y se miró las manos—. ¿Seguro que estás bien?

—Seguro. Ahora, sí.

Ella suspiró.

—Mary, yo... —Se interrumpió, pues ¿qué podía decirle que no hiciera las cosas más difíciles para ella?

—No digas nada.

Él se acercó al sofá y se sentó junto a ella.

—Escucha, Mary, quiero que vengas conmigo esta noche. Quiero llevarte a un lugar donde sé que estarás segura. Los restrictores, esas cosas del parque, deben tenerte en su punto de mira, y es aquí donde primero buscarán. Ahora eres su objetivo, porque estabas conmigo.

—¿Y adónde iríamos?

—Quiero que permanezcas conmigo. —No sabía si Wrath lo permitiría—. Es demasiado peligroso que te quedes aquí, y si los cazavampiros vienen a por ti, lo harán muy pronto. Estamos hablando de esta noche. Ven conmigo unos días, hasta que pensemos qué hacer.

No se le ocurría ninguna solución a largo plazo, pero ya se le ocurriría algo. Ella era responsabilidad suya desde que la había involucrado en su mundo, y no iba a dejarla desamparada.

—Confía en mí. Sólo un par de días.

* * *

Mary hizo una maleta, pensando que estaba loca. Se marchaba a quién sabía dónde. Con un vampiro.

Pero, asombrosamente, tenía fe en Rhage. Él era demasiado honesto para mentir y demasiado listo para subestimar las amenazas. Además, sus citas con los especialistas no empezarían hasta el miércoles por la tarde. Ya se había tomado la semana libre y había avisado a los de la línea directa de que no iría a trabajar durante una temporada. No se perdería nada.

Cuando regresó al salón, él se volvió a mirarla al tiempo que se echaba al hombro la bolsa de lona. Mary observó su chaqueta negra y vio protuberancias que antes no había pensado que fueran significativas.

—¿Estás armado? —preguntó.

Él asintió.

—¿Con qué? —Rhage guardó silencio, y Mary movió la cabeza—. Tienes razón. Tal vez sea mejor que no lo sepa. Vamos.

Recorrieron en el coche la carretera 22 hasta varios kilómetros más allá de Caldwell, en dirección a la siguiente población grande. Pasaron por una región abrupta y boscosa, con largos tramos de árboles entre los ocasionales trechos de vegetación baja, visibles a cada lado del camino. No había farolas, y se veían pocos coches y muchos ciervos.

Viajaron en silencio durante veinte minutos. Luego, Rhage giró para entrar en un estrecho camino vecinal que los condujo por una suave pendiente. Ella observaba lo que los faros iban revelando, pero no pudo discernir dónde se encontraban. Curiosamente, no parecía haber ningún rasgo distintivo que identificara el bosque o el camino. De hecho, el paisaje daba una impresión borrosa, sensación que no podía explicar ni anular por mucho que parpadeara.

De la nada, surgieron unas verjas de hierro.

Mientras Mary saltaba en su asiento, Rhage accionó un control remoto y los pesados portones se dividieron por la mitad, dejándoles un espacio apenas suficiente para pasar rozándolas. Inmediatamente afrontaron otra barrera similar. Él bajó la ventanilla y marcó un código en un portero automático. Una agradable voz le dio la bienvenida y él miró hacia arriba, a la izquierda, saludando con la cabeza a una cámara de seguridad.

El segundo portón se abrió y Rhage aceleró por un largo camino de entrada, en ascenso. Cuando dieron vuelta a una esquina, un muro de mampostería de siete metros de altura se materializó como por arte de magia, igual que había ocurrido con la primera verja. Tras pasar bajo un arco y cruzar una serie de barreras, llegaron a un patio con una fuente en medio.

A la derecha, había una mansión de cuatro pisos, construida con piedra gris. Parecía una de esas viviendas que se ven en las películas de terror: gótica, oscura, opresiva, con más sombras de lo que cualquier persona soportaría sin sentirse insegura. Al otro lado del patio había una casa pequeña, de un solo piso, que irradiaba la misma angustiosa sensación.

Seis coches, en su mayor parte costosas berlinas europeas, estaban aparcados ordenadamente. Rhage introdujo el suyo en un hueco entre un Escalade y un Mercedes.

Mary salió y levantó la cabeza, para ver la mansión. Sintió como si la estuvieran vigilando, y así era. Desde el techo, unas gárgolas la miraban fijamente. También lo hacían unas cámaras de seguridad.

Rhage llegó junto a ella, con su bolsa en la mano. Tenía la boca apretada y los ojos brillantes.

—Yo cuidaré de ti. Lo sabes, ¿no es así? —Cuando ella asintió, él sonrió a medias—. Todo saldrá bien, pero necesito que te quedes muy cerca de mí. No quiero que nos separemos. ¿Está claro? Permanece conmigo pase lo que pase.

«Quiere inspirarme confianza y luego me da órdenes preocupantes», pensó ella. Esto no va a ser nada agradable.

Caminaron hasta una puerta de bronce desgastada por el tiempo, y él abrió una de las hojas. Cuando hubieron entrado a un vestíbulo sin ventanas, el gran panel se cerró, con un estruendo que ella sintió en los pies. Justo enfrente había otro enorme portón, éste de madera y tallado con extraños símbolos. Rhage marcó un código en un teclado numérico y se escuchó el sonido de un cerrojo al abrirse. Él la tomó del brazo con firmeza y abrió la segunda puerta, que daba a un vasto recibidor.

Mary sofocó un grito. ¡Era algo... mágico!

El espacio que se abrió ante ella era un festival de colores, tan inesperado como un jardín florecido dentro de una caverna. Columnas de malaquita verde se alternaban con otras de mármol de color de vino, que se elevaban desde un piso de mosaicos multicolores. Las paredes eran amarillas, brillantes, y estaban adornadas con espejos con marcos de oro y apliques de cristal. El techo, tres pisos más arriba, era una obra maestra de pinturas y hojuelas de oro, con escenas representando héroes, caballos y ángeles. Y en el centro de todo aquel esplendoroso conjunto, había una amplia escalinata, que ascendía a un segundo piso dotado de una gran galería.

Era hermoso como el palacio de un zar... pero los sonidos del lugar no eran exactamente formales y elegantes. En una habitación situada a la izquierda tronaba una música estrepitosa, que parecía rap, y se alcanzaban a oír gruesas voces masculinas. Bolas de billar chocaban entre sí. De pronto, alguien gritó: «¡Atrápala, policía!».

Un balón de fútbol americano llegó volando al recibidor, y un hombre musculoso entró corriendo tras él. Saltó, y ya lo tenía en las manos, cuando un sujeto todavía más grande, con una leonina melena, se estrelló contra él. Los dos hombres cayeron al suelo en un amasijo de brazos y piernas, y rodaron hasta chocar contra la pared.

—Te atrapé, policía.

—Pero todavía no tienes el balón, vampiro.

Gruñidos, risas, y gruesas palabrotas llegaron hasta el ornado cielorraso, mientras los hombres luchaban por la posesión del balón. Otros dos individuos enormes, vestidos de cuero negro, llegaron trotando para no perderse el espectáculo. Y luego, un sujeto pequeño, vestido de etiqueta, apareció por la derecha, cargando un ramo de flores en un jarrón de cristal. El mayordomo dio un rodeo en torno a la lucha cuerpo a cuerpo, con una sonrisa indulgente.

Todo quedó en silencio cuando, a un tiempo, los hombres notaron la presencia de Mary.

Rhage tiró de ella, protegiéndola con su cuerpo.

—Hijo de puta —dijo alguien.

Uno de los hombres llegó junto a Rhage, como un furioso torbellino. Su pelo oscuro estaba cortado al cepillo, al estilo militar, y Mary tuvo el extraño presentimiento de que lo había visto antes.

—¿Qué diablos estás haciendo?

Rhage afirmó las piernas, dejó caer la bolsa, y elevó las manos a la altura del pecho.

—¿Dónde está Wrath?

—Te he hecho una pregunta —respondió el otro sujeto secamente—. ¿Qué haces trayéndola aquí?

—Necesito a Wrath.

—Te dije que te deshicieras de ella. ¿O quieres que uno de nosotros haga tu trabajo?

Rhage se enfrentó al hombre cara a cara.

—Ten cuidado, Tohr. No me obligues a hacerte daño.

Mary miró hacia atrás. La puerta del vestíbulo todavía estaba abierta. Y en ese momento, esperar en el coche mientras Rhage arreglaba las cosas parecía una muy buena idea. Era incluso mejor que permanecer juntos.

Mientras retrocedía, mantuvo la vista fija en él. Hasta que chocó contra algo duro.

Giró sobre sus talones. Alzó la vista. Y se quedó sin voz.

Lo que obstaculizaba su fuga tenía el rostro cruzado por una cicatriz, ojos negros, y un aura de fría furia.

Antes de que pudiera escapar, aterrorizada, él la agarró por un brazo y la arrastró lejos de la puerta.

—Ni sueñes con escapar. —Mostrando unos largos colmillos, la calibró de arriba abajo—. Qué raro, no eres su tipo acostumbrado. Pero estás viva y muerta de miedo. Así que estás bien para mí.

Mary gritó.

Todas las cabezas se volvieron. Rhage se lanzó en su rescate y tiró de ella, apretándola contra su cuerpo. Habló con dureza en el idioma que ella no entendía.

El hombre de la cicatriz entornó los ojos.

—Tranquilo, Hollywood. Ya veo que estás guardando tu juguetito en la casa. ¿Vas a compartirla o serás tan egoísta como siempre?

Rhage lo miró amenazadoramente. De pronto se oyó una voz femenina.

—¡Por el amor de Dios, chicos! La estáis aterrorizando.

Mary ladeó la cabeza para ver más allá del pecho de Rhage y vio a una mujer que bajaba la escalinata. Parecía completamente normal: cabello negro largo, pantalones vaqueros, cuello de cisne blanco. Un gato negro ronroneaba entre sus brazos. Al pasar entre el grupo de hombres, todos se apartaron de su camino.

—Rhage, qué alegría que hayas llegado a salvo. Wrath bajará en un minuto. —Señaló con el dedo la habitación de donde habían salido los hombres—. Los demás regresad allá dentro. Vamos, vamos. Desahogaos con el billar. Sólo esas bolas deben chocar hoy. La cena estará lista en media hora. Butch, llévate ese balón, ¿quieres?

Los echó del recibidor con facilidad pasmosa. El único que se quedó fue el del pelo cortado al cepillo.

Ya estaba más calmado, y miró a Rhage.

—Esto tendrá consecuencias, hermano mío.

La cara de Rhage se endureció y ambos se lanzaron a hablar en su idioma secreto.

La mujer llegó junto a Mary, siempre acariciando el cuello del gato.

—No te preocupes. Todo irá bien. A propósito, soy Beth. Y éste es Boo.

Mary respiró profundamente, confiando instintivamente en aquella solitaria presencia femenina, entre un mar de testosterona.

—Mary. Mary Luce.

Beth le ofreció la mano con que acariciaba a la mascota, y sonrió.

Más colmillos.

Mary sintió que el suelo se movía bajo sus pies.

—Creo que se va a desmayar —gritó Beth extendiendo los brazos—. ¡Rhage!

Unos fuertes brazos le rodearon la cintura en el instante en que se le doblaban las rodillas.

Lo último que oyó antes de perder el conocimiento fue a Rhage diciendo: «La llevaré arriba, a mi habitación».

* * *

Mientras acostaba a Mary sobre su cama, Rhage encendió con la mente una luz tenue. Oh, Dios, ¿qué había hecho? ¿Cómo se le había ocurrido llevarla a su guarida?

Mary se revolvió y abrió los ojos.

—Aquí estás segura.

—Sí, por supuesto.

—Me encargaré de que estés a salvo, ¿qué te parece eso?

—Ahora te creo. —Esbozó una media sonrisa—. Lamento haberme desmayado así. Generalmente no pierdo el conocimiento.

—Es perfectamente comprensible. Escucha, debo ir a reunirme con mis hermanos. ¿Ves ese cerrojo de acero en la puerta? Yo tengo la única llave, de modo que aquí estarás segura.

—Esos tipos no estaban muy felices de verme.

—Peor para ellos. —Se echó el cabello hacia atrás, pasándolo por detrás de las orejas. Quería besarla, pero prefirió no hacerlo. Se levantó.

La mujer estaba magnífica en su gran cama, entre la montaña de almohadas con las que a él le gustaba dormir. La quería allí mañana, y pasado mañana, y...

«No, no ha sido un error» pensó. Era el lugar que le correspondía.

—Rhage, ¿por qué haces todo esto por mí? Es decir, en realidad no me debes nada, y apenas me conoces.

«Porque eres mía», pensó él.

Guardándose la idea para sí, se inclinó y le acarició la mejilla con la yema de los dedos.

—No tardaré mucho.

—Rhage...

—Deja que yo cuide de ti. Y no te preocupes por nada.

Cerró la puerta tras él y corrió el cerrojo antes de avanzar por el pasillo. Los hermanos estaban esperando en el rellano superior de la escalinata, con Wrath al frente del grupo. El rey parecía sombrío, con las negras cejas ocultas tras sus gafas oscuras.

—¿Dónde quieres que hablemos? —preguntó Rhage.

—En mi despacho.

Entraron todos en fila en la habitación. Wrath se sentó detrás del escritorio. Tohr le siguió y se plantó a la derecha, detrás de él. Phury y Z se recostaron contra una pared recubierta de seda. Vishous se sentó en una de las poltronas contiguas a la chimenea y encendió un cigarrillo liado a mano.

Wrath meneó la cabeza.

—Rhage, hombre, tenemos un grave problema. Desobedeciste una orden directa. Dos veces. Luego traes a una humana a esta casa, lo cual, como sabes, está prohibido...

—Está en peligro...

Wrath golpeó el escritorio con el puño, haciendo saltar el mueble.

—Te aseguro que no debes interrumpirme en este momento.

Rhage apretó los molares, moliendo, mordiendo. Se obligó a decir las palabras de respeto que por lo general pronunciaba de buen grado.

—No quise ofenderte, mi señor.

—Como estaba diciendo, desobedeciste a Tohr, y aumentaste la ofensa presentándote aquí con una humana. ¿En qué diablos estás pensando? Es decir, mierda, no eres ningún idiota, a pesar de tu comportamiento. Ella es de otro mundo, y por tanto un peligro para nosotros. Y tienes que saber que sus recuerdos ya son de largo plazo y, además, traumáticos. Está permanentemente afectada.

Rhage sintió que un gruñido se le condensaba en el pecho, y que no podía reprimirlo. El sonido impregnó la habitación igual que un olor.

—Ella no será ejecutada por esto.

—No eres tú quien lo decide. Tú mismo hiciste que fuera decisión mía cuando la trajiste a nuestro territorio.

Rhage desnudó los colmillos.

—Entonces me iré. Me iré con ella.

Las cejas de Wrath asomaron por encima de sus gafas de sol.

—No es momento de proferir amenazas, hermano mío.

—¿Amenazas? ¡Nunca he hablado más en serio! —Se calmó frotándose la cara y tratando de respirar—. Escucha, anoche ambos fuimos atacados por muchos restrictores. A ella se la llevaron y yo tuve que dejar vivo por lo menos a uno de esos cazavampiros, al tratar de salvarla. Ella perdió el bolso en la refriega, y si alguno de esos fulanos sobrevivió, hay que suponer que recogió la maldita cosa. Aunque borremos todos sus recuerdos, su casa no es segura y yo no voy a permitir que los de la Sociedad la eliminen. Si no puede quedarse aquí, y la única manera en que puedo protegerla es desapareciendo con ella, entonces eso es lo que haré.

Wrath frunció el ceño.

—¿Te das cuenta de que estás eligiendo a una hembra por encima de la Hermandad?

Rhage soltó aire ruidosamente. No esperaba que la tensión llegara a ese extremo, pero al parecer había llegado.

Incapaz de permanecer quieto, fue hasta uno de los ventanales que iban del suelo al techo. Al mirar hacia fuera, vio los jardines escalonados, la piscina, el vasto prado. Pero no veía el cuidado paisaje, sino la protección que brindaba el recinto.

Luces de seguridad iluminaban la zona. Cámaras montadas en los árboles grababan cada momento. Sensores de movimiento registraban cada una de las coloridas hojas que caían al suelo. Y si alguien trataba de traspasar el muro, sería recibido por doscientos cuarenta voltios de bienvenida.

Era el entorno más seguro para Mary. No existía otro mejor.

—Ella no es cualquier hembra para mí —murmuró—. La tendría como mi shellan, si pudiera.

Alguien soltó una maldición mientras otros tomaban aire intensamente.

—Ni siquiera la conoces —señaló Tohr—. Y es humana.

—¿Y qué?

Wrath habló con voz profunda, insistente.

—Rhage, no abandones la Hermandad por esto. Te necesitamos. La raza te necesita.

—Entonces parece que se quedará aquí, ¿no? —Wrath murmuró algo soez, y Rhage se volvió hacia él—. Si Beth estuviera en peligro, ¿dejarías que algo se interpusiera en tu camino para protegerla? ¿Aunque fuera la Hermandad?

Wrath se levantó de la silla y rodeó el escritorio a paso vivo. Se detuvo cuando estuvieron pecho contra pecho.

—Mi Beth no tiene nada que ver con las decisiones que has tomado ni con la situación en que nos has puesto a todos. El contacto con los humanos debe ser limitado, y únicamente en su territorio, eso lo sabes. Y nadie vive en esta casa más que los hermanos y sus shellans, si las tienen.

—¿Y Butch?

—Él es la única excepción. Y su presencia se permite solamente porque V sueña con él.

—Pero Mary no estará aquí para siempre.

—¿Y qué te hace pensar eso? ¿Crees que la Sociedad va a rendirse? ¿Crees que los humanos se volverán de pronto una raza tolerante? Olvídate de esos delirios.

Rhage bajó la voz, pero no los ojos.

—Está enferma, Wrath. Tiene cáncer. Quiero cuidar de ella, y no sólo por esta pesadilla de los restrictores.

Hubo un largo silencio.

—Mierda, te has enamorado de ella. —Wrath se pasó una mano por los largos cabellos—. Por el amor de Dios... Acabas de conocerla, hermano.

—¿Y cuánto tiempo te costó a ti marcar a Beth como tu propiedad? ¿Veinticuatro horas? Ah, claro, esperaste dos días. Hiciste bien pensándolo tanto.

Wrath dejó escapar una risa ahogada.

—Insistes en traer a colación a mi shellan, ¿no?

—Escucha, mi señor, Mary es... diferente. No pretendo saber por qué. Lo único que sé es que me hace latir el corazón de una forma que no puedo ignorar... diablos, que no quiero ignorar. Así que la idea de dejarla a merced de la Sociedad queda descartada por completo. Tratándose de ella, todos mis instintos protectores se disparan, y no puedo evitarlo. Ni siquiera por la Hermandad.

Rhage guardó silencio y pasaron minutos. Horas. O quizás fueron sólo unos segundos.

—Si le permito quedarse aquí —dijo Wrath—, es únicamente porque tú la ves como tu compañera, y sólo si puede mantener la boca cerrada. Pero queda el hecho de que desobedeciste las órdenes de Tohr. Eso no puedo dejarlo pasar. Tengo que llevar ese asunto ante la Virgen Escribana.

Rhage se relajó, aliviado.

—Aceptaré cualquier consecuencia.

—Que así sea. —Wrath regresó al escritorio y se sentó—. Tenemos algunas otras cosas de las que hablar, hermanos. Tohr, es tu turno.

Tohrment dio un paso al frente.

—Malas noticias. Lo sabemos por una familia civil. Macho, diez años desde su transición, desapareció anoche del barrio del centro de la ciudad. Envié un correo electrónico de alerta a la comunidad, avisando que deben ser más cautelosos de lo acostumbrado cuando salgan, y que cualquier desaparición debe denunciarse de inmediato. Además, Butch y yo hemos estado hablando. El policía tiene una buena cabeza sobre los hombros. ¿Alguno tiene algún problema si le pongo un poco al tanto de nuestros asuntos? —Varias cabezas negaron, y Tohr se dirigió a Rhage—. Ahora dinos qué pasó anoche en el parque.

* * *

Cuando, tras irse Rhage, se sintió lo bastante fuerte como para levantarse, Mary se deslizó fuera de la cama y revisó la puerta. Estaba cerrada y era sólida, así que se sintió relativamente segura. Vio un interruptor de luz a la izquierda, lo accionó y se iluminó la habitación.

Se diría que estaba en el palacio de Windsor.

Cortinajes de seda rojos y dorados colgaban de las ventanas. Satén y terciopelo adornaban una enorme antigua cama jacobina, cuyas patas y columnas eran de roble. Había una alfombra Aubusson en el suelo, valiosos óleos en las paredes...

Por Dios, ¿aquel cuadro no era *La Virgen y el niño* de Rubens?

Pero no todo eran piezas de colección de Sotheby's. Había un televisor de pantalla de plasma, suficiente equipo de sonido para un concierto en un estadio y un ordenador digno de la NASA. Y un Xbox en el suelo.

Deambuló por los estantes de libros, donde varios volúmenes en idiomas extranjeros, encuadernados en piel, destacaban sobre los demás, orgullosos. Repasó los títulos, hasta que tropezó con una colección de DVD.

Allí estaba la colección completa de *Austin Powers. Alien* y *Tiburón*. Todas sus entregas. Y *Godzilla. Godzilla. Godzilla...* el resto del estante estaba lleno de copias de *Godzilla*. Pasó al estante inferior. *Viernes 13, Halloween, Pesadilla en Elm Street*. Bueno, por si faltaba algo, allí estaba toda la serie de *Posesión infernal*.

Era de admirar que Rhage no se hubiera vuelto idiota con toda aquella subcultura.

Mary fue al baño y encendió las luces. Había un jacuzzi del tamaño de un salón, empotrado en el piso de mármol.

«Vaya, he aquí otra belleza», pensó.

Oyó que se abría la puerta, y sintió alivio cuando Rhage la llamó por su nombre.

—Estoy aquí, viendo tu bañera. —Regresó a la alcoba—. ¿Qué ha pasado?

—Todo ha ido bien.

No sabía si creerle, porque parecía tenso y preocupado.

—No te preocupes, puedes quedarte aquí.

—Pero...

—Sin peros.

—Rhage, ¿qué está pasando?

—Tengo que salir con mis hermanos esta noche. —Fue al ropero y regresó a la alcoba sin la chaqueta del traje. La llevó hasta la cama y la hizo sentarse junto a él—. Los doggen, nuestros sirvientes, saben que estás aquí. Son increíblemente leales y eficientes, no hay nada que temer. Fritz, que es quien dirige esta casa, pronto te traerá algo de comer. Si necesitas algo, pídeselo. Regresaré al amanecer.

—¿Permaneceré aquí encerrada hasta entonces?

Él negó con la cabeza y se levantó de la cama.

—Eres libre de moverte por la casa. Nadie te tocará. —De una caja de cuero sacó una hoja de papel y escribió algo.

—Éste es mi número de móvil. Llámame si me necesitas, y estaré aquí en un momento.

Rhage la miró y desapareció.

No es que saliera rápido, es que literalmente desapareció. Desapareció. Sin más.

Mary saltó de la cama, con la mano en la boca, conteniendo un grito.

Los brazos de Rhage le rodearon la cintura desde atrás.

—En un momento acudiré si me necesitas.

Ella se aferró a sus muñecas, apretándole los huesos para asegurarse de que no sufría alucinaciones.

—Menudo truco —balbuceó—. ¿Qué más guardas en la chistera?

—Puedo encender y apagar cosas. —La habitación se oscureció de repente—. Puedo encender velas. —Dos de ellas empezaron a arder sobre la cómoda—. Y soy hábil con cerraduras y cosas así.

Se oyó cómo se movía la cerradura de la puerta, y luego el ropero se abrió y se cerró.

—Ah, y puedo hacer un truco estupendo con la lengua y un racimo de cerezas.

Le plantó un beso a un lado del cuello y se dirigió al baño. La puerta se cerró, y se escuchó el chorro de la ducha.

Mary permaneció inmóvil. Su mente brincaba como una aguja en un disco abollado. Al ver la colección de películas en DVD, decidió que necesitaba urgentemente una vía de escape mental. Especialmente cuando había soportado demasiadas sorpresas, demasiadas revelaciones asombrosas, demasiado... de todo.

Minutos después, cuando Rhage salió, afeitado, oliendo a jabón, con una toalla alrededor de la cintura, ella se enderezó en la cama. En la televisión se veía *Austin Powers Goldmember*.

—Oye, éste es un clásico —dijo él, mirando a la pantalla con una sonrisa.

Mary olvidó por completo la película al ver los amplios hombros, los musculosos brazos, la toalla siguiendo la silueta de las nalgas. Y el tatuaje, la feroz criatura enroscada con aquellos terribles ojos blancos.

Le guiñó un ojo y entró en el ropero.

En contra de sus mejores instintos, Mary lo siguió y se apoyó contra el marco de la puerta, tratando de parecer lo más natural posible. Rhage le daba la espalda cuando se puso unos pantalones negros de cuero, de vago aire militar. El tatuaje se movió con él cuando se subió el cierre de la bragueta.

Se le escapó un leve suspiro. «¡Vaya hombre, o vampiro! Lo que sea».

Él la miró por encima del hombro.

—¿Estás bien?

En realidad lo estaba y no lo estaba, sentía todo el cuerpo ardiendo.

—Perfectamente. —Bajó los ojos y miró la colección de zapatos alineados en el suelo—. Voy a automedicarme con tu colección de películas hasta que caiga en un coma mental de lo más placentero.

El vampiro se agachó para ponerse los calcetines, y los ojos de Mary se clavaron en la piel de su espalda. Aquella superficie desnuda, suave, dorada...

—Si te preguntas cómo vamos a dormir —afirmó Rhage— yo lo haré en el suelo.

Pero ella quería estar en esa cama grande con él.

—No seas tonto, Rhage. Somos adultos. Y esa cama es lo bastante grande para que duerman seis.

—Está bien —dijo, algo vacilante—. Prometo no roncar.

«¿Y también prometes no dejar quietas las manos?», preguntó silenciosamente ella.

Él se puso una camiseta negra de manga corta y se calzó un par de botas con puntera metálica. Luego hizo una pausa y se quedó mirando un armario metálico empotrado en una pared del ropero.

—Mary, ¿quieres salir un momento? Necesito un minuto. ¿Vale?

Ella se ruborizó y se dio la vuelta.

—Lo siento, no quise ser indiscreta...

Él la tomó de la mano.

—No es eso. Es que tal vez no te guste lo que puedas ver.

Como si hubiera algo más que pudiera sobrecogerla después de lo visto ese día.

—Adelante —murmuró—. Haz... lo que tengas que hacer.

Rhage le acarició la muñeca con el pulgar y luego abrió el armario metálico. Sacó de allí una funda negra de cuero y se la cruzó sobre los hombros, asegurándola bajo los pectorales. Le siguió un ancho cinturón, de los que usan los policías, pero igual que ocurría con la funda, no contenía nada.

Rhage la miró. Y luego sacó las armas.

Dos largos puñales de hoja negra, que enfundó en el pecho, con las asas hacia abajo. Una lustrosa pistola cuyo cargador revisó con movimientos rápidos y seguros, antes de acomodarla a la altura de la cadera. Unas fulgurantes estrellas de artes marciales, y cargadores de diversa munición, de color negro mate, que introdujo en el cinturón. En alguna otra parte escondió otro cuchillo más pequeño.

Descolgó un impermeable negro de cuero y se lo puso, tanteando los bolsillos. Sacó otra pistola del armero y la revisó rápidamente, para sepultarla enseguida entre los pliegues de cuero. Puso otras cuantas estrellas arrojadizas en los bolsillos del abrigo. Agregó otros puñales.

Cuando se volvió, ella retrocedió.

—Mary, no me mires como si fuera un extraño. Sigo siendo el mismo, aunque lleve todo esto.

Ella no se detuvo hasta chocar contra la cama.

—Eres un extraño —susurró.

La cara de él se puso tensa y el tono de su voz se volvió inexpresivo.

—Volveré antes del amanecer.

Salió sin titubear.

Mary no supo cuánto tiempo permaneció sentada con la vista fija en la alfombra. Cuando al fin alzó los ojos, tomó el teléfono.

B ella abrió la puerta del horno, echó un vistazo a la cena y renunció a seguir luchando.

Qué desastre.

Tomó un par de paletas de cocina y extrajo el rollo de carne. La pobre había encogido hasta parecer una comida ridícula, estaba ennegrecida en la parte superior y tan reseca que se veían grietas por todas partes. Era incomible, más útil como material de construcción que para una cena. Con unas cuantas piezas similares y algo de argamasa, podría levantar el muro que quería alrededor de la terraza.

Cerró la puerta del horno con la cadera. Podría jurar que aquel horno de alta tecnología la miraba con odio. La animadversión era mutua. Cuando su hermano remodeló la casona de granja para ella, consiguió lo mejor de lo mejor, porque ésa era la única forma en que Rehvenge hacía las cosas. No le importó que su hermana prefiriera en realidad la cocina pasada de moda, las puertas desvencijadas y el elegante envejecimiento del lugar. Y que Dios la ayudase si ponía alguna pega acerca de las medidas de seguridad. Rehvenge la había permitido mudarse a cambio de adaptar la casa, dejándola a prueba de fuego, de balas y asaltos, inexpugnable como un valioso museo.

Eran las ventajas de tener un hermano dominante y receloso.

Recogió la cazuela, y ya se dirigía a las puertas acristaladas para salir al patio, cuando sonó el teléfono.

Esperaba que fuera Rehvenge.

—¿Hola?

Hubo una pausa.

—¿Bella?

—¡Mary! Te he llamado varias veces, ¿dónde estás? Espera un segundo, tengo que ir a dar de comer a los mapaches. —Puso el teléfono sobre la mesa, salió al patio, vació los desperdicios y regresó. Cuando la cazuela estuvo en el fregadero, recogió el auricular—. ¿Cómo estás?

—Bella, necesito saber una cosa. —La voz de la humana era tensa.

—Lo que sea, Mary. ¿Algún problema?

—¿Eres... una de ellos?

Bella se hundió en una silla de la mesa de la cocina.

—¿Quieres decir, si soy diferente a ti?

—Sí.

Bella miró el acuario. Allí todo parecía siempre tan calmado, pensó.

—Sí, Mary. Sí, soy diferente.

Se escuchó un suspiro entrecortado por la línea.

—Oh, gracias a Dios.

—Nunca pensé que saber eso fuera un alivio para ti.

—Es que... yo... la verdad es que tengo que hablar con alguien. Estoy muy confundida.

—¿Confundida sobre qué? —Se quedó un momento en silencio, pensando. ¿Por qué estaban manteniendo tal conversación?—. Mary, ¿cómo es que sabes lo que somos?

—Rhage me lo dijo. Bueno, también me lo mostró.

—¿Quieres decir que no ha borrado... ¿Tú lo recuerdas?

—Estoy con él.

—¿Cómo?

—Aquí. En la casa. Con un grupo de hombres, vampiros... Dios, esa palabra... —Carraspeó—. Estoy aquí con otros cinco tipos como él.

Bella se llevó la mano a la boca. Nadie se quedaba con la Hermandad. Nadie sabía siquiera dónde vivían. Y encima era una hembra humana.

—Mary, ¿cómo...? ¿Qué ha pasado?

Cuando la joven terminó de contarle la historia, Bella estaba estupefacta.

—¿Hola? ¿Bella?

—Lo siento, yo... ¿Estás bien?

—Eso creo. Ahora sí, al menos. Escucha, tengo que saberlo. ¿Por qué nos concertaste una cita, a Rhage y a mí?

—Te vio y le... gustaste. Me prometió que no te haría daño, y ésa fue la única razón por la que accedí a acordar esa cita.

—¿Cuándo me vio?

—La noche que llevamos a John al centro de entrenamiento. ¿O eso no lo recuerdas?

—Da lo mismo, pero dime otra cosa, ¿es John un... vampiro?

—Sí. Su cambio se aproxima, y por eso me mezclé en este asunto. Morirá a menos que uno de nuestra especie esté con él cuando llegue su transición. Necesita una hembra de la cual beber.

—Entonces esa noche, cuando te viste con él, sabías...

—Así es. —Bella eligió las palabras con mucho cuidado—. Mary, ¿el guerrero te está tratando bien? ¿Es benévolo contigo?

—Está cuidando de mí. Protegiéndome. Pero no sé por qué.

Bella suspiró, pensando que ella sí lo sabía. Dada la obsesión del guerrero por la humana, muy probablemente se había enamorado de Mary.

—Pero pronto regresaré a casa —añadió la chica—. Serán sólo un par de días.

Bella no estaba muy segura de eso. Mary se había metido en su mundo mucho más de lo que pensaba.

* * *

«El olor de los gases es desagradable», se dijo O mientras conducía el Toro Dingo en la oscuridad.

—Así está bien. Listos para comenzar —gritó U.

O apagó el aparato e inspeccionó el área de bosque que había desbrozado. Era la planta del futuro edificio de persuasión.

U se paró sobre la zona nivelada y se dirigió a los restrictores allí reunidos.

—Vamos a empezar a levantar las paredes. Quiero tres lados construidos. Dejad uno abierto —gesticuló, impaciente—. Andando. A moverse.

Los hombres recogieron los armazones hechos con maderos de casi tres metros de longitud y empezaron a trabajar.

El ruido de un coche que se acercaba los inmovilizó a todos, aunque el hecho de no llevar los faros encendidos sugería que se trataba de otro restrictor. Con su excelente visión nocturna, los miembros de la Sociedad eran capaces de moverse en la oscuridad como si fuera mediodía. Quienquiera que estuviese tras el volante, esquivando árboles, poseía la misma agudeza visual.

Cuando el señor X salió de la furgoneta, O se le aproximó.

—Señor —dijo O, haciendo una reverencia. Sabía que aquel bastardo apreciaba el respeto y fastidiar al tipo porque sí ya no le resultaba tan divertido como antes.

—Señor O, parece que estáis haciendo progresos.

—Permítame mostrarle cómo vamos.

Tenían que gritar para sobreponerse al golpeteo de los martillos neumáticos. Por lo demás, no había razón para preocuparse por el ruido. Estaban en medio de un terreno situado a unos treinta minutos del centro de Caldwell. Al oeste de la propiedad había un pantano, que servía para regular el río Hudson. Por el norte y el este estaba la montaña Big Notch, un cúmulo de roca propiedad del estado, que los escaladores no frecuentaban debido a sus muchas serpientes, y que los turistas encontraban muy poco atractiva. El único punto vulnerable era el sur, pero los rústicos campesinos que vivían en sus dispersas y ruinosas granjas no parecían sentir curiosidad alguna por su presencia.

—Esto tiene buena pinta —dijo el señor X—. ¿Dónde ubicarás las unidades de almacenamiento?

—Aquí. —O se paró sobre una sección del terreno—. Los materiales nos llegarán por la mañana. En un día deberemos estar listos para recibir visitantes.

—Has hecho un buen trabajo, hijo.

O detestaba aquella costumbre suya de llamarle «hijo». Le producía asco.

—Gracias, señor —masculló.

—Ahora acompáñame a mi coche. —Cuando estuvieron a cierta distancia de la obra, el señor X habló en tono confidencial.

—¿Tienes mucho contacto con los Beta?

O le miró a los ojos.

—A decir verdad, no.

—¿Has visto a alguno de ellos últimamente?

Por Cristo, ¿adónde quería llegar el Restrictor en Jefe con todo aquello?

—No.

—¿No viste a ninguno anoche?

—No, como le he dicho no tengo trato con los Beta. —O frunció el ceño. Sabía que si pedía una explicación, parecería que estaba a la defensiva, pero se lanzó de todas formas—. ¿Por qué lo pregunta?

—Esos Betas que perdimos en el parque anoche eran prometedores. Detestaría saber que eliminaste a la competencia.

—Un Hermano...

—Sí, un miembro de la Hermandad los atacó. Correcto. Pero, es extraño, los hermanos siempre apuñalan los cadáveres para que los cuerpos se desintegren. Sin embargo, a esos Betas los dejaron en el suelo, sin más. Y tan malheridos que no pudieron responder a ninguna pregunta cuando los halló su escuadrón de apoyo. Así que nadie sabe qué sucedió.

—Yo no estaba en ese parque y usted lo sabe.

—¿Lo sé?

—Por todos los...

—Cuida tu lengua. Y cuídate tú. —Los ojos descoloridos del señor X se estrecharon hasta formar una simple hendidura—. Ya sabes a quién llamaré si necesito ponerte en el buen camino de nuevo. Ahora regresa al trabajo. Os veré a ti y a los demás de primera clase a primera hora de la mañana, para el informe de rutina.

—Pensé que para eso teníamos el correo electrónico —dijo O con los dientes apretados.

—En vuestro caso, será en persona de ahora en adelante.

Cuando la furgoneta se alejó, O clavó los ojos en la noche, escuchando los ruidos de la obra. Debería estar ardiendo de ira. En lugar de ello, se sentía simplemente... cansado.

Dios, ya no le quedaba entusiasmo por su trabajo. Y ni siquiera era capaz de irritarse por las sandeces del señor X.

* * *

Mary miró el reloj digital: la 1:56. No amanecería en varias horas, y sencillamente no podía dormir. Lo único que le venía a la mente cuando cerraba los ojos eran las armas colgando del cuerpo de Rhage.

Rodó hasta quedar de espaldas. La idea de no volver a verlo era tan inquietante que se negaba a analizar sus sentimientos con detalle. Se conformaba con aceptarlos, los soportaba pacientemente, y esperaba algún alivio.

Hubiera querido volver al momento en que él se marchó. Lo habría abrazado con fuerza. Le habría rogado que se pusiera a salvo, aunque no sabía nada de luchas y él era, o eso esperaba, un maestro en ese arte. Sólo quería que no le hicieran daño...

De repente, el cerrojo de la puerta se descorrió. Cuando se abrió, el cabello rubio de Rhage relució bajo la luz del pasillo.

Mary saltó de la cama, cruzó la habitación a toda velocidad y se arrojó a sus brazos.

—Eh, qué dem... —La rodeó con los brazos y la levantó, llevándola con él al atravesar el umbral y cerrar la puerta. Cuando la soltó, ella se deslizó a lo largo de su cuerpo.

—¿Estás bien?

Cuando sus pies tocaron el suelo, volvió a la realidad.

—Sí... sí, estoy bien. —Se hizo a un lado. Miró a su alrededor. Se ruborizó como nunca en su vida—. Yo sólo... Volveré a la cama.

—Espera ahí, hembra. —Rhage se quitó el impermeable, la funda y el cinturón—. Regresa aquí. Me gusta la forma en que me das la bienvenida.

Abrió los brazos y ella se precipitó entre ellos, abrazándolo con fuerza, sintiendo su respiración. El cuerpo del hombre era cálido y olía maravillosamente, a aire fresco y sudor limpio.

—No esperaba que estuvieras levantada —murmuró él, acariciándole la espalda arriba y abajo.

—No podía dormir.

—Te dije que aquí estarías segura, Mary. —Sus dedos alcanzaron la base de la nuca y empezó a acariciarla—. Por Dios, estás tensa. ¿Seguro que estás bien?

—Estoy bien. De veras.

—¿Alguna vez respondes a esa pregunta con la verdad? —preguntó, dejando de acariciarle la nuca.

—Acabo de hacerlo, más o menos.

Rhage reanudó el masaje.

—¿Me prometes una cosa?

—¿Qué?

—Cuando no estés bien, ¿me lo dirás? —Su voz se hizo burlona—. Sé que eres dura de pelar, así que no me preocuparé por ti ni nada de eso. Pero...

Ella rió.

—Lo prometo.

El vampiro le levantó la barbilla con un dedo, y la miró con ojos severos.

—Haré que cumplas esa promesa. —Le dio un beso en la mejilla—. Pensaba ir a la cocina a buscar algo de comer. ¿Quieres venir conmigo? La casa está tranquila. Los otros hermanos aún no han vuelto.

—Claro. Me cambiaré.

—Sólo ponte una de mis sudaderas. —Fue hasta la cómoda y sacó una suave, negra y grande como un toldo—. Me gusta que uses mi ropa.

Mientras la ayudaba a vestirse, su sonrisa tenía una expresión muy masculina, de satisfacción y posesión.

Y le iba a su cara como anillo al dedo.

* * *

De vuelta a la habitación, después de cenar, Rhage tenía problemas para concentrarse. La vibración rugía con plena intensidad, era peor que nunca. Completamente excitado, su cuerpo estaba tan caliente que temía que la sangre se le evaporara en las venas.

Mientras Mary iba a la cama y se acomodaba, él se dio una ducha rápida y se preguntó si no debía aliviar su erección antes de salir. El maldito miembro estaba erguido, rígido, endemoniadamente dolorido. El agua que caía sobre su cuerpo le hizo pensar en las caricias de Mary sobre su piel. Se manoseó el miembro, recordando la sensación de los movimientos de ella contra su boca mientras él devoraba su intimidad. Tardó algo menos de un minuto.

Cuando terminó, el orgasmo sólo consiguió excitarlo más. Era como si su cuerpo supiera que la verdadera acción estaba afuera, en la alcoba, y no tuviera intención de dejarse engañar.

Maldiciendo, salió y se secó con una toalla, y luego fue hasta el ropero. Rogando que Fritz hubiera puesto su ropa en orden, buscó hasta que encontró un juego de pijamas que nunca se había puesto. Se puso la prenda con esfuerzo y luego se colocó la bata que hacía juego.

Rhage hizo una mueca de fastidio, sintiéndose demasiado cubierto. Pero de eso se trataba.

—¿La habitación está demasiado caliente para ti? —preguntó a la joven, al tiempo que, con la mente, encendía una vela y apagaba la lámpara.

—Es perfecta.

Personalmente, él se sentía como en los mismísimos trópicos. Y la temperatura aumentó cuando se acercó a la cama y se sentó en el extremo opuesto a ella.

—Escucha, Mary, dentro de una hora, a las cuatro y cuarenta y cinco, escucharás las celosías cerrarse, para evitar la luz del sol. Ruedan hacia abajo sobre unos rieles, en las ventanas. No hacen un ruido muy fuerte, pero no quiero que te sobresaltes.

—Gracias.

Rhage se acostó sobre el edredón y cruzó los pies sobre los tobillos. Todo lo irritaba, el calor de la habitación, el pijama, la bata. Ahora sabía cómo se sentían los regalos, todos tan envueltos en papel y cintas.

—¿Normalmente usas todo eso para dormir? —preguntó ella.

—Por supuesto.

—Entonces, ¿por qué la bata todavía tiene la etiqueta?

—Hoy me tocaba estrenarla.

Se acostó de lado, dándole la espalda. Rodó de nuevo, para quedar mirando el techo. Un minuto después, lo intentó sobre el estómago.

—Rhage. —Su voz era más adorable que nunca en la oscura quietud.

—¿Qué?

—Duermes desnudo, ¿no es cierto?

—Sí, generalmente.

—De verdad, puedes quitarte toda esa ropa. Eso no me molestará.

—No quiero que te sientas... incómoda.

—Lo que me está incomodando es que des tantas vueltas en ese lado de la cama. Me revuelves como si fuera una ensalada.

Rhage se hubiera reído, pero la ardorosa bomba a punto de estallar entre sus piernas le anulaba por completo el sentido del humor.

Si creía que la vestimenta que llevaba iba a refrenarlo, estaba loco. La deseaba tanto que, a menos que fuera una cota de malla, lo que llevara o no llevara no lo detendría.

Dándole la espalda a Mary todo el tiempo, se levantó y se desnudó. Con algo de sutileza, se las arregló para meterse bajo las mantas sin dejarla ver lo que su parte delantera estaba tramando. No tenía por qué contemplar el espectáculo de su excitación.

Le dio la espalda, echado sobre un costado.

—¿Puedo tocarlo? —preguntó ella.

Su miembro dio una sacudida, como si asintiera por su cuenta.

—¿Tocar qué?

—El tatuaje. Me gustaría... tocarlo.

Dios, estaba tan cerca de él, y su voz... esa dulce, hermosa voz... era mágica. Pero la vibración latente en su cuerpo lo hizo sentirse como si tuviera una mezcladora de cemento en el estómago.

Viendo que permanecía inmóvil, ella murmuró.

—No importa. Yo no...

—No. Es sólo que... —Detestaba usar aquel tono distante—. Mary, está bien. Haz lo que quieras.

Escuchó un roce de sábanas. Sintió el colchón moverse un poco. Y luego las yemas de sus dedos le rozaron un hombro. Disimuló el respingo lo mejor que pudo.

—¿Dónde te lo hicieron? —preguntó ella, suspirando y siguiendo el contorno de la señal de la maldición—. El diseño es extraordinario.

Todo su cuerpo se tensó al sentir exactamente en qué parte del tatuaje tocaba a la bestia. Estaba acariciándole la pierna izquierda, y lo sabía porque sentía el correspondiente hormigueo en su propia extremidad.

Rhage cerró los ojos, quedando atrapado entre el placer de sentir su mano sobre él y la realidad de estar coqueteando con el desastre. La vibración, el ardor, emergía, saliendo de su escondite oscuro y destructivo.

—Tu piel es muy suave —dijo ella, recorriéndole la espina dorsal con la palma de la mano.

Congelado en su sitio, incapaz de respirar, rezó por mantener el autocontrol.

—Y... bueno. —Se echó hacia atrás—. Yo creo que es hermosa.

Estuvo encima de ella incluso antes de percatarse de su propio movimiento. Y no fue ningún caballero. Introdujo un muslo entre sus piernas, le sujetó los brazos por encima de la cabeza y le atrapó la boca con la suya. Cuando ella se arqueó hacia él, le agarró el camisón y se lo arrancó con fuerza. La poseería. En ese mismo momento y en su cama, tal como quería.

Sería perfecto.

Sus muslos cedieron ante el empuje del macho, abriéndose completamente, alentándolo, pronunciando su nombre en un ronco gemido. El sonido activó en él una violenta convulsión, que le oscureció la visión y envió pulsaciones a sus brazos y piernas. La acción de poseerla lo consumió, despojándolo de cualquier rastro de cordura que disimulara sus instintos. Fue crudo, salvaje y...

Llegó al borde mismo del límite, allí donde el siguiente paso forzaba la aparición de la bestia que llevaba dentro.

El terror le dio la fuerza suficiente para desprenderse de ella de un salto y cruzar la habitación dando tumbos. Chocó contra algo. La pared.

—¡Rhage!

Derrumbado en el suelo, se cubrió la cara con las temblorosas manos, sabiendo que sus ojos estaban blancos. El cuerpo le temblaba con tal fuerza que sus palabras salían en oleadas.

—No puedo controlarme... Esto es... Mierda, no puedo... Necesito alejarme de ti.

—¿Por qué? No quiero que te detengas...

Él la interrumpió.

—Muero de deseo por ti, Mary. Me muero por ti, pero no puedo tenerte. No puedo... poseerte.

—Rhage —exclamó, como tratando de entenderlo—. ¿Por qué no?

—Tú no me querrías así. Confía en mí, en verdad no me querrías así.

—Claro que te querría.

Por supuesto que no iba a contarle que en él había un monstruo esperando surgir. Así que prefirió disgustarla a asustarla.

—He tenido ocho hembras diferentes sólo esta semana.

Hubo una larga pausa.

—Por... Dios.

—No quiero mentirte. Nunca. Así que déjame ser muy claro. He tenido muchísimo sexo anónimo. He estado con muchas hembras, ninguna de las cuales me ha importado. Y no quiero que pienses jamás que te he usado igual que a ellas.

Ahora que sentía que sus pupilas habían recuperado el color oscuro, la miró.

—Dime que practicas sexo seguro —murmuró ella.

—Cuando las hembras me lo piden, lo hago.

Los ojos de ella brillaron.

—¿Y cuando no te lo piden?

—Soy tan inmune a contagiarme de un resfriado común como de sida, hepatitis C o cualquier enfermedad venérea. Y tampoco soy portador de ninguna de esas enfermedades. Los virus humanos no nos afectan.

Ella tiró de las sábanas hacia arriba para cubrirse los hombros.

—¿Cómo sabes que no las dejas embarazadas? ¿O los humanos y los vampiros no pueden...?

—Los mestizos son raros, pero sucede a veces. Y yo sé cuándo las hembras son fértiles. Puedo olerlo. Si lo son, o están cerca de serlo, no tengo relaciones con ellas, ni usando protección. Mis hijos, cuando los tenga, nacerán en la seguridad de mi mundo. Y yo amaré a su madre.

Los ojos de Mary se perdieron en la lejanía, fijos, absortos. Él miró arriba para ver hacia dónde dirigía ella la mirada. Era al cuadro *La Virgen y el niño*, encima de la cómoda.

—Me alegra que me lo hayas dicho —confesó ella finalmente—. ¿Pero por qué tiene que ser con extrañas? ¿Por qué no puedes estar con alguien a quien tú...? Pero no, no respondas a eso. No es de mi incumbencia.

—Prefiero estar contigo, Mary. No entrar en ti es... una tortura. Te deseo tanto que no puedo soportarlo —dejó escapar el aliento de golpe—. Pero ahora ¿podrías decirme honestamente que me quieres? Aunque... diablos, incluso si lo hicieras, hay algo más. La forma en que te metes en mi cabeza. Me aterroriza perder el control. Me afectas de una manera diferente a las otras hembras.

Hubo otro largo silencio. Ella lo interrumpió.

—Dime otra vez que te sientes desgraciado por no hacer el amor conmigo —pidió secamente.

—Soy absolutamente desgraciado. Me duele. Mi deseo es constante. Siempre estoy obsesionado y molesto.

—Me alegro. —Mary rió por lo bajo—. Dios, soy perversa, ¿no crees?

—De ninguna manera.

La habitación quedó en silencio. Finalmente, él se acostó de lado, apoyando la cabeza sobre el brazo.

Ella suspiró.

—Ahora no pensarás dormir en el suelo.

—Es mejor así.

—Por el amor de Dios, Rhage, levántate y ven aquí.

La voz del hombre se convirtió en un profundo gruñido.

—Si vuelvo a esa cama, nada en el mundo me impediría hundirme entre tus piernas. Y esta vez no sería sólo con las manos y la lengua. Empezaríamos exactamente donde lo dejamos la última vez. Mi cuerpo encima del tuyo, cada centímetro de mí desesperado por penetrarte.

Cuando captó el sensual aroma de la excitación femenina, el aire se impregnó de sexo. Y el interior del macho se convirtió en un gran cable de alta tensión.

—Mary, será mejor que me vaya. Regresaré cuando te hayas dormido.

Salió antes de que ella pudiera pronunciar otra palabra. Cuando la puerta se cerró tras él, se desplomó contra la pared del pasillo. Estar fuera de la habitación lo ayudó. Así era más difícil captar su aroma.

Escuchó una risa y alzó la vista. Vio a Phury deambulando por el pasillo.

—Pareces drogado, Hollywood. Y estás completamente desnudo.

Rhage se cubrió con las manos.

—No me explico cómo puedes soportarlo.

El hermano se detuvo, revolviendo la taza de infusión de cidra caliente que llevaba en la mano.

—¿Soportar qué?

—El celibato.

—No me digas que tu hembra te rechaza.

—Ése no es el problema.

—Entonces, ¿por qué estás afuera en este pasillo, plantado como un poste?

—Yo... no quiero hacerle daño.

Phury pareció desconcertado.

—Eres grande, pero nunca has herido a ninguna hembra, que yo sepa.

—La deseo tanto que... me doy miedo, hermano.

Los ojos amarillos de Phury se entrecerraron.

—¿Estás hablando de tu bestia?

—Sí —respondió apartando la mirada.

El hermano dejó escapar un silbido lúgubre.

—Bueno... diablos, será mejor que te cuides. Si de veras quieres expresarle tu admiración, está bien. Pero mantente dentro de los límites o le harás mucho daño, ¿me entiendes? Busca una pelea, busca a otras hembras, si tienes que hacerlo, pero asegúrate de conservar la calma. Y si necesitas algo de humo rojo, acude a mí. Te daré un poco de mi O-Z, sin problema.

Rhage respiró profundamente.

—Paso de cigarrillos. Pero ¿puedes prestarme una sudadera y un par de zapatillas deportivas? Trataré de desahogarme corriendo.

Phury le dio una palmadita en la espalda.

—Ven, hermano. Nada me agradará más que cubrirte la espalda.

Cuando menguó la luz vespertina que se filtraba a través del bosque, O hizo retroceder el Toro, esquivando el montón de tierra que había creado él mismo.

—¿Listo para las tuberías? —gritó U.

—Sí. Deja caer una pieza. Veamos si encaja.

Un tubo de desagüe, de aleación metálica, de un metro de diámetro por dos y medio de longitud, fue metido en el agujero y quedó erguido sobre uno de sus extremos. Encajaba a la perfección.

—Meted los otros dos —ordenó O.

Veinte minutos después, las tres secciones de tubería estaban alineadas. Con el Dingo, O empujó la tierra, mientras otros dos restrictores mantenían los tubos en su lugar.

—Queda bien —dijo U, caminando alrededor—. Muy bien. Pero ¿cómo introducimos y sacamos a los civiles?

—Con un sistema de arneses. —O apagó el Dingo y fue a asomarse al interior de uno de los tubos—. Se consiguen en la sección de artículos deportivos de Dick, donde venden material de escalada. Somos lo suficientemente fuertes para alzar a los civiles, aunque sean pesos muertos y estén drogados, doloridos o exhaustos. Pesarán, pero no se resistirán mucho.

—Es una gran idea —murmuró U—. Pero ¿cómo los taparemos?

—Las tapas serán de malla metálica con un peso en el centro.

O miró hacia arriba y vio el cielo azul.

—¿En cuánto tiempo crees que quedará instalado el techo?

—Construiremos el último muro ahora mismo. Luego, lo único que tendremos que hacer será erigir las vigas y bajar las claraboyas. Las tejas no tardarán mucho, y ya hay tablillas en los tres muros que tenemos. Trasladaré aquí las herramientas, conseguiré una mesa y estaremos listos para comenzar mañana por la noche.

—¿Tendremos las mamparas de las claraboyas para entonces?

—Sí. Y son retráctiles, para poder abrirlas y cerrarlas.

—Desde luego, nos van a ser útiles. Un poco de luz solar es la mejor ayuda que puede tener un restrictor. Entra, resplandece un instante, y ni rastro de lo que fue un vampiro.

O inclinó la cabeza en dirección a la camioneta.

—Devolveré el Toro al alquiler de coches. ¿Necesitas algo de la ciudad?

—No. Tenemos de todo.

En su camino a Caldwell, O debería haber estado de buen humor. La edificación iba bien. El escuadrón aceptaba su liderazgo. El señor X no había vuelto a tratar el tema de los Betas. Pero se sentía... muerto. Una sensación tremendamente irónica para alguien que llevaba muerto tres años.

Ya se había sentido así una vez.

Fue en Sioux City, antes de convertirse en restrictor. Odiaba su vida. Acabó la secundaria con mucho esfuerzo, pero su familia no tenía dinero para enviarlo a la universidad, ni siquiera a una universidad pública, de modo que sus opciones profesionales habían sido limitadas. Cuando trabajó como gorila de bar intentó sacar provecho de su tamaño y su vena agresiva, pero la diversión fue moderada, pues los borrachos no solían defenderse, y golpear a los inconscientes no costaba más trabajo que golpear a una oveja.

Lo único bueno fue conocer a Jennifer. Ella lo había salvado del tedio irreflexivo, y él la había amado por ello. Aquella mujer representaba drama, emoción e incertidumbre en el insípido paisaje de la vida. Y cada vez que sufría uno de sus arrebatos de ira, ella se defendía a golpes, aunque era más pequeña y sangraba más fácilmente que él. Nunca supo si lanzaba los golpes por ser demasiado estúpida para saber que él siempre ganaría al final, o porque estaba demasiado acostumbrada a que su padre la maltratara. De cualquier manera, por estupidez o hábito, aguantaba los golpes que ella podía darle y luego la aporreaba hasta abatirla. Cuidarla después, cuando su ímpetu se había apagado, le proporcionó los momentos más tiernos de su vida.

Pero como todas las cosas buenas, ella también se terminó. Dios, cómo la extrañaba. Fue la única que entendió cómo convivían el amor y el odio, mezclados en lo más profundo de su corazón; la única que podía manejar ambos sentimientos al unísono. Pensando en su largo cabello negro y su esbelto cuerpo, la extrañaba tanto que casi podía sentirla junto a él.

Cuando entró en los límites de Caldwell, se acordó de la prostituta de la otra mañana. Después de todo, había acabado dándole lo que él necesitaba, aunque tuvo que entregar su vida para hacerlo. Y ahora, mientras conducía, buscó en las aceras otro desahogo. Por desgracia, las putas trigueñas eran mucho más escasas que las rubias. Tal vez debía comprar una peluca y pedir a las rameras que la usaran.

O pensó en las personas que había matado. La primera vez lo hizo en defensa propia. La segunda por error. La tercera a sangre fría. Cuando llegó a la Costa Este, huyendo de la ley, ya sabía bastante de la muerte.

Por aquel entonces, Jennifer acababa de morir y su dolor era como un ser vivo, un perro furioso que necesitaba emerger, o de lo contrario lo destruiría. La aparición de la Sociedad fue un milagro. Lo había salvado de un torturante desarraigo, dándole un objetivo y un propósito, así como una válvula de escape a su agonía.

Pero ahora todos esos beneficios habían desaparecido y se sentía vacío. Igual que cinco años atrás en Sioux City, justo antes de conocer a Jennifer.

Bueno, casi igual, pensó, mientras aparcaba en el alquiler de coches.

En esa época, aún estaba vivo.

***

—¿Ya has salido de la bañera?

Mary rió, se pasó el teléfono al otro oído, y se enterró entre las almohadas. Ya eran más de las cuatro.

—Sí, Rhage.

No recordaba haber tenido un día más completo en su vida. Durmió hasta tarde. Le llevaron la comida a la habitación, así como libros y revistas. Usó el jacuzzi.

Era como estar en un hotel de lujo. Bueno, un hotel donde el teléfono sonaba todo el tiempo. Había perdido la cuenta de cuántas veces la había llamado él.

—¿Fritz te llevó lo que le dije?

—¿Cómo hace para encontrar fresas frescas en octubre?

—Tenemos nuestros métodos.

—Y las flores son preciosas. —Miró el ramo de rosas, dalias y tulipanes. Primavera y verano en un jarrón de cristal—. Gracias.

—Me alegra que te gusten. Hubiera querido escogerlas yo mismo. Habría disfrutado seleccionando las mejores. Le dije que fueran brillantes y olieran bien.

—Misión cumplida.

Sonaron voces masculinas de fondo. La voz de Rhage perdió intensidad.

—Oye, policía, ¿te importa que use tu habitación? Necesito un poco de intimidad.

La respuesta sonó amortiguada y luego se escuchó el ruido de una puerta cerrándose.

—Dime —dijo Rhage con voz cansina—. ¿Estás en la cama?

—Sí. —El cuerpo de Mary se movió, calentándose.

—Te echo de menos.

Ella abrió la boca. Pero no pronunció palabra.

—¿Aún estás ahí, Mary? —Oyó suspirar a la joven—. Eso no suena muy bien. ¿Estoy siendo demasiado crudo contigo?

«He tenido ocho hembras diferentes sólo esta semana».

No quería enamorarse de él. Simplemente no podía permitírselo.

—¿Mary?

—No me... digas esas cosas.

—Soy así.

Ella no respondió. ¿Qué podía decir? ¿Que se sentía igual? ¿Que lo extrañaba, aunque había hablado con él mil veces durante el día? Era verdad, pero no la enorgullecía. Él era demasiado hermoso... y diablos, podía dejar a Wilt Chamberlain en la cola de una lista de amantes. Aunque la relación fuera físicamente saludable, él sólo significaba problemas para ella. Además, ¿acaso era sano todo lo que estaba afrontando?

Atarse emocionalmente a él era absurdo.

Al prolongarse el silencio, él soltó una maldición.

—Tenemos muchos asuntos de los que ocuparnos esta noche. No sé a qué hora volveré, pero ya sabes dónde encontrarme si me necesitas.

Cuando se cortó la conexión telefónica, ella se sintió fatal. Y sabía que los buenos propósitos de mantener la distancia en realidad no estaban funcionando.

CAPÍTULO
26

Rhage clavó una bota en la tierra y escudriñó el bosque. Nada. Ni ruidos, ni olores de restrictores. No había evidencia de que alguien hubiera pasado por aquella tranquila arboleda en muchos años. Igual que en los otros terrenos que habían visitado.

—¿Qué coño estamos haciendo aquí? —masculló.

Ya conocía la maldita respuesta. Tohr había tropezado con un restrictor la noche anterior en un tramo aislado de la carretera 22. El cazavampiros se escapó adentrándose en el bosque en una motocicleta todoterreno, pero había perdido un útil pedazo de papel: una lista de grandes parcelas que estaban a la venta en la periferia de Caldwell.

Butch y V buscaron todas las propiedades vendidas en los últimos doce meses en la ciudad y localidades circundantes. Los resultados arrojaron unas cincuenta compraventas de terrenos rurales. Rhage y V ya habían visitado cinco, y los gemelos estaban haciendo lo mismo con otras parcelas. Entretanto, Butch estaba en el Hueco, compilando los informes de campo, trazando un mapa y buscando un patrón para localizar la guarida enemiga. Les llevaría un par de noches estudiar todos los lotes de

tierras, porque aún debían realizarse algunos patrullajes.
Y mientras tanto la casa de Mary debía ser vigilada.

Rhage recorrió el bosque, con la esperanza de que algunas de las sombras que se veían resultaran ser restrictores. Estaba empezando a odiar las ramas de los árboles. Lo engañaban cada vez que el viento las sacudía.

—¿Dónde están esos bastardos?

—Tranquilo, Hollywood. —V se acarició la perilla y se acomodó la gorra de los Medias Rojas—. Hombre, sí que estás excitado esta noche.

Excitado era poco. Casi se salía de su propia piel. Había esperado que estar lejos de Mary durante el día le ayudara, y confiaba en meterse en una pelea esa noche. También contaba con que el agotamiento causado por la falta de sueño lo apaciguara.

Mala suerte en todos los frentes. Seguía deseando a Mary con una desesperación tan creciente que ya no parecía ligada a la cercanía física. No habían encontrado restrictores. Dos días sin dormir le alteraban los nervios, pero no calmaban sus deseos sexuales.

Encima, ya eran las tres de la madrugada. Se le estaba agotando el tiempo para el desahogo, para librar la batalla que tan desesperadamente necesitaba.

—Rhage. —V agitó en el aire la mano enguantada—. ¿Estás conmigo, hermano?

—Lo siento, ¿qué pasa? —Se frotó los ojos. La cara. Los bíceps. Sentía tal ardor en la piel que le parecía llevar puesto un traje de hormigas.

—Estás completamente ido.

—No, estoy bien...

—Entonces, ¿por qué mueves los brazos así?

Rhage dejó caer las manos y empezó a darse masajes en los muslos.

—Hay que llevarte al One Eye —dijo V con voz suave—. Estás perdiendo el control. Necesitas un poco de sexo.

—Al demonio con eso.

—Phury me contó que te encontró en el pasillo.

—Parecéis un montón de comadres, te lo juro.

—Si no follas con tu hembra y no encuentras con quién luchar, ¿cuál es la alternativa?

—No debería ser así. —Movió la cabeza en círculos, tratando de aflojar los hombros y el cuello—. No es así como funciona. Todo ha cambiado. No debería salir de nuevo...

—No haces más que pensar en lo que debería ser, piensa en la realidad. Estás en crisis, hermano. Y tú sabes lo que tienes que hacer para salir de ella, ¿o no?

* * *

Cuando Mary oyó abrirse la puerta, se despertó desorientada y vacilante. Caramba, tenía otro acceso de fiebre nocturna.

—¿Rhage? —masculló.

—Sí, soy yo.

Su voz sonaba fatal, pensó ella. Y había dejado abierta la puerta de la alcoba, así que probablemente no se quedaría mucho tiempo. Quizás aún estaba enojado con ella por la última llamada telefónica.

Escucho el roce del metal y el aleteo de la tela en el ropero, como si se estuviera poniendo una camisa limpia. Cuando salió, fue directamente al pasillo. El impermeable revoloteaba tras él. La idea de que saliera sin decirle adiós le resultó insoportable.

Cuando tomó el pomo de la puerta, hizo una pausa. La luz del pasillo caía sobre su cabello claro y sus anchos hombros. La cara estaba de perfil, en la oscuridad.

—¿Adónde vas? —preguntó ella, sentándose en la cama.

—Afuera —dijo tras un largo silencio.

¿Por qué parecía tan contrito?, se preguntó. Ella no necesitaba una niñera. Si él tenía asuntos pendientes que atender...

Ah... claro. Mujeres. Salía en busca de mujeres.

Sintió que el pecho se le convertía en un pozo frío y húmedo, especialmente al ver el ramo de flores que él le había obsequiado. Dios, la idea de que tocara a otra, y sabía que podía hacerlo, le provocó náuseas.

—Mary... lo siento.

—No lo sientas. No tenemos compromiso alguno, así que no espero que cambies tus hábitos por mí.

—No es un hábito.

—Ah, claro. Perdón. Adicción.

Hubo otro largo silencio.

—Mary, yo... si hubiera cualquier otra forma...

—¿De hacer qué? —Movió la mano de un lado a otro—. No respondas.

—Mary...

—No, Rhage. No es de mi incumbencia. Vete...

—Tendré el móvil encendido por si tú...

—Sí. Claro, te llamaré en mitad de un polvo.

La miró fijamente por un instante. Y luego su negra sombra desapareció por la puerta.

John Matthew caminó hasta su casa desde el restaurante Moe's, siguiendo de cerca a la patrulla de policía de las tres de la madrugada. Temía las horas que preceden al amanecer. Si se sentaba en su apartamento se sentía enjaulado; pero ya era demasiado tarde para vagar por la calle. Pese a todo... Dios, estaba tan intranquilo que notaba un sabor amargo en la boca. Y no tener a nadie con quien hablar lo desesperaba.

En verdad necesitaba consejo. Desde que se despidió de Tohrment, se había roto la cabeza pensando si hizo lo debido. Se decía a sí mismo que sí, pero las dudas no lo dejaban en paz.

Le gustaría encontrar a Mary. Fue a su casa la noche anterior, y la encontró oscura y cerrada. Su amiga parecía haber desaparecido. La preocupación por ella era otra fuente de nerviosismo.

Al acercarse a su edificio, vio una furgoneta aparcada enfrente. Estaba cargada de cajas, como si alguien se hubiera mudado allí.

«Que extraña hora para una mudanza», pensó, dando un vistazo a la carga.

Al ver que no había nadie por allí vigilando, creyó que el dueño regresaría pronto. De otro modo, pronto desaparecerían todas aquellas cosas.

John entró en el edificio y subió las escaleras, ignorando las colillas de cigarrillos, las latas vacías de cerveza y las bolsas de patatas fritas sucias y estrujadas. Cuando llegó al segundo piso, entornó los ojos. Había algo derramado sobre el pasillo. Rojo oscuro...

Sangre.

Retrocedió hasta la escalera y miró hacia su puerta. Vio un destello en el centro, como si alguien hubiera... Pero entonces vio la botella rota. Vino tinto. Era sólo vino tinto. La pareja de alcohólicos que vivía al lado se había peleado en el pasillo otra vez.

Se relajó.

—Disculpe —dijo alguien por encima de su cabeza.

Se movió a un lado y miró hacia arriba.

El cuerpo de John se agarrotó.

El hombre grande parado frente a él iba vestido con unos pantalones negros de camuflaje y una chaqueta de cuero. Tenía el pelo y la piel completamente blancos, y sus ojos claros relucían con un brillo espectral.

Extrañas palabras acudieron a su mente. Maldad. Muerto viviente. Enemigo.

Era el enemigo.

—Vaya desorden que hay en este piso —dijo el sujeto antes de dirigir la mirada a John—. ¿Algún problema en el vecindario?

John negó con la cabeza y bajó la vista. Su primer instinto fue correr a su apartamento, pero no quería que el tipo supiera dónde vivía.

Se oyó una risita sofocada.

—Pareces un poco pálido, amigo.

John huyó, bajando la escalera a toda velocidad. Salió a la calle. Corrió hasta la esquina, dobló a la izquierda, y siguió corriendo. Corrió y corrió, hasta que no pudo continuar porque le faltó el aliento. Se apretujó en el pequeño espacio entre un edificio de ladrillo y un contenedor de basuras, y jadeó.

En sus sueños, luchaba contra hombres pálidos. Hombres pálidos vestidos de negro y ojos sin alma.

El enemigo.

Temblaba con tanta violencia que apenas pudo meter la mano en el bolsillo. Sacó una moneda de veinticinco centavos y la apretó hasta clavársela en la palma. Cuando recuperó el aliento, asomó la cabeza y escudriñó el callejón de arriba abajo. No había nadie en los alrededores, no sonaban pasos sobre el asfalto.

Su enemigo no lo había reconocido.

John dejó el santuario del contenedor y caminó a paso vivo hacia la esquina más alejada.

El abollado teléfono público estaba cubierto de pintadas, pero sabía que funcionaba porque desde allí había llamado a Mary muchas veces. Introdujo la moneda en la ranura y marcó el número que Tohrment le había dado.

Tras un par de tonos, sonó el buzón de voz.

John esperó el pitido. Y silbó.

CAPÍTULO
28

†

Poco antes del amanecer, Mary escuchó voces masculinas en el pasillo. Cuando la puerta se abrió, sintió que el corazón se le salía del pecho. La silueta de Rhage llenaba el marco mientras otro sujeto hablaba.

—Hombre, lo que pasó al salir del bar, eso sí que fue una pelea. Parecías un demonio.

—Lo sé —murmuró Rhage.

—Eres increíble, Hollywood, y no sólo en la lucha. Esa hembra que...

—Nos vemos, Phury.

La puerta se cerró y la luz del ropero se encendió. Por el sonido de chasquidos y roce de objetos metálicos, dedujo que se estaba desarmando. Cuando salió, soltó un suspiro.

Mary fingió dormir mientras los pasos se dirigieron al baño. Cuando escuchó la ducha, imaginó todo lo que se estaba lavando. Restos de sexo y lucha.

Especialmente sexo.

Se cubrió la cara con las manos. Ese mismo día se iría a su casa. Recogería sus cosas y saldría por la puerta. No podía obligarla a quedarse allí; ella no era responsabilidad suya simplemente porque así lo deseara.

El sonido del agua cesó.

El silencio invadió la habitación y ella se quedó sin aire, tratando de permanecer quieta. De pronto, jadeando, a punto de ahogarse, se quitó las mantas y corrió hacia la puerta. Agarró el picaporte y luchó por descorrer el cerrojo, porfiando, tirando, empujando.

—Mary —dijo Rhage justo detrás de ella.

Pegó un salto y tiró más fuerte de la puerta.

—Déjame salir. Tengo que salir... No puedo estar en esta habitación contigo. No puedo estar aquí... contigo. —Sintió unas manos sobre los hombros—. No me toques.

Fue dando tumbos por la habitación hasta que rebotó contra la esquina más alejada, y se dio cuenta de que no había dónde ir ni forma de salir de allí. Él estaba frente a la puerta, y ella tuvo el presentimiento de que era quien mantenía los cerrojos asegurados.

Decepcionada, entrelazó los brazos sobre el pecho y se apoyó contra la pared para mantenerse de pie. No sabía lo que haría si la tocaba de nuevo.

Rhage ni siquiera lo intentó.

Se sentó sobre la cama, con una toalla alrededor de las caderas y el pelo húmedo. Se pasó una mano por la cara. Tenía mal aspecto, pero su cuerpo aún era la cosa más hermosa que ella hubiera visto nunca. Imaginaba las manos de otras mujeres aferrándose a los poderosos hombros. Lo vio dando placer a otros cuerpos, tal como se lo había dado a ella.

Daba gracias a Dios por no haber dormido con él, y se sentía furiosa porque, con todas las mujeres que había tenido, se hubiera negado a dormir con ella. Precisamente.

—¿Cuántas esta noche? —preguntó de repente, con una voz tan gutural que apenas se le escuchó—. ¿Lo has pasado bien? No tengo que preguntar si a ellas les gustó. Sé lo hábil que eres.

—Querida... Mary —susurró él—. Si me dejaras abrazarte. Dios, mataría por abrazarte en este momento.

—Nunca te acercarás a mí de nuevo. Ahora dime, ¿cuántas ha habido esta noche? ¿Dos? ¿Tres? ¿Cuatro? ¿Media docena?

—¿De verdad quieres detalles? —Su voz era suave, triste, algo quebrada. De repente, dejó caer la cabeza, que quedó colgando del cuello. Parecía un hombre devastado—. No puedo... nunca más lo haré. Encontraré otra forma.

—¿Otra forma de excitarte? —preguntó ella secamente—. Seguro que no será conmigo, ¿no estarás pensando en usar la mano?

Él respiró con voz profunda.

—Ese dibujo en mi espalda. Es parte de mí.

—No entiendo, pero me da igual. Hoy me iré de aquí.

Él giró la cabeza hacia ella.

—No, no te irás.

—Claro que sí.

—Te daré esta habitación para ti sola. No tendrás que verme. Pero no te irás.

—¿Y cómo evitarás que me vaya? ¿Vas a encerrarme aquí?

—Si me obligas, sí.

—No hablarás en serio —dijo, retrocediendo.

—¿Cuándo es tu cita con los médicos?

—Eso no te incumbe.

—¿Cuándo?

La ira latente en la voz atemperó un poco su propia cólera.

—Eh... el miércoles.

—Irás.

Ella lo miró fijamente.

—¿Por qué me estás haciendo esto?

—Porque te amo —respondió, encogiéndose de hombros.

—¿Cómo?

—Te amo.

Mary sufrió un acceso de ira tan grande que se quedó sin habla. ¿La amaba? No la conocía. Y había estado con otras... Su indignación aumentó cuando lo imaginó teniendo relaciones sexuales con otra persona esa misma noche.

De repente, Rhage saltó de la cama y se aproximó a ella, como si sintiera sus emociones y éstas lo impulsaran.

—Sé que estás furiosa, asustada, ofendida. Desahógate conmigo, Mary.—La agarró de la muñeca para que no huyera, pero no evitó que tratara de alejarlo a empujones.

—Úsame para sobrellevar tu dolor. Déjame sentirlo en la piel. Golpéame si tienes que hacerlo, Mary.

Ganas tenía, desde luego. Atacarlo ferozmente parecía el único recurso para liberar la energía que le recorría el cuerpo en oleadas incontenibles.

—¡No! ¡Suéltame!

Rhage le sujetó más fuerte la muñeca y ella forcejeó con todo su cuerpo, hasta que vio que era inútil. La inmovilizó fácilmente y dio la vuelta a su mano, de modo que las yemas de los dedos quedaron frente a él.

—Úsame, Mary. Déjame padecer esto por ti. —Con un movimiento relámpago, se arañó el pecho con las uñas de la mujer, y luego le colocó las manos a cada lado de la cara.

—Hazme sangrar por ti... —Le acarició la boca con sus labios—. Libera tu ira.

No pudo contenerse, lo mordió. Directamente en el labio inferior. Simplemente le clavó los dientes en la piel.

Algo pecaminosamente delicioso le tocó la lengua. Rhage gimió con aprobación y presionó su cuerpo contra el de Mary. Un zumbido maravilloso retumbó por todo el organismo de la mujer.

Gritó.

Horrorizada por lo que había hecho, temerosa de lo que pudiera hacer después, luchó por escapar, pero él la mantuvo inmóvil, besándola, diciéndole una y otra vez que la amaba. El duro y cálido miembro excitado le oprimió el vientre a través de la toalla. Se frotó contra ella. Era una sinuosa y palpitante promesa del sexo que ella no quería, pero necesitaba tanto que sentía arder sus entrañas.

Lo deseaba... aunque sabía que había tenido relaciones con otras mujeres. Esa misma noche.

—Oh, Dios... no... —Giró la cabeza hacia un lado, pero él le sujetó la barbilla.

—Sí, Mary... —La besó frenéticamente, introduciéndole la lengua en la boca—. Te amo.

Algo se desgarró dentro de ella y lo apartó de un empujón.

Pero en lugar de correr hacia la puerta, se quedó clavada, mirándolo.

Cuatro arañazos le cruzaban el pecho. Su labio inferior sangraba. Estaba jadeante, sofocado.

Ella estiró el brazo y le arrancó la toalla del cuerpo.

Rhage estaba tremendamente excitado, su erección era bestial, maravillosa.

Y en aquel momento culminante, ella despreció la piel suave y perfectamente lampiña, los músculos firmes, la belleza de ángel caído. Sobre todo aborreció el orgulloso miembro viril, la herramienta sexual que tanto usaba.

Pero aun así, lo deseaba.

Si hubiera estado en su sano juicio, se habría alejado de Rhage. Se habría encerrado en el baño. Se sentía intimidada por su enorme tamaño, claro, pero también estaba iracunda y fuera de sí. Agarró el pene con una mano y los testículos con la otra, y ambas palmas se llenaron de carne que no podía abarcar. Él echó la cabeza hacia atrás, las fibras de su cuello se tensaron y soltó un gemido.

Su voz vibró, llenando la habitación.

—Haz lo que tengas que hacer. Dios, te amo.

Ella lo condujo a la cama con brusquedad, y sólo soltó su insólito asidero para poder tumbarlo de espaldas sobre el colchón. Cayó sobre las desordenadas mantas, y quedó allí tendido, con brazos y piernas abiertos, entregado a la voluntad de la mujer.

—¿Por qué ahora? —preguntó ella con amargura—. ¿Por qué estás dispuesto a hacerlo conmigo ahora? ¿O no se trata de sexo y sólo quieres que te haga más sangre?

—Me muero de ganas de hacer el amor contigo. Y en este momento puedo hacerlo porque estoy devastado, no tengo energías para perder el control, no me tengo miedo.

Un comentario muy romántico, ciertamente.

Mary movió la cabeza, negando, pero él la interrumpió.

—Me deseas. Disfruta, entrégate. No pienses, limítate a tomar lo que está a tu alcance.

Enloquecida de ira y frustración, Mary se subió el camisón por encima de las caderas y montó a horcajadas sobre el vampiro. Pero una vez que estuvo sobre él, al mirar su cara, vaciló. ¿Lo haría finalmente? ¿Lo utilizaría para alcanzar un orgasmo? Debía castigarlo por algo que él tenía todo el derecho del mundo a hacer?

Empezó a apartarse de él.

Con un rápido movimiento, las piernas de Rhage se alzaron debajo de ella, empujándola hasta su pecho. Cuando cayó sobre él, la envolvió en sus brazos.

—Tú sabes lo que quieres, Mary —le dijo al oído—. No te detengas. Toma de mí lo que necesites. Úsame.

Mary cerró los ojos y dejó que su cuerpo tomara el mando.

Llevó una mano hacia el vientre del macho, le sujetó el pene en posición vertical, y se sentó sobre él con fuerza.

Ambos gritaron cuando se produjo la penetración, que fue completa.

Lo sentía en todo el cuerpo, la llenaba hasta tal punto que temió sufrir desgarros. Respiró profundamente y no se movió, sus muslos se pusieron tensos mientras su interior pugnaba por adaptarse al enorme sexo de su amante.

—Eres tan delicada —dijo Rhage, gimiente. Sus labios se contrajeron dejando la dentadura al descubierto.

Los colmillos destellaron—. Te siento en todo el cuerpo, Mary.

Su pecho subía y bajaba, y su abdomen se comprimía con tal fuerza que los músculos se destacaban hasta proyectar sombras. Sus ojos se dilataron hasta que el color azulado casi desapareció. Y luego las pupilas relucieron, blancas.

La cara de Rhage se retorció, mostrando algo muy parecido al pánico. Pero luego meneó la cabeza, como despejándose, y adoptó una expresión de concentración. Lentamente, el centro de cada uno de los ojos recuperó un color más oscuro. Parecía tener dominada a la bestia.

Mary empezó a pensar en sí misma, en su propio placer.

Sin importarle nada más que el punto donde sus cuerpos se encontraban, le colocó las manos sobre los hombros y elevó las caderas. La fricción fue eléctrica, y el estallido de placer que sintió produjo una lubricación que la ayudó a recibirlo más fácilmente. Se deslizó miembro abajo y se echó hacia delante, para repetir los movimientos una y otra vez. Mantuvo un ritmo lento, dilatándose en cada descenso, y en cada ascenso cubriéndolo con una capa de la viscosa respuesta que su cuerpo destilaba.

Lo montó cada vez con mayor dominio, tomando lo que quería; su grosor, su calor y su longitud creaban un salvaje foco de energía en lo más profundo de su vagina. Abrió los ojos y lo miró.

Rhage era la viva imagen del éxtasis masculino. Un fino brillo de sudor le cubría el amplio pecho y los hombros. La cabeza hacia atrás, la barbilla en alto, el rubio cabello sobre la almohada, los labios entreabiertos.

La contemplaba a través de los párpados entornados, fija la mirada en su rostro y sus senos, y en el lugar donde éstos se unían.

Parecía completamente cautivado por ella.

Ella apretó los ojos y trató de quitarse de la cabeza la adoración que él le demostraba. No quería distraerse, perder contacto con el orgasmo del que tan cerca estaba. Porque mirarlo le producía un fuerte deseo de llorar.

No tardó mucho en explotar. Con un violento estallido, la descarga recorrió todo su cuerpo, dejándola ciega y sorda, sin aliento ni latidos en el corazón. Luego se derrumbó sobre él.

Cuando recuperó el aliento, notó que él le acariciaba la espalda suavemente mientras susurraba palabras amorosas.

Al final sintió vergüenza, y las lágrimas asomaron a sus ojos.

No merecía ser usado como un mero objeto de placer, y eso era exactamente lo que ella había hecho. Qué importaba con quién hubiera estado aquella noche. Tenía derecho a hacer lo que deseara. Al empezar estaba furiosa y luego, justo antes de correrse, lo había excluido de su intimidad al negarse a mirarlo. Lo había tratado como a un juguete sexual.

—Lo lamento, Rhage. Lo... lamento.

Se movió para desmontarse, y se dio cuenta de que él aún estaba rígido dentro de ella. Ni siquiera había terminado.

Aquello estaba mal. Todo el asunto estaba mal.

Las manos de Rhage aferraron sus muslos.

—No se te ocurra arrepentirte.

Ella lo miró a los ojos.

—Me siento como si te hubiera violado.

—Yo estaba más que dispuesto. Mary, no hay nada malo. Ven aquí, déjame darte un beso.

—¿Cómo puedes soportar estar cerca de mí?

—Lo único que no puedo soportar es que te alejes.

La agarró por las muñecas y la llevó hacia su boca. Cuando sus labios se encontraron, la rodeó completamente con los brazos, pegándola a su cuerpo. El cambio de posición la hizo consciente de que él estaba a punto de reventar. Percibía las contracciones involuntarias de su excitación.

Rhage movió las caderas suavemente contra ella y le apartó el cabello de la cara con la palma de la mano.

—No podré resistir este ardor mucho más tiempo. Me lanzas a tal altura, que ahora siento que el techo me limita. Pero mientras sea capaz, mientras pueda mantener el control, quiero amarte. Quiero aprovechar cada segundo.

Movió las caderas arriba y abajo, saliendo, entrando. Ella sintió que se derretía. El placer era profundo, interminable. Aterrador.

—¿Las besaste esta noche? —preguntó con voz dura—. ¿Besaste a esas mujeres?

—No, no besé a la hembra, nunca lo hago. Y aborrecí lo que hice. No lo haré nunca más, Mary. Encontraré otra manera de evitar perder el control mientras tú estés en mi vida. No quiero a nadie más que a ti.

Ella permitió que él le diera la vuelta. Una vez encima de ella, su enorme y cálido peso la excitó de nuevo. La besó con ternura, lamiéndola, agasajándola con los labios. Fue muy delicado, aunque la llenaba por completo y su cuerpo poseía la fuerza suficiente para partirla en dos.

—No terminaré esto si tú no quieres —le susurró en el cuello—. Lo sacaré ahora mismo.

Ella subió las manos por la espalda de Rhage, sintiendo sus ondulantes músculos y la compresión de sus costillas al respirar. Inhaló profundamente y captó un aroma excitante, erótico, exuberante, oscuro como de misteriosas especias. En respuesta, sintió entre las piernas una oleada de humedad, como si la fragancia hubiera sido una caricia o un beso.

—¿Qué es ese olor maravilloso?

—Soy yo —murmuró él contra su boca—. Es lo que sucede cuando un macho se enamora. No puedo evitarlo. Si me permites continuar, pronto estará sobre toda tu piel, tu cabello. También dentro de ti.

Diciendo esto, empujó profundamente. Ella arqueó el cuerpo llena de placer, dejando que el calor fluyera por todo su organismo.

—No soportaré otra noche como ésta —gimió ella, más para sí misma que para Rhage.

El vampiro se quedó completamente inmóvil, le tomó una mano y la colocó sobre su corazón.

—Nunca más, Mary. Lo juro por mi honor.

Sus ojos eran solemnes, el juramento también. El alivio que ella sintió ante su promesa la dejó atribulada.

—No voy a enamorarme de ti —dijo—. No puedo permitírmelo. No lo haré.

—Está bien. Yo amaré por ambos. —Profundizó su penetración, llenándole las entrañas.

—No me conoces. —Le mordisqueó el hombro y luego le besó la zona de la clavícula. El sabor de la piel la enloqueció, al mezclarse en su boca con aquel aroma tan especial.

—Sí, te conozco. —Rhage se echó hacia atrás, mirándola con una convicción y una claridad incontestables, casi animales—. Sé que me protegiste cuando salió el sol y yo me encontraba indefenso. Sé que me cuidaste aunque sentías miedo. Sé que me alimentaste con tu propia mano. Sé que eres una guerrera, una superviviente, una wahlker. Y sé que tu voz es el sonido más adorable que mis oídos han escuchado jamás. —La besó con suavidad—. Lo sé todo sobre ti, y todo lo que veo es hermoso. Todo lo que veo es mío.

—No soy tuya —susurró ella.

—Bien —dijo el vampiro, sin perturbarse por el rechazo—. Si no puedo tenerte, entonces poséeme tú. Poséeme completamente, o por partes, sólo un pedazo, lo que quieras. Toma algo de mí, por favor.

Ella le pasó las manos por la perfecta cara, acariciando sus mejillas y su mandíbula.

—¿No tienes miedo? —preguntó.

—No. Sólo me aterroriza perderte. —Fijó la vista en sus labios—. Ahora, ¿quieres que lo saque? Respetaré tus deseos.

—No. Quédate dentro. —Mary mantuvo abiertos los ojos y le besó en la boca, deslizando la lengua dentro de él.

Rhage se estremeció y empezó a moverse con ritmo sostenido, penetrando y retirándose. Su cabeza parecía a punto de perder la conexión con el cuello en cada embestida.

—Eres... perfecta —dijo—. Mi vida es... estar dentro de ti.

El sensual aroma que emanaba su cuerpo se intensificó con las acometidas, hasta que lo único que ella podía sentir era su cuerpo, su pene. El macho era lo único que podía oler, lo único que podía saborear, lo único que podía ver.

Pronunció su nombre cuando alcanzó el clímax, y sintió que él se desbordaba al mismo tiempo, su cuerpo estremeciéndose dentro del cuerpo de ella. La descarga masculina fue tan poderosa como lo habían sido sus arremetidas.

Cuando quedó inmóvil, la hizo rodar hasta quedar ambos de costado. La atrajo hacia sí, tan cerca que ella podía escuchar los latidos de su corazón.

Mary cerró los ojos y durmió con un agotamiento mortal.

Aquella noche, cuando el sol se puso y las celosías de las ventanas se alzaron, Mary decidió que podía acostumbrarse a que Rhage la mimara. Lo que no podía soportar era más comida. Le puso los dedos en la muñeca, deteniendo el tenedor repleto de puré de patatas que llevaba hacia su boca.

—No, estoy llena —dijo, recostándose sobre las almohadas—. Mi estómago está a punto de reventar.

Con una sonrisa, él recogió la bandeja y la colocó sobre la mesita de noche, y luego se sentó junto a ella nuevamente. Había estado ausente la mayor parte del día, trabajando, suponía, y ella agradeció el reparador sueño. Su agotamiento aumentaba día a día. Se hundía en la enfermedad. Notaba que su cuerpo luchaba por mantener las funciones normales y sentía leves dolores y molestias por todas partes. Y los hematomas habían retornado: marcas azules y negras le aparecían bajo la piel con una frecuencia alarmante. Rhage se había horrorizado al verlos, convencido de habérselos hecho él durante sus frenéticos encuentros sexuales. Necesitó tiempo para convencerlo de que no era culpa suya.

Mary se concentró en Rhage, para no pensar en su enfermedad, o en la cita médica que se aproximaba.

Dios, él también parecía sentirse mal, aunque no estaba demasiado nervioso ni rechinaba los dientes como otras veces. El pobre hombre no podía tranquilizarse. Cuando se sentó junto a ella en la cama, se frotó los muslos con las palmas de las manos. Se diría que había estado revolcándose entre ortigas. Estaba a punto de preguntarle qué le sucedía cuando él se lo dijo.

—Mary, ¿me dejarías hacer algo por ti?

Aunque no se trataba de sexo, ella no pudo pensar en otra cosa. Miró sus bíceps.

—¿Puedo?

Él emitió un gruñido imperceptible.

—No deberías mirarme así.

—¿Por qué no?

—Porque siento deseos de montarte cuando lo haces.

—No luches contra tus deseos.

Súbitamente, las pupilas de Rhage emitieron un destello blanco. Fue de lo más extraño. Eran negras y un instante después parecían soltar chispas blanquecinas.

—¿Por qué sucede eso? —preguntó ella.

Los músculos de los hombros del vampiro se ensancharon cuando dobló el cuerpo y cruzó los brazos sobre el pecho. De repente, se levantó y empezó a pasearse por la habitación. Emanaba un halo de energía.

—¿Qué pasa, Rhage?

—No debes preocuparte por eso.

—El tono áspero de tu voz me dice que tal vez debería preocuparme.

Él sonrió y meneó la cabeza.

—No. No deberías. Lo que te iba a decir antes es que nuestra raza cuenta con un médico, Havers. ¿Me dejas enseñarle tu historia clínica? Tal vez nuestra ciencia pueda ayudarte.

Mary frunció el ceño. Un médico vampiro. Eso sí que era una terapia alternativa. Era extraño, pero tampoco tenía nada que perder.

—Está bien. Pero no sé cómo obtener una copia del historial.

—Mi hermano V es un dios de la informática. Puede piratear cualquier terminal, y probablemente la mayor parte de tu historia está en internet. Lo único que necesito es que me des algunos nombres y lugares. Fechas también, si las tienes.

Ella le contó dónde la habían tratado, y le dio los nombres de los médicos. Cuando Rhage lo tuvo todo escrito, se quedó mirando la hoja de papel.

—¿Qué pasa? —preguntó ella.

—Hay muchos. —Volvió la vista hacia ella—. ¿Tan grave fue?

Su primer impulso fue contarle la verdad: que había recibido dos rondas de quimioterapia y un transplante de médula ósea y se había librado de la muerte por un pelo. Pero luego pensó en la noche anterior, cuando perdió el control por tantas emociones. En ese momento se sentía como un barril de dinamita y su enfermedad era un peligroso detonante. Lo último que necesitaba era estallar, porque Dios sabía que nada bueno había salido de las últimas dos veces que perdió la cabeza. La primera lloró como una loca, la segunda le mordió.

Encogiéndose de hombros, mintiendo, odiándose a sí misma, murmuró:

—No. Pero fue un alivio cuando todo terminó.

Él entornó los ojos. Alguien llamó a la puerta.

—Algún día aprenderás a confiar en mí —dijo el vampiro, imperturbable.

—Confío en ti.

—Mentira. Y te daré un consejo rápido. No me engañes. Detesto que me mientan.

Los fuertes golpes en la puerta comenzaron de nuevo.

* * *

Rhage abrió, dispuesto a decirle a quien fuera que podía marcharse a freír espárragos. Tenía el presentimiento de que él y Mary estaban a punto de comenzar una discusión, y quería terminar con ese asunto de una vez por todas.

Era Tohr. Por su aspecto, parecía que le habían atacado con una pistola de descargas eléctricas.

—¿Qué diablos te ha pasado? —preguntó Rhage saliendo al pasillo y cerrando la puerta a medias.

Tohr olfateó el aire que salía de la habitación.

—Por Dios. Ya la has marcado, ¿no es así?

—¿Algún problema con eso?

—No. En cierto modo, eso facilita las cosas. La Virgen Escribana ha hablado.

—Cuéntame.

—Deberás esperar al resto de los hermanos para escuchar...

—A la mierda con eso. Quiero saberlo ahora, Tohr.

Cuando el hermano terminó de hablar en el antiguo idioma, Rhage respiró hondo.

—Dame diez minutos.

—Estamos en el estudio de Wrath —dijo el otro, asintiendo.

Rhage regresó a la habitación y cerró la puerta.

—Escucha, Mary, tengo asuntos pendientes con mis hermanos. Es posible que no regrese esta noche.

Ella se irguió y apartó la vista.

—Mary, no se trata de hembras, te lo juro. Sólo prométeme que estarás aquí cuando regrese. —Como ella vaciló, él se acercó y le acarició la mejilla—. Al fin y al cabo, hay que esperar a tu cita médica del miércoles. ¿Qué es otra noche más o menos? Puedes pasar más tiempo en la bañera. Sé que disfrutas en ella como una loca.

Ella sonrió un poco.

—Eres un manipulador.

—Me gusta más pensar que soy sincero y práctico.

—Si me quedo otro día, luego tratarás de convencerme para esperar otro y otro...

Él se inclinó y la besó con fuerza, deseando tener más tiempo, queriendo estar con ella, dentro de ella, antes de marcharse. Pero, aunque pudiera disponer de horas, no sería capaz de hacerlo. El hormigueo y la vibración estaban a punto de hacerle vibrar el cuerpo hasta dejarlo en el limbo. O sacar a la bestia.

—Te amo —dijo. Luego se apartó, se quitó el Rolex y lo puso en la mano de Mary—. Guárdame esto.

Fue hasta el ropero y se desnudó. En el fondo, detrás de un par de pijamas que nunca usaría, encontró su negra túnica ceremonial. Se puso la pesada prenda de seda sobre la piel desnuda y la ciñó a la cintura con un grueso cinto de cuero trenzado.

—Se diría que vas a un monasterio —dijo ella.

—Prométeme que estarás aquí cuando vuelva.

Después de un momento, ella asintió con la cabeza.

Él tiró de la capucha y se la puso.

—Bien. Eso está bien.

—Rhage, ¿qué está pasando?

—Nada. Sólo espérame. Por favor, espérame. —Cuando llegó a la puerta, se volvió a mirarla una última vez.

Aquel fue su primer adiós amargo, la primera separación en que, estando reunidos, él había sentido una espantosa distancia en tiempo y experiencia. Sabía que esa noche sería difícil. Sólo esperaba que las secuelas del castigo no duraran mucho. Y que ella aún estuviera con él.

—Te veré luego, Mary —dijo mientras la encerraba en la habitación.

Cuando entró en el estudio de Wrath, cerró la gran puerta doble tras él. Todos los hermanos estaban allí, y ninguno hablaba. Una atmósfera de tensión e intranquilidad impregnaba la habitación.

Wrath se levantó del escritorio y pasó al frente, con un aspecto tan rígido como antes era el de Tohr. Desde detrás de sus gafas oscuras, la mirada del rey era penetrante.

—Hermano.

—Mi señor —respondió Rhage, con una inclinación de cabeza.

—Llevas puesta esa túnica como si quisieras permanecer con nosotros.

—Por supuesto que quiero.

Wrath asintió.

—He aquí el pronunciamiento, entonces. La Virgen Escribana ha determinado que ofendiste a la Hermandad tanto al desafiar las órdenes de Tohr como al traer a una humana a nuestro territorio. Seré honesto contigo, Rhage, ella quiere anular mi decisión sobre Mary. Quiere que la humana se vaya.

—Ya sabes a qué conducirá eso.

—Le dije que estabas dispuesto a marcharte.

—Eso probablemente la alegró —apuntó Rhage con una sonrisa burlona—. Lleva años tratando de deshacerse de mí.

—Ahora eso depende de ti, hermano. Si quieres permanecer con nosotros, y que la humana continúe resguardada dentro de estos muros, la Virgen Escribana exige que ofrezcas un rythe.

La manera ritual de apaciguar una ofensa era un castigo lógico. Cuando se proponía un rythe, y se aceptaba, el ofensor permitía a la víctima de su insulto escoger un arma para usarla contra él sin oponer resistencia. El ofendido podía elegir cualquier cosa, desde un cuchillo hasta un juego de nudillos de bronce o una pistola. La única condición era que la herida inflingida no fuese mortal.

—Entonces, ofrezco el rythe —dijo Rhage.

—Debes hacerlo con cada uno de nosotros.

Hubo una protesta colectiva en la habitación.

—Y una mierda —murmuró alguien.

—Que así sea.

—Que así sea, hermano.

—Pero... —Rhage endureció la voz—, quede bien entendido que si se observa el ritual, Mary se quedará todo el tiempo que yo quiera.

—Ése fue mi acuerdo con la Virgen Escribana. Y debes saber que convino en ello sólo cuando le dije que querías tomar a la humana como tu shellan. Creo que Su Santidad se escandalizó de que pudieses siquiera llegar a considerar tal compromiso. —Wrath miró por encima del hombro—. Tohrment escogerá el arma que todos usaremos.

—El látigo de tres cabezas —dijo Tohr en voz baja.

Aquello iba a doler.

Hubo más murmullos.

—Que así sea —repitió Wrath.

—Pero ¿qué hay de la bestia? —preguntó Rhage—. Puede surgir cuando sienta el dolor.

—La Virgen Escribana estará presente. Dice tener una forma de mantenerla a raya.

Claro que la tenía. Ella misma había creado la maldita cosa.

—Lo haremos esta noche, ¿no es así? —Rhage recorrió la habitación con la mirada—. Es decir, no hay razón para esperar.

—Iremos a la Tumba ahora.

Zsadist fue el primero en salir, mientras el grupo se ponía en pie y discutía en voz baja sobre el asunto. Tohr necesitaba una túnica, ¿alguien tenía una de sobra? Phury anunció que él llevaría el arma. V ofreció el Escalade para llevarlos a todos.

Fue una buena idea. Iban a necesitar transporte para llevarlo a casa una vez terminado el rythe.

—Hermanos —dijo.

Todos dejaron de hablar y se detuvieron en seco. Él miró a cada uno, notando la expresión sombría en sus rostros. Ellos odiaban lo que tenían que hacer, y él lo entendía perfectamente. Causarle daño a cualquiera de ellos habría sido intolerable para él. Casi era mejor estar en el lado receptor.

—Tengo una petición, hermanos. No me traigáis aquí después, ¿de acuerdo? Cuando haya concluido, llevadme a otro lugar. No quiero que Mary me vea así.

Vishous habló.

—Puedes quedarte en el Hueco. Butch y yo cuidaremos de ti.

Rhage sonrió.

—Dos veces en menos de una semana. Podéis buscar trabajo como niñeras después de esto.

V le dio una palmadita en el hombro y luego salió. Tohr lo siguió, haciendo lo mismo. Phury le dio un abrazo cuando pasó junto a él.

Wrath se detuvo al salir.

Como el rey permaneciera en silencio, Rhage le dio una palmadita en el hombro.

—Lo sé, mi señor. Yo me sentiría igual en tu lugar. Pero soy fuerte. Puedo soportarlo.

Wrath introdujo las manos entre la capucha y tomó la cara de Rhage, inclinándola hacia abajo. Lo besó en la frente y mantuvo el contacto entre ellos, en gesto de respeto del rey hacia su guerrero y reafirmación del vínculo existente entre ambos.

—Me alegra que permanezcas con nosotros —dijo Wrath quedamente—. Habría sido duro perderte.

Unos quince minutos después, se reagruparon en el patio, cerca del Escalade. Todos los hermanos estaban descalzos y llevaban túnicas. Con las capuchas puestas, era difícil distinguir quién era quién, excepto en el caso de Phury. La prótesis de su pie asomaba por debajo y llevaba colgada del hombro una abultada bolsa de lona. Sin duda había puesto allí vendajes y esparadrapo, además del arma.

Todos guardaron silencio mientras V conducía por detrás de la casa hacia el espeso amasijo de pinos y abetos de la montaña. La vía era una vereda de tierra flanqueada por árboles de hojas perennes.

En el camino, Rhage no pudo tolerar el tenso silencio.

—Por el amor de Dios, hermanos. No vais a matarme. ¿Podríamos animarnos un poco?

Nadie lo miró.

—V, pon algo de Luda o de Fifty, ¿quieres? Todo este silencio me aburre.

La risa de Phury surgió de la túnica de la derecha.

—Sólo tú intentarías convertir esto en una fiesta.

—Todos vosotros habéis querido alguna vez darme una buena lección por cosas que he hecho, ¿no? Pues ha llegado vuestro día de suerte. —Dio a Phury una palmada en el muslo—. Vamos, hermano, te he hecho la vida imposible por lo de las hembras. Y a ti, Wrath, hace un par de meses te acosé de tal modo que acabaste acuchillando una pared. V, justo el otro día amenazaste con usar esa mano tuya en contra mía. ¿Recuerdas? Cuando te dije lo que pensaba sobre esa barbita de chivo tan monstruosa que llevas.

V sofocó una carcajada.

—Tenía que hacer algo para callarte. Desde que me la dejé crecer, cada maldita vez que he tropezado contigo me preguntas si le hice un francés a un tubo de escape.

—Y todavía estoy convencido de que te follaste a mi GTO, bastardo.

Todos se animaron. Las historias sobre Rhage empezaron a surgir, hasta que las voces alcanzaron tal volumen que nadie podía escuchar a los demás.

Mientras los hermanos soltaban la tensión contenida, Rhage se recostó en el asiento y miró por la ventana, hacia la oscura noche. Realmente esperaba que la Virgen Escribana supiera lo que estaba haciendo, porque si la bestia escapaba en la Tumba, sus hermanos tendrían serios problemas. Y al final tal vez sí tendrían que matarlo.

Frunció el ceño y miró a su alrededor. Localizó a Wrath detrás de él. Pudo distinguir quién era porque llevaba en el dedo medio la sortija con el diamante negro del rey.

—Mi señor, te ruego que me hagas un favor.

Wrath se inclinó hacia delante y habló con voz profunda y neutral.

—¿Qué necesitas?

—Si no... sobrevivo a esto, por cualquier razón, te ruego que cuides de Mary.

La capucha asintió. Habló en el antiguo idioma.

—Juro que tu deseo será cumplido. Habré de considerarla mi propia hermana de sangre y cuidaré de ella como lo haría con cualquier hembra de mi propia familia.

Rhage suspiró aliviado.

—Eso está bien. Eso está... muy bien.

Al poco rato, V aparcó el Escalade en un pequeño claro. Salieron y escudriñaron los alrededores, escuchando, mirando, percibiendo.

Era una noche agradable y un lugar tranquilo. La brisa, al pasar zigzagueando a través de las incontables ramas y troncos del bosque, llevaba un grato olor a tierra y pino. Arriba, una enorme luna resplandecía entre las nubes.

Cuando Wrath dio la señal, caminaron cincuenta metros, hasta una caverna. No parecía nada especial, ni siquiera al entrar. Había que saber lo que se buscaba para encontrar la pequeña juntura en uno de los muros traseros. Si se accionaba correctamente, una losa de piedra se abría deslizándose.

Una vez estuvieron en las entrañas de la caverna, la cuña de roca se cerró tras ellos con un susurro. Antorchas instaladas en los muros parpadeaban con luz dorada al contacto con el aire, soltando humo y siseando.

La marcha al interior de la tierra fue un lento y fácil descenso sobre un suelo de roca, frío bajo sus pies. Cuando llegaron al fondo y se quitaron las túnicas, se abrió una puerta de hierro fundido. Había un pasillo de unos veinte metros de longitud por tres de altura, y estaba cubierto de estantes.

Sobre los anaqueles, miles de frascos de cerámica de variados tamaños y formas reflejaban la luz. Cada recipiente contenía el corazón de un restrictor, el órgano que el Omega extirpaba durante la ceremonia de ingreso en la Sociedad. Durante la existencia de un restrictor como cazavampiros, el frasco era su única posesión real. La Hermandad procuraba hacerse con ellos, a modo de botín, cada vez que liquidaba a un restrictor.

Al final del pasillo había otra puerta doble. Estaba abierta.

El sanctasanctórum de la Hermandad había sido tallado en el lecho de roca y cubierto de mármol blanco desde principios del siglo XVIII, cuando llegó la primera migración, procedente de Europa. La habitación tenía buen tamaño. Del techo colgaban estalactitas blancas, como dagas. Enormes velones, tan gruesos como el brazo de un hombre y tan largos como una pierna, estaban encajados en bases negras de hierro, y sus llamas eran casi tan luminosas como las de las antorchas.

Al frente había una plataforma elevada, a la que se llegaba por una serie de escalones de poca altura. El altar de la parte superior era una losa de piedra caliza traída del Viejo País, cuyo gran peso era soportado por dos dinteles de piedra a medio tallar. En el centro había una calavera.

Detrás del altar, un muro plano tenía grabados los nombres de todos los hermanos que habían existido, desde el primero, cuyo cráneo era el que estaba sobre el altar. Las inscripciones cubrían cada centímetro del muro, a excepción de un tramo despejado que había en el centro. Esa zona despejada medía dos metros de anchura y ocupaba toda la extensión vertical de la superficie de mármol. En medio de ella, a metro y medio del suelo, sobresalían dos gruesas cuñas, ubicadas de tal manera que un macho podía empuñarlas y apoyarse en ellas.

El aire tenía un olor muy familiar: a tierra húmeda y velas de cera de abejas.

—Bienvenidos, miembros de la Hermandad.

Todos se volvieron hacia la voz femenina.

La Virgen Escribana era una figura diminuta, situada en el rincón más apartado, y su túnica negra flotaba por encima del suelo. Nada en ella era visible, ni siquiera su cara, pero por debajo de los pliegues negros una luz se desbordaba como si fuese un torrente de agua.

Flotó hacia ellos y se detuvo frente a Wrath.

—Guerrero.

Él hizo una profunda reverencia.

—Virgen Escribana.

Ella los saludó uno por uno, dejando a Rhage para el final.

—Rhage, hijo de Tohrture.

—Virgen Escribana —inclinó la cabeza.

—¿Cómo te encuentras?

—Bien.

—Y has estado ocupado, ¿no es así? Sentando precedentes, como de costumbre. Es una lástima que no estén bien orientados. —Rió sardónicamente—. No es una sorpresa que hayamos terminado aquí contigo. Eres consciente, espero, de que éste es el primer rythe de la Hermandad.

«No exactamente», pensó él. Tohr había declinado uno ofrecido por Wrath en julio pasado. Por supuesto, no dijo nada.

—Guerrero, ¿estás preparado para aceptar lo que has ofrecido?

—Lo estoy. —Escogió sus siguientes palabras con mucho cuidado, porque nadie le formulaba preguntas a la Virgen Escribana, a menos que quisiera comerse su propio trasero—. No quisiera llegar a herir a mis hermanos.

Su voz se endureció.

—Estás peligrosamente cerca de la interrogación.

—No quise ofenderte.

La risa sofocada se escuchó de nuevo.

Estaba convencido de que ella disfrutaba todo aquello a más no poder. Nunca le había agradado, y no podía culparla. Había alimentado su antipatía con abundantes razones.

—¿No quisiste ofenderme, guerrero? —La túnica se movió como si moviera la cabeza—. Por el contrario, nunca vacilas en ofender para obtener lo que deseas, y ése ha sido siempre tu problema. También la razón que nos ha reunido esta noche. —Le dio la espalda—. ¿Tienes el arma?

Phury puso la bolsa de lona en el suelo, abrió el cierre y sacó el látigo de tres cabezas. El largo mango era de madera y estaba cubierto de cuero marrón, oscurecido por el sudor de muchas manos. En el extremo se balanceaban tres tramos de cadena de acero ennegrecida. Al final de cada uno había un colgante con púas.

El látigo de tres cabezas era un arma antigua y bestial, pero Tohr la había escogido sabiamente. A fin de que el ritual se considerara cumplido, los hermanos no podían tener piedad con Rhage, ni en el tipo de arma que usaran, ni en que la aplicaran contra él. Tener compasión habría significado degradar la tradición, el arrepentimiento que estaba ofreciendo y la oportunidad de una verdadera purificación.

—Que así sea —dijo ella—. Avanza hacia el muro, Rhage, hijo de Tohrture.

Él avanzó, subiendo los escalones de dos en dos. Cuando pasó junto al altar, contempló la calavera sagrada, observando la luz del fuego reflejada en las cuencas de los ojos y los largos colmillos. Al apoyarse contra el mármol negro, agarró las cuñas de piedra y sintió escalofríos.

La Virgen Escribana se deslizó hasta él y levantó un brazo. Su manga cayó, y quedó a la vista un fulgor en extremo brillante, cuya forma recordaba vagamente la de una mano. Un zumbido eléctrico de baja intensidad lo atravesó, y sintió que algo cambiaba de lugar dentro de su pecho, como si sus órganos internos hubieran sido reacomodados.

—Pueden dar comienzo al ritual.

Los hermanos se pusieron en fila. Los cuerpos desnudos relucían fuertemente, sus rostros parecían cruzados por oscuros surcos. Wrath tomó el látigo de tres cabezas de la mano de Phury y avanzó el primero. Al moverse, los eslabones del arma repicaron con la dulzura del canto de un ave.

—Hermano —dijo el rey con voz suave.

—Mi señor.

Rhage miró fijamente las gafas oscuras mientras empezaba a blandir el látigo en un amplio movimiento circular, para tomar impulso. El arma emitió un zumbido de baja intensidad, que fue aumentando hasta que se disparó hacia delante, cortando el aire. Las cadenas golpearon el pecho de Rhage y las púas se le clavaron, haciéndole expulsar el aliento de golpe. Al caer sobre las cuñas, mantuvo la cabeza en alto, mientras la visión se le oscurecía y aclaraba alternativamente.

Tohr fue el siguiente; su golpe dejó a Rhage sin aire y las rodillas se le doblaron antes de volver a soportar su peso. Siguieron Vishous y Phury.

Miraba a sus hermanos directamente a los doloridos ojos, con la esperanza de aliviar la angustia que los embargaba, pero cuando Phury le volvió la espalda, Rhage ya no pudo sostener la cabeza. La dejó caer sobre los hombros y así pudo ver la sangre corriendo por su pecho, sobre sus muslos y sus pies. En el suelo se estaba formando un charco que reflejaba la luz de las velas, y al ver la roja sustancia se sintió mareado. Decidido a permanecer de pie, juntó los codos, para que fueran las articulaciones y huesos, y no los músculos, los que lo mantuvieran en su lugar.

En un momento de calma, se percató vagamente de algún tipo de discusión. Parpadeó varias veces antes de que sus ojos pudieran enfocar la escena.

Phury sostenía el látigo y Zsadist se apartaba del objeto, presa de algo muy parecido al terror. Z había alzado las manos, y los aros de sus tetillas destellaban bajo la luz del fuego, siguiendo una respiración demasiado agitada. El hermano tenía el color de la bruma, y la piel gris y exageradamente lustrosa.

Phury hablaba suavemente y trataba de agarrar el brazo de Zsadist. Z giraba desatinadamente, pero Phury permanecía con él. A medida que se movían en una especie de sombría danza, las marcas de latigazos que cubrían la espalda de Z cambiaban con los movimientos de sus músculos.

Esa estrategia no iba a dar resultado, pensó Rhage. Zsadist estaba muy cerca del pánico total, como un animal acorralado. Debía haber alguna otra manera de hacerle entrar en razón.

Rhage respiró hondo y abrió la boca. Nada salió de ella. Lo intentó de nuevo.

—Zsadist... —Su voz aflautada hizo que todos los ojos se volvieran hacia el altar—. Termina esto, Z... Ya no puedo... ya no puedo sostenerme en pie.

—No...

Phury interrumpió a Zsadist.

—Tienes que...

—¡No! Apártate de mí.

Z corrió hacia la puerta, pero la Virgen Escribana llegó primero, obligándolo a frenar en seco para no atropellarla. Atrapado frente a la diminuta figura, sus piernas y hombros comenzaron a temblar. Ella le habló quedamente, sus palabras no recorrieron la distancia suficiente para que Rhage las descifrara entre la bruma de su dolor.

Finalmente, la Virgen Escribana hizo un ademán en dirección a Phury, quien le llevó el arma. Cuando la tuvo, extendió el brazo, tomó la mano de Z, y le colocó en la palma la empuñadura recubierta de cuero. Señaló el altar, y Zsadist bajó la cabeza. Un momento después avanzó con paso titubeante.

Cuando Rhage miró al hermano, estuvo a punto de sugerir que algún otro lo reemplazara. Tenía los ojos blancos. Y tragaba saliva a cada instante, la garganta trabajaba como si estuviera conteniendo un grito que quisiera salir de las profundidades del pecho.

—Está bien, hermano —murmuró Rhage—. Tienes que terminar esto. Ahora.

Z jadeó y se tambaleó, el sudor descendió por la cicatriz de su rostro.

—Hazlo.

—Hermano —susurró Z, levantando el látigo por encima del hombro.

No lo balanceó para tomar impulso, probablemente no hubiera podido coordinar el brazo en ese momento. Pero lo hizo con fuerza, y el arma silbó al cortar el aire. Cadenas y pendientes impactaron en el estómago de Rhage en un frenesí de agujas.

Las rodillas del castigado fallaron, y trató de afirmarse con los brazos, pero éstos también se negaron a sostenerlo. Cayó de rodillas, y las palmas de las manos aterrizaron en su propia sangre.

Por lo menos, todo había terminado. Respiró profunda y repetidamente, decidido a no perder la conciencia.

De repente, un estruendo resonó en el santuario, algo como el choque de metal contra metal. No se detuvo a pensar qué era. Estaba demasiado ocupado hablándole a su estómago, tratando de convencerlo de que las náuseas no eran de recibo.

Cuando estuvo listo, gateó sobre manos y rodillas, rodeando el altar, y se tomó un breve descanso antes de afrontar los escalones. Cuando miró al frente, vio que los hermanos estaban formados en fila otra vez. Rhage se frotó los ojos para ver lo que había ante él, y al hacerlo se untó la cara de sangre.

«Esto no es parte del ritual», pensó.

Cada uno de los hermanos tenía una daga negra en la mano derecha. Wrath dio comienzo al cántico y los otros lo siguieron, hasta que sus voces fueron resonantes gritos que reverberaban por todo el santuario. El crescendo no cesó hasta que fue casi un aullido, y luego las voces se interrumpieron abruptamente.

Como uno solo, se propinaron con las dagas un corte a través de la parte superior del pecho.

La herida de Zsadist fue la más profunda.

Mary estaba en el primer piso, en la sala de billar, hablando con Fritz sobre la historia de la casa, cuando los oídos del doggen captaron un sonido que ella no había escuchado.

—Creo que los amos han regresado.

Ella fue hasta una de las ventanas justo cuando un par de faros de coche oscilaban cruzando el patio.

El Escalade se detuvo, sus puertas se abrieron y los hombres salieron. Con las capuchas de las túnicas bajadas, ella los reconoció, pues los recordaba de la noche que llegó a la mansión. El sujeto de la perilla y los tatuajes en una de las sienes. El hombre de pelo espectacular. El de la cicatriz y el oficial militar. Al único que no conocía era un hombre de largo cabello negro y gafas de sol.

Tenían una expresión desolada. Quizá alguien había resultado herido.

Buscó a Rhage, tratando de no dejarse dominar por el pánico.

El grupo se arremolinó en la parte trasera del vehículo justo cuando alguien salía de la caseta de vigilancia y mantenía abierta la portezuela. Mary reconoció al sujeto que había entre los batientes: era el que atrapó el balón en el vestíbulo.

Con tantos enormes cuerpos masculinos apiñados en un cerrado círculo en la parte trasera del Escalade, era difícil distinguir qué estaban haciendo. Pero parecía que llevaban una carga pesada...

Un mechón de cabello rubio brilló bajo la luz de las farolas.

Rhage. Inconsciente. Y trasladaban su cuerpo hacia una puerta abierta.

Mary ya estaba fuera de la mansión antes de darse cuenta de que corría.

—¡Rhage! ¡Deténganse! ¡Esperen! —El aire frío inundó sus pulmones—. ¡Rhage!

Al oír su voz, él se sacudió y le tendió una mano fláccida. Los hombres se detuvieron. Alguno de ellos soltó una maldición.

—¡Rhage! —Se frenó en seco—. ¿Qué...? Oh... por Dios.

Había sangre en su rostro, y tenía los ojos turbios por el dolor.

—Rhage...

Él abrió la boca, pero no lograba hablar.

—Mierda, ya da lo mismo que lo llevemos a su habitación —dijo uno de los hombres.

—¡Por supuesto que lo llevarán allí! ¿Lo han herido en alguna pelea?

Nadie respondió. Simplemente cambiaron de dirección. Llevaron a Rhage a través del vestíbulo de la mansión, cruzaron el recibidor y subieron las escaleras. Una vez que lo acostaron sobre la cama, el sujeto de la perilla y los tatuajes en la sien echó hacia atrás el cabello a Rhage.

—Hermano, ¿te traigo algo para el dolor?

La voz de Rhage sonó distorsionada.

—Nada. Es mejor así. Ya conoces las reglas. Mary... ¿dónde está Mary?

Ella fue hasta la cama y le tomó la floja mano. Cuando presionó los labios contra sus nudillos, se percató de que la túnica estaba en perfectas condiciones, sin descosidos ni desgarros. Lo cual significaba que no la llevaba cuando fue herido. Alguien se la había puesto después.

Con un horrible presentimiento, estiró el brazo hacia el cinturón de cuero trenzado. Lo soltó y abrió los bordes de la túnica. Estaba cubierto de vendajes blancos, desde las clavículas hasta las caderas. Y escapaba sangre entre las vendas. Sangre de un color rojo brillante y estremecedor.

Temerosa de mirar, pero necesitando saber, retiró muy suavemente una venda y miró.

—Bendito sea Dios. —Se tambaleó y uno de los hermanos tuvo que sujetarla—. ¿Cómo sucedió esto?

Al recibir silencio por toda respuesta, empujó a quien la estaba sujetando y los miró a todos. Permanecían inmóviles, mirando a Rhage...

Estaba transido de dolor. «No, no es posible que ellos...».

El de la perilla la miró a los ojos.

Sí, ellos lo habían hecho.

—Ustedes han hecho esto —murmuró—. ¡Ustedes le han hecho esto!

—Sí —dijo el de las gafas de sol—. Y no es de tu incumbencia.

—Malditos bastardos.

Rhage emitió un sonido y luego balbuceó.

—Dejadnos solos.

—Volveremos para ver cómo sigues, Hollywood —dijo el tipo con la cabellera multicolor—. ¿Necesitas algo?

—¿Además de un trasplante de piel? —Rhage sonrió un poco e hizo una mueca de dolor al cambiar de posición en la cama.

Cuando los hombres se dirigían a la puerta, ella miró encolerizada sus fuertes espaldas.

—Malditos animales.

—Mary —murmuró Rhage—. Mary.

Trató de dominarse. Alterarse por esos matones no ayudaría en nada a Rhage en ese momento.

Bajó los ojos hacia él y se tragó la ira.

—¿Me dejarás llamar a ese doctor del que me hablaste? ¿Cómo se llamaba?

—No.

Quiso decirle que se dejara ya de hacer el papel de tipo duro que aguanta el dolor como todo un macho. Pero sabía que tendrían un altercado, y una discusión era lo último que él necesitaba.

—¿Quieres que te quite la túnica o no?

—Sí. Si puedes soportar lo que verás.

—No te preocupes por eso.

Le desató el cinturón de cuero y le quitó la prenda de seda. Contenía el impulso de gritar mientras él rodaba de un lado a otro para ayudarla y gemía de dolor. Al terminar rezumaba sangre por uno de sus costados.

El hermoso edredón de plumas iba a quedar hecho una ruina, pensó ella, aunque eso era lo último que le importaba en ese momento.

—Has perdido mucha sangre —dobló la pesada túnica.

—Lo sé. —Cerró los ojos y hundió la cabeza en la almohada. Su cuerpo desnudo sufría una serie de convulsiones intermitentes, y el temblor de los muslos, el estómago y el pecho hacía moverse el colchón.

Ella arrojó la túnica dentro de la bañera y regresó.

—¿Te limpiaron las heridas antes de vendarlas?

—No lo sé.

—Tal vez debería echar un vistazo.

—Dame una hora. Para entonces la hemorragia se habrá detenido. —Respiró profundamente e hizo una mueca de dolor—. Mary... tenían que hacerlo.

—¿Hacerlo? —Se inclinó sobre él.

—Tenían que hacer esto. Yo no... —gimió de nuevo—. No te enfades con ellos.

—No digas estupideces.

—Mary —dijo él endureciendo la voz.

—¿Qué hiciste?

—Da igual. Ya pasó. Y tú no vas a enfadarte con ellos. —La mirada se hizo borrosa de nuevo.

En lo que a ella concernía, podía sentir lo que quisiera hacia esos cerdos bastardos.

—¿Mary?

—No te preocupes. —Le acarició la mejilla, deseando poder lavarle la sangre de la cara. Cuando él dio un respingo a causa del leve contacto, ella retiró la mano—. ¿Me dejas traerte algo, por favor?

—Sólo háblame. Lee para mí...

Había unos cuantos libros sobre los estantes, junto a las películas, y ella fue hasta los de tapa dura. Tomó uno de Harry Potter, el segundo, y llevó una silla junto a la cama. Fue difícil concentrarse al principio, porque no podía evitar estar pendiente de la respiración de Rhage, pero al final ambos se relajaron un poco. La respiración se hizo más suave y los espasmos desaparecieron.

Cuando se durmió, ella cerró el libro. Rhage tenía la frente arrugada, y los labios pálidos y apretados. A Mary le dolió que sufriese incluso durmiendo.

Retrocedió en el tiempo. Vio la habitación amarilla de su madre. Olió otra vez el desinfectante. Escuchó la respiración dificultosa y desesperada. La historia se repetía, pensó. Otra vez al lado de una cama. Otro ser amado sufriendo, indefenso.

Paseó la vista por la habitación, y sus ojos se detuvieron en *La Virgen y el niño*, sobre la cómoda. Aquel cuadro era arte, no un simple icono, formaba parte de una colección que debería estar en un museo y que aquí sólo se usaba como elemento decorativo.

Este objeto sacro no le inspiraba odio ni miedo.

La estatua de la Virgen en la habitación de su madre era algo diferente. Mary la había aborrecido, y en el instante en que el cuerpo de Cissy Luce abandonó la casa, el pedazo de yeso fue a parar al garaje. Mary no tuvo valor para romperlo, pero le hubiera gustado hacerlo.

A la mañana siguiente lo llevó a la iglesia de Nuestra Señora y lo arrojó allí. Lo mismo hizo con el crucifijo. Cuando se alejaba de la iglesia en su coche, el sentimiento de triunfo, un genuino desafío a Dios, le resultó embriagador. Era el único sentimiento agradable que había tenido en mucho tiempo. Pero el arrebato no duró mucho. De vuelta a casa, lo único que veía era la sombra sobre el trozo de pared donde el crucifijo había estado, y la zona del suelo sin rastro que había ocupado la imagen.

Dos años después, el mismo día en que se había deshecho de aquellos objetos de culto, le diagnosticaron leucemia.

Lógicamente, sabía que no se trataba de una maldición por haber tirado tales cosas. En el fondo de su corazón, sin embargo, a veces creía otra cosa. Lo cual le hacía odiar a Dios todavía más.

No se dignó hacer un milagro para su madre, que tenía tanta fe. Pero sí se había apartado de su rutina para castigar a una pecadora como ella.

—Me tranquilizas —dijo Rhage, interrumpiendo los amargos pensamientos de la mujer.

Ella se volvió a mirarlo. Se aclaró la mente tomándole la mano.

—¿Cómo te sientes?

—Mejor. Tu voz me reconforta.

Igual que su madre, pensó. A ella también le gustaba el sonido de su voz.

—¿Quieres beber algo?

—¿En qué estabas pensando hace un instante?

—En nada.

Él cerró los ojos.

—¿Quieres que te lave? —preguntó Mary dulcemente.

Cuando él se encogió de hombros, ella fue al baño y regresó con una toallita empapada de agua caliente y otra grande, seca. Le limpió la cara y limpió con mucha suavidad los bordes de los vendajes.

—Te los quitaré, ¿de acuerdo?

Él asintió, y ella levantó lentamente la tela de la piel. También retiró las gasas y el relleno.

Mary se estremeció, la bilis le fluyó a la boca.

Lo habían azotado. Era la única explicación para aquellas marcas.

—Oh... Rhage. —Las lágrimas le nublaron los ojos, pero no las dejó caer—. Sólo voy a cambiar los apósitos. Las heridas están... demasiado recientes para lavarlas. ¿Tienes...?

—En el baño, en el aparador que va de pared a pared, a la derecha del espejo.

Parada frente al estante, se sintió sobrecogida por los suministros que tenía a su alcance. Equipo de cirugía. Escayola para huesos fracturados. Vendajes de todo tipo. Gasas. Tomó lo que pensó que necesitaría y regresó junto a él. Rasgó los paquetes estériles de gasa, los colocó sobre el pecho y el estómago de Rhage y pensó que le daba igual dejarlos allí. No había manera de que pudiera levantar el torso del colchón para envolverlo, y podría hacerle daño si ponía esparadrapo para sujetar los vendajes.

Cuando palpaba la sección inferior izquierda de las vendas, él dio un respingo. Ella lo miró alarmada.

—¿Te he hecho daño?

—Vaya pregunta.

—Lo siento.

El vampiro abrió los ojos y la miró con dureza.

—Ni siquiera sabes qué me pasa, ¿no es así?

Era evidente que no.

—Rhage, ¿qué necesitas?

—Que me hables.

—De acuerdo, pero déjame terminar con esto.

En cuanto hubo acabado, abrió el libro. Él soltó una maldición.

Confusa, le tomó una mano.

—No sé qué quieres.

—No es tan difícil de entender. —Su voz era débil, pero indignada—. Por Dios, Mary, ¿no puedes, al menos por una vez, dejarme entrar?

Unos golpes sonaron al otro lado de la habitación. Ambos se volvieron.

—Vuelvo enseguida —dijo ella.

El que llamaba era el de la perilla. Llevaba una bandeja de plata con comida.

—A propósito, soy Vishous. ¿Está despierto?

—Hola, V —dijo Rhage.

Vishous pasó junto a ella y colocó la comida sobre la cómoda. Cuando se dirigió a la cama, Mary deseó ser tan grande como él para poder echarlo de la habitación.

El sujeto apoyó la cadera sobre un lado del colchón.

—¿Cómo te sientes, Hollywood?

—Estoy bien.

—¿Se va pasando el dolor?

—Sí.

—Entonces todo va bien.

—Nunca es lo suficientemente rápido para mí. —Rhage cerró los ojos, exhausto.

Vishous se quedó mirándole por un momento, con los labios apretados.

—Volveré más tarde, hermano. ¿Vale?

—Gracias.

El sujeto se volvió y tropezó con los ojos de Mary, lo cual no debió de ser agradable. En ese momento, ella estaba deseando que él saboreara el mismo dolor que había infligido. Y sabía que el deseo de venganza se le notaba en el rostro.

—Eres una niñita dura, ¿no? —murmuró Vishous.

—Si es tu hermano, ¿por qué le has hecho daño?

—Mary, no... —terció Rhage con voz ronca—. Te dije...

—No me has dicho nada. —Se interrumpió, y cerró los ojos, conteniéndose. No era justo gritarle cuando estaba herido y su pecho parecía una parrilla.

—Quizá deberíamos hablar al respecto —dijo Vishous.

Mary cruzó los brazos sobre el pecho.

—Qué buena idea. Ayúdame a entender por qué le hicisteis esto.

—Mary, no quiero que tú... —dijo Rhage.

—Entonces dímelo tú. Si no quieres que los odie, explícamelo.

Vishous miró hacia la cama, y Rhage debió de asentir con la cabeza, o encogerse de hombros, porque el hombre habló.

—Él traicionó a la Hermandad para estar contigo. Tenía que reparar la falta si quería permanecer con nosotros y mantenerte aquí, a salvo.

Mary se quedó sin aliento. ¿Lo había hecho por ella? ¿Sufría a causa de ella?

Oh, Dios. Había permitido que lo azotaran por ella...

«Yo haré que estés segura», le había dicho.

No pudo encontrar explicación lógica para semejante sacrificio. Para el dolor que estaba soportando por ella. Para lo que le habían hecho unas personas que supuestamente lo querían.

—No puedo... me siento un poco mareada. Disculpa...

Retrocedió, con la esperanza de llegar hasta el baño, pero Rhage luchó por incorporarse en la cama, como queriendo seguirla.

—No, tú quédate ahí, Rhage. —Volvió junto a él, se sentó en la silla y le acarició la cabeza—. Quédate donde estás. Shh... Tranquilo, grandullón.

Cuando él se relajó un poco, Mary miró a Vishous.

—No entiendo nada de esto.

—¿Por qué habrías de entenderlo?

Los ojos del vampiro se fijaron en ella. Sus plateadas profundidades la asustaban. La chica se concentró por un momento en el tatuaje que sangraba en su cara y luego miró a Rhage. Le peinó el cabello con las yemas de los dedos y murmuró hasta que concilió el sueño.

—¿Os dolió hacerle esto? —preguntó en voz baja, sabiendo que Vishous no se había ido—. Dime que te dolió.

Escuchó un roce de ropas. Cuando miró por encima del hombro, Vishous se había quitado la camisa. En su musculoso pecho había una herida reciente, un tajo, como si una cuchilla le hubiera cortado la piel.

—A todos nos dolió hasta casi matarnos.

—Bien.

El vampiro sonrió un tanto fieramente.

—Nos entiendes mejor de lo que crees. Y esa comida no es sólo para él. También es para ti.

—Gracias. Me ocuparé de que coma —dijo, convencida de que no quería nada de ellos.

—¿Le has hablado de tu nombre? —preguntó el vampiro antes de salir.

Ella giró la cabeza en redondo.

—¿Qué?

—¿Lo sabe?

Ella sintió escalofríos.

—Claro que sabe mi nombre.

—No me refiero al nombre, sino al porqué del nombre. Deberías decírselo. —Vishous frunció el ceño—. Y no, no lo encontré en internet. ¿Cómo podría hacerlo?

Santo cielo, eso era exactamente lo que se le había pasado por la...

—¿Lees los pensamientos?

—Cuando quiero, o cuando no me queda más remedio. —Vishous salió, cerrando la puerta suavemente.

Rhage trató de darse la vuelta y despertó con un quejido.

—Mary.

—Aquí estoy. —Le tomó la mano.

—¿Cuál es el problema? —Sus ojos verde azulados estaban más alerta que antes—. Mary, por favor. Te lo ruego, dime qué estás pensando.

Ella vaciló.

—¿Por qué no me dejaste donde estaba, en mi barrio, en mi vida? Nada de esto... habría sucedido.

—Haría cualquier cosa por tu seguridad, por tu vida.

Ella meneó la cabeza.

—No entiendo cómo puedes sentir tanto amor por mí.

—Escucha —sonrió un poco—. Deberías abandonar el deseo de entenderlo todo.

—Es mejor que actuar por fe —susurró ella, levantando la mano y pasándosela por la cabeza—. Vuelve a dormir, grandullón. Cada vez que lo haces, pareces avanzar cientos de kilómetros en el proceso de curación.

—Prefiero mirarte. —Pero cerró los ojos—. Me encanta que me acaricies el pelo.

Estiró el cuello, inclinando la cabeza hacia un lado, para que pudiera acariciarlo mejor.

Incluso sus orejas son hermosas, pensó Mary.

El pecho de Rhage subió y bajó en un gran suspiro. Pasado un rato, ella se recostó en la silla y estiró las piernas, apoyando los pies sobre uno de los enormes soportes de la cama.

Horas más tarde, los hermanos pasaron a ver cómo seguía Rhage y a presentarse ante ella. Phury, el de la cabellera maravillosa, entró con un poco de cidra caliente, que ella bebió. Wrath, el sujeto de los anteojos oscuros, y Beth, la mujer frente a la cual se había desmayado, también fueron de visita. Butch, el receptor de fútbol americano, acudió igualmente, así como Tohrment, el del corte de pelo estilo militar.

Rhage durmió mucho, pero despertaba cada vez que intentaba ponerse de lado. La miraba cuando se movía, como si sacase fuerzas viéndola, y ella le llevaba agua, le acariciaba la cara, lo alimentaba. No se decían mucho. Con tocarse era suficiente.

Los párpados se le estaban cerrando, y ya había dejado que la cabeza le cayera hacia atrás, cuando alguien tocó a la puerta con suavidad. Probablemente era Fritz con más comida.

Se desperezó y fue a la entrada.

—Adelante —dijo al tiempo que abría.

El hombre de la cicatriz en la cara estaba en el pasillo. Mientras permanecía allí parado, inmóvil, la luz caía sobre sus duros rasgos, resaltando los ojos hundidos, el cráneo cubierto con un cabello demasiado corto, la cicatriz dentada, el áspero contorno de su mandíbula. Llevaba puestos un jersey holgado y unos pantalones ceñidos. Ambas prendas eran negras.

Ella se acercó inmediatamente a la cama para proteger a Rhage, aunque era estúpido pensar que podía oponerse a un ser tan grande como el vampiro de la puerta.

Hubo un largo silencio. Mary se dijo a sí misma que probablemente había ido de visita, como los demás, y no tenía intención de herir a su hermano de nuevo. Pero... parecía muy tenso, su postura con las piernas separadas sugería que podía atacar en cualquier momento. Y lo que le resultaba más extraño era que el vampiro no la miraba a los ojos, y tampoco parecía estar mirando a Rhage. La fría mirada negra del sujeto estaba perdida.

—¿Te gustaría pasar a verlo? —preguntó ella finalmente.

Los ojos del hombre se volvieron a mirarla.

Obsidiana, pensó ella. Eran como la obsidiana. Relucientes. Sin fondo. Sin alma.

La mujer retrocedió más y tomó la mano de Rhage. El vampiro sonrió, burlón, en el umbral de la puerta.

—No tienes una pinta muy feroz, hembra. ¿Piensas que estoy aquí para hacerle más daño? —La voz era profunda, suave. Resonante, en realidad. Y tan distante y poco reveladora como sus pupilas.

—¿Vas a hacerle daño?

—Tonta pregunta.

—¿Por qué?

—No me creerás, diga lo que diga, así que no deberías preguntar.

Hubo otro silencio, y ella lo examinó, recelosa. Se le hizo evidente que quizá no era sólo agresivo. También era retraído.

Tal vez.

Besó la mano de Rhage.

—Iba a tomar una ducha. ¿Te sentarás con él hasta que vuelva?

El vampiro parpadeó como si lo hubiera sorprendido.

—¿Te sentirás cómoda desnudándote en ese baño conmigo rondando por aquí?

En realidad, no estaría cómoda, pero no dijo nada. Se encogió de hombros.

—Es tu decisión. Pero estoy segura de que, si despierta, preferirá verte a ti que encontrarse solo. ¿Entras o te vas? —Al no escuchar respuesta, agregó—. Esta noche debió de ser infernal para ti.

Su deformado labio superior se sacudió con un gruñido.

—Eres la única que ha dado por hecho que no me excita hacerle daño a las personas. ¿Eres como la madre Teresa? ¿Siempre viendo el bien en los demás, o alguna mierda así?

—No te presentaste voluntario para que te hicieran esa cicatriz en la cara, ¿verdad? Seguro que tienes más del cuello para abajo. Así que, como acabo de decir, esta noche ha debido de ser infernal para ti.

Los ojos de Zsadist se entornaron hasta formar una delgada línea, y una ráfaga de aire helado cruzó la habitación, como si hubiera soplado hacia ella.

—Ten cuidado, hembra. La valentía puede ser peligrosa.

Ella caminó directamente hacia él.

—Todo eso de la ducha era mentira. Sólo quiero que pases un tiempo a solas con él, porque es obvio que te sientes mal, o no estarías ahí parado en esa puerta con esa expresión afligida. Acepta la oferta o vete, pero hagas lo que hagas, te agradecería que no trataras de aterrorizarme.

En ese momento no le importaba si la molía a golpes. Estaba actuando impulsada por la energía que producían los nervios, la agitación y el mismo agotamiento, así que era probable que no estuviera pensando con claridad.

—¿Qué decides? —preguntó.

El vampiro entró y cerró la puerta; la habitación se enfrió aún más con su presencia. Su peligrosidad era algo tangible, y ella sintió que le recorría el cuerpo como si fuera un ser material. Cuando el cerrojo se corrió con un sonido metálico, sintió pavor.

—No estoy haciendo eso —dijo, enfatizando cada palabra.

—¿Qué? —preguntó ella casi atragantándose.

—Aterrorizarte. Tú ya estás aterrorizada —sonrió. Sus colmillos eran muy largos, más que los de Rhage—. Puedo oler tu terror, hembra. Como la pintura fresca, me hace cosquillas en la nariz.

Cuando Mary retrocedió, él avanzó, siguiéndola.

—Hmmm... me gusta tu olor. Me gustó desde el momento en que te conocí.

Ella retrocedió más rápido, extendiendo la mano, esperando sentir la cama en cualquier momento. En lugar de ello, se enredó en las pesadas cortinas, junto a una ventana.

El vampiro de la cicatriz la acorraló. No tenía tantos músculos como Rhage, pero no había duda de que era letal. Sus fríos ojos le dijeron todo lo que necesitaba saber sobre su habilidad para matar.

Con una maldición, Mary bajó la cabeza y se rindió. No podía hacer nada si decidía causarle daño. En su situación, Rhage tampoco podría ayudarla. Maldición, detestaba estar indefensa, pero a veces la vida nos pone en esa situación.

El vampiro se inclinó hacia ella, que se encogió, acobardada.

Inhaló profundamente y soltó ruidosamente el aire.

—Dúchate, hembra. No deseaba hacerle daño hace unas horas, y nada ha cambiado desde entonces. Y tampoco tengo ningún interés en darte un disgusto. Si algo te sucediera, él sufriría una agonía peor que la que padece ahora.

Ella respiró aliviada cuando le dio la espalda. Vio que tenía un gesto de dolor al mirar a Rhage.

—¿Cómo te llamas? —murmuró.

Él alzó una ceja y luego se volvió a mirar a su hermano.

—Soy el malo, como habrás adivinado.

—Quería saber tu nombre, no tu vocación.

—Más que vocación, es una compulsión, en realidad. Y es Zsadist. Me llamo Zsadist.

—Bueno... encantada de conocerte, Zsadist.

—Qué educada eres —se burló.

—Lo seré todavía más, escucha: gracias por no matarme, o a él, esta noche. ¿Te parece educado?

Zsadist miró por encima del hombro. Sus párpados eran como persianas cuyas hendiduras sólo permitían entrever el brillo nocturno. Y con su cabello cortado al rape y la cicatriz, era la personificación de la violencia: la agresividad y el dolor hechos carne. Pero cuando la miró a la luz de las velas, un levísimo tinte de calor se asomó en su cara. Fue tan sutil que no alcanzó a saber cómo llegó a notarlo.

—Tú —dijo apaciblemente— eres extraordinaria. —Antes de que ella pudiera decir nada, levantó la mano—. Ahora, vete. Déjame solo con mi hermano.

Sin más, Mary entró en el baño. Se quedó bajo la ducha tanto tiempo que los dedos se le arrugaron y el vapor se espesó como una intensa bruma en el aire. Cuando salió, se vistió con la misma ropa que se había quitado, porque olvidó llevar una muda nueva. Abrió con mucho sigilo la puerta de la habitación.

Zsadist estaba sentado en la cama, con los anchos hombros echados hacia delante y los brazos cruzados alrededor de la cintura. Inclinado sobre el cuerpo durmiente de Rhage, estaba tan cerca como era posible sin tocarlo. Se mecía adelante y atrás, y entonaba tenuemente una alegre canción.

El vampiro cantaba, su voz subía y bajaba, omitiendo octavas, remontándose a las alturas y descendiendo a las profundidades. Hermosa. Absolutamente hermosa. Y Rhage estaba relajado, descansando pacíficamente como antes no había podido hacerlo.

Mary cruzó la habitación rápidamente y salió al pasillo, dejando solos a los dos hombres. A los dos vampiros.

Rhage despertó por la tarde. Lo primero que hizo fue tantear, buscando a ciegas a Mary, pero se detuvo para evitar los dolorosos pinchazos que lo torturaban. No se sentía lo suficientemente fuerte para soportarlo.

Abrió los ojos y volvió la cabeza. Allí estaba, junto a él, en la cama, dormida sobre su estómago.

Dios, una vez más le había cuidado cuando lo necesitó. Resuelta, fuerte, dispuesta a enfrentarse a sus hermanos.

El amor le inundó el corazón, inflándolo tanto que le hizo perder el aliento.

Se llevó la mano al pecho y palpó los vendajes que ella le había colocado. Con mucho cuidado, los retiró uno por uno. Las heridas tenían buen aspecto. Habían cerrado y ya no le dolían. Para mañana no serían más que rayas de color rosa, y al día siguiente habrían desaparecido.

Pensó en el estrés bajo el cual había estado su cuerpo últimamente. El cambio. Las oleadas de tensión que Mary le provocaba. La exposición al sol. Los azotes. Iba a necesitar beber pronto, y quería hacerlo antes de que el hambre lo acosara.

Era muy escrupuloso con la alimentación. La mayoría de los hermanos le daba largas al hambre, aguantando lo más posible, sólo porque no querían meterse en íntimas y molestas actividades. Él no podía hacer eso. Lo último que necesitaba era que la bestia tuviera ansias de sangre.

De pronto notó que ocurría algo inexplicable. Respiró hondo. En su interior sentía el más asombroso... vacío. No había zumbidos ni vibraciones. Ni punzadas de inquietud. Ni ardor. Y eso que estaba acostado muy cerca de Mary.

No había maligna excitación en el ambiente. La maldición de la Virgen Escribana había desaparecido.

«Claro», pensó, «ella me la ha retirado temporalmente para que pueda soportar el rythe sin cambiar, y para que pueda curarme». Se preguntó cuánto tiempo duraría el indulto.

Rhage exhaló lentamente, dejando salir el aire por la nariz. Al hundirse en su propia piel, se encontró en la perfección de la paz. El celestial silencio. La ensordecedora ausencia.

Había pasado un siglo desde que sintió aquella sensación por última vez.

Por Dios, sintió ganas de llorar.

Se llevó las manos a los ojos. No quería llorar delante de Mary.

¿Sabían otras personas lo afortunadas que eran pudiendo disfrutar momentos así? Momentos de rotunda quietud. No los había apreciado antes de sufrir la maldición, ni siquiera les dio un poco de importancia. Si ahora había sido bendecido con uno de ellos, lo mejor era aprovecharlo para seguir durmiendo.

—¿Cómo te sientes? ¿Quieres que te traiga algo?

Al oír la voz de Mary, se preparó para un estallido de energía. Nada de eso sucedió. Lo único que sintió fue un cálido fulgor en el pecho. Era amor, sin el lastre del caos emocional de su maldición.

Se frotó la cara y la miró. La adoró con intensidad, por primera vez sin temerse a sí mismo.

—Necesito estar contigo, Mary. Ahora. Tengo que estar dentro de ti.

—Entonces bésame.

La estrechó. Ella sólo llevaba puesta una camiseta, y él deslizó las manos por debajo, abarcando su región lumbar. Ya tenía el miembro erecto, listo para poseerla. Ahora no había tensión infernal contra la que luchar, acariciarla era un placer exquisito, exento de peligro.

—Necesito amarte —dijo, arrojando sábanas y mantas al suelo. Quería ver cada parte de ella, tocar cada centímetro de su piel y que nada se interpusiera en su camino.

Le sacó la camiseta por encima de la cabeza y luego ordenó mentalmente que se encendieran velas por toda la habitación. Ella aparecía resplandeciente bajo el dorado fulgor, con la cabeza hacia un lado, mirándolo con sus ojos grises. Los senos ya estaban rígidos, y la piel henchida en los rosados pezones. Su estómago era plano, tal vez demasiado, pensó él, preocupándose por su salud. Pero las caderas eran perfectas, lo mismo que las esbeltas piernas.

Y lo que había bajo el ombligo, aquella parte tan dulce...

—Mi Mary —susurró, pensando en todos los lugares del cuerpo a los que quería llegar.

Cuando se puso a horcajadas sobre sus piernas, el pene se irguió, sobresaliendo de su cuerpo, pesado, orgulloso, exigente. Pero antes de que pudiera hundirse entre su piel, las manos femeninas lo interceptaron, y él se estremeció, rompiendo a sudar profusamente. Observando cómo lo tocaba, se dejó ir por un instante, dando rienda suelta a la pureza de su deseo, a un éxtasis incontaminado.

Ella se enderezó para sentarse.

—¿Qué haces, Mary?

La joven abrió los labios e introdujo el miembro en su boca.

Rhage jadeó y cayó hacia atrás.

—Oh, por... Dios.

Nunca había permitido a una hembra llevarse su miembro a la boca. Jamás lo quiso. Si no le gustaba que lo tocaran de cintura hacia arriba, menos de cintura hacia abajo.

Pero en esta ocasión se trataba de Mary.

La suavidad de la succión y la calidez de su boca, pero sobre todo saber que era ella, le dejó sin fuerzas, a su merced. Sus ojos estaban fijos en él, observándolo disfrutar del placer que le daba. Cuando él se hundió en el colchón, derrumbándose, ella chupó más intensa, más amorosamente. Él le tomó la cara entre las manos, arqueándose dentro de su boca mientras la mujer encontraba el ritmo adecuado.

Justo antes de sobrepasar el límite, apartó las caderas, pues no quería eyacular aún.

—Ven aquí —dijo, tirando de ella hacia arriba, haciéndola pasar por su estómago y su pecho, y dándole vuelta hasta acostarla de espaldas—. Estaré dentro de ti cuando haya terminado.

Besándola, le puso las manos a cada lado del cuello y descendió por el centro, deteniéndose sobre su corazón.

Latía muy rápidamente. Presionó los labios contra su esternón, trasladándose luego a los senos. Los chupó mientras le deslizaba un brazo por debajo del hombro y la alzaba para acercarla a su boca.

Ella emitió un sonido increíble desde el interior de su garganta, un jadeo ahogado que le hizo levantar la cabeza de modo que él pudo verle la cara. Tenía los ojos cerrados y los dientes apretados. La besó, descendiendo hasta el ombligo, donde se detuvo a lamer un poco antes de pasar a las caderas. Le dio la vuelta, acostándola boca abajo y le apartó las piernas para cubrirle la vagina con la palma de la mano. La sedosa humedad que le envolvió la mano lo hizo estremecerse mientras le besaba la cadera y la región lumbar.

Deslizando un dedo dentro de ella, desnudó los colmillos y subió rozándole con ellos la espina dorsal.

Mary gimió y curvó el cuerpo para sentir más aquellos dientes.

El vampiro se detuvo en su hombro. Le empujó con suavidad el cabello, para apartarlo del camino. Y soltó un gruñido al ver su nuca descubierta.

Al sentirla tensa, susurró:

—No te asustes, Mary. No te haré daño.

—No estoy asustada. —Movió las caderas y presionó su húmedo sexo contra la mano del macho.

Rhage siseó cuando sintió el ramalazo de lujuria. Empezó a jadear. No había vibración, ni sentía el maldito zumbido. Sólo ella y él. Juntos. Haciendo el amor.

Aunque aún sentía hambre de algo más que ella podía darle.

—Mary, perdóname.

—¿Por qué?

—Quiero... beber de ti —le dijo al oído.

Ella se estremeció, pero él sintió un flujo cálido donde la había penetrado y supo que el estremecimiento era de placer.

—¿De verdad quieres... hacer eso? —preguntó.

—Dios, sí. —Cerró la boca a un lado de su garganta. Le chupó la piel, muriendo por hacerle mucho más—. Me encantaría estar en tu vena.

—Me he preguntado qué se sentirá. —Tenía la voz ronca, excitada. Santo cielo, ¿en verdad iba a permitirle hacer eso?—. ¿Duele?

—Sólo un poco al principio, pero luego es como... el sexo. Sentirás placer cuando te haya penetrado. Y tendré mucho cuidado. Seré muy suave.

—Sé que así será.

Una oleada erótica le atravesó el cuerpo. Ya se imaginaba hundiendo los colmillos en su cuello. Succionando. Tragando. Saboreando. Y luego vendría la comunión de ella, haciéndole lo mismo. Él la alimentaría bien, la dejaría tomar todo lo que quisiera...

¿Ella haciéndole lo mismo?

Rhage se echó hacia atrás. ¿En qué diablos estaba pensando? Ella era humana, por todos los cielos. No se alimentaba de sangre.

Colocó la frente sobre su hombro. Y recordó que no sólo era humana, sino que también estaba enferma. Se lamió los labios, tratando de obligar a sus colmillos a retraerse.

—¿Rhage? ¿Vas a...? Ya sabes.

—Creo que es mejor no hacerlo.

—De verdad que no tengo miedo.

—Oh, Mary, lo sé. No le tienes miedo a nada. —Y su valor era una de las razones por las que se había enamorado de ella—. Pero prefiero amar tu cuerpo que tomar algo que no puedes darme.

Con una rápida serie de movimientos, se alzó sobre ella, le levantó las caderas del colchón y la penetró por detrás, profundamente. El calor lo invadió mientras ella se curvaba bajo su invasión. Le pasó un brazo entre los senos. Con la otra mano le hizo girar la barbilla para poder besarla.

Sintió en la boca la respiración cálida y desesperada de Mary, más agitada a medida que él retrocedía con lentitud dentro de ella. Cuando entró de nuevo, el gozo los hizo gemir a ambos. Era tan increíblemente acogedora, lo apretaba como un torno. Dio otros dos empujones suaves y luego las caderas tomaron el mando, moviéndose a su propia voluntad, hasta que fue imposible mantener el contacto entre los labios. Los cuerpos chocaban entre sí, y él la aferró por las caderas sin renunciar a moverse.

Mary dejó caer el pecho sobre la cama y volvió la cabeza hacia un lado. Labios abiertos, ojos cerrados. Él le soltó el torso y plantó los puños en el colchón a cada lado de sus hombros. Parecía muy pequeña debajo de él, eclipsada por el grosor de sus antebrazos, pero aceptó su masculinidad entera, de la punta a la base, una y otra vez, hasta que él perdió la conciencia.

De pronto notó un maravilloso dolor en una mano. Miró hacia abajo y vio que ella le había aferrado un brazo y mordía su dedo pulgar.

—Más fuerte, Mary —dijo con voz ronca—. Oh, sí. Muerde... más fuerte.

La leve ráfaga de dolor causada por los dientes hundiéndose en su piel elevó su placer a niveles inimaginables, llevándolo al borde del orgasmo.

Pero no quería terminar todavía.

Se retiró, y rápidamente la puso boca arriba. Cuando estuvo acostada, sus piernas cayeron pesadamente hacia los lados, como si no tuviera fuerzas para mantenerlas levantadas. Verla así, abierta para él, refulgiendo para él, henchida para él, casi hizo que se corriera sobre sus muslos. Bajó la cabeza y la besó en donde antes había estado su miembro, saboreando un poco de sí mismo, un poco de aquel aroma de su propia marca que le estaba dejando sobre todo el cuerpo.

Ella gritó de una forma salvaje al llegar al clímax. Y antes de que sus palpitaciones se desvanecieran, él se puso encima de ella y se zambulló, penetrándola de nuevo.

Mary pronunciaba su nombre y le arañaba la espalda.

Él se corrió mirándola a los grandes ojos aturdidos. Sin que nada lo impidiera, eyaculó una y otra vez, bombeando fluidos en su interior. El orgasmo continuaba. Él se dejaba llevar, ella lo recibía sin oponer resistencia. El éxtasis no parecía tener fin, y no había cómo detenerlo.

Ni querían hacerlo.

* * *

Mary abrazó a Rhage con fuerza mientras él se estremecía una vez más, con su cuerpo contraído, su respiración precipitada. Gimió desde lo más profundo de su pecho, y ella lo sintió sacudirse y descargar de nuevo en sus entrañas.

Era una intimidad extraña. Ella muy calmada, y él sumido en los espasmos de alguna especie de orgasmo múltiple. Con su concentración intacta a pesar de la pasión, Mary sintió cada pequeño movimiento del cuerpo del hombre, cada enérgico empujón varonil. Sabía exactamente cuándo estaba por llegar otra descarga, podía sentir el fragor de su vientre y sus muslos. Ahora mismo estaba sucediendo, su respiración era agitada, sus pectorales, hombros y caderas anunciaban, tensos, el enésimo orgasmo.

Esta vez levantó la cabeza, sus labios dejaban entrever los colmillos, tenía los ojos fuertemente cerrados. Su cuerpo se contrajo, todos sus músculos se tensaron, y ella sintió el movimiento en lo más profundo de su interior.

Rhage abrió los ojos. Estaban vidriosos.

—Lo siento, Mary. —Sufrió otro espasmo e hizo un gran esfuerzo para poder hablar—. Nunca... me había... sucedido. No puedo parar. Maldición.

Dejó salir un sonido gutural, una mezcla de disculpa y éxtasis.

Ella le sonrió y le acarició la espalda con las manos, sintiendo que sus gruesos músculos se hinchaban mientras la parte inferior de su cuerpo se hundía en ella de nuevo. Se sentía saturada entre las piernas, y deliciosamente ardiente a causa del calor que emanaba de él. El maravilloso olor de su unión con ella impregnaba el aire, la oscura fragancia del macho la rodeaba.

Él hizo un esfuerzo por levantarse, apoyándose en los brazos, como si quisiera salirse.

—¿Adónde vas? —Ciñó las piernas alrededor de la cintura del vampiro.

—Estoy... aplastándote.

—Estoy perfectamente bien.

—Oh, Mary... —Se arqueó de nuevo, el pecho hacia delante, la cabeza hacia atrás, el cuello tenso, los hombros abultados. Era poderoso, bello, fascinante.

De repente, se derrumbó. El gran cuerpo cayó completamente fláccido sobre ella. Su peso muerto era inmenso, más de lo que ella podía soportar sin asfixiarse. Por fortuna, rodó sobre sí mismo y la libró de la carga. El corazón retumbaba dentro de su pecho, y la joven escuchó cómo se calmaba poco a poco.

—¿Te he hecho daño? —preguntó bruscamente.

—En absoluto.

La besó, sacó su miembro, y se dirigió al baño, vacilante. Regresó con una toalla, que pasó suavemente entre las piernas de Mary.

—¿Quieres que abra la ducha? —preguntó—. Yo... eh... te he dejado hecha un asco.

—Me encanta. Y no quiero ducha, sólo quiero quedarme aquí acostada.

—No puedo explicar lo que ha pasado. —Arrugó la frente mientras volvía a poner las sábanas y los cobertores sobre la cama y cubría ambos cuerpos—. Aunque... bueno, quizá... no lo sé.

—El caso es que eres increíble. —Besó su barbilla—. Absolutamente increíble.

Se quedaron acostados en silencio durante un rato.

—Escucha, Mary, mi cuerpo ha soportado muchas cosas últimamente.

—Ya lo creo.

—Ahora me urge... cuidar de mí mismo.

Había algo sombrío en su tono de voz, y ella alzó la vista para mirarlo. Tenía los ojos fijos en el techo.

Un escalofrío recorrió el cuerpo de Mary.

—¿Qué quieres decir?

—Voy a necesitar alimentarme. De una hembra. De mi especie.

—Ah. —Mary pensó en lo que había sentido cuando sus colmillos le rozaron la espina dorsal. Y recordó su estremecimiento esperanzado cuando le acarició el cuello con la nariz. Luego, los nefastos recuerdos de la noche en que él había salido la desalentaron. No podía pasar por eso otra vez. Esperando en la cama de él, sabiendo que estaba con otra mujer.

Rhage le tomó las manos.

—Mary, tengo que alimentarme ahora, para poder mantener el control. Y quiero que estés conmigo cuando lo haga. Si es demasiado difícil para ti observar, por lo menos puedes estar en la misma habitación. No quiero que tengas dudas sobre lo que suceda entre la hembra y yo.

—¿De quién...beberás? —Tragó saliva.

—Ya he pensado en eso. No quiero que sea con alguien a quien haya poseído.

—Entonces eso reduce las posibilidades a... ¿cuántas? ¿Cinco mujeres? ¿Tal vez seis?

Meneó la cabeza, sintiéndose como una arpía.

—Llamaré a una de las Elegidas.

«Dime que son unas ancianas desdentadas», pensó ella.

—¿Qué son las Elegidas?

—Principalmente sirven a la Virgen Escribana, nuestra deidad, pero durante un tiempo prestaron sus servicios de sangre a miembros solteros de la Hermandad. En los tiempos modernos no las hemos usado para eso, pero me pondré en contacto con ellas para ver si se puede hacer algo.

—¿Cuándo?

—Lo antes posible. Tal vez mañana por la noche.

—Para entonces me habré ido. —Al ver que su expresión se oscurecía, no le dejó hablar—. Es hora de que me vaya.

—Ni lo pienses.

—Rhage, sé realista. ¿De verdad esperas que simplemente me quede aquí contigo, para siempre?

—Eso es lo que quiero, sí.

—¿No has pensado que puedo echar de menos mi casa, mis cosas, mi...

—Haré que lo trasladen todo aquí.

Ella meneó la cabeza.

—Necesito ir a mi casa.

—Es peligroso.

—Entonces tendremos que hacer que sea seguro. Instalaré una alarma, aprenderé a disparar, no sé. Pero tengo que regresar a mi vida.

Él cerró los ojos.

—Rhage, mírame. Mírame. —Le apretó la mano—. Tengo cosas que hacer en mi mundo.

Él apretó los labios.

—¿Dejarás que le pida a Vishous que te instale un sistema de alarma?

—Sí.

—¿Y vendrás a pasar conmigo algunos días?

Ella respiró profundamente.

—¿Y si digo que no?

—Entonces yo iré a verte.

—Pienso que no...

—Ya te lo dije antes. Deja de pensar tanto.

Los labios de Rhage tocaron los suyos, pero antes de que su lengua se deslizara dentro y le robara la capacidad de razonar, lo empujó hacia atrás.

—Rhage, sabes que esto no va a ninguna parte. Sea lo que sea lo que hay entre nosotros, es inviable. No puedo...

El vampiro rodó hasta quedar acostado de espaldas, y puso un brazo detrás de la cabeza. Apretó la mandíbula y las venas y los músculos de su cuello se hincharon.

Ella odiaba lo que estaba haciendo. Pero era mejor acabar cuanto antes.

—Aprecio todo lo que has hecho por mí. El sacrifico para mantenerme segura...

—¿Por qué te molestaste tanto la noche que salí?

—¿Cómo dices?

—¿Porque te importó que hubiera estado con otra? ¿O simplemente tenías ganas de un poco de sexo y necesitabas escudarte tras una razón? —Se volvió a mirarla. Sus ojos azules brillaban de nuevo, casi deslumbraban—. Escucha, la próxima vez que quieras revolcarte, lo único que tienes que hacer es pedirlo. Estoy dispuesto a jugar a eso.

Ella se sintió muy mal, porque no quería que se enfadase.

—Rhage...

—Ciertamente, me encantó. Me gustó ese acto de dominación que exhibiste. También la parte del sadismo. Aquello de saborear mi sangre en tus labios cuando me mordiste. Me excitó.

El frío tono de su voz era espantoso. Pero peor era el efecto de sus ojos insensibles y brillantes.

—Lo siento —dijo ella—. Pero...

—Estoy teniendo una erección, sólo de pensarlo. Sorprendente, considerando lo que he estado haciendo los últimos veinte minutos.

—¿Exactamente qué piensas que debe depararnos el futuro?

—Nunca lo sabremos, ¿no crees? Pero te quedarás hasta que caiga la noche, ¿no es así? Aunque sólo porque me necesitas para llevarte a casa. Así que déjame ver si puedo ponerme a tono de nuevo. No quiero hacerte perder el tiempo. —Introdujo la mano bajo la manta—. Diablos, eres buena. La tengo como un bate de béisbol.

—¿Sabes cómo serán los próximos seis meses para mí?

—No, y no lo sabré, ¿verdad? Entonces, ¿te gustaría un poco de sexo? Ya que eso es lo único que quieres de mí, y que soy un perdedor lo bastante patético como para satisfacer hasta tus mínimos deseos, creo que será mejor que me ponga a la faena.

—¡Rhage! —gritó ella, tratando de captar su atención y obligarlo a dejar su actitud dolida.

—¡Mary! —Se burló él, imitándola—. Lo siento. ¿Estoy hablando mucho? Preferirías que hiciera otra cosa con la boca, ¿no? ¿La quieres en tu boca? No, en tus senos. Espera, más abajo. Sí, te gusta más abajo, ¿no es así? Y yo sé bien cómo hacértelo.

Ella se llevó las manos a la cabeza.

—No quiero dejarte así. Enfadado.

—Pero eso no va a detenerte, ¿o sí? No, a ti, a la superfuerte Mary no, simplemente volverás al mundo...

—¡A estar enferma, Rhage! Te dejaré para ir a sobrellevar mi enfermedad, ¿entiendes? Iré al médico mañana. No hay ninguna fastuosa fiesta esperándome cuando llegue a casa.

—¿Crees que no cuidaría de ti?

—¿Qué?

—¿No dejarás que cuide de ti en tu enfermedad?

Ella pensó en lo difícil que le había sido verlo sumido en el dolor sin ser capaz de aliviar su sufrimiento.

—¿Por qué querrías hacer eso? —susurró.

La boca de Rhage se puso fláccida, como si lo hubiera golpeado. Saltó de la cama.

—Vete a la mierda, Mary.

Enfundó las piernas en unos pantalones de cuero y sacó bruscamente una camisa del ropero.

—Recoge tus cosas, querida. Ya no tendrás que soportar al perro callejero. —Empujó los brazos a través de las mangas de la camisa y se la puso por encima de la cabeza—. Haré que V instale una alarma en tu casa lo más pronto posible. No tardará mucho, y hasta que termine, puedes dormir en otra parte de la mansión. Uno de los doggen te llevará a tu nueva habitación.

Ella saltó del colchón, pero antes de que pudiera acercarse, él le clavó una mirada heladora que la hizo detenerse en seco.

—Me merezco esto —dijo el vampiro—. Hice a muchas lo mismo que me haces tú a mí, largarme sin que me importase una mierda. —Abrió la puerta—. Aunque las hembras que me he follado tuvieron suerte. Por lo menos nunca me recuerdan. Y en este momento yo mataría por olvidarte, en serio.

No dio un portazo, sólo cerró con firmeza.

O se inclinó sobre el macho civil y apretó el torno.

Había raptado al vampiro en el callejón situado junto a Screamer's, en el centro de la ciudad, y hasta ahora el recién erigido centro de persuasión estaba funcionando a la perfección. También hacía progresos con el cautivo. Resultó que el tipo tenía una conexión tangencial con la Hermandad.

En circunstancias normales, O hubiera estado al borde de la erección. En lugar de ello, mientras observaba las frías sacudidas y los vidriosos ojos del vampiro, se veía a sí mismo con el Omega. Bajo ese pesado cuerpo. Indefenso. Fuera de control. Dolorido.

Los recuerdos le cortaron el aliento, como si un humo espeso invadiera sus pulmones, y tuvo que desviar la mirada. Cuando el vampiro gimió, O se sintió como un cobarde.

Cristo, tenía que serenarse.

Se aclaró la garganta. Inhaló un poco de aire.

—¿Hasta qué punto conoce tu hermana a la Hermandad?

—Ella... tiene relaciones sexuales... con ellos.

—¿Dónde?

—No sé.

—Tendrás que esforzarte más. —Apretó más.

El civil dio un alarido y sus ojos enloquecidos recorrieron el oscuro interior del centro. Estaba cerca de perder el sentido nuevamente, de modo que O aflojó la abrazadera.

—¿Dónde se reúne con ellos?

—Caith va a todos los bares. —El vampiro tosió débilmente—. Zero Sum. Screamer's. La otra noche fue al One Eye.

¿One Eye? Extraño. Eso estaba en las afueras de la ciudad.

—Por favor, ¿ya puedo irme a mi casa? Mis padres se pre...

—Estoy seguro de que estarán preocupados. Y con razón. —O meneó la cabeza—. Pero no puedo dejarte ir todavía.

Ni todavía ni nunca, pero el vampiro no tenía por qué saber eso.

O volvió a apretar.

—Ahora dime, ¿cómo se llama tu hermana?

—Caith.

—¿Y con cuál de los hermanos tiene sexo?

—Que yo sepa... el de la perilla. Vishous. Le gusta el guerrero rubio... pero a él no le gusta ella.

—¿El hermano rubio? ¿Cuándo vio al rubio por última vez?

El macho emitió unos sonidos atropellados.

—¿Qué has dicho? No te he oído.

El macho se esforzó por hablar, pero de repente su cuerpo sufrió un espasmo y su boca se abrió como si estuviera agonizando.

—Oh, vamos —murmuró O—. No duele tanto.

Mierda, esto del torno era cosa de niños; ni parecido a un instrumento mortal. Aun así, diez minutos después el vampiro estaba muerto, y O permanecía junto al cuerpo, preguntándose qué diablos había pasado.

La puerta del centro de persuasión se abrió y U entró a grandes zancadas.

—¿Cómo vamos esta noche?

—Este civil ha estirado la pata, pero no sé por qué. Acababa de comenzar.

O desmontó el torno de la mano del vampiro y arrojó el instrumento donde estaban las demás herramientas. Mientras miraba la inerte bolsa de huesos tendida sobre la mesa, se sintió mal. Tenía náuseas. Era chocante.

—Si le fracturaste un hueso, tal vez se le formó un coágulo.

—¿Qué...? Ah, sí. Pero espera, ¿sólo por un dedo? Por un fémur, tal vez, pero estaba trabajándole la mano.

—No importa. Un trombo puede crearse en cualquier parte. Si logra llegar a los pulmones y se aloja allí, se acabó el juego.

—Jadeaba, como buscando aire.

—Probablemente eso fue lo que sucedió.

—Y en muy mal momento. Su hermana se folla a los hermanos, pero no le saqué mucho.

—¿Conseguiste la dirección de la casa?

—No. Al idiota le habían robado la cartera justo antes de encontrarlo. Estaba ebrio y lo asaltaron en un callejón. Pero sí nombró algunos lugares. Los clubes usuales del centro, pero también ese bar de pueblerinos, el One Eye.

U frunció el ceño mientras sacaba su arma y revisaba el cargador.

—¿Seguro que no estaba hablando sólo para que le dejaras? El One Eye no está lejos de aquí, y esos bastardos hermanos son aficionados a reunirse allí, ¿no es así? Es decir, es ahí donde los encontramos.

—Ahí es donde nos dejan encontrarlos. Sólo Dios sabe dónde viven. —O meneó la cabeza en dirección al cadáver—. Maldita sea, dijo algo justo antes de morir, pero no le entendí.

—Ese idioma suyo es una mierda. Necesitaríamos un traductor.

—No me digas.

U miró a su alrededor.

—¿Y qué te ha parecido el lugar?

«Me importa una mierda», pensó O.

—Perfecto —dijo, sin embargo—. Lo tuve en uno de los agujeros un rato, aguardando a que recuperara la conciencia. El sistema de sujeción funciona muy bien. —O puso la mano del vampiro sobre el pecho, y dio un ligero toque a la plancha de acero inoxidable sobre la que se encontraba el cuerpo—. Y esta mesa es un regalo de los dioses. Los agujeros de drenaje, las correas, formidable.

—Sí, pensé que te gustaría. La robé de una morgue.

—Excelente.

U fue hasta el armario a prueba de incendios que usaban para almacenar municiones.

—¿Te importa que me lleve unos cartuchos?

—Para eso están.

U sacó una caja de cartón pequeña con la leyenda RE-MINGTON. Mientras recargaba su arma, siguió hablando.

—Me han dicho que el señor X te ha puesto a cargo de este lugar.

—Me dio la llave, sí.

—Me alegro. Estará bien dirigido.

Naturalmente, el privilegio tenía una condición. El señor X quería que O se mudara a vivir allí, y tenía sentido. Si iban a mantener vampiros prisioneros por varios días, alguien tenía que vigilarlos.

O apoyó la cadera contra la mesa.

—El señor X anunciará una nueva orientación de los escuadrones de primera clase. Formaremos parejas en el interior de cada escuadrón, y puedo elegir al que quiera. Te quiero a ti.

U sonrió al tiempo que cerraba la caja de balas.

—Yo era trampero en Canadá, ¿lo sabías? En la década de mil ochocientos veinte. Me gusta estar en el campo. Cazando.

O asintió, pensando que antes de perder las ilusiones, él y U habrían hecho una pareja endiablada.

—¿Entonces es cierto lo que dicen sobre ti y el señor X? —preguntó U.

—¿Qué dicen?

—Que conociste al Omega recientemente. —Cuando los ojos de O parpadearon por la mención del nombre, U captó la reacción, y, gracias a Dios, la malinterpretó—. Santo Dios, lo viste. Pocos lo han hecho. ¿Serás el segundo al mando de X?

O tragó saliva a pesar de las incontenibles arcadas que se le subían a la boca.

—Tendrás que preguntar al señor.

—Sí, claro. Lo haré, seguro que lo haré. Pero no entiendo por qué quieres mantenerlo en secreto.

Como O no sabía más de lo que sabía el otro restrictor, no podía decir otra cosa.

Muy poco tiempo atrás, la idea de ser segundo Restrictor en Jefe lo habría puesto eufórico.

U se dirigió a la puerta.

—Entonces, ¿cuándo y dónde me quieres?

—Aquí. Ahora.

—¿Qué tienes en mente?

—Regresaremos al centro de la ciudad. Quería convocar a los otros para impartir una lección esta noche, pero parece que me he quedado sin libro de texto.

U inclinó la cabeza.

—Entonces vayamos a la biblioteca y consigamos otro.

* * *

Rhage rogó por tener algún desahogo mientras acechaba en los callejones de los bares del centro. Bajo la fría lluvia, era un manojo de nervios. La ira y la agonía bullían en su pecho. Dos horas antes, Vishous había renunciado a intentar hablar serenamente con él.

Cuando salieron de nuevo a la calle Trade, se detuvieron junto a la puerta principal de Screamer's. Una impaciente y temblorosa multitud aguardaba para entrar en el club. Había cuatro machos civiles mezclados con los humanos.

—Lo intentaré una última vez, Hollywood. —V encendió un cigarrillo liado a mano y se recolocó la gorra de los Medias Rojas—. ¿A qué se debe tu silencio? No estarás herido por lo de anoche, ¿o sí?

—No, estoy bien.

Rhage entornó los ojos mirando a un rincón oscuro del callejón.

Lo de estar bien era una gran mentira. Su visión nocturna se había ido al diablo, no podía enfocar por mucho que parpadeara. Y el oído tampoco estaba funcionando muy bien. Normalmente podía escuchar sonidos a casi dos kilómetros de distancia, pero ahora tenía que concentrarse para captar el parloteo de la fila de clientes a la espera de entrar en el club.

Por supuesto, estaba molesto por todo lo que había pasado con Mary. El rechazo de la hembra que ama suele producir esa reacción en un macho. Pero estos otros cambios eran fisiológicos, nada tenían que ver con toda esa mierda emocional, más bien propia de blandengues y llorones.

Y él sabía cuál era el problema. La bestia no estaba con él esa noche.

Debería ser un alivio. Deshacerse de la maldita cosa, aunque fuera temporalmente, era una bendición extraordinaria. Pero había llegado a depender de los agudos instintos de la criatura. Dios, la idea de tener una relación simbiótica con su maldición constituía toda una sorpresa. Y también lo era la vulnerabilidad que ahora mostraba. No es que dudase de su potencial en la lucha cuerpo a cuerpo, o de su rapidez centelleante con el puñal. Lo que pasaba era que su bestia le proporcionaba información sobre el entorno y él se había acostumbrado a aprovecharla. Además, el horroroso ente no dejaba de ser un excelente as escondido bajo la manga. Si todo lo demás fallaba, él liquidaría a sus enemigos.

—Mira —dijo V, moviendo la cabeza hacia la derecha.

Dos restrictores llegaban por la calle Trade. Las cabelleras blancas lanzaron destellos a la luz de los faros de un coche que pasaba. Como marionetas atadas a una misma cuerda, sus cabezas se volvieron al unísono hacia ellos. Ambos redujeron el paso y enseguida se detuvieron.

V tiró el cigarrillo y lo aplastó con la bota.

—Demasiados testigos para una lucha.

Los miembros de la Sociedad también parecían conscientes de eso, y no hicieron amago de atacar. Llegados a ese punto, entró en juego el extraño protocolo de la guerra entre Hermandad y restrictores. La discreción en medio de los Homo sapiens era imprescindible para mantener el anonimato en ambos bandos. Lo último que cualquiera de ellos necesitaba era presentar batalla en presencia de un gentío.

Mientras hermanos y restrictores se miraban, los humanos presentes no tenían idea de lo que sucedía. Los vampiros civiles de la fila, sin embargo, sí sabían a qué atenerse. Se movieron inquietos, obviamente pensando en poner a salvo sus vidas. Rhage les clavó una mirada gélida y meneó la cabeza lentamente. El mejor refugio para esos chicos era entre el público, y rogó a todos los santos que hubieran entendido el mensaje.

No fue así: los cuatro escaparon a todo correr.

Los malditos restrictores sonrieron. Y luego se lanzaron tras sus presas a máxima velocidad, como un par de curtidos atletas.

Rhage y Vishous también emprendieron su propia carrera contra la muerte.

Tontamente, los civiles entraron en un callejón. Quizás con la esperanza de desmaterializarse a tiempo. Tal vez el miedo los cegó. De cualquier manera, con tan torpe decisión aumentaron drásticamente las probabilidades de ser asesinados. Allí no había humanos a causa de la helada lluvia que caía, y sin faroles en la calle ni ventanas en los edificios, no había nada que evitara que los restrictores trabajaran a sus anchas.

Rhage y V redoblaron el paso. Sus botas pisaban los charcos, salpicando agua sucia. Al acortar la distancia con los cazavampiros, pareció posible que los pudieran eliminar antes de que éstos atraparan a los civiles.

Rhage estaba a punto de alcanzar al restrictor de la derecha cuando un furgón negro entró en el callejón, giró derrapando sobre el asfalto mojado y se mantuvo en marcha. Redujo la velocidad en el momento en que los restrictores capturaban a uno de los civiles. Con un fuerte empujón, los dos cazavampiros arrojaron al macho a la parte trasera y luego giraron sobre sus talones, dispuestos a luchar.

—Yo me ocuparé del furgón —gritó Rhage.

V se enfrentó a los cazavampiros mientras su compañero aumentaba la velocidad. El vehículo había tenido que reducir la marcha para perpetrar el rapto, y los neumáticos resbalaban, dándole uno o dos segundos adicionales. Pero en el instante en que llegó junto al furgón, éste arrancó de nuevo, dejándolo rezagado. En una reacción asombrosa, se lanzó al aire, agarrándose a la parte trasera en el momento justo.

Pero las manos resbalaron en el metal húmedo. Trataba de lograr una mejor sujeción, cuando la ventanilla trasera se abrió y asomó el cañón de un arma. Se agachó, esperando escuchar el ruido del disparo. Pero el civil, que estaba tratando de saltar, distrajo al tirador con su lucha.

Rhage no pudo sujetarse por más tiempo y cayó rodando, para aterrizar boca arriba. Al rebotar y deslizarse sobre el pavimento, su abrigo de cuero lo salvó de sufrir graves rozaduras.

Se puso en pie de un salto y observó cómo el furgón doblaba en una calle y se perdía entre el tráfico. Maldijo como un loco, pero no se quedó a lamentar su fracaso, sino que corrió de vuelta al lugar donde se encontraba V. La lucha continuaba, y estaba en su punto culminante, pues los cazavampiros eran veteranos y presentaban dura batalla. V los mantenía a raya con la daga desenfundada, demostrando su pericia.

Rhage cayó sobre el primer restrictor que encontró, molesto por haber perdido al civil del furgón, furioso contra el mundo a causa de Mary. Golpeó duramente con el puño al bastardo, fracturando huesos, destrozándole la piel. Sangre negra le salpicó la cara y le entró en los ojos. No se detuvo hasta que V lo apartó y lo empujó contra el muro del callejón.

—¿Qué demonios estás haciendo? —A Rhage llegó a pasársele por la cabeza atacar a V porque el hermano le impedía el acceso al cazavampiros.

Su compañero lo sujetó por las solapas del impermeable y lo sacudió con fuerza, tratando de que recuperase la cordura.

—El restrictor no se mueve. Mírame, hermano. Está en el suelo y ahí se va a quedar.

—¡No me importa! —Forcejeó para liberarse, pero V lo mantuvo en su lugar. A duras penas, por supuesto.

—¡Rhage! Vamos, háblame. ¿Qué te pasa? ¿Qué piensas, hermano?

—Necesito matarlo... necesito... —El tono de voz revelaba que seguía fuera de sí—. Por lo que hacen a... Los civiles no pueden defenderse... Tengo que matar... —Estaba desmoronándose, y no parecía capaz de evitar la caída—. Dios, Mary, van tras ella... van a llevársela como se han llevado a ese civil, V. Ah, mierda, hermano... ¿Qué puedo hacer para salvarla?

—Tranquilo, Hollywood. Vamos a serenarnos.

V sujetó con una mano el cuello de Rhage y le frotó la yugular suavemente con el pulgar. El hipnótico masaje lo fue calmando muy lentamente.

—¿Estás mejor? —preguntó V—. Sí, mejor.

Rhage respiró profundamente y paseó arriba y abajo durante unos instantes. Luego regresó junto al cadáver del restrictor. Le registró los bolsillos y encontró una cartera, algo de dinero en efectivo y una pistola. También una agenda electrónica.

—Mira lo que he encontrado —murmuró.

Arrojó la agenda a V, quien soltó un silbido de satisfacción.

—Muy bien.

Rhage desenfundó una de sus dagas y enterró la negra hoja en el pecho del cazavampiros. El monstruo se desintegró tras lanzar algunos destellos, pero a él no le pareció suficiente. Tenía ganas de bramar y llorar al mismo tiempo.

Los dos vampiros realizaron una rápida inspección por el vecindario. Todo estaba tranquilo. Con algo de suerte, los otros tres civiles habrían llegado a sus casas y estarían a salvo.

—Quiero los frascos de esos restrictores —dijo Rhage—. ¿Encontraste algo en el que eliminaste?

V mostró una cartera.

—El permiso de conducir. Dice calle LaCrosse, uno noventa y cinco. ¿Qué hay en la tuya?

Rhage la revisó.

—Nada. No hay nada. ¿Para qué llevar encima una...? Ah. Esto es interesante.

Una tarjeta había sido doblada cuidadosamente por la mitad. En ella había una dirección, que no se encontraba lejos de donde estaban.

—Vamos a verificar esto antes de ir a LaCrosse.

Mary llenó su bolsa de viaje bajo la vigilante mirada de Fritz. El mayordomo se moría de ganas de ayudarla, paseándose de un lado a otro, ansioso por hacer lo que sin duda sentía que era su deber.

—Estoy lista —dijo ella finalmente, aunque no era del todo cierto.

Fritz sonrió, ahora que tenía algo que hacer, y la condujo alrededor del balcón, hasta una habitación que daba a los jardines traseros de la mansión. Ella tuvo que reconocer su mérito: era increíblemente discreto. Si le extrañaba que se mudara de la habitación de Rhage, no lo demostraba, y la trataba con la misma cortesía de siempre.

Cuando estuvo sola, pensó en las posibilidades que se presentaban. Quería irse a su casa, pero no era estúpida. Aquellos seres del parque eran mortales, y por mucho que necesitara volver a su hogar, no iba a dejar que la asesinaran. ¿Cuánto podía tardar la instalación de un sistema de alarma? Probablemente el sujeto ese, Vishous, estaba trabajando en ello en ese mismo momento.

Pensó en su cita con el médico al día siguiente por la tarde. Rhage le había dicho que la dejaría ir, y aunque estaba muy molesto cuando se marchó, sabía que no impediría que fuera al hospital. Seguramente la llevaría Fritz, pensó. Cuando le enseñó la casa, le había explicado que él sí podía salir a la luz del día.

Mary echó un vistazo a su bolsa. Daba vueltas a la idea de irse para siempre, y sabía que no podía marcharse en tan malos términos con Rhage. Quizás la actividad nocturna lo calmaría. Ciertamente, ella misma se sentía más en razón en ese momento que horas antes.

Abrió completamente la puerta de la habitación para oírle cuando llegase a la casa. Y luego se sentó en la cama a esperar.

No tardó mucho en sentirse rematadamente ansiosa, así que descolgó el teléfono. Sintió alivio al escuchar la voz de su amiga Bella. No hablaron de nada en especial durante la primera parte de su charla. Luego, cuando se sintió capaz, le dijo que regresaría a casa en cuanto instalaran allí un sistema de seguridad. Agradeció que Bella no la presionara para que le diera detalles.

Momentos después, hubo un prolongado silencio, roto por la vampira.

—Oye, Mary, ¿puedo hacerte una pregunta?

—Claro.

—¿Has visto a alguno de los otros guerreros?

—A algunos, sí. Pero no sé si ya los conozco a todos.

—¿Conociste al que tiene... la cara marcada?

—Ése es Zsadist. Se llama Zsadist.

—Ah. Ya... ¿Es...?

—¿Qué?

—Se dicen algunas cosas de él. Tiene mala reputación.

—Sí, ya lo imagino. Pero no estoy segura de que sea del todo malo. ¿Por qué lo preguntas?

—No, por nada. No tiene importancia.

* * *

A la una de la madrugada, John Matthew salió de Moe's y se fue a casa. Tohrment no había llegado. Tal vez no iría nunca. Quizás había perdido la oportunidad de escapar con él.

Caminando en la fría noche, John se sentía alterado, lleno de angustia. Necesitaba abandonar el edificio urgente, perentoriamente. Tenía tanto miedo que el temor se reflejaba en sus sueños. Se había echado una siesta antes del trabajo y había tenido terroríficas pesadillas, llenas de visiones de hombres albinos que lo perseguían, lo capturaban y lo llevaban a un lugar oscuro y subterráneo.

Al acercarse a la puerta de su estudio, ya tenía la llave en la mano y no perdió el tiempo. Entró como una tromba y se encerró; aseguró las dos cerraduras y echó la cadena. Hubiera deseado tener estacas para atrancar la puerta.

Sabía que debía comer, pero no tenía apetito, y se sentó sobre la cama, esperando que sus lánguidas fuerzas se recuperaran por arte de magia. Le haría falta. Al día siguiente debería buscar otro lugar donde vivir. Era hora de salvarse.

Tenía que haberse ido con Tohrment cuando tuvo oportunidad...

Alguien llamó a la puerta. John levantó la vista; el miedo y la esperanza se mezclaron, provocándole una aguda sensación en el pecho.

—¿Hijo? Soy yo, Tohrment. Abre.

John cruzó la habitación en un instante, descorrió todos los cerrojos, y casi se arrojó a los brazos del recién llegado.

La frente de Tohrment se arrugó sobre sus ojos azul marino.

—¿Qué es lo que pasa, John? ¿Tienes problemas?

No estaba seguro de qué contar sobre el hombre pálido con el que se había tropezado en la escalera, y al final decidió guardar silencio. No quería arriesgarse a que Tohrment cambiara de opinión porque el chico que estaba pensando acoger era un psicópata paranoico.

—¿Pasa algo? —repitió.

John fue a buscar su bloc y un lápiz mientras Tohrment cerraba la puerta.

«Me alegro de que hayas venido. Gracias», escribió.

Tohrment leyó las palabras.

—Sí, habría venido antes, pero anoche tuve... asuntos que atender. ¿Has pensado sobre lo...?

John asintió y garabateó rápidamente. «Quiero ir contigo».

Tohrment sonrió un poco.

—Eso está bien, hijo. Has tomado una buena decisión.

John respiró hondo, más que aliviado.

—Haremos lo siguiente. Regresaré mañana por la noche para recogerte. No puedo llevarte a casa ahora, porque tengo trabajo de campo hasta el amanecer.

John sintió un pánico renovado. Pero, en fin, se dijo a sí mismo, ¿qué era un día más?

* * *

Dos horas antes del amanecer, Rhage y Vishous fueron a la entrada de la Tumba. Rhage esperó en el bosque mientras V llevaba dentro el frasco que habían hallado en la casa del restrictor, en LaCrosse.

La otra dirección resultó ser un centro de torturas abandonado. En el mal ventilado sótano de la destartalada edificación de dos pisos, hallaron instrumentos polvorientos, así como una mesa y diversas ataduras. El lugar era un horripilante testimonio del cambio de estrategia de la Sociedad, que había pasado de luchar contra los hermanos a secuestrar y torturar a los civiles. Tanto él como Vishous salieron de allí con irrefrenables deseos de venganza.

En el camino de regreso al recinto, se detuvieron en la casa de Mary para que V pudiera echar un vistazo a las habitaciones y ver lo que se necesitaba para instalar el sistema de seguridad. Para Rhage, la visita fue un infierno. Ver sus cosas. Recordar la primera noche que fue a verla. No pudo mirar el sofá porque le recordaba lo que le había hecho allí mismo.

Tenía la impresión de que habían pasado siglos desde entonces.

Rhage soltó una maldición y continuó explorando el bosque, alrededor de la boca de la caverna. Cuando V salió, los dos hombres se desmaterializaron para reaparecer en el patio de la casa principal.

—Oye, Hollywood, Butch y yo iremos al One Eye para tomar una copa antes de dormir. ¿Te apuntas?

Rhage alzó la vista a las oscuras ventanas de su habitación.

Aunque no le entusiasmaba un viaje al One Eye, sabía que no debía quedarse solo. Temía no resistir la tentación de ir a buscar a Mary y portarse como un completo idiota, rogándole que se quedara. Sería una humillación inútil. Ella había dejado muy clara su posición, y no era una mujer fácil de persuadir. Además, estaba harto de hacer el papel de idiota enamorado.

—Sí, iré con vosotros.

Los ojos de V destellaron, sorprendidos. Probablemente había hecho la propuesta por cortesía y no esperaba un sí.

—Bien. Me alegro. Saldremos en quince minutos. Necesito una ducha.

—Yo también. —Quería lavarse la sangre del restrictor.

Al pasar del vestíbulo al recibidor de la mansión, apareció Fritz. El mayordomo hizo una profunda reverencia.

—Buenas noches, amo. Su invitada está aquí.

—¿Invitada?

—La Directora de las Elegidas. Dijo que usted la había llamado.

Mierda. Había olvidado su petición, y ya no necesitaba sus servicios. Si Mary no estaba con él, no requería de ningún esfuerzo alimenticio especial. Era libre de ir y chupar a quien quisiera.

Dios, la idea de estar con alguien diferente a Mary le resultaba insoportable.

—¿La recibirá?

Estuvo a punto de decir que no, pero luego pensó que no sería prudente. Considerando su tormentosa relación con la Virgen Escribana, no era muy inteligente ofender a sus hembras de clase especial.

—Dile que estaré con ella en unos minutos.

Subió rápidamente las escaleras hasta su habitación, abrió la ducha para dejarla correr y que adquiriese su temperatura ideal, y luego llamó a V. El hermano no pareció sorprendido de que cancelara su viaje al bar.

Lástima que no fuera por la razón que Vishous imaginaba.

* * *

Mary se despertó por el rumor de una conversación procedente del recibidor. Era la voz de Rhage. Su profundo sonido le resultaba inconfundible.

Bajó de la cama y fue hasta la puerta, que había dejado entornada.

Rhage subía la escalera en ese momento. Tenía el cabello húmedo, como si se hubiera duchado, y vestía una camisa negra holgada y pantalones bombachos negros. Estaba a punto de salir al pasillo cuando vio que no iba solo. La mujer que lo acompañaba era alta y tenía una larga trenza de cabello rubio, que le llegaba a la espalda. Llevaba una túnica blanca transparente, y juntos parecían una especie de novios góticos, él todo de negro, ella envuelta en tela vaporosa. Cuando llegaron al final de la escalera, la mujer se detuvo, como si no supiera qué dirección tomar. Rhage la sujetó por el codo y la miró solícitamente, como si fuera tan frágil que pudiera romperse un hueso por el solo hecho de subir al segundo piso.

Mary los vio entrar en la habitación de Rhage. La puerta se cerró tras ellos.

Regresó a la cama y se acostó. Le vinieron a la cabeza imágenes a raudales. La boca y las manos de Rhage sobre ese cuerpo. Rhage dándole las gracias por alimentarlo, Rhage mirándola mientras le decía que la amaba.

Sí, claro que la amaba. Tanto, que estaba con otra mujer al otro lado del pasillo.

En el instante en que ese pensamiento le cruzó por la mente, supo que estaba siendo irracional. Había roto con él. No tenía derecho a reprocharle que tuviera un encuentro sexual con otra mujer.

Él había aceptado su marcha.

A la noche siguiente, poco antes de oscurecer, Rhage fue al gimnasio a sudar, para olvidar su desolación. Cuando terminó con las pesas, subió a la cinta y empezó a correr. Los primeros siete kilómetros pasaron volando. Para el octavo ya había agotado los líquidos del cuerpo. Al llegar al noveno, empezó la verdadera paliza.

Aumentó la inclinación y retomó el paso. Sus muslos gritaban, le oprimían, le quemaban. Sentía fuego en los pulmones. Le dolían los pies y las rodillas.

Tomó la camisa que había colgado sobre la consola y la usó para secarse el sudor de los ojos. Pensó que ya estaría completamente deshidratado, pero no iba a detenerse para beber agua. Tenía el propósito de continuar hasta perder el sentido.

A fin de mantener el torturante paso, se perdió en las notas de la música que resonaba en los altavoces. Marilyn Manson, Nine Inch Nails, Nirvana. Sonaba tan alto que ahogaba el zumbido de la cinta de correr. Las estridentes canciones llenaban el salón de pesas, eran viles, agresivas, desquiciadas. Igual que su estado mental.

Cuando el sonido se interrumpió, no se molestó en volverse a mirar. Se figuró que el equipo de sonido se habría averiado o que alguien quería hablar con él, y no estaba interesado en ninguna de las dos opciones.

Tohr se paró frente a la máquina. La expresión del hermano hizo que Rhage saliera de la cinta y oprimiera el botón de stop.

—¿Qué pasa? —Respiraba con dificultad y se limpió de nuevo la cara con la camisa.

—Ha desaparecido. Mary. Ha desaparecido.

Rhage se quedó congelado, con la tela bajo la barbilla.

—¿Qué quieres decir con eso de que ha desaparecido?

—Fritz la esperó tres horas frente al hospital. Luego entró, pero el consultorio al que ella iba estaba cerrado. Fue hasta su casa. Al comprobar que tampoco estaba allí, regresó y buscó por todo el centro médico.

Con las sienes martilleándole, más por el miedo que por el ejercicio, Rhage empezó a hacer preguntas.

—¿Hay señales de violencia en su casa?

—No.

—¿Su coche estaba en el garaje?

—Sí.

—¿Cuándo la vio Fritz por última vez?

—Eran las tres cuando acudió a la cita con el médico. Para tu información, Fritz te llamó repetidas veces, pero siempre le respondió el buzón de voz.

Rhage miró su reloj de pulsera. Eran más de las seis. Suponiendo que hubiera permanecido una hora en la consulta, llevaba dos horas desaparecida.

Encontró difícil imaginar que los restrictores pudieran raptarla en la calle. Era más probable que fuese a casa y los cazavampiros la encontraran allí. Pero, si no había señales de violencia en la casa, existía la posibilidad de que no le hubiera pasado nada malo.

O quizás era una esperanza vana.

—Necesito mis armas.

Tohr le pasó una botella de agua.

—Bebe esto. Phury trae ahora tus cosas. Reúnete con él en el vestuario.

Rhage se alejó rápidamente.

—La Hermandad te ayudará a encontrarla —le gritó Tohr.

* * *

Bella subió al primer piso al caer la noche y abrió la puerta de la cocina con una sensación de triunfo. Ahora que los días se estaban haciendo más cortos, tenía mucho más tiempo para ir de aquí para allá. Eran solamente las seis de la tarde, pero ya había oscurecido casi completamente. Extraordinario.

Pensaba si preparar unas tostadas o cocinar unas tortitas, cuando vio luces encendidas en el extremo más alejado del prado. Había alguien en la casa de Mary. Probablemente serían los guerreros, instalando el sistema de seguridad.

Lo cual significaba que si iba hasta allí, era posible que se encontrara de nuevo con el macho de la cicatriz.

Tenía metido a Zsadist en la mente desde que lo conociera, hasta tal punto que diariamente centraba sus pensamientos en especulaciones sobre él. Era tan... crudo. Y después de haber sido mimada tantos años por su hermano, se moría por salir al mundo y tener alguna experiencia salvaje.

Dios era testigo de que la brutal sexualidad que emanaba Zsadist cuadraba con sus anhelos.

Se puso un abrigo y se cambió las chanclas por un par de zapatillas deportivas. Fue trotando por el césped, y redujo el paso al acercarse al patio trasero de Mary. No tenía ganas de tropezar con un restrictor...

—¡Mary! ¿Qué estás haciendo aquí?

La humana pareció aturdida cuando alzó la vista desde el sillón donde se encontraba recostada. Aunque hacía frío, sólo llevaba puestos un suéter y unos pantalones vaqueros.

—Ah... hola. ¿Cómo estás?

Bella se agazapó junto a la hembra.

—¿Ya terminó Vishous?

—¿Con qué? —Mary se incorporó, con el cuerpo rígido—. Ah, la alarma. No lo creo. O por lo menos, nadie me ha dicho nada, y no he visto nada nuevo en la casa.

—¿Cuánto tiempo llevas aquí afuera?

—No mucho. —Se frotó los brazos y luego se sopló las manos—. Sólo estaba disfrutando la puesta de sol.

Bella miró hacia la casa empezando a sentir pavor.

—¿Rhage vendrá a buscarte pronto?

—No vendrá.

—¿Lo hará uno de los doggen?

Mary hizo una mueca de dolor al ponerse de pie.

—Vaya, qué frío hace.

Caminó hacia la casa como un zombi, y Bella la siguió.

—Mary, la verdad es que no deberías estar aquí sola.

—Lo sé. Pensé que estaría segura porque era de día.

—¿Ni Rhage ni ninguno de los hermanos te dijo que los restrictores pueden salir a la luz del sol? Aunque no estoy del todo segura, creo que así es.

Mary se encogió de hombros.

—Hasta ahora no me han fastidiado, pero no soy estúpida. Iré a un hotel. Sólo tengo que recoger unas cosas.

Pero, en lugar de subir al segundo piso, deambuló por la planta baja de la casa, como si fuera presa de una especie de extraño trastorno.

Sufría una conmoción, pensó Bella. En cualquier caso, ambas tenían que largarse de allí.

—Mary, ¿por qué no vienes a cenar conmigo? —Miró hacia la puerta trasera—. Y, ya sabes, puedes quedarte conmigo hasta que Vishous haya terminado aquí. Mi hermano me instaló mi propio sistema de alarma. Incluso tengo un pasadizo subterráneo, por si hay que escapar. Allí estoy muy segura, y está a suficiente distancia, así que si los restrictores vienen a buscarte, seguramente no pensarán que puedes estar conmigo.

Se preparó para una discusión, y pensó en varios argumentos que apoyaran su tesis.

—Está bien, gracias —dijo Mary, para su alivio y sorpresa—. Dame un minuto.

La hembra subió al segundo piso y Bella se paseó nerviosa, lamentando no tener un arma ni saber cómo usarla.

Cuando la humana bajó cinco minutos después con una bolsa de viaje de lona, Bella respiró aliviada.

—¿No te pones un abrigo? —preguntó cuando Mary ya iba a cuerpo rumbo a la puerta.

—Sí. Un abrigo —dejó la bolsa en el suelo, fue hasta un ropero, y sacó una parka roja.

Bella trató de apretar el paso mientras cruzaban la calle, camino de su casa.

—La luna está casi llena —comentó Mary.

—Sí, así es.

—Escucha, cuando lleguemos a tu casa, no quiero que llames a Rhage ni nada parecido. Él y yo... hemos tomado rumbos separados. Así que déjalo estar.

Bella se tragó la sorpresa.

—¿Él no sabe que te fuiste?

—No. Y lo averiguará por sí mismo. ¿Entendido?

Bella accedió, sólo para que Mary siguiera moviendo los pies.

—Pero ¿puedo preguntarte algo?

—Por supuesto.

—¿Él rompió contigo, o tú con él?

Mary siguió caminando en silencio por un momento.

—Yo con él.

—Y... ¿habíais tenido intimidad?

—¿Si tuvimos relaciones sexuales? —Mary se cambió la bolsa de viaje a la otra mano—. Sí, las tuvimos.

—Al hacer el amor, ¿notaste que saliera de su piel alguna clase de fragancia? Algo que oliese como a especias picantes y...

—¿Por qué me preguntas todo esto?

—Lo siento. No es mi intención entrometerme.

Ya estaban casi en la casona de la granja cuando Mary murmuró.

—Es la cosa más hermosa que he olido.

Bella se guardó la maldición. No importaba lo que Mary pensara, el guerrero rubio iría a por ella. Un macho enamorado no dejaba ir a su compañera. Nunca. Lo había aprendido en su experiencia con civiles. No podía imaginar lo que haría un guerrero si su hembra se marchaba.

Rhage recorrió cada una de las habitaciones de la casa de Mary. En el baño del segundo piso, encontró abierto el armario situado debajo del lavabo. Allí estaban alineados artículos de tocador, como barras de jabón, tubos de dentífrico, desodorante. Pero había huecos entre las ordenadas hileras, como si ella se hubiera llevado algunos elementos.

Se había marchado a vivir a otro lugar, pensó, mirando por la ventana. Si era un hotel, probablemente no la encontraría nunca, porque ella habría tenido la precaución de registrarse bajo un nombre falso. Tal vez podía indagar en su trabajo...

Enfocó la vista a la casona de granja del otro lado del prado. En su interior brillaban luces.

¿Estaría con Bella?

Rhage bajó al primer piso y aseguró los cerrojos. Una milésima de segundo después se materializó en el pórtico de Bella y llamó a la puerta. Cuando Bella respondió, la hembra simplemente se hizo a un lado, como si lo estuviera esperando.

—Está en el segundo piso.

—¿Dónde?

—En la alcoba de la parte frontal.

Rhage subió los escalones de dos en dos. Sólo una de las puertas estaba cerrada. No llamó, sólo la abrió de par en par. La luz del pasillo invadió la habitación.

Mary estaba profundamente dormida sobre una enorme cama de bronce, vestida con un suéter y unos pantalones vaqueros que él reconoció. Se había echado sobre las piernas una colcha de retazos, y estaba mitad boca abajo, mitad de lado. Parecía completamente exhausta.

Su primer impulso fue tomarla en sus brazos, pero se quedó donde estaba.

—Mary. —Usó un tono de voz impersonal—. Mary. Despierta.

Sus pestañas se agitaron, pero luego sólo suspiró y movió la cabeza un poco.

—Mary.

Se impacientó. Se acercó a la cama y movió el colchón con las manos. Eso la despertó. Se quedó callada, con aire ausente, hasta que lo vio. Pareció confundida.

—¿Qué estás haciendo aquí? —dijo, apartándose el pelo de la cara.

—Tal vez debas responder tú a eso primero.

—No estoy en mi casa.

—Tampoco estás donde tendrías que estar.

Ella se incorporó sobre las almohadas, y él se dio perfecta cuenta de los círculos oscuros que había bajo sus ojos, de la palidez de sus labios... y del hecho que no estaba peleando con él.

«No preguntes», se dijo a sí mismo. Pero no se pudo contener.

—¿Qué pasó esta tarde?

—Necesitaba estar un tiempo a solas.

—No te pregunto por qué le diste esquinazo a Fritz. Hablaremos de eso después. Quiero saber lo que dijo el médico.

—Ah, sí. Eso.

Se quedó mirándola mientras ella jugaba con el borde del edredón. El vampiro ardía de impaciencia, no podía soportar aquel silencio.

—¿Qué dijo? —la apremió.

—No es que pensara que no eres digno.

¿De qué diablos estaba hablando? Ah, sí, aquella conversación sobre la posibilidad de cuidar de ella en su enfermedad. Caramba, las evasivas no iban a terminar nunca.

—¿Hasta qué punto es grave, Mary? Y no se te ocurra mentirme.

Sus ojos se entornaron.

—Quieren que empiece la quimioterapia la semana próxima.

Rhage suspiró lentamente. Estaba helado.

Se sentó en el borde más alejado de la cama y cerró la puerta con la mente.

—¿Funcionará?

—Creo que sí. Mi doctora y yo hablaremos de nuevo en un par de días, cuando ella hable con algunos de sus colegas. La pregunta más importante es cuánto tratamiento puedo soportar, de modo que tomaron muestras de sangre para analizarme el hígado y los riñones. Les dije que estoy dispuesta a soportar lo que sea.

Él se frotó la cara con la palma de la mano.

—Dios santo.

—Vi morir a mi madre —dijo ella quedamente—. Fue terrible. Verla perder sus facultades y sufrir todo aquel dolor. Al final ya no parecía ella misma, no actuaba como siempre lo había hecho. Era como si hubiese desaparecido, como si sólo quedase el cuerpo, que se negaba a dejar de cumplir sus funciones básicas. No digo que vaya a pasarme a mí lo mismo, pero será muy duro.

A Rhage le dolía el pecho.

—¿Y no quieres que yo pase por eso?

—No, no quiero. No quiero eso para ninguno de los dos. Prefiero que me recuerdes como soy ahora. Quiero que nos recordemos como hemos sido hasta ahora. Voy a necesitar recuerdos felices.

—Yo quiero estar contigo.

—Y yo no necesito eso. No voy a tener la energía suficiente para ponerte buena cara. Y el dolor... el dolor hace cambiar a las personas.

Eso sí que era cierto. Él se sentía como si hubiera envejecido un siglo desde que la conoció.

—Oh, Rhage... —Su voz desfalleció y tragó saliva. Y él odió su necesidad de controlarse—. Voy a echarte de menos.

El vampiro la miró casi de reojo. Sabía que si trataba de abrazarla huiría precipitadamente de la habitación, así que agarró el borde del colchón. Y apretó con fuerza.

—¿Qué estoy haciendo? —La mujer rió con torpeza—. Lamento agobiarte con todo esto. Sé que estás bien, que sigues adelante con tu vida.

—¿Que sigo adelante? —preguntó medio enfadado—. No entiendo de qué hablas...

—La mujer de anoche. De cualquier forma...

—¿A qué hembra te refieres?

Cuando ella meneó la cabeza, lo invadió la ira.

—Maldita seas, ¿no puedes responder a una simple pregunta sin empezar una pelea? Aunque sólo sea por compasión hacia mí, o por variar. De cualquier forma, me iré en unos minutos, así que no tendrás que preocuparte por hacerlo de nuevo.

Al ver que la mujer se entristecía, se sintió muy mal por haberle gritado. Pero antes de que se disculpase, ella habló de nuevo.

—Hablo de la mujer que llevaste a tu cama anoche. Yo... estaba esperándote. Quería decirte que lo sentía... Y te vi entrar en tu habitación con ella. Mira, no he traído esto a colación para hacerte sentir culpable ni nada parecido.

No, por supuesto que no. Ella no quería nada de él. Ni su amor. Ni su apoyo. Ni su culpa. Ya ni siquiera sexo.

Meneó la cabeza y su voz adoptó un tono impersonal. Estaba hastiado de darle explicaciones, pero lo hizo por costumbre.

—Era la Directora de las Elegidas. Hablamos sobre mi alimentación, Mary. No tuve sexo con ella. —Miró al suelo. Luego soltó el colchón y se llevó las manos a la cara.

Hubo un silencio.

—Lo siento, Rhage.

—Sí. Yo también.

Le pareció oír sollozos. Pero ella no estaba llorando. Mary no podía ser. Era demasiado fuerte para eso.

Pero, al parecer, él no lo era. Él tenía lágrimas en los ojos. Era él quien sollozaba sin darse cuenta.

Rhage carraspeó y parpadeó varias veces seguidas. Cuando la miró de nuevo, ella estaba mirándolo con tal ternura y tal pena que se enfureció.

Grandioso, ahora lo compadecía porque gimoteaba como un idiota. Si no la amara tanto, la habría odiado en ese mismo momento.

Se levantó. Y procuró que su voz sonara tan dura como la de ella.

—El sistema de alarma de tu casa estará conectado con nosotros. Si se activa, yo... —se corrigió— ... uno de nosotros acudirá corriendo. Vishous se pondrá en contacto contigo cuando esté en funcionamiento.

Al prolongarse el silencio, se encogió de hombros.

—Entonces... adiós.

Salió por la puerta y no se permitió mirar hacia atrás.

Cuando llegó al primer piso, encontró a Bella en el recibidor. En cuanto la hembra le vio la cara, abrió completamente los ojos. Era obvio que tenía mal aspecto.

—Gracias —dijo él, sin saber qué tenía que agradecerle—. La Hermandad hará rondas de vigilancia por tu casa. Incluso cuando ella se vaya.

—Sois muy amables.

Él asintió y no se entretuvo. En ese momento era lo mejor que podía hacer para poder salir por esa puerta sin derrumbarse y aullar como un bebé.

Cuando abandonó la casa y se adentró en el bosque, no tenía idea de qué hacer o adónde ir. Quizá debería llamar a Tohr, averiguar dónde estaban los demás hermanos y reunirse con ellos.

No lo hizo. Se detuvo y miró la luna, que se alzaba justo por encima de la silueta de los árboles. Había plenilunio. El astro era un disco redondo y luminiscente en la fría noche sin nubes. Extendió el brazo hacia ella y cerró un ojo. Orientando su línea de visión, situó el brillo lunar en el cuenco de su mano, y sostuvo la aparición con cuidado.

Vagamente, escuchó el sonido de unos golpes procedentes del interior de la casa de Bella. Una especie de golpeteo rítmico.

Volvió la cabeza cuando el sonido se hizo más fuerte.

La puerta principal se abrió de golpe y Mary salió por ella precipitadamente, llegando al pórtico de un salto, sin siquiera molestarse en usar los escalones para llegar hasta el césped. Corrió descalza sobre la hierba escarchada y se arrojó a sus brazos, aferrándose a su cuello con ambos brazos. Lo abrazó con tal fuerza que su columna vertebral crujió.

Sollozaba. Vociferaba. Lloraba tan fuerte que todo el cuerpo le temblaba.

Él no hizo ninguna pregunta, sólo la abrazó con toda el alma.

—No estoy bien —dijo ella con voz ronca, tratando de recuperar el aliento—. Rhage... no estoy bien.

Él cerró los ojos y la estrechó todavía más.

O levantó la cubierta de malla metálica de la tubería de alcantarilla y enfocó una linterna dentro del agujero. El joven macho que estaba en el fondo era el que habían capturado la noche anterior con el furgón. Estaba vivo, había sobrevivido al día. El área de almacenamiento funcionaba, pues, a la perfección.

La puerta del centro se abrió de golpe. El señor X entró pisando fuerte con sus pesadas botas y miró con agudeza.

—¿Vive?

O asintió y volvió a colocar la cubierta de malla en su lugar.

—Bien.

—Me disponía a sacarlo de nuevo.

—Ahora no. Quiero que visites a estos miembros. —El señor X le entregó una hoja de papel con siete direcciones—. Los informes por correo electrónico son eficaces, pero a veces resultan poco fiables. Estoy recibiendo notas de estos Betas, pero cuando hablo con sus escuadrones me dicen que nadie los ha visto en varios días.

El instinto le indicó a O que debía andarse con mucho cuidado. Poco faltó para que el señor X lo acusara de matar a los Betas del parque, ¿y ahora el Restrictor en Jefe quería que los supervisara?

—¿Hay algún problema, señor O?

—No, ningún problema.

—Y otra cosa. Tengo tres nuevos reclutas. Sus iniciaciones se llevarán a cabo durante la próxima semana. ¿Quieres venir? Observar desde la barrera es todo un espectáculo.

O meneó la cabeza.

—Es mejor que me centre en lo de aquí.

El jefe sonrió.

—¿Te preocupa que el Omega se fije en tus encantos?

—El Omega no busca encantos, ni se fijaría en mí.

—Estás muy equivocado. No para de hablar de ti.

O sabía que X ponía a prueba su mente. Con ella no había cuidado, pero en el cuerpo no tenía la misma confianza. Se le doblaron las rodillas y rompió a sudar.

—Empezaré con lo de la lista —dijo, yendo a por su chaqueta y sus llaves.

Los ojos del señor X centellearon.

—Ve a hacer eso, hijo, cuanto antes mejor. Yo jugaré con nuestros visitantes.

—Como desee, señor.

* * *

—Entonces, ahora éste será mi hogar —murmuró Mary cuando Rhage cerró la puerta de la habitación.

Sintió que sus brazos le ceñían la cintura, para luego atraerle la espalda contra su cuerpo. Al ver el reloj, se percató de que habían salido de la casa de Bella hacía sólo una hora y media, pero en ese escaso periodo toda su vida había cambiado.

—Sí, éste es tu hogar. Nuestro hogar.

Las tres cajas colocadas en fila contra la pared estaban llenas de su ropa, sus libros favoritos, algunos DVD, unas cuantas fotografías. Con Vishous, Butch y Fritz, que habían acudido a prestarle ayuda, no tardó mucho en embalar, subirlo todo al Escalade de V, y llegar a la mansión. Ella y Rhage regresarían después a terminar la mudanza. Y por la mañana llamaría al despacho de abogados para renunciar. También andaba en busca de un agente inmobiliario, para vender la casa.

Aún no podía creer que lo hubiera hecho. Había renunciado completamente a su antigua vida.

—Tengo que deshacer las maletas.

Rhage le tomó las manos y tiró de ella hacia la cama.

—Quiero que descanses. Apenas puedes mantenerte en pie.

Mientras ella descansaba, él se quitó el impermeable y se desabrochó la funda de los puñales y el cinturón de la pistola. Se acostó junto a ella, hundiendo el colchón a tal punto que la hizo rodar directamente contra él. Todas las lámparas se apagaron al tiempo y la habitación se sumió en la oscuridad.

—¿Seguro que estás preparado para todo esto? —preguntó Mary—. ¿Para todo lo que se refiere a mí?

—No me hagas mandarte a la mierda otra vez.

—No lo haré —respondió riendo—, pero...

—Mary, te amo. Estoy más que preparado para afrontarlo todo.

Ella le puso una mano sobre la cara y guardaron silencio durante un rato.

Estaba a punto de conciliar el sueño cuando él volvió a hablar.

—Mary, sobre los acuerdos que alcancé para mi alimentación. Cuando estábamos en tu casa, llamé a las Elegidas. Ahora que estás conmigo de nuevo, necesitaré usarlas.

Ella se puso rígida. Pero diablos, si iba a estar con un vampiro, y él no podía vivir de su sangre, de alguna manera tendrían que solucionar el problema.

—¿Cuándo lo harás?

—Una hembra vendrá esta noche, y ya te dije que me gustaría que estuvieses conmigo. Si crees poder soportarlo.

«¿Cómo será?», se preguntó. «¿La sostendrá en los brazos mientras bebe de su cuello? Aunque no hubiera sexo, Mary no estaba segura de soportarlo.

Él le besó la mano.

—Confía en mí.

—Si yo no... si no puedo soportarlo...

—No te obligaré a mirar. Has de saber que... implica una inevitable intimidad, y pienso que tú y yo tendríamos menos problemas si estuvieras presente. Así sabrías exactamente de qué se trata. No hay nada oculto o sospechoso en ello.

—Está bien.

Él respiró profundamente.

—Es un hecho de la vida que no puedo cambiar.

Mary le acarició el pecho.

—Aunque me causa un poco de miedo, desearía ser yo quien te alimentase.

—Oh, Mary, yo también.

* * *

John miró su reloj. Tohr llegaría en cinco minutos, así que era hora de bajar la escalera. Le parecía más correcto esperarle fuera. Agarró su maleta con ambas manos y se dirigió a la puerta. Rezó por no encontrarse con el hombre pálido en el camino.

Cuando salió al bordillo, alzó la vista hacia las dos ventanas que tantas horas se había quedado mirando en el pasado. Perdería el colchón y el juego de pesas, así como la fianza y el alquiler del último mes, por incumplir su contrato de arrendamiento. Tendría que entrar un momento a recoger su bicicleta cuando llegara Tohrment, pero aparte de eso, se había librado de un lugar que le desagradaba.

Miró la calle, preguntándose por dónde vendría el hombre y qué clase de coche conduciría. Y dónde viviría. Y con quién estaría casado.

Tiritando de frío, John volvió a revisar su reloj. Las nueve en punto.

Una luz brilló a la derecha. Estaba casi seguro de que Tohrment no usaría una motocicleta para recogerlo. Pero la posibilidad de adentrarse en la noche sobre una máquina rugiente le gustaba.

Cuando la Harley se alejó tronando, miró las oficinas de la línea directa de Prevención de Suicidios, al otro lado de la calle. Mary no se había presentado a sus turnos del viernes y el sábado. Ojalá se tratara de unas simples vacaciones. En cuanto estuviera instalado, iría a verla de nuevo, para cerciorarse de que estaba bien.

Aunque, en realidad, no tenía idea de cuál era su destino. Suponía que permanecería en la zona, pero quién sabía. Quizá se iría lejos. Ni siquiera podía imaginar lo que sería marcharse de Caldwell. Le gustaría empezar desde cero. Y siempre podía encontrar una manera de visitar a Mary, aunque tuviera que tomar un autobús.

Pasaron otros dos coches y una furgoneta.

Le había resultado muy fácil abandonar su patética existencia. A nadie le importaba en Moe's que se marchara sin previo aviso, porque sobraban ayudantes de camarero y se conseguían por dos centavos. Nadie en su edificio lo echaría de menos. Igualmente, su libreta de direcciones estaba tan vacía como sus bolsillos, sin amigos ni familiares a quienes llamar.

De hecho, ni siquiera tenía una libreta de direcciones. Qué bajo había caído.

John bajó la vista y se miró a sí mismo, pensando en cuán lamentable era su aspecto. Sus zapatillas estaban tan sucias que las partes blancas se habían vuelto grises. La ropa estaba limpia, pero los pantalones vaqueros ya eran viejos y la camisa de botones, la mejor que tenía, parecía un desecho de una tienda de artículos de segunda mano. No tenía chaqueta porque le habían robado su parka la semana anterior en Moe's, y tendría que ahorrar mucho para poder comprar otra.

Deseó tener mejor aspecto.

Las luces de unos faros oscilaron rápidamente al girar por la esquina de la calle Trade y luego destellaron hacia arriba, como si el conductor del vehículo hubiera pisado el acelerador. Eso no era bueno. En aquel vecindario, cualquiera que acelerase así huía de la policía, o algo peor.

John se ubicó detrás de un abollado buzón, tratando de pasar lo más desapercibido posible, pero el Range Rover negro se detuvo frente a él con un repentino patinazo. Ventanas oscuras. Grandes aros de cromo. Y la banda G-Unit tronaba en el interior; la música rap sonaba lo bastante fuerte como para que la escucharan a varias manzanas de distancia.

John tomó su maleta y dio unos pasos hacia su edificio. Aunque se encontrara con el hombre pálido, estaría más seguro en el vestíbulo que cerca del narcotraficante que seguramente conducía el Rover. Ya se escabullía hacia la puerta cuando la música cesó.

—¿Estás listo, hijo?

John se volvió al oír la voz de Tohrment. El hombre daba, en ese momento, la vuelta alrededor del capó del coche, y entre las sombras su aspecto resultaba amenazante. Era una voluminosa figura de la que las personas sensatas huirían.

—¿Nos vamos, hijo?

Cuando Tohrment se ubicó bajo la débil luz de un farol, los ojos de John se fijaron en la cara del hombre. Dios, había olvidado cuán pavoroso era el sujeto, con su corte de pelo estilo militar y la impresionante mandíbula.

Quizás ir con él fuese una mala idea, pensó John. Una decisión tomada bajo la sugestión del miedo, que al final lo hundiría más en otro tipo de problemas. Ni siquiera sabía adónde iba. Y los chicos como él podían acabar en el río después de subir a un coche como aquél, con un hombre como ése.

Como si hubiera sentido la indecisión de John, Tohrment se recostó en el Rover y cruzó los pies a la altura de los tobillos.

—No quiero que te sientas forzado, hijo. Pero te diré una cosa, mi shellan ha preparado una cena deliciosa y tengo hambre. Tal vez quieras venir, comer con nosotros y ver la casa. Conócenos y luego decides; incluso podemos dejar tus cosas aquí. ¿Qué te parece?

La voz era tranquila, ecuánime. Nada amenazadora. ¿Pero no sería una artimaña para obligarlo a subir al vehículo?

Sonó un teléfono móvil. Tohrment sacó el aparato de la chaqueta de cuero y lo abrió.

—Sí. Oye, no, estoy aquí con él. —Una pequeña sonrisa asomó en los labios del hombre—. Estamos pensándolo. Sí, se lo diré. De acuerdo. Lo haré. Sí, eso también. Wellsie, sí... lo sé. Escucha, no fue mi intención olvidarlo... no lo volveré a hacer. Lo prometo. No... Sí, en serio... Ajá. Lo siento, leelan.

Era su esposa, pensó John. Y le estaba soltando un sermón de todos los diablos a ese tipo tan inquietante. Y lo más sorprendente era que lo aceptaba.

—Bien. Te amo. Adiós. —Tohrment cerró el teléfono y lo guardó en el bolsillo. Luego se ocupó nuevamente de John. Estaba claro que respetaba a su esposa lo suficiente como para no poner los ojos en blanco y hacer algún comentario machista y estúpido sobre las mujeres pesadas.

—Wellsie dice que está deseando conocerte. Espera que te quedes con nosotros.

Haciendo caso a su instinto, que le decía que Tohrment representaba seguridad, pese a su aspecto físico, John empujó el equipaje hacia el coche.

—¿Es todo lo que tienes?

John se ruborizó y asintió.

—No tienes nada de qué avergonzarte, hijo —dijo Tohrment con suavidad—. Y menos ante mí.

El hombre alargó el brazo y levantó la maleta como si no pesara nada, arrojándola descuidadamente sobre el asiento trasero.

Cuando Tohrment se acomodó en el asiento del conductor, John se percató de que había olvidado la bicicleta. Dio un golpecito sobre el capó del Rover para llamar la atención del hombre; luego señaló en dirección al edificio con el índice levantado.

—¿Necesitas un minuto?

John asintió. Subió a todo correr la escalera hasta su apartamento. Ya tenía la bicicleta, y estaba dejando las llaves sobre el mostrador, cuando se detuvo y miró a su alrededor. Vio más clara que nunca la inmundicia del lugar. Pese a todo, había sido su hogar por un corto tiempo. Fue lo mejor que pudo permitirse con lo poco que tenía. Siguiendo un impulso, sacó un bolígrafo de su bolsillo trasero, abrió uno de los endebles armarios, y escribió su nombre y la fecha del día en la pared interior.

Luego llevó la bicicleta al pasillo, cerró la puerta y bajó rápidamente la escalera.

Mary, Mary, despierta. Ya está aquí.

La joven sintió que le tocaban el hombro, y cuando abrió los ojos Rhage estaba mirándola. Se había puesto una especie de traje blanco, con mangas largas y pantalones holgados.

Se sentó en la cama, tratando de despejarse.

—¿Puedes darme un minuto?

—Claro que sí.

Fue al baño y se lavó la cara. Con agua fría goteándole de la barbilla, se quedó mirando su imagen en el espejo. Su amante estaba a punto de beber sangre en su presencia.

Y eso no era lo más extraño. Se sentía poco útil, por no ser ella quien lo alimentara.

Para no sumirse en amargas meditaciones, tomó una toalla y se secó con fuerza. No había tiempo de cambiarse los pantalones vaqueros y el suéter. Y en realidad no quería ponerse otra ropa.

Cuando salió, Rhage se estaba quitando el reloj de pulsera.

—¿Quieres que me encargue de eso? —preguntó, recordando la última vez que había cuidado el Rolex.

Él se aproximó y puso el pesado reloj contra la palma de su mano.

—Bésame.

Mary se puso de puntillas mientras él se inclinaba. Sus bocas se encontraron por un momento.

—Vamos. —La agarró de la mano y la condujo al pasillo. Al ver que parecía confundida, se explicó—. No quiero hacerlo en nuestra habitación. Ése es nuestro nido.

La llevó hasta otra habitación para huéspedes. Cuando abrió la puerta, entraron juntos.

Mary notó un fuerte olor a rosas, y luego vio a la mujer en un rincón. Su exuberante cuerpo estaba cubierto con un largo vestido blanco y tenía el cabello, entre rubio y pelirrojo, enrollado sobre la cabeza. Con el escote bajo y amplio, además del moño, su cuello estaba totalmente expuesto.

Ella sonrió e hizo una reverencia, hablando en el idioma desconocido.

—No —dijo Rhage—. En inglés. Haremos esto en inglés.

—Por supuesto, guerrero. —La voz de la mujer era aguda y pura, como el canto de un ave. Sus ojos, verdes y adorables, se fijaron en la cara de Rhage—. Me complace servirte.

Mary se revolvió en su sitio, tratando de sofocar los celos. «¿Servirle?», se preguntó.

—¿Cómo te llamas, Elegida? —preguntó Rhage.

—Soy Layla. —Hizo otra reverencia. Al erguirse, sus ojos recorrieron el cuerpo de Rhage.

—Ella es Mary. —Le pasó los brazos alrededor de los hombros—. Es mi...

—Novia —remató Mary, cortante.

La boca de Rhage se crispó.

—Es mi compañera.

—Por supuesto, guerrero. —La mujer hizo una nueva reverencia, esta vez hacia Mary. Cuando alzó la cara, sonrió cálidamente—. Ama, me complace servirte a ti también.

«Ah, qué bien», pensó Mary. «Entonces, ¿qué te parecería sacar tu escuálido trasero de aquí y cerciorarte de que te reemplace una bruja fea y desdentada?»

—¿Dónde quieres que me ponga? —preguntó Layla.

Rhage echó un vistazo a la habitación antes de fijar la vista en la lujosa cama con dosel.

—Allí.

Mary contuvo una mueca de desagrado.

Layla fue hasta la cama, como se le dijo, con el sedoso vestido arremolinándose tras ella. Se sentó sobre el edredón satinado, pero cuando hizo el intento de tumbarse, Rhage meneó la cabeza.

—No. Permanece sentada.

Layla frunció el ceño, pero no discutió. Sonrió de nuevo mientras él daba un paso adelante.

—Vamos —dijo él, tomando la mano de Mary.

—Aquí estoy bien.

Él la besó y se acercó a la mujer, hincándose de rodillas frente a ella. Cuando ella se llevó las manos al vestido como si fuera a desabrocharlo, Rhage la detuvo.

—Beberé de la muñeca —le dijo—. Y tú no habrás de tocarme.

En los rasgos de Layla se vislumbró un gesto de consternación, y abrió los ojos. Esta vez, cuando inclinó la cabeza, pareció hacerlo por vergüenza, no por deferencia.

—He sido adecuadamente aseada para tu uso. Puedes inspeccionarme, si así lo deseas.

Mary se llevó la mano a la boca. Que esa mujer se viera a sí misma como un simple objeto era chocante.

Rhage meneó la cabeza, claramente incómodo también con la respuesta.

—¿Deseas a otra de nosotras? —dijo Layla suavemente.

—No quiero nada de eso —murmuró él.

—¿Pero por qué convocaste a las Elegidas si no tenías intención de aprovechar nuestros servicios?

—No pensé que esto fuera tan difícil.

—¿Difícil? —La voz de Layla se hizo más profunda—. Por favor, discúlpame, pero no veo qué dificultad encuentras en mí.

—No es eso, y no pretendo ofenderte. Mi Mary... es humana, y no puedo beber de ella.

—Entonces ella se nos unirá en los placeres del lecho. Será un honor servirle en ese aspecto.

—No, eso no es... Ella no está aquí para... Esto, nosotros tres no vamos a... —Era increíble, Rhage estaba ruborizándose—. Mary está aquí porque no quiero a otra hembra, pero debo alimentarme, ¿entiendes? —El vampiro soltó una maldición y se puso en pie—. Esto no va a funcionar. No me siento bien haciéndolo.

Los ojos de Layla brillaron.

—Dices que debes alimentarte, pero eres incapaz de hacerlo de sus venas. Yo estoy aquí. Estoy dispuesta. Me complacería darte lo que necesitas. ¿Por qué deberías sentirte incómodo? ¿O quizá quieras esperar un poco más? ¿Hasta que el hambre te consuma y tu compañera corra peligro?

Rhage se pasó la mano por el pelo. Agarró un mechón y tiró de él.

Layla cruzó las piernas, el traje de noche se abrió hasta los muslos. Parecía una fotografía, sentada sobre la lujosa cama, tan correcta y al mismo tiempo tan increíblemente sensual.

—¿Se han desvanecido de tu mente las tradiciones, guerrero? Sé que ha pasado mucho tiempo, pero ¿cómo puedes sentirte perturbado porque yo te atienda? Es uno de mis deberes, y me siento muy honrada al cumplirlo. —Layla meneó la cabeza—. ¿O debo decir que me sentía? Que nos sentíamos. Las Elegidas han sufrido mucho durante estos siglos. Ya nadie de la Hermandad nos llama, no nos quieren, no nos usan. Cuando finalmente te pusiste en contacto con nosotras, nos complació sobremanera.

—Lo siento. —Rhage se volvió a mirar a Mary—. Pero no puedo...

—Es ella quien te preocupa, ¿no? —murmuró Layla—. Te preocupa lo que pueda pensar si te ve bebiendo de mi muñeca.

—No fue educada en nuestras costumbres.

La mujer extendió la mano.

—Ama, ven a sentarte conmigo para que él pueda verte mientras bebe, para que pueda sentirte y olerte, para que tú seas parte de esto. De otra manera, él se negará, ¿y que será entonces de los dos? —Al ver que Mary permanecía inmóvil y silenciosa, la mujer gesticuló impaciente con la mano—. Él no beberá de otra manera. Debes hacer esto por él.

* * *

—Ésta es —dijo Tohrment mientras aparcaba el Rover frente a una moderna casa de líneas depuradas.

Era una zona de la ciudad con la que John no estaba familiarizado, donde las casas se encontraban alejadas de la calle y distantes entre sí. Había muchos portones negros de hierro, y extensos jardines, y los árboles no eran solamente arces y robles, sino de especies sofisticadas, cuyos nombres ni siquiera sabía.

Cerró los ojos, avergonzado por llevar una camisa gastada a la que le faltaba un botón. Quizá si mantenía un brazo cruzado sobre el estómago, la esposa de Tohrment no lo notaría.

¿Y si tenían hijos? Seguro que se burlarían de él...

—¿Tienen hijos? —preguntó John en el lenguaje de signos.

—¿Dices algo, hijo?

John se buscó en los bolsillos alguna hoja de papel doblada. Cuando encontró su bloc, escribió rápidamente y dio vuelta al papel.

Tohrment se puso muy tenso y alzó la vista en dirección a la casa, con la cara seria, como si sintiera miedo de lo que había dentro.

—Es posible que tengamos un hijo. En poco más de un año. Mi Wellsie está embarazada, pero nuestras hembras pasan muchas dificultades en el parto. —Tohrment meneó la cabeza y apretó los labios—. A medida que crezcas, aprenderás a temer al embarazo. Esa maldición nos roba muchas shellan. Francamente, prefiero no tener hijos a perderla. —El hombre se aclaró la garganta—.

Pero bueno, entremos. Comeremos, y luego te enseñaré, entero, el centro de entrenamiento.

Tohrment accionó el control remoto de la puerta del garaje y salió. Mientras John sacaba la maleta del asiento trasero, el hombre cargaba con la bicicleta, que era buena, de diez marchas. Entraron en el garaje y Tohrment encendió las luces.

—Dejaré tu bicicleta aquí, contra la pared, ¿de acuerdo?

John asintió y miró a su alrededor. Había una camioneta Volvo y... un Corvette Sting Ray convertible, de la década de 1960.

Sólo atinó a quedarse mirándolo.

Tohrment rió por lo bajo.

—¿Por qué no te acercas y le saludas?

John dejó caer la maleta y se aproximó al Corvette, con gesto de estupor y admiración. Extendió la mano para acariciar el suave metal, pero la retiró de inmediato.

—No, toca sin miedo. Le gusta recibir atención.

El coche era hermoso. De un reluciente color azul claro metálico. Y la capota estaba retraída, de modo que podía ver el interior. Los asientos blancos eran fantásticos. El volante resplandecía. El tablero de mandos estaba lleno de botones y cuadrantes. Seguro que sonaba como el trueno, con el motor encendido. Probablemente olía a aceite fresco cuando se encendía la calefacción.

Alzó la vista para mirar a Tohrment, pensando que los ojos se le iban a salir de las órbitas. Deseó no ser mudo, sólo para decirle lo bonito que era el coche.

—Es espectacular, ¿no crees? Lo restauré yo mismo. Pensaba guardarlo todo el invierno, pero tal vez podamos llevarlo al centro de la ciudad esta noche, ¿qué te parecería eso? Hace frío, pero podemos usar abrigos.

John sonrió, dichoso. Y continuó sonriendo abiertamente cuando el hombre le rodeó los hombros con su pesado brazo.

—Ven a cenar, hijo.

Tohrment recogió la maleta y se dirigieron a la puerta junto a la cual se encontraba la bicicleta de John. Cuando entraron en la casa, flotaba en el aire un grato olor a comida mexicana, picante y sustanciosa.

La nariz de John se estremeció. El estómago le dio un vuelco. No sería capaz de ingerir nada de esa comida. ¿Y si la esposa de Tohrment se molestaba...?

Una despampanante pelirroja apareció en su camino. Casi medía dos metros de altura, su piel era como de porcelana china y llevaba puesto un vestido amarillo, holgado. El pelo era sencillamente increíble, un fluido río de mechones ondulados que le caían desde la coronilla hasta la espalda.

John se llevó la mano al vientre para ocultar el agujero del botón ausente.

—¿Cómo está mi hellren? —dijo la mujer, levantando la boca para besar a Tohrment.

—Estoy bien, leelan. Wellsie, él es John Matthew. John, ella es mi shellan.

—Bienvenido, John. —Le tendió la mano—. Estoy encantada de que vengas con nosotros.

John le estrechó la mano y rápidamente se tapó el agujero de nuevo.

—Vamos chicos. La cena está lista.

La cocina estaba llena de aparadores de madera de cerezo, mesas y encimeras de granito y lustrosos electrodomésticos negros. En un ambiente aparte, con ventanas, había una mesa redonda de vidrio y hierro, con tres platos y sus cubiertos correspondientes. Todo parecía completamente nuevo.

—Tomad asiento —dijo Wellsie—. Yo traeré la comida.

El joven miró el fregadero. Era de porcelana blanca, con un elegante grifo de bronce que sobresalía del conjunto.

—Si queréis lavaros las manos —dijo ella—, adelante.

Había una barra de jabón en un pequeño plato, y él tuvo cuidado de lavarse por todas partes, incluso bajo las uñas. Cuando él y Tohrment se sentaron, Wellsie llegó con platos grandes y tazones repletos de comida. Enchiladas. Quesadillas. Fue a por más.

—Qué bien, vaya banquete —dijo Tohrment mientras se servía, amontonando cosas en el plato—. Wellsie, esto tiene una pinta estupenda.

John miró el festín. No había nada sobre la mesa que pudiera ingerir. Quizá si les decía que ya había comido...

Wellsie colocó un tazón frente a él. Estaba lleno de arroz blanco con alguna clase de salsa por encima. El aroma era delicado, apetitoso.

—Esto te aliviará el estómago. Tiene jengibre —dijo—. Y la salsa contiene grasa, que te ayudará a subir de peso. De postre, hay pudín de plátano. Es fácil de digerir y tiene montones de calorías.

John se quedó mirando la comida. Ella sabía. Sabía exactamente lo que no podía y lo que sí podía comer.

El tazón se le hizo borroso. Parpadeó rápidamente. Luego frenéticamente.

Cerró la boca con fuerza y apretó las manos en su regazo, hasta que los nudillos le crujieron. No quería llorar como un niño. Se negó a avergonzarse de esa manera.

La voz de Wellsie sonó serena.

—Tohr, ¿quieres dejarnos un minuto?

Se escuchó el ruido de una silla al moverse, y luego John sintió una mano sólida sobre el hombro. El peso cesó, y unos fuertes pasos sonaron fuera de la habitación.

—Ya puedes desahogarte. Se ha ido.

John se dobló sobre sí mismo, las lágrimas rodaron por sus mejillas.

Wellsie acercó una silla. Con movimientos lentos y amplios, le frotó la espalda.

Era una bendición que Tohrment lo hubiera encontrado en el momento justo. Agradecía que la casa en la que iba a vivir fuera tan agradable y limpia, que Wellsie le hubiera preparado algo especial, algo que su estómago pudiera tolerar.

Era una bendición, en fin, que le hubieran permitido mantener intacto su orgullo.

John sintió que lo abrazaban. Lo acunaban.

Un momento después levantó la cabeza y sintió que le ponían una servilleta en la mano. Se secó la cara, echó los hombros hacia atrás, y miró a Wellsie.

Ella sonrió.

—¿Mejor?

Él asintió.

—Voy a llamar a Tohr, ¿está bien?

John asintió de nuevo y tomó un tenedor. Cuando probó el arroz, gimió. No es que tuviera mucho sabor, pero cuando le llegó al estómago, en lugar de espasmos sintió una maravillosa relajación en las entrañas. Era como si el alimento hubiera sido creado específicamente para su sistema digestivo.

No fue capaz de levantar la vista cuando Tohrment y Wellsie se sentaron de nuevo a la mesa, y se sintió aliviado al oírlos hablar de cosas normales. Gestiones. Amigos. Planes.

Terminó todo el arroz y volvió la vista hacia la cocina, preguntándose si había más. Antes de que pudiera preguntar, Wellsie se llevó su tazón y lo volvió a traer lleno. Comió tres raciones. Y un poco del pudín de plátano. Cuando al fin dejó la cuchara sobre la mesa, se dio cuenta de que era la primera vez en su vida que se sentía lleno.

Respiró profundamente, se recostó en la silla, y cerró los ojos, escuchando los tonos profundos de la voz de Tohrment y las dulces respuestas de Wellsie.

Era como un arrullo, pensó. En especial cuando pasaron a un idioma que no reconoció.

—John —dijo Tohrment.

Trató de incorporarse, pero estaba tan somnoliento que sólo pudo abrir los ojos.

—¿Te parece bien que te lleve a tu habitación para que puedas dormir? Iremos al centro en un par de días, ¿de acuerdo? Te daremos un poco de tiempo para que te adaptes.

John asintió, pensando que lo que más deseaba en el mundo era una buena noche de sueño.

Llevó su plato al fregadero, lo enjuagó, y lo puso en el lavaplatos. Cuando regresó a la mesa para ayudar a recoger, Wellsie meneó la cabeza.

—No, yo me haré cargo de esto. Tú ve con Tohr.

John sacó el bolígrafo y el papel. Cuando terminó de escribir, le mostró las palabras a Wellsie.

Ella rió.

—De nada. Claro que sí, te enseñaré a prepararlo.

John asintió. Y luego entornó los ojos.

Wellsie estaba sonriendo tan ampliamente que pudo verle algunos dientes. Dos de los frontales eran muy largos.

Ella cerró los labios, como arrepentida.

—Vete a dormir, John, y no te preocupes por nada. Mañana tendrás bastante tiempo para pensar.

Él se volvió a mirar a Tohrment, cuya expresión parecía ausente.

Y entonces lo supo. Sin necesidad de que se lo dijeran. Siempre fue consciente de que era distinto, e iba a saber por qué. Esas dos adorables personas se lo dirían.

John pensó en sus sueños. En los mordiscos y la sangre.

Tenía el presentimiento de que no eran producto de su imaginación.

Eran sus recuerdos.

Mary miró la mano extendida de la Elegida y luego a Rhage. Su cara era lúgubre, su cuerpo estaba tenso.

—¿No vas a ayudarlo? —preguntó Layla.

Tomando aire, Mary avanzó y colocó la palma de su mano sobre la que estaba extendida hacia ella.

Layla le dio un leve tirón y sonrió un poco.

—Sé que estás nerviosa, pero no te preocupes, terminará pronto. Luego me marcharé y sólo estaréis tú y él. Podéis abrazaros y desterrarme de vuestros pensamientos.

—¿Cómo puedes soportar ser... usada de esta forma? —susurró Mary.

Layla frunció el ceño.

—Proporciono algo que es necesario, nadie me usa. ¿Y cómo podría negar lo que tengo a la Hermandad? Ellos nos protegen para que podamos vivir. Ellos nos dan nuestras hijas para que nuestras tradiciones puedan continuar... o por lo menos, solían hacerlo. Últimamente nuestra población está disminuyendo, porque los hermanos ya no acuden a nosotras. Necesitamos hijos desesperadamente, pero por ley sólo podemos procrear con miembros de la Hermandad. —Alzó la vista hacia Rhage—.

Por eso fui seleccionada esta noche. Estoy cerca de mi periodo de necesidad, y teníamos la esperanza de que tú me poseyeras.

—No yaceré contigo —dijo Rhage con voz suave.

—Lo sé. De todas formas, te serviré.

Mary cerró los ojos, pensando en la clase de hijo que Rhage podía darle a una mujer. Llevándose la mano al plano vientre, trató de imaginarse hinchada y pesada. La alegría sería abrumadora; estaba segura. El dolor de saber que eso nunca sucedería era tremendo.

—Entonces, guerrero, ¿qué harás? ¿Tomarás lo que me complace darte? ¿O correrás el riesgo de lastimar a tu compañera?

Cuando Rhage vaciló, Mary se dio cuenta de que la única solución estaba frente a él. Necesitaba hacerlo.

—Bebe —le ordenó.

Él la miró a los ojos.

—Mary.

—Quiero que te alimentes. Ahora.

—¿Estás segura?

—Sí.

Hubo un instante de silencio. Luego él se dejó caer al suelo, otra vez frente a Layla. Mientras se echaba hacia delante, la mujer se alzó la manga y posó el brazo sobre el muslo. Las venas del interior de su muñeca eran de color azul claro, bajo la blanca piel.

Rhage buscó la mano de Mary mientras abría la boca. Sus colmillos se alargaron, creciendo tres veces más de lo normal. Con un leve siseo, se inclinó y posó la boca sobre Layla. La mujer dio un respingo y luego se relajó.

El pulgar de Rhage acariciaba la muñeca de Mary. La caricia era cálida. Ella no podía ver exactamente lo que él estaba haciendo, pero el sutil movimiento de su cabeza sugería que chupaba. Cuando le apretó la palma de la mano, ella devolvió el gesto débilmente. La experiencia era demasiado ajena a ella, y él tenía razón, implicaba una chocante intimidad.

—Acarícialo —susurró Layla—. Está a punto de detenerse, y es demasiado pronto. No ha bebido lo suficiente.

Torpemente, Mary extendió el brazo y le colocó la mano libre sobre la cabeza.

—No te preocupes. Estoy bien.

Cuando Rhage hizo un movimiento para incorporarse, como si supiera que ella estaba mintiendo, Mary pensó en todo lo que él estaba dispuesto a soportar por ella, todo lo que ya había soportado por ella.

Le retuvo la cabeza en su lugar, empujando hacia abajo.

—Tómate tu tiempo. De veras, todo va bien.

Los hombros de Rhage se relajaron y desplazó el cuerpo, para situarse más cerca de Mary. Ella apartó las piernas para que él se acomodara entre ellas, con el pecho descansando sobre su muslo. Le pasó la mano por la cabeza, hundiendo los dedos entre su espesa y suave cabellera.

Y de repente, la situación ya no le pareció tan rara.

Podía sentir los suaves tirones que daba sobre la vena de Layla. La presencia del cuerpo de Rhage sobre el suyo le era familiar, y la caricia en su muñeca le decía que estaba pensando en ella mientras se alimentaba. Se volvió a mirar a Layla. La mujer estaba observándolo. La concentración de su gesto era total.

Mary recordó lo que él había dicho sobre la alimentación: que si la mordía, ella sentiría su placer. Era claro que no había intercambio de ningún placer entre él y la Elegida. Ambos cuerpos estaban inmóviles, calmados. No se encontraban en trance, no experimentaban ningún tipo de pasión.

Layla levantó la mirada y sonrió.

—Lo está haciendo muy bien. Falta sólo un minuto más o menos.

Por fin terminó. Rhage levantó la cabeza levemente y se volvió hacia el cuerpo de Mary, hundiéndose en la cuna de sus caderas, rodeándola con sus brazos. Descansó la cara sobre su muslo, y aunque ella no pudo ver su expresión, sintió sus músculos relajados y su respiración profunda y calmada.

Miró la muñeca de Layla. Había dos perforaciones rojas, con un pequeño hilo de sangre.

—Necesitará algo de tiempo para despejarse —dijo Layla mientras se lamía y luego se desenrollaba la manga. Se puso en pie.

Mary le frotó la espalda a Rhage mirando a la mujer.

—Gracias.

—No hay de qué.

—¿Vendrás de nuevo cuando él te necesite?

—¿Los dos me queréis a mí?

Mary se armó de valor para no contrariar la emoción de la mujer.

—Sí, yo, eh, creo que sí.

Layla resplandeció, sus ojos revivieron de felicidad.

—Ama, sería un honor para mí. —Hizo una reverencia—. Él sabe cómo convocarme. Llamadme en cualquier momento, a cualquier hora.

La mujer salió de la habitación a paso vivo.

Cuando la puerta se cerró, Mary se inclinó y besó a Rhage en un hombro. Él se agitó. Alzó un poco la cabeza. Luego se frotó la boca con la palma de la mano, como si no quisiera que ella viera cualquier rastro de sangre que pudiera quedar.

Cuando la miró, tenía los ojos entrecerrados, su brillante mirada azulada era un poco difusa.

—Hola —dijo ella, alisándole el pelo hacia atrás.

Él le dedicó su mejor sonrisa, la que lo hacía parecer un ángel.

—Hola.

Mary le tocó el labio inferior con el pulgar.

—¿Tenía buen sabor? Sé honesto conmigo.

—Así es. Pero habría preferido que fueras tú, y pensé en ti todo el tiempo. Imaginé que eras tú.

Mary se inclinó y le lamió la boca. Cuando los ojos de Rhage brillaron por la sorpresa, ella le deslizó la lengua dentro y captó un resto del sabor de la sangre, lejanamente evocador del vino dulce.

—Bien —murmuró ella contra sus labios—. Quiero que pienses en mí cuando hagas eso.

Él le colocó las manos a cada lado del cuello, con los pulgares apoyados directamente sobre sus venas.

—Siempre.

Las bocas se encontraron y Mary se aferró a los hombros del vampiro, acercándolo. Cuando él le alzó la parte inferior del jersey, levantó los brazos para que pudiera quitárselo y luego se dejó caer de espaldas sobre la cama. Rhage le quitó los pantalones y las bragas; luego se desnudó él también.

Se puso encima de ella, levantándola con un brazo y desplazándola hacia la cabecera del lecho. Colocó un muslo entre sus piernas y presionó el cuerpo contra la mujer, sobre el colchón, con el formidable pene erecto frotando el centro mismo de su amante. Ella hizo movimientos circulares con el pubis, acariciándose, acariciándolo.

Rhage movió la boca con apremio, pero la penetró lentamente, entrando con gentileza, dilatándola, uniéndose a ella. Lo notó grueso y duro, y celestial, y él se movió lánguidamente, profundamente. El delicioso aroma a especias se desprendió de su piel, saturándola.

—No poseeré a otra —dijo él presionándole la garganta—. Sólo te tomaré a ti.

Mary envolvió las piernas alrededor de las caderas de Rhage, tratando de tenerlo lo más adentro posible. Para siempre.

* * *

John siguió a Tohrment por la casa. Había muchas habitaciones. El mobiliario y la decoración eran verdaderamente hermosos, muy antiguos. Se detuvo frente a un cuadro de un paisaje montañoso. En una pequeña placa de bronce se leía «Frederic Church». Se preguntó quién era, y decidió que se trataba de un pintor buenísimo.

Al final de un pasillo, Tohrment abrió una puerta y encendió una luz.

—Ya he traído tu maleta.

John entró. Las paredes y el techo estaban pintados de azul oscuro. Había una cama grande, con una elegante cabecera y montones de gruesas almohadas. También un escritorio y una cómoda. Y unas puertas de vidrio, correderas, que daban a una terraza.

—El baño está aquí. —Tohrment encendió otra luz.

John asomó la cabeza y vio una enorme cantidad de mármol azul oscuro. La ducha era de vidrio y... caramba, tenía cuatro puntos de salida del agua.

—Si necesitas algo, Wellsie está aquí, y yo regresaré alrededor de las cuatro de la madrugada. Bajamos al primer piso más o menos a esa hora todas las noches. Si nos necesitas durante el día, descuelga cualquier teléfono y marca el uno. Estaremos encantados de verte a cualquier hora. Ah, y tenemos dos doggen, dos asistentes, que nos ayudan con la casa, Sal y Regine. Ambos saben que estás viviendo con nosotros. Llegan alrededor de las cinco. Si necesitas salir, pídeles a ellos que te lleven.

John fue hasta la cama y tocó una funda de almohada. Era tan suave que apenas podía sentirla.

—Estarás bien aquí, hijo. Tal vez tardes un poco en acostumbrarte, pero estarás bien.

John miró al otro lado de la habitación. Armándose de valor, se acercó a Tohrment y abrió la boca. Luego señaló hacia arriba, en dirección al hombre.

—¿Estás seguro de que quieres hacer esto ahora? —murmuró Tohrment.

Cuando John asintió, Tohrment separó los labios lentamente. Y desnudó un par de colmillos.

«Dios», pensó el muchacho. Tragó saliva y se llevó los dedos a su propia boca.

—Sí, a ti también te crecerán. De aquí a un par de años. —Tohrment cruzó la habitación y se sentó sobre la cama, apoyando los codos sobre las rodillas—. Sufrimos el cambio más o menos a los veinticinco años de edad. Después, necesitarás beber para sobrevivir. Y no estoy hablando de leche, hijo.

John levantó las cejas, preguntándose qué bebería.

—Te encontraremos una hembra que te acompañe durante el cambio. Ya te contaré lo que ocurrirá. No es ninguna fiesta, pero una vez que lo superes, serás tan fuerte que pensarás que valió la pena.

Los ojos de John lanzaban destellos mientras medía a Tohrment. De repente, extendió los brazos horizontalmente y longitudinalmente, luego se llevó los pulgares a su propio pecho.

—Sí, tendrás mi tamaño.

John movió la cabeza, poniéndolo en duda.

—De veras. Por eso mismo la transición es una maldita tortura. Tu cuerpo sufre un gran cambio en un periodo de pocas horas. Luego tendrás que aprender de nuevo cosas que ya sabes hacer, como caminar y moverte. —Tohrment se miró—. Estos cuerpos nuestros son difíciles de controlar al principio.

Con expresión ausente, John se frotó el pecho en el lugar donde estaba la cicatriz circular. Los ojos de Tohrment siguieron el movimiento.

—Tengo que ser sincero contigo, hijo. Hay muchas cosas que ignoramos sobre ti. Para empezar, no hay manera de saber cuánto hay en tu sangre de nuestra especie. Y no tenemos ni idea de cuál es tu linaje. En cuanto a la cicatriz, no puedo explicarla. Dices que la has tenido toda tu vida, y te creo, pero esa marca se nos da, no nacemos con ella.

John sacó su papel y escribió: «¿Todos la tienen?».

—No. Sólo mis hermanos y yo. Por eso Bella te trajo con nosotros.

«¿Quiénes son ustedes?», escribió John.

—La Hermandad de la Daga Negra. Somos guerreros, hijo. Luchamos por la supervivencia de la raza, y para eso te entrenaremos. Los otros machos de tu clase se convertirán en civiles o simples soldados, pero tú, con esa marca, tal vez acabes siendo uno de nosotros. No lo sé. —Tohrment se frotó la nuca—. Pronto te presentaré a Wrath. Él es nuestro rey. También me gustaría que te reconociera nuestro médico, Havers. Quizás él pueda hacer una lectura de tu linaje. ¿Aceptarás?

John asintió.

—Me alegra haberte encontrado, John. Si no lo hubiéramos hecho, habrías muerto, porque no tendrías lo que vas a necesitar.

John se acercó y se sentó junto a Tohrment.

—¿Tienes alguna pregunta que hacerme?

John asintió, pero no pudo ordenar sus pensamientos de forma coherente.

—Mejor descansa esta noche. Seguiremos hablando mañana.

John asintió. Tohrment se levantó y caminó hacia la puerta.

De pronto, una ráfaga de pánico cruzó el pecho de John. La idea de quedarse solo le pareció aterradora, incluso estando en una bonita casa, con gente amable, en una zona muy segura. Sencillamente se sentía... tan pequeño.

Las botas con puntera metálica de Tohrment entraron en su campo visual.

—Oye, John, me quedaré un rato aquí contigo. ¿Te gustaría eso? Podemos ver qué hay en la televisión.

Por señas, y sin que le entendiera, dijo que se sentía un poco raro.

—Tomaré eso como un sí. —Tohrment se echó sobre las almohadas, tomó el mando a distancia y encendió la televisión.

—Vishous, uno de mis hermanos, instaló todos los aparatos de esta casa. Creo que recibimos unos setecientos canales en este cacharro. ¿Qué te gustaría ver?

John se encogió de hombros y se recostó contra la cabecera.

Tohrment oprimió botones hasta que encontró *Terminator 2*.

—¿Te gusta?

John silbó suavemente entre los dientes y asintió.

—Sí, a mí también. Es un clásico, y Linda Hamilton es una belleza.

Rhage durmió hasta tarde, muy tarde, y lo que lo despertó fue una mala noticia. La inquietud, la horrible tensión, anidaba en su interior otra vez. La tregua de la Virgen Escribana había terminado. La bestia estaba de regreso.

Abrió los ojos y vio el pelo de Mary sobre la almohada. Y la curva de su cuello. Y su espalda desnuda.

Rompió a sudar; en un abrir y cerrar de ojos tuvo una erección.

Pensó en lo que hicieron después de la alimentación. Y en cómo se amaron de nuevo al regresar a la habitación. La había buscado dos veces más durante el día, sintiéndose mal por pedirle tanto, porque ya la había importunado demasiado. Pese a todo, ella le sonreía cada vez y lo recibía gustosa en su interior, aunque debía sentirse agotada, y probablemente un poco dolorida.

Y él la deseaba otra vez en ese momento, ahora con una necesidad irrefrenable, diferente a lo que había sentido antes. Era un ansia salvaje, como si nunca la hubiera poseído o no la hubiera visto en meses. Al luchar contra tal impulso, las manos se le crisparon, los dedos le hormiguearon, la piel se le puso tirante. Estaba completamente tenso y hasta los huesos le vibraban.

Bajó de la cama y fue a la ducha. Al regresar estaba más tranquilo, pero entonces vio que Mary se había quitado las mantas de encima con los pies. Estaba gloriosamente desnuda, acostada sobre el vientre. Su hermoso trasero era una tentación irresistible.

—¿Te traigo algo de la cocina? —preguntó con voz ronca.

—Sueño —murmuró la mujer, dándose la vuelta. Las puntas sonrosadas de sus senos se irguieron al contacto con el aire.

«Por Dios», se dijo Rhage. Pero notó que algo no iba bien. Tenía la cara sonrojada, como si hubiera tomado el sol, y las piernas estaban fláccidas sobre el colchón.

Se acercó a ella y le puso la mano sobre la frente. Estaba caliente y seca.

—Mary, creo que tienes fiebre.

—De baja intensidad. Entra dentro de lo previsible.

El miedo enfrió sus deseos sexuales.

—¿Quieres que te traiga una aspirina?

—Sólo necesito dormir, para que pase la fiebre.

—¿Quieres que me quede contigo?

Ella abrió los ojos.

—No, esto me sucede a veces. De verdad, estoy bien. Sólo necesito dormir.

Rhage permaneció con ella un poco más, y luego se puso unos pantalones deportivos negros y una camiseta. Antes de salir, la miró. Apenas podía soportar que tuviera una fiebre leve. ¿Qué haría cuando enfermara realmente?

Pensó en Havers. No había escuchado la opinión de Havers todavía, y el doctor ya debía de haber estudiado su historial. Rhage cogió su móvil y salió al pasillo.

La conversación con el doctor no duró mucho, porque no había nada que pudiera hacer por ella. Como los vampiros no sufrían cáncer, él no se había ocupado de la enfermedad, ni tampoco ninguno de sus colegas.

Rhage estaba a punto de colgar cuando el otro macho hizo un último comentario.

—Discúlpeme, señor, no es mi intención entrometerme. Pero ¿sabe cuánto duraron sus tratamientos?

—Sé que le dieron muchas sesiones de quimioterapia.

—Pero ¿sabe cuánto duraron? Si la leucemia regresó, sus opciones pueden ser limitadas...

—Gracias por atenderme. Te lo agradezco. —No necesitaba confirmación de la gravedad de Mary.

—Espere... Por favor, sepa que estoy aquí para ayudar en la medida de mis posibilidades. Aunque no puedo ser útil en lo concerniente a la quimioterapia, tenemos las recetas para muchos de los medicamentos analgésicos y varios otros que tomó antes. Puedo ayudarla a sentirse mejor, a controlar los síntomas. Aunque recibirá los tratamientos en un hospital humano, debe llamarme.

—Lo haré. Y... gracias, Havers.

Tras colgar, fue al estudio de Wrath, pero la estancia estaba vacía, así que se volvió para bajar la escalera. Quizás Wrath y Beth estaban comiendo algo.

De pronto, un muro de cuero coronado por una cabeza de largos cabellos negros se materializó frente a él. Las gafas de sol de Wrath eran plateadas esta vez.

—¿Me buscabas? —preguntó el rey.

—Hola. Sí. Mary se mudó aquí. Permanentemente.

—Eso me han dicho. Fritz dice que trajo algunas cosas con ella.

—Bien. Escucha, ¿te importa que celebre una pequeña fiesta aquí esta noche? Quiero que Mary vea a su amiga Bella, y estaba pensando que la Hermandad podría comportarse con algo de refinamiento. Ya sabes, ponerse elegantes y todo eso. Quizás Wellsie podría venir también. Mary me tiene a mí, pero necesita la compañía de otras personas. No quiero que se sienta aislada.

—Excelente idea. Beth quería que fuéramos a la ciudad esta noche, pero...

—No cambies tus planes. Esto es algo improvisado, no tiene importancia.

—Bueno, mi shellan tenía ganas de hacer una escapada. Le gusta tenerme solo para ella. Y a mí, en verdad me gusta cuando es así, ¿me entiendes?

Rhage sonrió un poco cuando el cuerpo de Wrath despidió una oleada de calor.

—Sí, te entiendo.

Hubo una pausa.

—¿Algo más, hermano? —preguntó el rey.

—Sí. Mary va a estar muy enferma pronto. Saldré de noche con los hermanos mientras pueda, pero cuando las cosas se pongan difíciles...

—Por supuesto. Haz lo que tengas que hacer.

—Gracias, de verdad.

Wrath meneó la cabeza.

—Eres un macho valioso. Lo digo en serio.

—Sí, bueno, guárdate eso para ti. Yo tengo una reputación de tarado egocéntrico que cultivar.

—A Tohr puedo verlo haciendo esto. A Phury, absolutamente. Tal vez también a V.

Rhage frunció el ceño.

—Lo dices como si fuera un sacrificio. Por el amor de Dios. Yo la amo.

—Ése es el sacrificio. La amas aunque sabes que pronto irá al Fade.

—Ella no irá a ninguna parte. —Rhage apretó los dientes—. Se pondrá bien. Será difícil, pero se pondrá bien.

—Perdóname. —Wrath inclinó la cabeza—. Por supuesto que sí.

Rhage miró a otro lado. No sabía qué hacer con la disculpa, porque sólo sabía ofrecerlas. Y además, cada vez que pensaba en la muerte de Mary, sentía como si le aplicaran un soplete en la caja torácica.

—Te veré después, mi señor —dijo, con deseos de irse antes de ponerse demasiado emotivo.

Pero cuando alzó la vista, vio los ojos de Wrath por primera vez en su vida. El rey nunca se quitaba las gafas de sol. Jamás.

Rhage contuvo la respiración, concentrándose en los tornasolados ojos verdes y plateados que le devolvían la mirada. En realidad no tenía pupilas, tan sólo dos pequeños puntos negros. Y el calor en esos incandescentes círculos ciegos era impactante.

—Me haces sentirme orgulloso de llamarte hermano —dijo Wrath.

Rhage sintió que unos fuertes brazos lo rodeaban y lo arrastraban contra un sólido pecho. Se puso tenso, pero luego se dejó abrazar entre los enormes hombros de Wrath.

—¿Wrath?

—¿Sí?

Rhage abrió la boca, pero no pudo hablar.

El rey replicó al elocuente silencio.

—Todos estaremos contigo. Así que nos pedirás ayuda cuando la necesites. Y si llega el momento, se le hará una ceremonia Fade en toda regla, tal como lo merece la shellan de un guerrero.

Rhage cerró los ojos con fuerza.

—Gracias... mi señor.

* * *

Más tarde, esa noche, Mary estaba en su baño cepillándose y secándose el pelo. Al terminar, se miró al espejo y se peinó un poco más. El cabello era suave, y bajo aquella luz presentaba matices dorados y rojos.

Se negó a pensar que se quedaría calva otra vez. Arrancó la idea de su cerebro. Ya habría tiempo para preocuparse cuando llegara el momento.

—Aún eres tan hermosa como ayer —dijo Rhage al salir de la ducha. Mientras se secaba con la toalla, se le acercó por detrás y envió un beso a su imagen en el espejo.

Ella sonrió.

—Muchas gracias por invitar a Bella y a John. Ella se ha convertido en una buena amiga, y por él me siento preocupada.

—No quiero que pierdas contacto con la gente sólo porque estás aquí. Además, los miembros de la Hermandad necesitan jugar a ser civilizados de vez en cuando.

—Tohrment y Wellsie son muy amables trayendo a John.

—Son de lo mejor, esos dos.

Cuando Rhage salió del baño, los ojos de su tatuaje se quedaron mirándola fijamente. El efecto era escalofriante, pensó, pero no exactamente desagradable. Era algo así como ser observada por un perro guardián que en realidad quería que lo acariciaran.

Fue a sentarse en el borde de la cama.

—Oye, lamento no haberte dejado dormir esta mañana. Doy muchas vueltas cuando me llega la fiebre.

Rhage salió del ropero, subiéndose el cierre de unos pantalones negros.

—No me molestaste en absoluto. Pero ¿no podemos hacer algo para remediarlo?

—En realidad no. Iré a otra habitación si te molesta. —Rió ante la mirada que él le lanzó—. Vale, no lo haré.

—En cuanto a Havers, esperaba que hubiera algo que pudiéramos hacer por ti.

—No te preocupes. Y te agradezco que lo intentaras.

—¿Cuándo irás a ver a la oncóloga de nuevo?

—Pronto, pero no se hable más de eso, ¿de acuerdo? Esta noche sólo hablaremos de la vida. Me siento bien y no desperdiciaré un maldito minuto de bienestar.

La boca de Rhage mostró una ligera sonrisa y sus ojos brillaron con aprobación, con respeto.

Menuda idiota fui al pensar en dejarle, aunque fuera por poco tiempo, se dijo Mary.

Le devolvió la sonrisa, esperando ansiosa el final de la noche, cuando podrían estar juntos y solos. En la oscuridad. Sin nada que se interpusiera entre ellos.

Cuando Rhage desapareció dentro del ropero, ella fue tras él, pensando que tenían unos minutos antes de que la fiesta empezara y podían permitirse un pequeño adelanto de lo que llegaría después. Mientras examinaba las camisas alineadas en perchas, le puso una mano sobre la espalda, directamente sobre el hombro de la bestia.

Rhage dio un respingo y se alejó.

—¿Tienes alguna herida? —preguntó ella, algo extrañada.

Él se mantenía apartado. Parecía esquivar todo contacto mientras hablaban.

—Rhage...

—Tenemos que apresurarnos o llegaremos tarde. —Tenía la voz un poco ronca y sus músculos pectorales se contraían nerviosamente.

—¿Cuál es el problema? ¿Qué pasa con tu espalda?

El vampiro descolgó una camisa y se la puso, abotonándosela rápidamente.

—La espalda está bien.

Rhage le dio un besito en la mejilla y se escabulló, pasando veloz junto a ella. Recogió su reloj de pulsera de la cómoda y se lo puso en la muñeca. Los dedos le temblaban mientras se ajustaba el broche.

En el instante en que ella iba a preguntarle una vez más qué le pasaba, Phury apareció en el umbral de la puerta.

—Hola, hermano; hola, Mary —dijo con una sonrisa—. ¿Queréis bajar?

Mary ocultó su frustración. Y decidió que si tenía que haber una interrupción, no podía pensar en una mejor. Phury llevaba el glorioso cabello multicolor suelto alrededor de los anchos hombros e iba vestido para matar, en el sentido galante de la expresión. Su traje era negro azulado, con sutiles rayas, y la camisa rosa pálido hacía resaltar su grueso cuello y su espectacular tono de piel. Los mocasines eran absolutamente sofisticados, en los puños franceses llevaba unos pesados gemelos de oro, y exhibía un anillo de diamante en el dedo meñique.

El hermano parecía una portada de la revista *GQ*. Bella y él estarían realmente bien juntos, pensó.

—Dime, Phury, ¿conoces a Bella?

El hermoso vampiro jugueteó con el pañuelo del bolsillo del pecho.

—Sí, la conocí la noche que tú y el chico vinisteis al centro.

—Ella vendrá esta noche.

—Sí, lo sé.

—Y no tiene ningún compromiso por el momento.

Vaya, qué bien le sentaba aquel rubor, pensó. Phury estaba adorable.

—No está interesado —dijo Rhage, mientras se introducía una pistola en la región lumbar.

Mary lanzó a su hombre una mirada asesina, que él no vio porque se estaba poniendo la chaqueta.

—Pero tú también eres soltero —le dijo a Phury—. ¿O no?

—Ah, sí, eso sí —dijo Rhage.

—Rhage, ¿podrías dejarlo responder a él? Dime, Phury, si los dos estáis libres, ¿por qué no la invitas a cenar alguna vez?

Phury se alisó las solapas, ruborizándose todavía más.

—No sé...

—Ella es realmente fabulosa...

Rhage meneó la cabeza y la condujo afuera al pasillo.

—Déjalo ya, Mary. Vamos.

A mitad de la escalera, detuvo a Rhage. Mientras Phury se les adelantaba, le susurró:

—¿Quieres dejar de entrometerte? Quizá Bella y él puedan disfrutar de la mutua compañía.

—Lo único que Bella conseguirá de Phury es conversación.

—¿Qué diab...?

—No anda con hembras.

—¿Es homosexual?

—No, pero no empujes a Bella hacia él, ¿vale? No es justo para ninguno de los dos.

Los ojos de Mary se volvieron hacia Phury, que acababa de pisar el suelo de mosaico del recibidor. Con su leve cojera, presumía como un hombre cuyas partes funcionaban a la perfección. Pero quizás era sólo una ilusión. Quizá había sido herido en algún combate.

—¿Es... ya sabes, impotente?

—No que yo sepa. Es célibe.

«Dios, qué desperdicio», pensó ella, observando la forma de moverse del hombre.

—¿Entonces pertenece a alguna clase de orden religiosa?

—No.

—Pues ¿qué le pasa?

—Con Phury, todos los caminos conducen a su hermano, Zsadist. Ya sé que no se parecen. —Rhage la tocó suavemente con el codo y ella empezó a bajar la escalera de nuevo.

—¿Por qué cojea Phury?

—Tiene una prótesis. Perdió media pierna izquierda.

—Santo Dios, ¿cómo?

—Él se la cortó.

Mary se detuvo.

—¿Qué? ¿Un accidente?

—No, a propósito. Mary, vamos, podemos terminar esta charla después. —La tomó de la mano y la llevó consigo.

* * *

Bella atravesó el vestíbulo de la mansión con el doggen que la había llevado en coche al recinto. Al mirar a su alrededor, quedó asombrada. Su familia tenía una casa grande, pero nada comparable con lo que veía. Esto era... cosa de la realeza. Lo cual, supuso, tenía sentido, porque el rey ciego y su reina residían allí.

—Bienvenida, Bella —dijo una profunda voz masculina.

Ella se volvió y vio al hermano del cabello multicolor, el que los había interrumpido a ella y a Zsadist aquella noche en el centro de entrenamiento.

—Me llamo Phury. Ya nos conocíamos. Nos vimos en el gimnasio.

—Guerrero —dijo ella, haciendo una profunda reverencia. Era difícil no sentirse sobrecogida ante los hermanos, especialmente aquél. Tan grande. Tan... ¿Ese pelo sería real?

—Nos alegra que hayas venido. —Había calidez en sus ojos amarillos—. Ven, déjame ayudarte con tu abrigo.

Cuando se lo hubo quitado, lo puso sobre el brazo.

—No puedo creer que esté aquí. ¡Mary! ¡Hola!

Las dos mujeres se abrazaron y luego hablaron con Phury. Muy pronto, Bella se sentía completamente a gusto en compañía del guerrero. Lo rodeaba un aura de calma y confianza, y sus ojos eran increíblemente hermosos.

Pero por atractivo que fuera, ella estaba buscando al hermano de la cara marcada. Mientras sostenía la conversación, exploró discretamente el vasto y pintoresco recibidor. Zsadist no aparecía por ninguna parte. Tal vez no había querido asistir a la fiesta. No parecía muy sociable; eso era seguro.

Mary buscó a Rhage y Bella, al quedarse sola, decidió que no debía sentirse desilusionada. Al fin y al cabo, no tenía por qué andar persiguiendo a sujetos como Zsadist.

—Oye, Phury —dijo—. ¿Puedo...? Sé que es una petición ridícula, pero me gustaría tocar tu cabello. —Alargó la mano antes de que él pudiera negarse y tomó un mechón entre rubio y rojizo, acariciándolo con deleite—. Es hermoso. Los colores son asombrosos. Y... huele maravillosamente. ¿Qué clase de champú usas?

Lo miró a los ojos, esperando que hiciera algún comentario ligero. Pero el vampiro estaba petrificado. Ni siquiera parpadeaba mientras le clavaba la mirada.

Entonces se percató de que Rhage la miraba fijamente desde el umbral de una puerta, con expresión de contrariedad. Lo mismo hacía otro guerrero, con perilla. Y un macho humano grande. Y...

Bueno, la fiesta había sufrido una especie de interrupción, ¿o era su imaginación?

Dejó caer la mano y susurró:

—Lo siento mucho. Acabo de hacer algo terriblemente inapropiado, ¿no es cierto?

Phury salió del trance en que se encontraba.

—No. Está bien. No pasa nada.

—Entonces, ¿por qué me están mirando todos?

—No están acostumbrados a verme con... es decir, con hembras... —Phury le tomó la mano y le dio un pequeño apretón—. Bella, tranquila, no has hecho nada malo. En serio. Y no te preocupes por mis hermanos. Simplemente están celosos porque hubieran querido que les tocaras el pelo a ellos.

Pero algo ocurría, algo que nadie le contaba.

Un doggen se paró frente a ella.

—Perdóneme, señora, debí guardar su abrigo antes.

—Ah, gracias.

Tras dejarlo en las manos del macho, se dio cuenta de que la fiesta se había desplazado hacia lo que parecía una sala de billar. Estaba a punto de ir allí, cuando sintió tras ella una corriente de aire frío. ¿Se habrían abierto las puertas de la calle?

Giró sobre sus talones.

Zsadist estaba en un oscuro rincón, cerca del vestíbulo, mirándola desde las sombras. Iba vestido con la misma camisa y los mismos pantalones negros holgados que llevaba la última vez que lo había visto. Sus ojos seguían siendo feroces. Sexuales.

Se ruborizó. Allí estaba la razón principal por la que había acudido a la fiesta. Tenía que ver a ese macho de nuevo.

Respiró hondo y se dirigió hacia él.

—Hola. —El vampiro no respondió, y ella forzó una leve sonrisa—. Una noche encantadora, ¿no crees?

—¿Te gustó eso de tocar a mi gemelo?

—¿Es tu gemelo? —Se quedó estupefacta. ¿Cómo podían ser...? Sin duda, había cierto parecido. Si imaginaba a Zsadist sin la cicatriz y con el pelo largo...

—Te he hecho una pregunta, hembra. ¿Te agradó tocarle el pelo? —Los negros ojos le recorrieron el cuerpo, siguiendo la silueta de la blusa de seda y la ajustada falda que llevaba. Cuando regresaron a su cara, permanecieron fijos en su boca—. ¿Vas a responderme, hembra?

—Bella —murmuró ella automáticamente—. Por favor, llámame Bella.

La mirada de Zsadist se hizo más inquietante.

—¿Crees que mi hermano es bello?

—Es atractivo, sí.

—Atractivo. Sí, ésa es la palabra. Dime algo, ¿lo deseas tanto como para acostarte conmigo?

El calor la invadió. Era un fuego encendido por las palabras del macho y por la forma en que la miraba, lleno de sensualidad en los ojos. Entonces se percató de lo que había dicho el tipo de la cicatriz.

—Lo siento, no entiendo...

—Mi gemelo es célibe de la cabeza a los pies. Así que me temo que soy lo más cerca que llegarás de Phury. —Emitió un extraño sonido—. Pero soy un mal sucedáneo, ¿no?

Bella se llevó la mano al cuello, aturdida por mil imágenes inconfesables, eróticas. ¿Cómo sería acostarse con él? Su lado temerario ansiaba saberlo con desesperación.

Se estremecía pensándolo.

Zsadist rió fríamente.

—¿Te he ecandalizado? Lo siento. Sólo trataba de ayudarte a salir del dilema en el que te encuentras. Desear algo que no puedes tener debe de ser un asco. —Sus ojos se quedaron fijos en la garganta de la mujer—. Yo nunca he tenido ese problema.

Cuando tragó saliva, él siguió el movimiento.

—¿Un problema? —preguntó ella, en un susurro.

—Lo que quiero, lo tomo.

«Sin duda, haces lo que quieres», pensó Bella.

Se lo imaginó mirándola mientras sus cuerpos se entrelazaban, con la cara a unos centímetros de la suya. La fantasía hizo que levantara la mano. Quería acariciar aquella cicatriz hasta llegar a su boca.

Echándose bruscamente hacia un lado, Zsadist evitó el contacto. Sus ojos emitieron un destello, como si estuviera horrorizado. Fue sólo un instante. Enseguida recobró la calma.

—Ten cuidado, hembra. Muerdo —dijo con tono gélido.

—¿Alguna vez aprenderás mi nombre?

—¿No quieres algo de beber, Bella? —terció Phury, que la tomó por el codo—. El bar está por aquí, en la sala de billar.

—Sí, llévatela —dijo Zsadist, arrastrando las palabras—. Eres todo un héroe, hermano. Siempre estás salvando a alguien. Y para que lo sepas, ella te considera atractivo.

La cara de Phury se puso tensa, pero no dijo nada mientras la guiaba al otro lado del recibidor.

Cuando ella miró hacia atrás, Zsadist había desaparecido.

Phury le dio un tirón en el brazo para llamar su atención.

—Debes permanecer lejos de él. —Ella no respondió, y el guerrero la arrastró hasta un rincón y la tomó por los hombros—. Mi gemelo está destrozado. ¿Entiendes? No hay manera de reconstruirlo.

Bella abrió la boca levemente.

—Eso es muy... cruel.

—Es la realidad. Si muere antes que yo, me matará el dolor. Pero eso no cambia la realidad, lo que es.

—Lo tendré en cuenta, gracias —dijo Bella, alejándose.

O aparcó frente al bloque de apartamentos. El monstruoso edificio era una de las construcciones más suntuosas de Caldwell, estandarte de un viejo intento de cambiarle la cara a la ribera. El apartamento de C estaba en el piso veintiséis. Tenía vistas al río.

Pretencioso. Verdaderamente pretencioso.

La mayoría de restrictores vivían en casuchas de mala muerte, porque la Sociedad dedicaba casi todas sus inversiones a la guerra. C logró conservar su estilo de vida porque podía costearlo. Antes de alistarse, en la década de los setenta, vivía de un fideicomiso, y había conservado su dinero. El sujeto tenía una insólita personalidad; era un diletante con serias tendencias asesinas.

Eran más de las diez, y ya no había portero. Forzar la cerradura electrónica del portal fue cuestión de un momento. O tomó el ascensor de vidrio y acero hasta el piso veintisiete, y luego bajó un tramo de escaleras, más por hábito que por necesidad. No había razón para pensar que a alguien le importara un bledo quién era él o adónde iba. Además, el edificio estaba desierto a esa hora de la noche. Los relamidos residentes estarían fuera, consumiendo éxtasis y cocaína en el Zero Sum, en el centro de la ciudad.

Llamó a la puerta de C.

Era la quinta dirección que visitaba de la lista del señor X, la relación de miembros ausentes, y la primera de las incursiones de esa noche. La jornada anterior fue productiva. Descubrió que uno de los cazavampiros había salido del estado, pues había decidido por su cuenta ayudar a un amigo en D.C. Dos de los ausentes sin permiso, compañeros de cuarto, habían sufrido heridas en una pelea entre ellos; estaban curándose y regresarían a la acción en un par de días. El restrictor restante era un hijo de perra completamente sano, que se había dedicado a ver la televisión y vagabundear por ahí. Bueno, estuvo sano hasta que sufrió un infortunado accidente cuando O ya se marchaba. Pasaría una semana antes de que pudiera operar de nuevo, pero la visita, ciertamente, le había aclarado sus prioridades.

Era extraño cómo un par de rótulas fracturadas podían cambiar la actitud de un hombre.

O golpeó de nuevo la puerta de C y luego forzó la cerradura. Nada más abrir, retrocedió. Olía mal, como a basura, a materia en descomposición.

Se dirigió a la cocina.

No, no era basura. Era C.

El restrictor yacía bocabajo, en el suelo, con un charco de sangre negra a su alrededor. Al alcance de su mano había algunos vendajes, aguja e hilo, como si hubiera tratado de coserse él mismo. Junto al material de primeros auxilios había una agenda electrónica con el teclado cubierto de su sangre. Al otro lado se veía un bolso de mujer, también manchado.

O dio la vuelta al cadáver. Le habían cortado el cuello. Era una herida bastante profunda. Por su forma, parecía claro que era cosa de las asquerosas dagas negras de la Hermandad. El metal del que estaban hechas, fuera cual fuera, actuaba como un terrible corrosivo sobre las heridas de los restrictores.

La garganta de C emitía sonidos guturales, demostrando que sí se podía estar medio muerto. Cuando le levantó la mano, había un cuchillo en ella. La camisa mostraba unos cuantos cortes, como si hubiera tratado de acuchillarse en el pecho, pero le hubieran faltado las fuerzas.

—Estás mal, amigo —dijo O, tomando el cuchillo. Se sentó sobre los talones, mientras el herido se revolcaba lentamente, como a cámara lenta. Boca arriba, con los brazos y las piernas moviéndose inútilmente, parecía un escarabajo a punto de morir.

O miró el bolso.

—¿Qué estilo de vida llevabas, C? —Repasó el contenido. Un frasco de medicina. Toallas de papel. Tampones. Teléfono móvil.

Y una cartera.

Sacó el permiso de conducir y miró la foto. Cabello castaño. Ojos grises. Imposible distinguir si la hembra era vampira o humana. Vivía junto a la carretera 22, en las afueras.

—Dime si estoy en lo cierto —dijo O—. Tú y uno de esos hermanos luchasteis cuerpo a cuerpo. El guerrero tenía una hembra con él. Tú escapaste después de recibir una cuchillada y te llevaste este bolso, para poder terminar el trabajo con la amiga del macho. El problema fue que tus heridas eran demasiado graves y has estado aquí tirado desde que llegaste a casa. ¿Acierto?

O arrojó la cartera dentro del bolso y miró al hombre. Los ojos de C giraban sin ton ni son, como canicas sueltas en la bolsa fláccida que era su cara.

—¿Sabes una cosa, C? Si dependiera de mí, te dejaría aquí. No sé si eres consciente de eso, pero cuando nuestra existencia termina, regresamos al Omega. Créeme, lo que te espera en el otro lado con él hará que lo que ahora sientes parezca un día de campo. —Miró a su alrededor—. Por desgracia, estás apestando todo el piso. Algún humano va a venir, y entonces tendríamos un problema.

O recogió el cuchillo, sujetando el mango con fuerza. Cuando lo levantó por encima del hombro, el alivio de C hizo que los estertores se paralizaran.

—En realidad no deberías sentirte mejor por esto —dijo O quedamente.

Hundió la hoja en el pecho del restrictor. Hubo un destello de luz y un estallido. Y C desapareció.

O recogió el bolso y se dirigió a la salida.

* * *

Mary se acercó a Rhage, manteniendo una mano detrás de la espalda y esperando el momento adecuado. Él y Butch se encontraban en mitad de una partida de billar, y estaban dando una paliza a V y Phury.

Mientras los miraba, pensó que verdaderamente le gustaban los hermanos. Incluso Zsadist. Eran muy buenos con ella, la trataban con tal respeto y cortesía que no estaba segura de merecerlo.

Rhage le guiñó un ojo al tiempo que se inclinaba sobre la mesa y preparaba su taco.

—Es por tu manera de quererle —le dijo alguien al oído.

Ella dio un respingo. Vishous estaba muy cerca, detrás de ella.

—¿De qué estás hablando?

—Por eso te adoramos. Y antes de que me digas que deje de leerte el pensamiento, te diré que no tenía la intención de hacerlo. Pero no he podido evitarlo. —El vampiro tomó un sorbo de un pequeño vaso de vodka—. El caso es que por eso te aceptamos. Cuando lo tratas bien, nos honras a todos.

Rhage levantó la vista y frunció el ceño. En cuanto hizo su jugada, fue hacia ella e intencionadamente apartó a V con el cuerpo.

Vishous soltó una carcajada.

—Relájate, Hollywood. Ella sólo tiene ojos para ti.

Rhage gruñó y la apretó contra su costado.

—No lo olvides, si quieres que tus brazos y piernas sigan donde están.

—Es raro, nunca fuiste un tipo posesivo.

—Eso es porque nunca tuve algo que quisiera conservar. Te toca, hermano.

Cuando V soltó su bebida y se concentró en el juego, Mary extendió la mano. De sus dedos colgaban unas cerezas.

—Quiero ver el truco que decías. Una vez me dijiste que podías hacer algo estupendo con tu lengua y las cerezas.

Él rió.

—Vamos...

—¿Qué pasa? ¿No hay truco?

—Observa mi boca, hembra.

Mirándola con los párpados entornados, Rhage se inclinó hasta la mano de Mary. Sacó la lengua y capturó una cereza, que se puso en los labios. Masticó, y luego meneó la cabeza mientras tragaba.

—El sabor no es igual... no, ni parecido —murmuró Rhage.

—¿Qué quieres decir?

—Que tu intimidad es mucho más dulce.

Ruborizándose, ella se cubrió los ojos con la mano. Respiró hondo y captó una vez más la erótica fragancia que despedía el vampiro cuando quería estar dentro de ella. Retiró la mano y lo miró.

La observaba, completamente absorto. Y en el centro, sus ojos eran tan blancos y resplandecientes como la nieve fresca.

Mary contuvo el aliento.

«Hay algo más ahí dentro», pensó. No sólo Rhage la estaba mirando.

Phury llegó sonriendo.

—Es mejor que busques una habitación, Hollywood, si vas a seguir con eso. Los demás no necesitamos que nos recuerdes la suerte que tienes.

Le dio a Rhage una palmadita en el hombro.

Éste giró en redondo y lanzó un mordisco a la mano de su hermano. El sonido de sus mandíbulas al cerrarse fue tan fuerte que se hizo el silencio alrededor.

Phury saltó hacia atrás, apartando el brazo de un tirón.

—¡Joder, Rhage! ¿Qué te...? Mierda. Tus ojos, amigo. Han cambiado.

Rhage palideció y se alejó tambaleante, bizqueando y parpadeando.

—Lo siento, Phury, ni siquiera sabía que estaba...

En toda la habitación, los hombres dejaron lo que tenían en las manos y fueron hacia él, formando un círculo.

—¿Estás muy cerca del cambio? —preguntó Phury.

—Sacad a las hembras —ordenó alguien—. Llevadlas arriba.

Hubo un tumulto. Vishous apretó el brazo de Mary.

—Ven conmigo.

—No —forcejeó—. Déjame. Quiero quedarme con él.

Rhage se volvió a mirarla, y de inmediato regresó la extraña mirada fija. Luego, sus ojos blancos giraron hacia Vishous. Los labios de Rhage se fruncieron para mostrar los dientes y rugió, tan fuerte como un león.

—V, suéltala. Ahora —dijo Phury.

Vishous la soltó, pero le susurró:

—Tienes que salir de aquí.

«A la mierda», pensó ella.

—¿Rhage? —dijo suavemente—. Soy yo. Rhage, ¿qué está pasando?

Él meneó la cabeza y rompió el contacto visual, retrocediendo hasta la chimenea de mármol. El sudor brillaba en su cara. Se agarró a la piedra e hizo fuerza, como tratando de arrancar la repisa de la pared.

El tiempo pareció detenerse mientras Rhage luchaba contra sí mismo. El pecho le palpitaba y los brazos y las piernas le temblaban. Pasó un largo rato antes de que se relajara y la tensión desapareciera de su cuerpo. Había ganado la batalla interna. Pero no por mucho tiempo.

Cuando alzó la vista, sus ojos habían retornado a la normalidad. Eso sí, estaba muy pálido.

—Lo siento, hermanos —masculló. Luego la miró y abrió la boca. En lugar de hablar, dejó caer la cabeza, avergonzado.

Mary traspasó la barrera de cuerpos masculinos y le puso la mano en la cara.

Cuando él jadeó sorprendido, ella lo besó en la boca.

—Veamos el truco de la cereza. Vamos.

Los hombres que estaban a su alrededor quedaron atónitos; ella pudo sentir sus miradas. Rhage parecía conmocionado. Pero cuando Mary lo miró cáusticamente, empezó a masticar, removiendo ahora el tallo de las cerezas con los dientes.

Ella se volvió a mirar a los guerreros.

—Todo está bien. Volved a vuestras cosas. Necesita un poco de calma.

Phury rió un poco y se dirigió a la mesa de billar.

—Esta mujer es fabulosa.

V le siguió la corriente y recogió su vaso.

—Sí. Cierto.

La fiesta continuó. Bella y Wellsie regresaron. Mary acarició la cara y el cuello de Rhage. Parecía tener alguna dificultad para mirarla a los ojos.

—¿Estás bien? —preguntó Mary con voz suave.

—Lamento tanto...

—Déjate de disculpas. Sea lo que sea, no puedes evitarlo, ¿no es cierto?

Él asintió.

La joven quería saber qué había sucedido hacía un momento, pero no era el momento de preguntarlo.

A veces, fingir ser normal era el mejor antídoto contra las cosas raras. El dicho «finge hasta que lo logres» era algo más que simple verborrea psicológica.

—Mary, no quiero que me tengas miedo.

Por un momento, ella observó su boca trabajando con el tallo.

—No tengo miedo de ti. V y Phury pueden haber estado en peligro, pero a mí no me habrías hecho daño. De ninguna manera. No sé por qué lo sé, pero lo sé.

Él respiró profundamente.

—Dios, te amo. En verdad te amo.

Y luego sonrió.

Ella soltó una carcajada que hizo que todos los presentes volvieran la cabeza.

El tallo de cereza estaba perfectamente anudado alrededor de uno de sus colmillos.

Bella lo estaba mirando, y eso tenía que acabar.

Pero ella no podía evitarlo. Sólo tenía ojos para Zsadist. Estaba allí, pero no participaba en la fiesta. Excepto cuando había tenido lugar el episodio de Rhage, Zsadist permanecía alejado de todos. No hablaba con nadie. No bebía nada. No comía nada. Era una estatua plantada cerca de una de las ventanas, y su inmovilidad era fascinante. Ni siquiera parecía estar respirando. Sólo sus ojos se movían.

Y siempre para evitar la mirada de ella.

Bella se tomó un respiro, y se lo dio a él, para ir a por más vino. La sala de billar era un espacio oscuro y lujoso, cubierto de papel de seda verde, con cortinajes negros y dorados. En la parte donde estaba el bar, las sombras eran más densas, y se refugió en ellas.

Quizá podía ser más discreta si lo observaba desde allí.

Durante los días anteriores, había hecho preguntas y escuchado todas las historias que circulaban sobre Zsadist. Los rumores eran evidentemente grotescos, en especial los referentes a hembras. La gente decía que asesinaba por deporte a las mujeres con quienes tenía relaciones sexuales, pero era difícil no preguntarse hasta qué punto eran meras leyendas. Un macho con una apariencia tan peligrosa como la suya debía suscitar habladurías. Algo parecido sucedía con su hermano. Había oído rumores sobre Rehvenge durante años, y Dios era testigo de que todos eran falsos.

Toda esa cháchara sobre Zsadist no podía ser cierta. Hasta se afirmaba que vivía de la sangre de prostitutas humanas. Eso no era ni siquiera fisiológicamente posible, a menos que bebiera cada dos noches. E incluso así, ¿cómo podía estar tan fuerte con tan débil sustento?

Bella regresó del bar y exploró la habitación. Zsadist había desaparecido.

Echó un vistazo al recibidor. Ni siquiera lo había visto salir. Tal vez se había desmaterializado...

—¿Me buscabas?

Dio un respingo y volvió la cabeza. Zsadist estaba justo detrás de ella, frotando una manzana sobre la camisa. Cuando se la llevó a la boca, le miró la garganta.

—Zsadist...

—Para ser aristócrata, eres bastante maleducada. —Enseñó los colmillos y mordió la brillante piel verde de la manzana, haciéndola crujir—. ¿Nunca te dijo tu madre que es de mala educación quedarse mirando a alguien?

Ella observó cómo masticaba, con la mandíbula moviéndose en círculos. El simple hecho de ver sus labios la dejaba sin aliento.

—No quise ofenderte.

—Pues lo hiciste. Y creo que con ello estás molestando a mi querido gemelo.

—¿Qué?

Los ojos de Zsadist se detuvieron un poco en su cara, y luego pasaron al pelo. Comió otro trozo de manzana.

—Le gustas a Phury. Creo que incluso se siente atraído por ti, lo cual es algo nuevo para mí, por lo menos desde que lo conozco. Las hembras no lo distraen.

Extraño, ella no había percibido eso. Pero claro, se había concentrado en Zsadist.

—No creo que Phury...

—Te observa continuamente. Mientras tú me miras a mí, él te mira a ti. Y no es porque le preocupes. Sus ojos se fijan en tu cuerpo, hembra. —Zsadist ladeó la cabeza—. Tal vez me equivoque. Tal vez tú seas la que logre hacerlo olvidar su celibato. Mierda, eres bastante hermosa, y él no está muerto.

—Zsadist —dijo ella, ruborizándose—, debes saber que te encuentro...

—Repugnante, ¿no? —Mordió un poco más de manzana—. Puedo entender la fascinación por lo que repugna, pero tendrás que dirigir esos ojos a alguna otra parte. Mira a Phury de ahora en adelante, ¿está claro?

—Quiero mirarte a ti. Me gusta mirarte.

Él entornó los ojos.

—No, no te gusta.

—Sí, sí me gusta.

—A nadie le gusta mirarme. Ni siquiera a mí mismo.

—Tú no eres feo, Zsadist.

Se rió, pasando deliberadamente un dedo por su cicatriz.

—Es todo un halago. Y una patente mentira.

—Te encuentro fascinante. No puedo apartarte de la mente. Quiero estar contigo.

Zsadist frunció el ceño y se quedó inmóvil.

—¿Estar conmigo, exactamente cómo?

—Ya sabes. Estar contigo. —Se puso de un rojo brillante, pero pensó que no tenía nada que perder—. Quiero... acostarme contigo.

Zsadist retrocedió tan rápido que chocó contra el bar. Y cuando las botellas de licor se tambalearon, ella supo con certeza que los rumores sobre él eran falsos. No era ningún asesino de hembras. Ni de lejos. Parecía petrificado sólo por pensar que ella se sentía atraída sexualmente por él.

Abrió la boca, pero él se le adelantó.

—Aléjate de mí, hembra —dijo, arrojando la manzana a medio comer al cubo de la basura—. Si no lo haces, no tienes idea de lo que puedo hacer para defenderme.

—¿De qué? No estoy amenazándote.

—No, pero yo sí te puedo garantizar que soy un peligro para tu salud. La gente se aleja de mí por una buena razón.

Y salió de la habitación.

Bella miró a los que estaban alrededor de la mesa de billar. Todos parecían concentrados en el juego. Lo cual era perfecto. No quería que nadie la convenciera de no hacer lo que estaba a punto de hacer.

Dejó la copa de vino sobre una mesa y se escabulló de la sala de billar. Cuando entró en el vestíbulo, Zsadist estaba subiendo la escalera. Tras darle algún tiempo para que se adelantara, subió los escalones rápidamente y en silencio. Cuando llegó al final de la escalera alcanzó a ver el talón de una de sus botas desapareciendo tras una esquina. Trotó sobre la alfombra, manteniendo la distancia mientras él cruzaba un pasillo que conducía al otro lado del balcón y el recibidor del primer piso.

Zsadist se detuvo. Ella se agazapó detrás de una escultura de mármol.

Cuando ladeó la cabeza para atisbar, él ya no estaba. Caminó hasta donde lo había visto y encontró una puerta ligeramente entreabierta. Se asomó. La habitación estaba completamente oscura, la luz del pasillo casi no incidía en las tinieblas. Y hacía un frío gélido.

Sus ojos se adaptaron a tales tinieblas. Había una cama suntuosa, cubierta de un pesado terciopelo rojo. El resto del mobiliario era igualmente espléndido, aunque había algo extraño en un rincón del suelo. Una plataforma con sábanas. Y un cráneo.

Sintió que la empujaban del brazo hacia el interior de la habitación.

La puerta se cerró de golpe y la estancia cayó en la oscuridad total. Rápidamente, la hicieron girar y fue empujada de cara contra la pared. Las velas se encendieron.

—¿Qué mierda estás haciendo aquí?

Ella trató de recobrar el aliento, pero con el antebrazo de Zsadist presionándole la espalda, no pudo introducir mucho aire en los pulmones.

—Yo... pensé que podíamos hablar.

—¿De veras? ¿Es eso lo que quieres hacer aquí? ¿Hablar?

—Sí, pensé...

Una mano se cerró sobre su nuca.

—No hablo con hembras tan estúpidas como para andar tras de mí. Pero te mostraré lo que les hago.

Le pasó un grueso brazo alrededor del estómago, le retiró las caderas de la pared y le empujó la cabeza hacia abajo. Ella perdió el equilibrio y se agarró a una moldura saliente en la pared.

Sintió el miembro erecto del hombre contra su vagina y dejó escapar el aire de sus pulmones, en una especie de explosión.

Mientras el calor la invadía entre las piernas, el pecho de Zsadist le rozaba la espalda. Le sacó la blusa de la falda y le deslizó una mano por el vientre, abarcándolo con los largos dedos y la palma de la mano.

—Una hembra como tú debería estar con otro aristócrata. ¿O las cicatrices y la reputación son parte de mi atractivo? —Bella no dijo nada, porque le faltaba el aliento. El vampiro siguió hablando—. Claro, es eso, es morbo.

Con un veloz movimiento, echó el sostén hacia arriba y agarró uno de sus senos. Atrapada en una acometida de pura lujuria, ella gimió y se sacudió. Él rió.

—¿Demasiado rápido? —Tomó un pezón entre los dedos y lo pellizcó, combinando el placer con el dolor. Ella gritó—. ¿Esto es demasiado brusco para ti? Trataré de controlarme mejor, pero ya sabes, soy un salvaje. Por eso te gusto, ¿no?

Pero no era ni demasiado rápido ni demasiado brusco. Que Dios la ayudara, le gustaba. Quería sexo duro, y lo quería con él. Quería romper las reglas, quería peligro y emoción, quería su salvaje calor y su poder. Y estaba lista, especialmente cuando él le enrolló la falda sobre las caderas. Lo único que tenía que hacer era apartar las bragas del camino y ya podía hundirse en ella.

Pero quería verlo cuando la penetrara. Y también quería tocarle el cuerpo. Empezó a incorporarse, pero él le mantuvo la cabeza abajo, apoyándose sobre su nuca, inmovilizándola.

—Lo siento, soy poco imaginativo. Sólo lo hago de esta forma.

Ella forcejeó, muriéndose por besarlo.

—Zsadist...

—Es un poco tarde para cambiar de opinión. —Su voz era un gruñido sensual en el oído de Bella—. Por alguna razón, quiero follarte. Me urge. Así que, por el bien de ambos, aprieta los dientes, no tardaré mucho.

Le soltó el seno, llevó la mano entre sus piernas y encontró la vagina.

Zsadist se congeló.

Instintivamente, ella movió las caderas, frotándose contra sus dedos, sintiendo una maravillosa fricción...

Él dio un salto atrás.

—Sal de aquí.

Desorientada, ferozmente excitada, se tambaleó al enderezarse.

—¿Qué?

Zsadist fue hasta la puerta, la abrió y miró al suelo. Al ver que no se movía, rugió.

—¡Lárgate de aquí!

—¿Por qué...?

—Me pones malo.

Bella sintió que la sangre se le iba a los pies. Se puso la falda y forcejeó con la blusa y el sostén. Luego salió corriendo de la habitación.

Zsadist cerró de un portazo y corrió al baño. Subió el asiento del excusado, se dobló y vomitó la manzana que había comido.

Tras accionar la cisterna, se sentó en el suelo, tembloroso y mareado. Trató de tomar aire, pero lo único que pudo sentir fue el olor de Bella. Su adorable, su inexplicable excitación, le impregnaba los dedos. Se quitó de un tirón el suéter de cuello de cisne y se lo envolvió alrededor de la mano. Sentía la necesidad de atenuar el aroma de la vagina de Bella.

Era una sensación perfecta. La maravillosa fragancia de su pasión. El exquisito líquido femenino.

Ninguna hembra se había humedecido por él en cien años. No ocurría desde su época de esclavo de sangre. Y por aquel entonces... él había aprendido a temer esa excitación.

Trató de pensar en el presente, de situarse en su baño, pero el pasado lo absorbió...

Estaba de nuevo en su celda, cargado de grilletes, su cuerpo no le pertenecía. Sintió las manos de su Ama, olió el ungüento que ella tenía que aplicarle para lograr la erección que necesitaba. Y luego ella montaba sobre él, moviéndose de arriba abajo, hasta que se corría. Después de eso, lo asaltaba, mordiéndolo y bebiendo de él, alimentándose de sus venas.

Lo revivió todo. Las violaciones. La humillación. Las décadas de maltrato, hasta que perdió la noción del tiempo, hasta que fue nada, un muerto al que le latía el corazón.

Escuchó un extraño sonido. Se dio cuenta de que estaba gimiendo.

«Oh... Bella».

Se secó la frente con el brazo. Bella. Le hacía sentirse avergonzado de sus cicatrices y su fealdad, de su apariencia escuálida y su desagradable naturaleza oscura.

En la fiesta, ella había hablado sin el menor esfuerzo con sus hermanos y las hembras, sonriendo, riendo con todos. Poseía un encanto y una desenvoltura que hablaban de la vida cómoda que había llevado. Probablemente nunca habría oído una palabra cruel. Y, naturalmente, nunca habría mostrado crueldad o aspereza hacia otros. Era una hembra con clase, muy distinta de las humanas vulgares y furiosas de las que había estado bebiendo.

No la creyó cuando le dijo que quería acostarse con él, pero era cierto. Lo probaba aquella sedosa humedad. Las hembras podían mentir sobre muchas cosas, pero no sobre eso. Nunca sobre eso.

Zsadist se estremeció. Cuando la dobló sobre sí misma y estaba tocándole los senos, había planeado detenerse, pese a todo. Sólo quería aterrorizarla para que lo dejara en paz, agobiarla un poco antes de ahuyentarla.

Pero ella lo deseaba de verdad.

Pensó de nuevo en lo que significó hundirse entre sus muslos. Fue tan... suave. Tan increíblemente cálida y tersa. Nunca había estado con una mujer así. Por eso no había sabido qué hacer... Y, en su angustia, sólo había visto al Ama. Volvió a sentirla, violándole.

El Ama siempre estaba excitada cuando acudía a él, y se había tomado muchas molestias para cerciorarse de que él lo supiera, aunque nunca le permitió tocarla con las manos. Después de todo lo que le había hecho, si hubiera sido capaz de llegar a ella la habría destrozado como a un animal rabioso, y ambos lo sabían. El peligro que él representaba la estimulaba.

Pensó en la atracción de Bella hacia él. Se basaba en lo mismo, ¿o no? Sexo peligroso. El salvaje encadenado usado para el placer.

O, en el caso de Bella, el macho peligroso usado para la aventura.

Sintió arcadas de nuevo y fue dando traspiés hacia el excusado.

—Pensé que sólo estabas siendo cruel —dijo Bella detrás de él—. No sabía que en realidad te ponía enfermo.

No había cerrado con llave.

No se le había ocurrido que ella regresaría.

Bella cruzó los brazos alrededor de su cuerpo. Nunca hubiera creído posible aquella escena. Zsadist estaba tumbado en el suelo, medio desnudo, frente a un excusado, con la camisa envuelta en la mano, sufriendo arcadas secas que le provocaban contracciones.

Mientras él maldecía, ella le miraba el cuerpo. La amplia extensión de la espalda estaba cruzada por cicatrices, evidencia de azotes pasados que no habían sanado bien. No podía imaginar por qué tenía tales marcas.

—¿Por qué estás en mi habitación de nuevo? —preguntó él, con voz ronca.

—Quería gritarte.

—¿Me dejas que, antes, acabe de vomitar?

—¿Estás bien?

—Sí, esto es de lo más divertido.

Ella entró en el baño y tuvo la breve impresión de que estaba muy limpio, y era muy blanco y totalmente impersonal.

En un abrir y cerrar de ojos, Zsadist estaba de pie frente a ella.

La vampira ahogó un grito.

Aunque obviamente poderosos, sus músculos estaban claramente relajados. Para ser un guerrero, era delgado, demasiado delgado. Francamente, estaba cerca de la inanición. Y también tenía cicatrices por delante, aunque sólo en dos lugares; sobre el pectoral izquierdo y el hombro derecho. Ambas tetillas exhibían piercings, unos aros plateados con pequeñas esferas, que lanzaban reflejos cada vez que él inhalaba y exhalaba.

Pero no fue eso lo que la dejó atónita. Las gruesas bandas negras tatuadas alrededor de su cuello y muñecas fueron la causa.

—¿Por qué llevas las marcas de un esclavo de sangre? —preguntó en voz baja.

—Suma dos más dos.

—Pero es...

—¿Imposible que le suceda a alguien como yo?

—Bueno, sí. Eres un guerrero. Un noble.

—El destino es una mierda.

El corazón de la mujer se abrió completamente hacia él, y todo lo que pensaba de Zsadist cambió. Ya no era algo emocionante, sino un macho al que quería tranquilizar, consolar, abrazar. Siguiendo su impulso, dio un paso hacia él.

El vampiro entornó los negros ojos.

—En realidad no quieres acercarte a mí, hembra. En especial en este momento.

Ella no escuchó. A medida que acortaba la distancia entre ellos, él retrocedía, hasta que quedó acorralado entre la mampara de la ducha y la pared.

—¿Qué diablos estás haciendo?

Ella no respondió, porque no estaba segura.

—Retírate —dijo él bruscamente. Abrió la boca, sus colmillos se alargaron hasta parecer los de un tigre.

Eso la obligó a hacer una pausa.

—Pero tal vez pueda...

—¿Salvarme o alguna mierda similar? Ah, claro. En tu fantasía, ésta es la parte donde se supone que quede petrificado por tus ojos. Que rinda mi bestial esencia a los brazos de una virgen.

—No soy virgen.

—Pues enhorabuena.

Ella extendió la mano, queriendo posarla sobre su pecho, sobre el corazón.

Se encogió, evitándola, aplastándose contra el mármol. Mientras rompía a sudar por todo el cuerpo, ladeó el cuello y su cara se contrajo en una mueca de desagrado. Su corazón latió con fuerza y los aros de las tetillas lanzaron destellos plateados.

Su voz fue haciéndose más débil hasta que sólo fue un tenue sonido.

—No me toques. No puedo... no puedo soportar que me toquen, ¿entiendes?

Bella se detuvo.

—¿Por qué? —preguntó con voz muy suave—. ¿Por qué no...?

—Vete de aquí, por favor. —Ahora casi no le salía la voz—. Estoy a punto de destruir algo. Y no quiero que seas tú.

—Tú no me harás daño.

—Maldita sea —dijo cerrando los ojos—. ¿Qué pasa con vosotras, las damas refinadas? ¿Os enseñan a tener orgasmos torturando a la gente?

—Santo Dios, no. Sólo quiero ayudarte.

—Mentirosa —escupió, con los ojos desmesuradamente abiertos. Y su voz perdió toda entonación—. ¿Me quieres? Bien. Entonces podrás tenerme.

Zsadist se abalanzó sobre ella. La derribó al suelo, le dio la vuelta hasta dejarla bocabajo, sobre el estómago, y le llevó las manos detrás de la espalda. Sintió el mármol frío contra su cara mientras las rodillas del hombre le apartaban las piernas. Notó que algo se rasgaba. Sus bragas.

Su cuerpo respondió. Ni sus pensamientos ni sus emociones podían seguir el ritmo de las acciones de Zsadist. Pero el cuerpo sí sabía lo que quería. Furioso o no, lo aceptaría dentro de sí.

Sintió que la presión cedía momentáneamente y escuchó el sonido de un cierre. Luego montó encima de ella sin que nada se interpusiera entre su tremenda erección y la vagina de Bella. Pero no empujó. Sólo jadeó y se quedó paralizado, respirando fuertemente junto a su oído, muy fuerte... ¿Estaba sollozando?

Dejó caer la cabeza sobre la nuca de la mujer. Luego se echó a un lado. De espaldas, se llevó los brazos a la cara.

—Oh, Dios —gimió—, Bella...

Le hubiera gustado extender las manos hacia él, pero estaba tan tensa que no se atrevió. Tambaleante, se puso en pie y lo miró en el suelo. Los pantalones de Zsadist estaban alrededor de sus muslos y el miembro ya no estaba erecto.

Jesús, su cuerpo tenía un aspecto terrible. El vientre hueco. Los huesos de la cadera sobresalían de la piel. En verdad debía estar bebiendo de humanas, pensó ella. Y no debía comer mucho.

Se concentró en las bandas tatuadas que le cubrían las muñecas y el cuello. Y en las cicatrices.

«Destrozado», había dicho su hermano.

Aunque la avergonzaba admitirlo ahora, la oscuridad que lo envolvía había sido su mayor encanto. Era una completa anomalía, un gran contraste con lo que ella había conocido de la vida. Eso lo hacía peligroso. Excitante. Sexy. Pero aquello era una fantasía y esto era real.

Sufría. Y no había nada excitante en eso.

Tomó una toalla y se aproximó a él, frotándola con mucha suavidad sobre su piel desnuda. Él dio un salto y luego la agarró. Cuando alzó la vista y la miró, el blanco de sus ojos estaba inyectado en sangre, pero no lloraba. Quizá se había equivocado con lo de los sollozos.

—Por favor... vete —dijo él.

—Desearía...

—Vete. Ahora. Sin deseos, sin esperanzas. Sin nada. Sólo vete. Y nunca te me acerques de nuevo. Júralo. Júralo.

—Yo... lo prometo.

Bella salió apresuradamente de la habitación. Cuando ya estaba en el pasillo a suficiente distancia, se detuvo y se peinó el cabello con los dedos, tratando de alisarlo. Sentía las bragas alrededor de la cintura y allí las dejó. No tenía dónde ponerlas si se las quitaba.

En el primer piso, la fiesta continuaba, y se sintió fuera de lugar, agotada. Se acercó a Mary, le dijo adiós, y buscó con la mirada un doggen que la llevara a su casa.

Pero entonces, Zsadist entró en la sala. Se había cambiado, poniéndose una sudadera blanca de nylon, y llevaba una bolsa negra en la mano. Sin mirarla en ningún momento, fue hasta donde estaba Phury, muy cerca de ella.

Cuando Phury se dio la vuelta y vio la bolsa, retrocedió.

—No, Z. No quiero...

—O lo haces tú, hermano, o encontraré a alguien que lo haga.

Zsadist le tendió la bolsa.

Phury se quedó mirándola. Cuando la tomó, las manos le temblaban.

Ambos salieron juntos.

Mary colocó la fuente vacía junto al fregadero y le pasó a Rhage una bandeja para que la ayudara a recoger las sobras. Ahora que la fiesta había terminado, todos echaban una mano.

—Me alegra mucho —dijo cuando salieron al recibidor— que Wellsie y Tohr hayan acogido a John. Me hubiera encantado verlo esta noche, pero me hace feliz saber que está en buenas manos.

—Tohr me dijo que el pobre chico es incapaz de salir de la cama, está demasiado exhausto. Lo único que hace es dormir y comer. Oye, a propósito, creo que tienes razón. Es posible que a Phury le guste Bella. Pasó mucho tiempo mirándola. Nunca lo había visto haciendo algo parecido.

—Pero después de lo que dijiste sobre...

Pasaron junto a la escalera grande y se abrió una puerta oculta debajo de ella. Zsadist salió de allí. Tenía la cara deformada, la camiseta deportiva hecha jirones. Había sangre sobre él.

—Pero... ¡Mierda! —murmuró Rhage.

El hermano pasó junto a ellos. Sus vidriosos ojos negros no los vieron. Su leve sonrisa de satisfacción parecía totalmente fuera de lugar, como si hubiera comido opíparamente, o se hubiese dado un festín de sexo, en lugar de haber recibido una paliza. Subió la escalera lentamente. No podía doblar una de las piernas.

—Será mejor que vaya a ver a Phury. —Rhage le entregó la bandeja a Mary y le dio un beso—. Quizá tarde un poco.

—¿Qué tiene que ver Phury...? Oh... Dios.

—Quizá no tuvo otra opción, Mary.

—Bueno... tómate el tiempo que necesites.

Pero antes de llegar al pasadizo, apareció Phury, vestido con ropa deportiva. Parecía tan agotado como Zsadist, pero no tenía ninguna marca. Nada, sólo los nudillos magullados y agrietados. Y había manchas de sangre sobre su pecho.

—Hola, hermano —dijo Rhage.

Phury miró a su alrededor y pareció sorprendido por encontrarse allí.

Rhage se paró frente a él.

—¿Hermano?

Enfocó los cansados ojos.

—Hola.

—¿Quieres ir arriba? ¿Prefieres quedarte aquí un poco?

—Ah, no. Estoy bien. —Posó los ojos en Mary. Apartó la mirada—. Yo, eh, estoy bien. Sí. De veras. ¿Ya terminó la fiesta?

Rhage tomó la bolsa. La camisa rosa de Phury salía de ella, atascando el cierre.

—Vamos, subamos juntos.

—Debes quedarte con tu hembra.

—Ella lo entiende. Subamos juntos, hermano.

Phury asintió, cabizbajo.

—Sí, está bien. Prefiero no estar solo en este momento.

* * *

Cuando Rhage regresó finalmente a la habitación, sabía que Mary estaría dormida, así que cerró la puerta con cuidado.

Había una vela ardiendo sobre la mesilla de noche, y vio que la cama estaba completamente desordenada. Mary había tirado al suelo el edredón y desparramado las almohadas. Estaba acostada boca arriba, con un adorable camisón de color crema enrollado alrededor de la cintura y los muslos.

Nunca la había visto vestida de seda, y sabía que se había puesto ese camisón porque quería que esa noche fuera especial. Su visión lo excitó, y aunque la vibración le quemaba, se arrodilló junto a la cama. Necesitaba estar cerca de ella.

No sabía cómo lograba Phury mantener el control, especialmente en noches como ésa. El amor del hermano había querido sangrar, había exigido dolor y castigo. Y Phury hizo lo que se le había pedido, aceptando la terrible ceremonia. Z sin duda estaría durmiendo después de la paliza. Phury se retorcería de angustia durante días.

Era un buen macho, leal, fuerte, consagrado a Z. Pero expiar la culpa de lo que le había sucedido a Z lo estaba matando.

Dios, ¿cómo podía alguien soportar la obligación de golpear a la persona que amaba porque eso era lo que esa persona quería?

—Hueles bien —murmuró Mary, acercándose, acurrucada, y mirándolo—. A cafetería elegante.

—Es el humo rojo. Phury fumó una cosa muy fuerte, pero no puedo culparlo. —Rhage le tomó la mano y frunció el ceño—. Tienes fiebre otra vez.

—Está remitiendo. Me siento mucho mejor. —Le besó la muñeca—. ¿Cómo está Phury?

—Es terrible.

—¿Zsadist lo obliga a hacer eso a menudo?

—No. No sé qué pudo suceder esta noche.

—Lo siento mucho por ambos. Pero más por Phury.

Sonrió, adorándola por la forma en que se preocupaba por sus hermanos.

Mary se incorporó lentamente, moviendo las piernas de forma que quedaron colgando de la cama. Su camisón tenía un corpiño de encaje, y a través de la trama podía verle los senos. Sintió que los muslos se le tensaban, y cerró los ojos.

Era un infierno querer estar con ella y temer lo que su cuerpo pudiera hacer. Y ni siquiera estaba pensando en sexo. Necesitaba abrazarla, pero no se atrevía.

Mary llevó las manos a la cara de Rhage. Cuando le pasó el pulgar por la boca, sus labios se abrieron involuntariamente. Era una subversiva invitación que ella aceptó. Se inclinó y lo besó, penetrándolo con la lengua, tomando lo que él sabía que no debía ofrecer.

—Sabes bien.

Había fumado un poco con Phury, sabiendo que regresaría a ella, con la esperanza de que el relajante lo apaciguara un poco. No quería que se repitiese lo que había pasado en la sala de billar.

—Te quiero, Rhage. —Se movió, abriendo las piernas, atrayéndole hacia su cuerpo.

El vampiro no pudo contener una explosión de energía, que se apoderó de todo su cuerpo. Tomó aire y se recostó.

—Escucha, Mary...

Ella sonrió y se sacó el camisón por encima de la cabeza, arrojándolo al suelo. La visión de su piel desnuda a la luz de la vela lo paralizó. No podía moverse.

—Ámame, Rhage. —Le tomó las manos y se las llevó a los senos. Aunque se dijo que no debía tocarla, él le puso las palmas sobre los pechos y frotó suavemente los pezones con los pulgares. Ella arqueó la espalda—. Así, así.

Rhage se inclinó hasta su cuello, lamiéndole la carótida. Se moría por beber de ella, en especial porque mantenía la cabeza inmóvil, como si también lo deseara. No es que necesitara alimentarse. Quería llevarla en su cuerpo, en su sangre. Quería ser sustentado por ella, vivir de ella. Deseó que ella pudiera hacerle lo mismo.

Mary lo abrazó por los hombros y empujó, tratando de tumbarlo sobre el colchón. La dejó hacerlo, confiando en que Dios lo ayudara. Ahora ella estaba debajo de él, despidiendo el aroma de la excitación que sentía.

Rhage cerró los ojos. No podía rechazarla. No podía detener el arrebato que surgía de su interior. La besó y rezó.

Algo no iba bien, pensó Mary.

Rhage permanecía fuera de su alcance. Cuando quiso quitarle la camisa, él no la dejó tocarle los botones. Cuando trató de tocar su pene rígido, él retiró las caderas.

Incluso cuando le chupaba los senos y le pasaba la mano entre las piernas, era como si le estuviera haciendo el amor desde la distancia.

—Rhage... —Se interrumpió cuando sintió los labios del hombre en el ombligo—. Rhage, ¿qué pasa?

Sus grandes manos le separaron las piernas, y acercó su boca a la base de los muslos. La mordisqueó, jugando con los colmillos, con delicadeza, sin herirla.

—Rhage, para un minuto.

Él colocó la boca sobre su sexo, tirando con los labios, succionando, moviéndose de arriba abajo, saboreando. Ella levantó la cabeza.

Otro segundo y estaría totalmente perdida.

Agarrando su rubio pelo, lo apartó con fuerza.

Los ojos del vampiro brillaron con energía sexual mientras respiraba por los lustrosos labios abiertos. Deliberadamente, tomó su labio inferior con los dientes y lo chupó. Luego se pasó la lengua lentamente por el labio superior.

Ella cerró los ojos, excitándose, derritiéndose.

—¿Cuál es el problema? —preguntó al fin Mary con voz ronca.

—No sabía que hubiera uno. —Le rozó la vagina con los nudillos, frotando la sensible piel—. ¿No te gusta esto?

—Por supuesto que sí.

Rhage empezó a mover el pulgar en círculos.

—Entonces déjame que siga.

Antes de que pudiera inclinar la cabeza y usar de nuevo la lengua, ella apretó las piernas lo más que pudo alrededor de su mano.

—¿Por qué no puedo tocarte? —preguntó la joven.

—Nos estamos tocando, ¿no?

No podía estar más excitada.

—No, tú me tocas, pero yo a ti no.

Trató de apartarse de él y sentarse, pero Rhage estiró rápidamente la mano libre. La palma fue a parar a su pecho, empujándola de vuelta a la cama.

—No he terminado —dijo él en un profundo gruñido.

—Quiero tocar tu cuerpo.

Los ojos de Rhage emitieron un destello. Pero luego, en un instante, el brillo desapareció y una rápida emoción se reflejó en su cara. ¿Miedo? No podría decirlo, porque él bajó la cabeza. Le besó la parte superior del muslo, acariciándolo con la mejilla, la mandíbula, la boca.

—No hay nada como tu calor, tu sabor, tu suavidad. Déjame darte placer, Mary.

Las palabras le causaron un escalofrío. Ya las había escuchado antes. Al principio.

Los labios pasaron al interior de la vagina, más cerca de la meta.

—No, para, Rhage. —Se detuvo—. El sexo unilateral no me gusta. No quiero que me prestes un servicio. Quiero estar contigo.

Él apretó los labios y bajó de la cama con un ágil movimiento. ¿Iba a dejarla?

Pero sólo se arrodilló en el suelo, con los brazos aferrados al colchón y la cabeza colgando de los hombros. Recuperaba fuerzas.

Ella estiró una pierna y le tocó el antebrazo con el pie.

—No me digas que vas a decir que no —murmuró.

Rhage levantó la cabeza y la miró. Visto desde arriba, sus ojos eran sólo ranuras en la cara, emitiendo brillantes rayos de luz azul.

Mary arqueó el cuerpo y movió la pierna, permitiéndole una pequeña visión de lo que deseaba tanto.

Contuvo la respiración.

En un poderoso y fluido movimiento, Rhage dio un tremendo salto sobre ella y aterrizó entre sus piernas. Se desabrochó los pantalones y...

«Oh, gracias, Dios», se dijo Mary.

Se corrió de inmediato, gloriosamente aferrada al miembro con todo su cuerpo. Cuando pasó la tormenta, lo sintió agitándose sobre ella, dentro de ella. Estaba a punto de decirle que dejara de lado su autocontrol, cuando se dio cuenta de que ése no era el problema. Estaba sufriendo una especie de ataque, cada músculo de su cuerpo saltaba en violentos espasmos.

—¡Rhage! —lo miró a la cara.

Sus ojos emitían un brillo blanco.

En un intento por calmarlo, le frotó la espalda con las manos, y sintió algo raro sobre su piel. Parecía diferente, como si tuviera escamas, o estrías. Era rugosa.

—Rhage, hay algo en tu...

Él se apartó de un salto y se dirigió directamente hacia la puerta.

—¿Adónde vas? —Tomó el camisón y se lo puso al tiempo que salía tras él.

En el pasillo, Rhage se detuvo para recolocarse el pantalón, y Mary casi soltó un grito. El tatuaje estaba vivo. La cosa se había levantado de su espalda, el dibujo proyectaba sombras.

Y se movía, aunque Rhage estaba inmóvil. El gran dragón se revolvió como si la mirara, con la cabeza y los ojos fijos en ella mientras su cuerpo hacía ondulaciones. Parecía buscar una salida.

—¡Rhage!

Él escapó corriendo como una bala, bajó al recibidor y desapareció por la puerta oculta bajo la escalera.

* * *

El vampiro no paró de correr hasta que estuvo en el corazón del centro de entrenamiento. Cuando llegó al vestuario, abrió las puertas y entró en la ducha colectiva. Abriendo una de las boquillas, se deslizó por las baldosas y se sentó bajo un chorro de agua fría.

Todo era terriblemente claro. Las vibraciones. El zumbido. Siempre cerca de Mary, especialmente si ella estaba excitada.

Dios, no sabía cómo no se le había ocurrido antes. Quizá sólo quería evitar la verdad.

Estar con Mary era diferente porque... él no era el único que quería hacer el amor con ella.

La bestia también la deseaba.

La bestia quería salir para poder poseerla.

Cuando Bella llegó a su casa no pudo tranquilizarse. Después de escribir en su diario durante una hora, se mudó de ropa. Se puso unos pantalones vaqueros, una camiseta y la parka. Fuera caía una débil nevada entre remolinos de aire frío.

Se subió el cierre de la parka y se adentró en la parte más alta y agreste del prado.

Zsadist. No podía cerrar los ojos sin verlo tumbado en aquel baño.

Destrozado.

Se detuvo a mirar la nieve.

Le había dado su palabra de que no lo molestaría, pero no quería cumplir la promesa. Que Dios la ayudara, pero tenía que intentarlo de nuevo...

Notó que, a lo lejos, alguien caminaba alrededor de la casa de Mary. Bella se quedó paralizada de miedo, pero luego vio el cabello oscuro del individuo y supuso que no era un restrictor.

Obviamente, Vishous estaba trabajando en la instalación del sistema de seguridad. Lo saludó con la mano y se acercó.

Al hablar con V en la fiesta, le pareció tremendamente agradable. Tenía la clase de agudeza que realzaba la sociabilidad de un vampiro de inmediato. Pero no era su única virtud: ese guerrero era completo. Sexy, inteligente, poderoso, la clase de macho que hacía pensar en tener bebés sólo para que les transmitiera sus genes.

Se preguntaba por qué llevaba siempre ese guante negro de cuero. Y qué significaban los tatuajes que tenía a un lado de la cara.

—Pensé que ya habías terminado —dijo en voz alta cuando llegó a la terraza—. Ya que Mary...

La figura de cabello oscuro que se paró frente a ella no era Vishous. Y no estaba viva.

—¿Jennifer? —dijo el restrictor, sorprendido.

Bella se paralizó una milésima de segundo. Luego dio la vuelta y corrió, moviéndose rápido sobre el césped. No tropezó, no flaqueó. Corrió veloz y segura, aunque aterrorizada. Si podía llegar a su casa, se encerraría y dejaría al restrictor afuera. Para cuando él rompiera las ventanas, ella estaría en el sótano, donde nadie podía entrar. Llamaría a Rehvenge y tomaría el túnel subterráneo hasta el otro lado de la propiedad.

El restrictor estaba detrás de ella. Podía oír el ruido de sus pasos y el roce de su ropa; pero no lograba acercarse en su carrera a través del césped cubierto de escarcha. Con los ojos fijos en las alegres luces de su casa, obligó a sus músculos a desarrollar más velocidad.

Sintió la primera punzada de dolor en el muslo. La segunda en medio de la espalda, a través del chaquetón.

Las piernas le flaquearon y los pies se le convirtieron en insoportables pesos. Luego, la distancia le pareció mayor, aumentó hasta el infinito, pero aun así continuó. Al llegar a la puerta trasera, se tambaleaba. No supo cómo entró, pero tuvo dificultades para correr el cerrojo con los dedos, que también eran ahora torpes, como las piernas.

Mientras giraba sobre sí misma y corría hacia el sótano, el sonido de las patadas contra las puertas de vidrio era extrañamente sordo, como si estuviera sucediendo en algún lugar muy distante.

Una mano se cerró sobre su hombro.

El instinto de lucha la hizo reaccionar, y lanzó su ataque golpeando al restrictor en la cara con el puño cerrado. Él quedó momentáneamente aturdido y luego le devolvió el golpe, enviándola al suelo. Le dio la vuelta y la golpeó de nuevo con la palma abierta en la mejilla, haciéndole rebotar la cabeza contra el piso.

Ella no sintió nada. Ni la bofetada, ni el impacto del cráneo. Lo cual fue algo bueno, porque no se distrajo cuando lo mordió en el brazo.

En el violento forcejeo, chocaron contra la mesa de la cocina, desparramando las sillas. Ella se liberó, agarró una y lo golpeó en el pecho. Desorientada, jadeante, se alejó gateando.

Su cuerpo sucumbió al final de la escalera del sótano.

Allí tumbada, estaba consciente, pero incapaz de moverse. Tuvo la vaga impresión de que algo le goteaba en los ojos. Probablemente su propia sangre, o tal vez la del restrictor.

Su campo de visión giró cuando le dieron la vuelta.

Miró al restrictor a la cara. Cabello oscuro, ojos pardos, claros.

Santo Dios.

El cazavampiros lloraba mientras la levantaba del suelo y la acunaba en sus brazos. Lo último que vio fueron sus lágrimas cayendo sobre su cara.

No sintió absolutamente nada.

* * *

O sacó cuidadosamente a la hembra de la cabina de su furgón. Deseó más que nunca no haber accedido a entregar su casa para irse a vivir al centro de persuasión. Habría preferido mantenerla lejos de los demás restrictores, pero allí podía asegurarse de que no escapara. Y si cualquier otro restrictor se le acercaba... bueno, para eso se habían hecho los cuchillos.

Mientras la cargaba por la puerta, le miró la cara. Era muy parecida a Jennifer. Los ojos tenían diferente color, pero el rostro en forma de corazón, el espeso cabello oscuro y el esbelto cuerpo, perfectamente proporcionado...

De hecho, era más hermosa que Jennifer. Y también pegaba más fuerte.

Acostó a la hembra sobre la mesa y tanteó con el dedo la magulladura de su mejilla, el labio roto, las marcas de la garganta. La lucha había sido tremenda: sin restricciones, sin piedad, sin detenerse hasta que él ganó y pudo cargar con su cuerpo inerte.

Observando a la vampiresa, pensó en el pasado. Siempre había temido ser él quien matara a Jennifer, que alguna noche las palizas sobrepasaran el límite. En lugar de eso, terminó asesinando al conductor ebrio que había chocado contra el coche de ella. Aquel bastardo estaba borracho a las cinco de la tarde, y ella volvía a casa después del trabajo.

Matar al asesino resultó fácil. Averiguó dónde vivía y esperó a que regresara a su casa. Lo golpeó en la cabeza con una palanca y lo tiró escaleras abajo. Con el cuerpo aún enfriándose, O lo llevó en su coche hacia el noreste, cruzando todo el país.

Al final del viaje encontró a la Sociedad.

Un coche se detuvo enfrente. Rápidamente, recogió a la hembra y la llevó junto a los agujeros. Tras colocarle un arnés, abrió la tapa de uno de ellos y la dejó caer dentro.

—¿Tienes otro? —preguntó U al entrar.

—Sí. —O desvió su atención mirando, en el otro agujero, al macho con el que el señor X había trabajado la noche anterior. El civil se movía dentro del tubo, emitiendo aullidos de temor.

—Entonces, pongámonos a trabajar en la captura fresca —dijo U.

O puso una bota sobre la cubierta de la hembra.

—Ésta es mía. Si alguien la toca, lo despellejaré con mis propios dientes.

—¿Hembra? Excelente. El señor se pondrá contento.

—No le digas nada de esto. ¿Está claro?

U arrugó la frente, luego se encogió de hombros.

—Claro. Lo que mandes. Pero sabes que lo averiguará tarde o temprano. Cuando lo haga, no será por mí.

O sabía que U guardaría el secreto. En un arrebato de gratitud, le dio al cazavampiros la dirección del granero convertido en casa que había violentado. Una pequeña dádiva a cambio de la complicidad del restrictor.

—La hembra que vive allí se llama Mary Luce. Fue vista con un hermano. Ve a por ella.

U asintió.

—Lo haré, pero va a amanecer, y necesito descansar. No he dormido en dos noches y me estoy debilitando.

—Mañana entonces. Ahora, déjanos solos.

U alzó la cabeza y volvió la vista hacia el agujero.

—¿Déjanos?

—Lárgate de aquí, U.

Satisfecho, miró la cubierta de malla metálica. Y no pudo parar de sonreír.

Rhage no volvió a la casa principal hasta las cinco de la tarde. Al atravesar el túnel, no hizo ningún ruido. Se quitó los zapatos porque estaban empapados, y luego olvidó dónde los había dejado.

Tenía el sistema nervioso en carne viva; el fuego interno era como un rugido del que no podía deshacerse, no importaba cuán agotado estuviera, o cuánto peso hubiera levantado, o cuántos kilómetros hubiese corrido. No se apaciguaría ni acostándose con cien hembras.

No había escapatoria para él, pero tenía que hablar con Mary. Temía el momento de decirle que había sido condenado hacía ya un siglo. No sabía cómo explicarle que la bestia quería tener relaciones sexuales con ella. Pero necesitaba explicarle por qué debía alejarse.

Se preparó, y abrió la puerta de la habitación. Mary no estaba allí.

Fue al primer piso y encontró a Fritz en la cocina.

—¿Has visto a Mary? —le preguntó, haciendo un gran esfuerzo por mantener un tono equilibrado en la voz.

—Sí, amo. Se ha ido.

La sangre se le heló en las venas.

—¿Adónde?

—No lo dijo.

—¿Se llevó algo con ella? ¿Un bolso, una maleta o similar?

—Un libro, una rosquilla y un chaquetón.

Afuera. Rhage llegó al túnel y estuvo en el Hueco en medio minuto. Azotó la puerta a golpes.

Vishous tardó en acudir. Llevaba puestos unos pantalones cortos y un gorro de dormir cuando lo hizo.

—¿Qué dem...?

—Mary se fue de la casa. Sola. Tengo que encontrarla.

V pasó de frotarse los ojos y parecer adormilado a espabilarse totalmente. Fue hasta su ordenador, revisó todas las cámaras del exterior y la encontró encogida bajo el sol, apoyada en las puertas delanteras de la mansión. Lo cual era inteligente. Si veía venir algo, podía entrar en el vestíbulo en cuestión de segundos.

Rhage respiró hondo.

—¿Cómo puedo acercar la imagen?

—Oprime el botón de zoom, en el borde superior derecho, con el ratón.

Rhage acercó el objetivo. Daba de comer a un par de gorriones, arrojándoles trozos pequeños de su rosquilla. De vez en cuando levantaba la cabeza y exploraba los alrededores. Tenía una dulce e íntima sonrisa.

Él tocó la pantalla, rozándole la cara con la yema de los dedos.

—Estabas equivocado, hermano.

—¿Lo estaba?

—Ella es mi destino.

—¿Yo dije que no lo era?

Rhage lo miró por encima del ordenador, concentrándose en el ojo tatuado de V.

—No soy su primer amante. Me dijiste que mi destino era una virgen. Así que te equivocaste.

—Nunca me equivoco.

Rhage frunció el ceño, rechazando la idea de que otra hembra significara más para él u ocupara el lugar de Mary en su corazón.

A la mierda con el destino, si pretendía que amara más a otra. Y al diablo con los presagios de V.

—Debe de ser bonito saberlo todo —murmuró—. O pensar que uno lo sabe.

Cuando se volvió en dirección al túnel, le agarraron el brazo con fuerza.

Los ojos diamantinos de V, usualmente tan calmados, estaban molestos.

—Cuando digo que nunca me equivoco, no es por vanidad. El don de ver el futuro es una maldición de mierda, hermano. ¿Crees que me gusta saber cómo van a morir todos?

Rhage retrocedió y Vishous sonrió fríamente.

—Sí, medítalo. Y luego piensa que lo único que no sé es cuándo, así que no puedo salvar a nadie. Ahora, ¿quieres decirme por qué debería presumir de esta maldición mía?

—Dios, hermano. Lo siento...

V suspiró.

—Está bien. Escucha, ve con tu hembra. Ha pensado en ti toda la tarde. No quiero ofenderte, pero ya me estoy cansando de escuchar su voz en mi cabeza.

* * *

Mary se recostó en las grandes puertas de bronce y miró hacia arriba. En las alturas, el cielo era una brillante extensión azul, y el aire estaba seco, nítido, tras la temprana nevada de la noche anterior, impropia de la estación. Antes de que se pusiera el sol, quería pasear por el terreno, pero el calor que le daba el chaquetón la disuadía. O tal vez sufría simple agotamiento. No pudo dormir cuando Rhage salió de la habitación, y se pasó todo el día esperando su regreso.

No sabía lo que había sucedido la noche anterior. Ni siquiera estaba segura de haber visto lo que creyó ver. Los tatuajes no levitaban sobre la piel de las personas. Y no se movían. Por lo menos, en su mundo, no.

Pero Rhage no fue la única razón de su insomnio. Ya era hora de saber qué le iban a hacer los médicos. La cita con la doctora Della Croce era al día siguiente, y cuando hubiera terminado, conocería la naturaleza e intensidad de los tratamientos.

Quería hablar con Rhage de ello. Deseaba prepararlo.

Cuando el sol descendió bajo la silueta de los árboles, sintió un escalofrío. Se levantó, estiró los brazos y atravesó la primera de las puertas del vestíbulo. Cuando se hubieron cerrado, mostró la cara a una cámara y las puertas interiores se abrieron.

Rhage estaba sentado en el suelo, junto a la entrada. Se puso en pie lentamente.

—Hola, te estaba esperando.

Ella sonrió, incómoda, moviendo el libro entre las manos.

—Iba a decirte que salía a pasear. Pero te dejaste el móvil cuando...

—Mary, escucha, sobre lo de anoche...

—Espera, antes de que empieces con eso, escucha. —Levantó la mano. Respiró hondo—. Mañana iré al hospital. Para la consulta, antes de que empiece el tratamiento.

Se puso muy serio.

—¿Qué hospital?

—Saint Francis.

—¿A qué hora?

—Por la tarde.

—Quiero que vaya alguien contigo.

—¿Un doggen?

Negó con la cabeza.

—Butch. El policía es bueno con la pistola, y no quiero que estés desprotegida. Oye, ¿podemos ir arriba?

Ella asintió y él le tomó la mano, conduciéndola hasta el segundo piso. Cuando estuvieron en la habitación, Rhage se paseó de un lado a otro, mientras la mujer se sentaba sobre la cama.

Al hablar sobre la cita médica, descubrió que prepararlo a él era prepararse a sí misma. Luego quedaron en silencio.

—Rhage, explícame lo que pasó anoche. —Le notó indeciso—. Sea lo que sea, lo resolveremos. Puedes contármelo sin problemas.

La miró de frente.

—Soy peligroso.

Ella frunció el ceño.

—No, no lo eres.

Con un escalofrío, pensó en el tatuaje que se movía.

«Ya basta», se dijo a sí misma. Fue un espejismo. Era que él estaba respirando fuerte o algo así, y por eso pareció que la terrible imagen había cambiado de lugar.

—Mary, es parte de mí. La bestia. Está dentro de mí. —Se frotó el pecho y luego los brazos y los muslos—. Trato de controlarla lo mejor que puedo. Pero ella... no quiero hacerte daño. No sé qué hacer. Incluso ahora, cerca de ti, soy... Cristo, un maldito monstruo.

Al extender las temblorosas manos, parecía totalmente exhausto.

—Muchas veces lucho sólo porque el combate me apacigua —dijo—. Y el sexo también. Poseía a las hembras porque el desahogo me ayudaba a mantener a raya a la bestia. Pero ahora que no puedo tener sexo, soy inestable. Por eso anoche casi perdí el control. Dos veces.

—Espera, ¿de qué estás hablando? Me tienes a mí. Hazme el amor a mí.

—No puedo permitir que suceda otra vez —respondió con los dientes apretados—. Ya no podré... acostarme contigo.

Atónita, se quedó mirándolo.

—¿Quieres decir que ya no estarás conmigo? ¿Nunca más?

Él meneó la cabeza.

—Nunca.

—¿Qué diablos dices? Tú me deseas. —Sus ojos bajaron al grueso bulto visible en sus pantalones—. Veo que estás excitado. Me necesitas.

De repente, los ojos de Rhage dejaron de parpadear y brillaron con una luz blanca.

—¿Por qué cambian tus ojos?

—Porque ella... vuelve a la vida.

Mientras Mary guardaba silencio, él empezó a respirar con un ritmo extraño. Dos inhalaciones, una exhalación larga. Dos jadeos cortos, un resoplido lento.

La mujer luchó por comprender lo que él estaba diciendo. Y no pudo. Tal vez quiso decir que tenía alguna especie de segunda personalidad, o algo así.

—Mary, no puedo... acostarme contigo porque... cuando estoy contigo ella quiere salir. —Dos jadeos más—. Quiere...

—¿Qué quiere exactamente?

—Te quiere a ti. —Se alejó de ella—. Mary, quiere... estar dentro de ti. ¿Entiendes lo que digo? Mi otro yo quiere poseerte. Yo... tengo que irme.

—¡Espera! —Rhage se detuvo en la puerta. Sus ojos se encontraron—. Entonces deja que me posea.

Rhage se quedó boquiabierto.

—¿Estás loca?

No, no lo estaba. Habían tenido relaciones con una desesperación rayana en la violencia. Ya había sentido sus poderosos asaltos. Aunque esa otra personalidad fuese ruda, imaginaba que podía manejarla.

—Déjate ir. Estará bien.

Dos jadeos cortos. Un suspiro largo.

—Mary, no sabes... qué mierda estás diciendo.

Ella trató de entender.

—¿Qué es lo que harías? ¿Comerme?

Cuando él se la quedó mirando con aquellos ojos blancos, la mujer se paralizó. Jesús, tal vez él tuviera razón.

Pero ella estaba definitivamente loca.

—Te ataremos —dijo.

Él meneó la cabeza mientras tropezaba y se agarraba al pomo de la puerta.

—No quiero arriesgarme.

—¡Espera! ¿Estás seguro de que sucederá? ¿Te transformarás en lo que sea?

—No. —Se tocó el cuello y los hombros, crispado.

—¿Existe una posibilidad de que obtengas conmigo el desahogo que necesitas?

—Tal vez.

—Entonces lo intentaremos. Yo saldré corriendo si... bueno, si algo extraño sucede. Rhage, déjame hacer esto por nosotros. Además, ¿cuál es la alternativa? ¿Irme de aquí? ¿Que no nos veamos más? ¿Que nunca más tengamos sexo? Venga, estás tan excitado justo ahora, que pareces a punto de salirte de tu piel.

El miedo se apoderó de su cara, apretó la boca, abrió los ojos. Sintió una terrible y desconsoladora desdicha que la hizo cruzar la habitación hasta él. Le tomó las manos, sintiendo que temblaban.

—No quiero verte así, Rhage. —Cuando él intentó hablar, ella lo impidió—. Mira, tú sabes a qué te enfrentas. Yo no. Haz lo que tengas que hacer para dominarte, y ya... veremos qué sucede.

Rhage la miró. Ella quiso abrazarlo, pero tuvo el presentimiento de que eso lo haría alejarse.

—Déjame ir a hablar con V —dijo él finalmente.

* * *

—Cadenas —repitió Rhage, plantado en medio de la sala de estar del Hueco.

V lo miró atónito.

—¿De qué clase?

—De las que pueden remolcar un camión.

Butch salió de la cocina con una cerveza en una mano y un bocadillo en la otra.

—Hola, grandullón. ¿Qué hay?

—Quiero que me encadenéis a la cama.

—¡Pervertido!

—¿Hay cadenas como las que digo?

Vishous se retocó la gorra de los Medias Rojas.

—Creo que hay algo en el garaje. Pero, Rhage, hermano, ¿en qué estás pensando?

—Necesito... estar con Mary. Pero no quiero pasar por el... —Se detuvo. Exhaló—. Tengo miedo de cambiar. Tendré demasiado estímulo.

Los ojos claros de V se entornaron.

—Y renuncias a las otras hembras, ¿no es así?

Rhage asintió.

—Sólo quiero a Mary.

—Ah, mierda, hermano —dijo Vishous en voz baja.

—¿Por qué es mala la monogamia? —preguntó Butch mientras se sentaba y abría la lata de cerveza—. Tienes una mujer excelente. Mary es una persona maravillosa.

V meneó la cabeza.

—¿Recuerdas lo que viste en ese claro, policía? ¿Te gustaría tener esa cosa cerca de la hembra que amas?

Butch puso la cerveza sobre la mesa. Sus ojos recorrieron el cuerpo de Rhage.

—Vamos a necesitar un cargamento de acero —murmuró el humano.

O se estaba poniendo nervioso. La hembra todavía no recuperaba la conciencia por completo, y ya habían pasado dieciocho horas. Esos dardos estaban calibrados para un macho, pero, así y todo, ya debía haber despertado.

Temió haberle causado una conmoción cerebral.

La historia se repetía. Él y Jennifer se peleaban, y después se ponía muy nervioso por si le había causado algún daño grave. Mientras la limpiaba, siempre cuidaba con ternura las heridas, buscando huesos fracturados y cortes profundos. Y en cuanto estaba seguro de que se encontraba bien, le hacía el amor, incluso si todavía no estaba consciente. Correrse encima de ella, aliviado de saber que no había llevado las cosas demasiado lejos, siempre había sido el mejor desahogo.

Deseó hacer el amor con la hembra que había raptado.

El señor O fue hasta el agujero donde ella se encontraba. Retiró la cubierta de malla metálica, encendió una linterna, y apuntó el rayo de luz hacia el interior. Ella estaba encogida en el fondo.

Quiso sacarla. Abrazarla. Besarla y sentir su piel contra la suya. Deseó eyacular dentro de ella. Pero todos los restrictores eran impotentes. El Omega, aquel bastardo, era un amo celoso.

O volvió a colocar la cubierta y merodeó por el lugar, pensando en la noche que había pasado con el Omega y la depresión en la que se encontraba desde entonces. Era extraño: ahora que tenía esa hembra, su mente se había aclarado y un nuevo cometido lo estimulaba.

Sabía que la mujer del agujero no era Jennifer, pero la vampira era muy parecida a lo que le habían quitado, y tampoco iba a ser exigente. Aceptaría el obsequio que se le había dado, y lo protegería bien.

Esta vez nadie lo iba a despojar de su mujer. Nadie.

* * *

Cuando las contraventanas se alzaron para pasar la noche, Zsadist se quitó la ropa y caminó desnudo por la habitación en la que se encontraba.

Lo que había sucedido la noche anterior con Bella lo estaba matando. Quería encontrarla y disculparse, pero ¿qué podía decirle?

«Siento haber saltado sobre ti como un animal. Y tú no me pones enfermo. De verdad».

Dios, qué imbécil.

Cerró los ojos y recordó cuando estaba contra la pared, junto a la ducha, y ella intentó tocarle el pecho desnudo. Sus dedos eran largos y elegantes, con bonitas uñas. Sospechaba que su contacto habría sido ligero. Suave y cálido.

Debió controlarse. De haberlo hecho, por una vez sabría qué se siente al tener la suave mano de una hembra sobre la piel. Como esclavo, lo habían tocado con demasiada frecuencia, y siempre contra su voluntad, pero siendo libre...

Y no habría sido cualquier mano, sino la de Bella.

Su palma habría hecho contacto con su pecho, entre sus pectorales, y quizás incluso lo habría acariciado un poco. A él le habría gustado, sobre todo si lo hacía lentamente. Sí, cuanto más pensaba en ello, más podía imaginarse sintiéndose feliz con esas cosas...

Pero ¿por qué estaba pensando en eso? Su capacidad para tolerar cualquier clase de intimidad había desaparecido muchos años atrás. Y en todo caso, no era propio de él satisfacer las fantasías de una hembra como Bella. No era digno siquiera de las furiosas prostitutas humanas de las que se veía forzado a alimentarse.

Zsadist abrió los ojos y se sacó de la cabeza todas aquellas pamplinas. Lo mejor que podía hacer por Bella, la mejor forma de compensarla, era asegurarse de que nunca lo volviera a ver, ni siquiera por casualidad.

Aunque él sí la vería. Todas las noches visitaría su casa y se cercioraría de que estuviera bien. Era una época peligrosa para los civiles, y ella necesitaba que la custodiaran. Permanecería entre las sombras, vigilando.

Ese pensamiento lo apaciguó.

No podía confiar en sí mismo para estar con ella. Pero tenía una fe absoluta en su capacidad para mantenerla a salvo, no importaba cuántos restrictores tuviera que comerse vivos.

Mary se paseó por el balcón del segundo piso, a unos pasos de la puerta de su habitación. No soportó ver a Butch y V ponerse a trabajar con todas aquellas cadenas. Y era difícil saber si eso de que los dos hombres prepararan a Rhage para tener sexo con ella era tremendamente erótico o abiertamente aterrador.

La puerta se abrió. Los ojos de Butch revolotearon por el lugar. No quiso mirarlo.

—Está listo.

Vishous salió y encendió un cigarrillo liado a mano. Dio una larga calada.

—Nos quedaremos por aquí en el pasillo. Por si nos necesitas.

Su primer impulso fue decirles que se marcharan. No le gustaba que tuvieran que quedarse afuera mientras ella y Rhage tenían relaciones sexuales. La privacidad, después de todo, era un estado mental, tanto como un lugar apartado e íntimo.

Pero entonces pensó en la cantidad de acero que habían llevado allí dentro. No era lo que ella pensó. Unas cuerdas, quizás. Esposas. Pero no el aparejo con que se levanta del suelo un camión.

—¿Estáis seguros de que debéis esperar? —dijo ella.

Ambos asintieron.

—Créenos —murmuró Butch.

Mary entró en la habitación y cerró la puerta. Había velas encendidas a cada lado de la cama, y Rhage yacía desnudo sobre el colchón, con los brazos formando un ángulo sobre la cabeza, y las piernas separadas y estiradas. Había cadenas envueltas alrededor de sus muñecas y tobillos, y luego enlazadas al contorno de los pesados soportes de roble de la cama.

Rhage levantó la cabeza y sus ojos perforaron la penumbra.

—¿Estás segura de esto?

En realidad, no. No lo estaba.

—Pareces incómodo.

—Claro, cómo voy a estar. —Dejó caer la cabeza hacia atrás—. Aunque me alegra que haya postes y no caballos tirando en las cuatro diferentes direcciones.

Ella observó su colosal cuerpo, extendido para ella, en una especie de sacrificio sexual.

¿Era real? ¿En verdad iba a...?

«Cuidado», se dijo a sí misma. «No lo mantengas allí más tiempo del que tengas que hacerlo. Cuando haya terminado esto, y él sepa que todo está bien, no tendrás que hacerlo de nuevo».

Mary se descalzó, se sacó el jersey por encima de la cabeza, y se quitó los pantalones vaqueros.

La cabeza de Rhage se alzó de nuevo. Cuando ella se quitó el sostén y las bragas, su sexo se sacudió. Se alargó. Ella vio cómo se transformaba su pene por ella, endureciéndose, engordando, casi clamando. La excitación hizo que la cara del hombre se sonrojara y un rocío de sudor mojara su hermosa piel varonil.

—Mary... —Las pupilas se le pusieron blancas y empezó a ronronear, girando las caderas. La verga se movió encima de su estómago, el glande le llegó al ombligo y un poco más allá. Con un repentino arrebato, sus antebrazos tiraron de las ataduras con un movimiento brusco. Las cadenas chirriaron, oscilaron.

—¿Estás bien? —preguntó ella.

—Oh, Dios, Mary. Tengo... tenemos hambre. Estamos... muriendo de hambre por ti.

Armándose de valor, ella fue hasta la cama. Se inclinó y lo besó en la boca, luego subió al colchón. Se colocó encima de él.

Mientras ella lo montaba, él se retorcía debajo.

Tomó el miembro en la mano y trató de introducirlo. No pudo hacerlo al primer intento. Era demasiado grande y ella no estaba lista. Le dolió. Lo intentó de nuevo e hizo una mueca de dolor.

—No estás preparada para mí —dijo Rhage, arqueándose mientras ella colocaba otra vez la cabeza del miembro contra su vagina. Emitió una especie de zumbido salvaje.

—Lo lograré, déjame...

—Ven aquí. —La voz había cambiado. Era más profunda—. Bésame, Mary.

Ella se dejó caer hasta su pecho y lo besó en la boca, tratando de excitarse. No funcionó.

Él rompió el contacto, sintiendo su falta de pasión.

—Sube un poco más. —Las cadenas se sacudieron, el sonido metálico era casi un repique de campanas—. Dame tus senos. Acércalos a mi boca.

Ella estiró el cuerpo y le llevó un pezón a los labios. En el instante en que sintió una suave succión, su cuerpo respondió. Cerró los ojos aliviada, mientras se dejaba dominar por el calor.

Rhage pareció reconocer el cambio, porque el ronroneo subió de volumen. Mientras la acariciaba con los labios, su cuerpo se movió en una gran oleada debajo de ella, su pecho se alzó, y luego el cuello y la cabeza se echaron hacia atrás. Un nuevo torrente de sudor le anegó la piel. Su deseo llenó el aire de un inconfundible aroma a especias.

—Mary, déjame saborearte. —Su voz era tan profunda que las palabras sonaban distorsionadas—. Tu néctar. Entre tus piernas. Déjame saborearte.

Ella miró hacia abajo y dos relucientes órbitas blancas le devolvieron la mirada. Había algo hipnótico en ellas, una persuasión erótica que no podía eludir, aunque sabía que no estaba sola con Rhage.

Arrastró el cuerpo hacia arriba, deteniéndose cuando estuvo sobre el pecho. La situación le parecía chocante, con él atado.

—Más cerca, Mary. —Hasta la forma en que pronunciaba su nombre era distinta.

—Acércate a mi boca.

Se movió torpemente encima de él, tratando de acomodarse a su posición. Acabó con una rodilla sobre su pecho y la otra sobre un hombro. Él levantó el cuello y torció la cabeza, tratando de llegar a la carne de Mary, y al fin la capturó con los labios.

Su gemido vibró en la vagina de la mujer, y ella plantó una mano sobre la pared. El placer hizo desaparecer completamente sus inhibiciones, convirtiéndola en una esclava sexual mientras él lamía, chupaba y gemía. Cuando su cuerpo respondió con un torrente de humedad, se escuchó un sonido agudo seguido de un gruñido. Las cadenas se tensaron al máximo y el marco de la cama crujió. Los grandes brazos de Rhage tiraban de las ataduras que los contenían. Tenía los músculos rígidos, los dedos separados y curvados, como si fueran garras.

—Así —dijo él entre sus piernas—. Puedo sentir... tu orgasmo.

Su voz disminuyó y se transformó en un gruñido.

El estremecedor éxtasis la derrumbó, hundiéndola en la cama tras arrastrar la pierna a través de la cara de Rhage y caer sobre la nuca. En cuanto sus pulsaciones amainaron, lo miró. Sus ojos blancos y carentes de parpadeos estaban completamente abiertos, llenos de admiración y reverencia. Estaba completamente cautivado por ella, mientras yacía respirando al ritmo de dos inhalaciones cortas seguidas por una exhalación larga.

—Tómame ahora, Mary. —Las palabras sonaron profundas, distorsionadas. No eran de Rhage.

Pero ella no se asustó, ni sintió que lo estuviera traicionando.

Lo que había salido de él no era maligno, ni tampoco enteramente desconocido. Ella siempre había sentido a esa... cosa en él, y sabía que no tenía nada de qué asustarse. Y ahora, al mirarlo a los ojos, notaba, como en la sala de billar, una presencia diferente que la miraba. Distinta, pero que seguía siendo Rhage.

Montó sobre él y lo introdujo en su cuerpo, encajando a la perfección. Las caderas del hombre se levantaron, y otro bramido salió de su garganta cuando empezó a moverse de arriba abajo. Los embates entraban y salían de ella como un delicioso émbolo, que trabajaba con fuerza creciente. Para evitar salir despedida hacia arriba, se apuntaló en manos y rodillas tratando de permanecer en su sitio.

El pavoroso sonido subió de intensidad a medida que él enloquecía, golpeando las caderas de ella con las suyas, temblando incontrolablemente. El ansia creció y creció, acumulándose, presagiando una tormenta a punto de estallar. De repente, se inclinó hacia delante, mientras la cama chirriaba y sus brazos y piernas se contraían. Los párpados se le abrieron por completo y una luz blanca invadió la habitación, haciéndola brillar como si fuera mediodía. En sus profundidades, ella sintió las contracciones de su clímax, y la sensación activó el orgasmo, haciéndola sobrepasar el límite.

Cuando terminó, cayó sobre el pecho de Rhage, y ambos quedaron inmóviles. Sólo se oían las respiraciones; normal la de ella, la de él con aquel extraño ritmo.

Levantó la cabeza y lo miró a la cara. Los ojos blancos ardían mientras la miraban fijamente con total adoración.

—Mi Mary —dijo la extraña voz.

Y entonces un choque eléctrico de baja intensidad fluyó a través del cuerpo de Mary y cargó el aire. Todas las luces de la habitación se encendieron, inundando el espacio con una iluminación total. Ella ahogó un grito y miró a su alrededor, pero la descarga desapareció tan rápido como había surgido. Al instante, la energía se esfumó. Ella bajó la vista.

Los ojos de Rhage eran normales de nuevo, el verde azulado fulguraba como tantas veces.

—¿Mary? —dijo con voz confusa, indistinta.

Ella tuvo que tomar un poco de aire antes de hablar.

—Has vuelto.

—Y tú estás bien. —Levantó los brazos, se miró los dedos—. No cambié.

—¿Qué quieres decir con eso de que no cambiaste?

—Yo no... Pude verte mientras estuvo aquí. Confusamente, pero sabía que no estabas sufriendo daño. Es la primera vez que recuerdo algo.

Ella no supo cómo interpretar las extrañas palabras, pero vio que las cadenas le habían lacerado la piel.

—¿Puedo soltarte?

—Sí, por favor.

Desatarlo le llevó algún tiempo. Cuando estuvo libre, se dio masaje en las muñecas y los tobillos y examinó cuidadosamente a Mary, cerciorándose de que estaba bien.

Ella buscó una bata.

—Será mejor que vaya a decirle a Butch y a V que pueden irse.

—Yo lo haré. —Fue hasta la puerta de la habitación y asomó la cabeza.

Mientras él hablaba con los hombres, ella miró el tatuaje de su espalda. Hubiera jurado que le sonreía.

Dios, estaba volviéndose loca. De verdad.

Subió a la cama de un salto y se cubrió con las sábanas.

Rhage cerró y se recostó contra la puerta. Aún parecía tenso, a pesar del desahogo que había tenido.

—Después de todo eso... ¿ahora me tienes miedo?

—No.

—¿No tienes miedo de... ella?

Mary extendió los brazos.

—Ven aquí. Quiero abrazarte. Tienes temblores.

Rhage se aproximó a la cama lentamente, como si no quisiera que ella se sintiera agobiada. Mary agitó las manos, urgiéndolo.

Rhage se acostó junto a ella, pero no la abrazó.

Un instante después ella fue a por él, envolviendo su cuerpo, recorriéndolo con las manos. Cuando le frotó el costado, tocando el borde de la cola del dragón, Rhage retrocedió, temeroso, y cambió de posición.

No la quería cerca del tatuaje, pensó Mary.

—Date la vuelta —dijo—. Ponte boca abajo.

Cuando él meneó la cabeza, ella le empujó los hombros. Era como tratar de mover un piano grande.

—Date la vuelta, maldición. Vamos, Rhage.

Él obedeció bruscamente, maldiciendo y acostándose sobre el estómago.

Ella pasó la mano directamente sobre su espina dorsal, sobre el dragón.

Los músculos de Rhage se contrajeron, pero no por casualidad. Las afectadas eran las partes del cuerpo que se correspondían con las que palpaba en el dragón tatuado.

Extraordinario.

Le acarició la espalda un poco más, sintiendo como si la tinta se elevara para buscar la palma, como un gato.

—¿Volverás a desearme y a estar conmigo alguna vez? —preguntó Rhage rígidamente. Volvió la cabeza hacia un lado para mirarla. Pero no levantó la vista.

Ella se quedó un rato sobre la boca de la bestia, siguiendo la silueta de sus labios con la yema de los dedos. Los de Rhage se separaron como si estuviera sintiendo el contacto.

—¿Por qué no iba a querer estar contigo?

—Porque ha sido un poco extraño, ¿no crees?

—¿Extraño? —replicó riendo—. Vivo en una mansión llena de vampiros. Amo a un...

Se detuvo. Oh, Dios. ¿Qué había salido de su boca?

Rhage levantó la parte superior del cuerpo, girando el pecho para poder mirarla.

—¿Qué has dicho?

No lo había hecho intencionadamente, pensó ella. Se había jurado no confesarle que lo amaba. No decirlo.

—No estoy segura —murmuró, sintiendo la fuerza bruta de sus brazos—. Creo que he dicho, o iba a decir, que amo a un vampiro.

Le tomó la cara, lo besó con fuerza en la boca y lo miró directamente a los ojos.

—Te amo, Rhage. Te amo con locura.

Los pesados brazos la envolvieron y ella le agarró la cabeza y la llevó al arco de su cuello.

—Creí que nunca lo harías, que jamás me lo dirías.

—¿Soy así de testaruda?

—No. Yo soy así de indigno de tu amor.

Mary retrocedió y lo miró.

—No quiero oír eso nunca más. Eres lo mejor de lo mejor.

—¿Incluso con la bestia, es decir, con el lote completo?

¿Bestia? Cierto, había sentido algo dentro de él. ¿Pero una bestia? Sin embargo, Rhage parecía tan preocupado que ella le siguió la corriente.

—Sí, con ella también. Pero ¿podemos hacerlo sin todo ese metal la próxima vez? Sé que no me harás daño.

—Sí, creo que podemos prescindir de las cadenas.

Mary volvió a hundirlo en su cuello y posó la mirada en *La Virgen y el niño*, al otro lado de la habitación.

—Eres el más extraño de los milagros —le susurró, observando el cuadro.

—¿Qué?

—Nada. —Le besó la parte superior de su rubia cabeza y volvió a mirar la pintura.

B ella respiró profundamente y olió a suciedad.

Le dolía la cabeza. Y las rodillas la estaban matando. Parecían oprimidas por algo duro y frío.

Abrió los ojos. Nada. Sólo oscuridad, negrura, ceguera.

Trató de levantar una mano, pero su codo tropezó contra una pared irregular. Había otra pared a su espalda y frente a ella. Por todas partes. Se movió, chocando en el pequeño espacio, y sintió pánico. Abrió la boca y descubrió que no podía respirar. No había aire, sólo olor a tierra húmeda, tenía obstruida... la nariz... ella...

Gritó.

—¿Lista para salir? —dijo suavemente una voz masculina.

Lo recordó todo: la carrera hacia su casa a través del césped, la lucha contra el restrictor, la pérdida de conocimiento.

Con una rápida sacudida, fue izada por un arnés de pecho, desde lo que le pareció que era un tubo clavado en la tierra. Miró a su alrededor aterrorizada. No tenía ni idea de dónde estaba. La habitación no era grande y las paredes no estaban terminadas. No había ventanas, sólo dos claraboyas en el bajo techo, ambas cubiertas con tela negra. Tres bombillas desnudas colgaban de cables. El lugar tenía un olor dulzón, una combinación de madera de pino y talco para bebé. La fragancia de los restrictores.

Cuando vio una mesa de acero inoxidable y docenas de cuchillos y martillos, tembló tan fuertemente que empezó a toser.

—No te preocupes por todo eso —dijo el restrictor—. No son para ti, si te portas bien.

Le hundió las manos en el cabello y se lo alisó sobre los hombros.

—Ahora te darás una ducha y lavarás esto. Vas a lavar esto para mí.

Extendió el brazo y recogió un fardo de ropa. Cuando lo dejó en sus brazos, ella se dio cuenta de que era su ropa.

—Si te portas bien, podrás ponértela. Pero lo primero es la ducha. —La empujó en dirección a una puerta abierta, justo cuando empezó a sonar un teléfono móvil—. A la ducha. Ahora.

Demasiado desorientada y aterrorizada para discutir, entró tambaleante en un baño que no tenía excusado. Como un robot, se encerró y abrió el agua con manos temblorosas. Cuando giró sobre los talones, vio que el restrictor había abierto la puerta y la miraba.

El hombre puso la mano sobre la parte inferior del móvil.

—Quítate la ropa. Rápido.

Ella se volvió a mirar los cuchillos. Sintió que la bilis afluía a su boca mientras se desnudaba. Cuando hubo terminado, se cubrió con las manos y tiritó.

El restrictor dejó el teléfono.

—No te escondas de mí. Baja los brazos.

Ella retrocedió, sacudiendo la cabeza torpemente.

—Bájalos.

—Por favor, no...

Él avanzó dos pasos y le propinó una bofetada en la cara, arrojándola contra la pared. Luego la sujetó.

—Mírame. Mírame. —Sus ojos resplandecían emocionados, mientras la miraba a la cara—. Qué felicidad, tenerte de vuelta.

La rodeó con los brazos, atrayéndola. El olor dulzón la abrumó.

* * *

Butch era un escolta perfecto, pensó Mary cuando salían del ala de oncología del Saint Francis. Con un abrigo negro de lana, un sombrero estilo años cuarenta y unas estupendas gafas de sol, estilo aviador, parecía un hampón. Era muy chic.

Lo cual tampoco era una fantasía. Ella sabía que estaba armado hasta los dientes, porque Rhage había inspeccionado el arsenal del hombre antes de dejarlos salir de la casa.

—¿Necesitas algo antes de que volvamos? —preguntó Butch cuando estuvieron afuera.

—No, gracias. Vamos a casa.

La tarde había sido agotadora, pero no concluyente. La doctora Della Croce aún estaba indecisa, seguía consultando con sus colegas. Tenía que hacerse más pruebas, porque el equipo quería revisar otra vez un par de variables hepáticas.

Odiaba tener que regresar al día siguiente. Aún tenía que pasar otra noche de incertidumbre. Mientras ella y Butch atravesaban el aparcamiento y entraban en el Mercedes, sentía una horrible mezcla de agitación y cansancio. Lo que realmente necesitaba era dormir, pero estaba tan nerviosa que tal vez no conciliara el sueño.

—Pensándolo bien, Butch, ¿podrías llevarme a mi casa, de camino a la mansión? Quiero recoger unas medicinas que dejé allí. —Los somníferos podían serle muy útiles.

—Me gustaría evitar pasar por allí, si se puede. ¿Sería posible que compraras lo que quieres en una farmacia o algo así?

—Son especialmente preparadas para mí, con una fórmula de la doctora.

Él frunció el ceño.

—Está bien. Pero apresúrate, y yo entraré contigo.

Quince minutos después aparcaron frente a la casa. Bajo el dorado resplandor del sol poniente, su vivienda parecía desierta. Habían volado hojas hasta la puerta principal, sus crisantemos estaban medio muertos y había una rama de árbol en el patio.

Esperaba que quien lo comprase amara y cuidara el lugar tanto como ella.

Cuando entró en la casa, una ráfaga fría entró por el salón recibidor, y resultó que la ventana de la cocina estaba abierta. Al cerrarla, supuso que V debió de olvidar cerrarla cuando fue a trabajar en el sistema de alarma, antes de que ella se mudara. La aseguró y luego fue al segundo piso.

Antes de salir, se detuvo en la puerta trasera y echó un vistazo a su patio. La piscina estaba cubierta por una capa de hojas, la superficie permanecía quieta. El prado era una extensión de césped de color claro...

Algo brillaba en la casa de Bella.

Sus instintos se agudizaron.

—Butch, ¿te importa que vayamos a investigar eso?

—Ni lo pienses. Tengo que llevarte a casa.

Ella cerró la puerta.

—Mary, no es seguro.

—Allí vive Bella. No debería haber nada moviéndose en su casa a esta hora del día. Vamos.

—Puedes llamarla desde el coche.

—Lo haré desde aquí. —Un momento después colgó y regresó a la puerta—. No responde. Iré a ver.

—Ni hablar... ¡Mary, espera! Cristo, no me obligues a cargarte al hombro y sacarte de aquí.

—Haces algo así y le digo a Rhage que me pusiste las manos encima.

Los ojos de Butch chispearon.

—Jesús, eres tan manipuladora como él.

—No tanto, pero estoy aprendiendo. Ahora, ¿vienes conmigo o voy sola?

Él soltó una gruesa palabrota y desenfundó una pistola.

—Esto no me gusta.

—Entendido. Escucha, sólo comprobaremos que está bien. Serán diez minutos.

Cruzaron la pradera, Butch explorando el campo con ojos vigilantes. Al acercarse a la casona, vieron la puerta trasera balanceándose al viento y capturando los últimos rayos de sol.

—Quédate junto a mí, ¿entendido? —dijo Butch cuando entraban en el jardín.

La puerta se abrió de nuevo.

—Mierda —murmuró él.

La cerradura de bronce estaba astillada y había varias hojas de vidrio rotas.

Entraron con cautela.

Había sillas esparcidas por toda la cocina, junto con platos y tazas rotos y una lámpara destrozada. Vieron marcas de quemaduras en el suelo, y una especie de sustancia negra semejante a la tinta.

Cuando ella se inclinó a examinar las aceitosas manchas, Butch la frenó.

—No te acerques a eso. Es sangre de restrictor.

Ella cerró los ojos. Los seres del parque tenían a Bella.

—¿Su alcoba está en el sótano? —preguntó Butch.

—Eso me dijo.

Fueron trotando hasta el sótano y encontraron la puerta doble de la alcoba abierta de par en par. Unos cajones del tocador habían sido volcados, y parecían haberse llevado algunas prendas, lo cual tenía poco sentido.

Butch abrió su teléfono móvil mientras subían de regreso a la cocina.

—¿V? Hay una casa forzada. La de Bella. —Vio las manchas negras sobre una silla rota—. Presentó batalla. Pero creo que los restrictores se la llevaron.

* * *

Mientras Rhage se ponía unos pantalones de cuero, afianzó el móvil entre el hombro y la oreja.

—¿Policía? Déjame hablar con Mary.

Hubo un sonido de pasos.

—¿Hola? ¿Rhage?

—Hola, ¿estás bien?

—Estoy bien. —Su voz sonaba temblorosa, pero era un alivio enorme escucharla.

—Voy a buscarte. —Tomó su funda para el pecho mientras introducía los pies en las botas de puntera metálica—. El sol se está ocultando, estaré ahí en un instante.

La quería segura y en casa. Mientras él y los hermanos iban tras esos cretinos.

—Rhage... Oh, Dios, Rhage, ¿qué le van a hacer a Bella?

—No lo sé. —Era una mentira piadosa. Sabía exactamente qué le iban a hacer. Que Dios la ayudara—. Sé que estás preocupada por ella. Quiero que te pegues a Butch como una lapa, ¿entiendes?

Sería más rápido desmaterializarse y llegar a ella que hacer que el policía la llevara a casa en el coche. Pero detestaba que estuviera tan expuesta, aunque fuera poco rato.

Guardó las dagas en la funda y siguió hablando.

—¿Mary? ¿Has oído lo que te he dicho? Cuídate, no te separes de Butch.

—Estoy junto a él.

—Bien. Sigue así. Y no te preocupes, de un modo u otro rescataremos a Bella. Te amo. —Colgó y se puso el pesado impermeable.

Cuando salió al pasillo, tropezó con Phury, que ya estaba listo, completamente armado.

—¿Qué diablos está pasando? —Zsadist llegaba por el pasillo—. Recibí un mensaje urgente de V sobre una hembra...

—Bella ha sido raptada por los restrictores —dijo Rhage, revisando su pistola Glock.

Una ráfaga de frío salió de Z, como una explosión.

—¿Qué has dicho?

Rhage arrugó la frente al ver la preocupación del hermano.

—Bella. La amiga de Mary.

—¿Cuándo?

—No sé. Butch y Mary están en su casa...

En un instante, Zsadist había desaparecido.

Rhage y Phury lo siguieron, desmaterializándose, hasta la casa de Bella. Los tres subieron juntos los escalones frontales de la casa.

Mary estaba en la cocina, muy pegada a Butch, que miraba algo en el suelo. Rhage entró corriendo y la abrazó con intensidad infinita.

—Te llevaré a casa.

—El Mercedes está en casa de Mary —dijo Butch, dejando de mirar las manchas negras que había estado observando. Arrojó a Rhage un juego de llaves.

Phury soltó una maldición mientras levantaba una silla.

—¿Qué tenemos?

El policía meneó la cabeza.

—Creo que se la llevaron viva, según estas rayas calcinadas que llegan hasta la puerta. Su rastro de sangre se quemó cuando el sol lo tocó...

Ya antes de que Butch dejara de hablar y mirara a Mary, Rhage había emprendido el camino a la puerta, con ella. Lo último que necesitaba era escuchar los horribles detalles.

El policía continuó.

—Además, no les sirve de nada muerta... ¿Zsadist? ¿Estás bien, amigo?

Al pasar, Rhage miró a Z por encima del hombro.

Z temblaba de la ira, su cara estaba crispada a lo largo de la cicatriz. Parecía a punto de explotar, pero era difícil creer que la captura de una hembra le importara.

Rhage se detuvo.

—Z, ¿qué te pasa?

El hermano le dio la espalda, como si no quisiera que lo vieran, luego se reclinó, acercándose más a la ventana frente a la que estaba. Con un gruñido profundo, se desmaterializó.

Rhage miró afuera. Lo único que pudo ver fue el granero de Mary al otro lado del campo.

—Vamos —le dijo a la joven—. Te quiero fuera de aquí.

Ella asintió y él la sujetó por el brazo, llevándola fuera de la casa. No dijeron nada mientras caminaban rápidamente a través del césped.

En el momento en que pisaron el jardín de Mary, se oyó un estruendo de cristales rotos.

Alguien fue arrojado fuera de la casa de Mary a través de la puerta corredera.

En cuanto el cuerpo rebotó sobre la terraza, Zsadist saltó por la abertura, exhibiendo los colmillos y con la cara crispada de ira. Se lanzó sobre el restrictor, atrapándolo por el cabello y levantándolo violentamente.

—¿Dónde está ella? —gruñó el hermano. El ente no respondió. Z lo mordió en el hombro, perforando su abrigo de cuero. El cazavampiros aulló de dolor.

Rhage no se quedó a mirar el espectáculo. Arrastró a Mary por un lado de la casa, y tropezó con otros dos restrictores. La hizo ponerse detrás de él y la protegió con el cuerpo mientras desenfundaba su arma. En el instante en que la tuvo en posición de disparar, sonaron unos estallidos a su derecha. Las balas le zumbaron cerca del oído, rebotaron contra la casa y lo hirieron en el brazo, el muslo y...

Nunca se había alegrado al sentir que emergía la bestia. Se entregó a la turbulenta mutación con un rugido, aceptando el cambio, acogiendo el destello de calor y la explosión de sus músculos y sus huesos.

* * *

Al producirse la explosiva transformación de Rhage, Mary salió arrojada contra la pared, su cabeza rebotó hacia atrás y se golpeó contra los listones de madera. Cayó al suelo, confusa, dolorida, notando a medias que una enorme presencia ocupaba el lugar de Rhage.

Sonaron más disparos, gritos, un rugido ensordecedor. Arrastrándose por el suelo, se ocultó tras un seto, justo cuando alguien encendió las luces exteriores.

—Santo... Dios —musitó.

Era el tatuaje, que había cobrado vida: una criatura semejante a un dragón, cubierta con escamas iridiscentes rojas y verdes. Aquel ser tenía una afilada cola con terribles púas, largas garras amarillas y una salvaje melena negra. No podía verle la cara, pero los sonidos que emitía eran horrendos.

La bestia era mortífera. Rápidamente se encargó de los restrictores.

Ella se cubrió la cabeza con los brazos, incapaz de mirar. Esperaba con toda el alma que la bestia no notara su presencia, y que si lo hacía, recordara quién era ella.

Hubo más rugidos, otro grito, un terrible crujido de dientes.

Desde la parte trasera de la casa, escuchó una rápida ráfaga de disparos.

Alguien vociferó.

—¡Zsadist! ¡Detente! ¡Los necesitamos vivos!

La lucha continuó durante cinco o diez minutos. Y luego sólo se oyó el sonido de una respiración. Dos inhalaciones. Una exhalación lenta.

Ella levantó la vista. La bestia asomaba sobre los arbustos tras los que se ocultaba, con la firme mirada blanca fija en ella. Su cara era enorme, su mandíbula lucía una dentadura de tiburón, la melena le caía sobre la amplia frente. Sangre negra le rodaba por el pecho.

—¿Dónde está? ¿Dónde está Mary? —La voz de V llegó desde detrás de una esquina—. ¿Mary? Oh... mierda.

La cabeza de la bestia giró en redondo mientras Vishous y Zsadist se paraban en seco.

—Yo lo distraeré —dijo Zsadist—. Tú apártala del camino.

La bestia se volvió hacia los hermanos y se colocó en posición de ataque, con las garras arriba, la cabeza hacia delante, la cola oscilando continuamente. Los músculos de sus cuartos traseros vibraban.

Zsadist continuó moviéndose, mientras V se aproximaba a la mujer.

La bestia gruñó y cerró las mandíbulas con fuerza.

Z fue directamente hacia el monstruo.

—¿Qué vas a hacerme que no me hayan hecho ya?

Mary se puso en pie de un salto.

—¡Zsadist! ¡No!

Todos quedaron paralizados, como si formaran parte de un cuadro. Miraron a la mujer durante un instante. Luego Zsadist siguió avanzando. La bestia continuó preparándose para atacar. Vishous se acercó furtivamente hacia ella.

—¡Marchaos los dos! —susurró ella con energía—. ¡Lo estáis enfureciendo!'

—Mary, tenemos que sacarte de aquí. —El tono de voz de V le resultó desagradable, por condescendiente, paternalista. Por un instante la irritó que hasta los vampiros sacaran a relucir el machismo.

—No me hará daño a mí, pero a vosotros os destrozará. ¡Marchaos!

Nadie la estaba escuchando.

—Dios, líbranos de los héroes —murmuró—. ¡Que os larguéis!

Los dos hermanos dejaron de moverse. Y la bestia giró la cabeza hacia Mary.

—Hola —murmuró ella, saliendo de los arbustos—. Soy yo, Mary.

La gran cabeza del dragón se sacudió de arriba abajo, como si asintiera; su melena negra relucía. El enorme cuerpo se balanceó un poco en dirección a la mujer.

La bestia era hermosa, pensó. Hermosa como lo es una cobra, cuya posible fealdad queda eclipsada por sus movimientos airosos y veloces, por una admirable inteligencia predadora.

—Eres enorme, ¿lo sabías? —Procuraba usar un tono de voz bajo mientras se aproximaba lentamente, recordando cómo le gustaba a Rhage escucharla—. Hiciste un trabajo excelente defendiéndome de esos restrictores. Gracias.

Cuando estuvo junto a la bestia, ésta abrió las mandíbulas y aulló manteniendo la vista fija en Mary. De repente, la gran cabeza descendió, como buscando su contacto. Ella extendió las manos y acarició las suaves escamas, sintiendo la enorme fuerza de su cuello y hombros.

—De cerca eres aterradora como el diablo, en serio. Pero es agradable tocarte. No pensé que tu piel pudiera ser tan suave y tan cálida.

Los ojos blancos parpadearon y se entornaron, emitió un gruñido al notar movimiento un poco más allá.

—Que no se acerque nadie —dijo ella sin variar el tono o apartar la mirada. Mantuvo los ojos fijos en la enorme cara.

—Butch, retrocede, hombre —murmuró V—. Lo está tranquilizando.

La bestia gruñó otra vez desde las profundidades de su garganta.

—Escucha: no te enfades con ellos —dijo Mary dulcemente—. No van a hacernos absolutamente nada. Además, ¿no has tenido suficiente por hoy?

La criatura exhaló un rugido que parecía un suspiro.

—Sí, ya ha terminado todo por hoy —murmuró ella, acariciándolo debajo de la melena. Enormes músculos corrían en grandes haces bajo la piel. No tenía grasa, sólo músculo, sólo fuerza y poder.

Miró a los vampiros una vez más.

—No, tú y yo no tenemos que preocuparnos por ellos. Tú quédate aquí conmigo y...

Sin previo aviso, la bestia giró vertiginosamente y, sin querer, la derribó con la cola. Se lanzó al aire en dirección a la casa y entró por una ventana, destrozándola con la parte superior del cuerpo.

Un restrictor fue arrastrado enseguida al exterior. El rugido de indignación de la bestia sólo cesó en el momento en que aprisionó al cazavampiros entre las mandíbulas.

Mary se encogió, protegiéndose de los peligrosos movimientos de la cola del monstruo. Se tapó los oídos y cerró los ojos para no escuchar el ruido de la masticación ni ver la horrible carnicería.

Momentos después sintió que la tocaban. La bestia estaba empujándola con la nariz.

Ella se dio la vuelta y la miró a los blancos ojos.

—Yo estoy bien. Pero vamos a tener que hacer algo con tus modales.

La bestia ronroneó y se echó en el suelo, junto a ella, descansando la cabeza sobre sus patas delanteras. Hubo un brillante destello de luz, y luego apareció Rhage en la misma posición. Cubierto de sangre negra, tembloroso de frío.

Ella se quitó el abrigo mientras los hermanos se acercaban corriendo. Cada uno de los hombres se quitó su chaqueta y la puso encima de Rhage.

—¿Mary? —dijo con voz ronca.

—Aquí estoy. Todos estamos bien. Vosotros dos me salvasteis.

Butch no lo habría creído si no lo hubiera visto con sus propios ojos. Mary había convertido a aquella bestia iracunda en una mascota.

La mujer tenía algo muy especial, además de valor. Tras ver al horripilante ser comerse a los cazavampiros, se plantó frente a la maldita cosa y la tocó. Él mismo no habría tenido cojones para imitarla. Ni mucho menos.

Mary alzó la vista.

—¿Me ayudáis a llevarlo al coche?

Butch fue el primero, tomando las piernas de Rhage, mientras V y Zsadist le sujetaban un brazo cada uno. Lo llevaron al Mercedes y lo alzaron en vilo hasta dejarlo en el asiento trasero.

—No puedo llevarlo sola —dijo Mary—. No conozco el camino.

V fue hasta la portezuela del lado del conductor.

—Yo los llevaré, chicos. Policía, volveré en veinte minutos.

—Cuídalos —murmuró Butch. Cuando se volvió, Phury y Tohr lo estaban mirando con una expectativa que ya conocía bien.

Sin darse cuenta, había retomado su papel de detective de homicidios y era él quien daba las órdenes.

—Veamos lo que sabemos hasta ahora. —Los llevó a la parte trasera de la casa de Mary y señaló un rastro de manchas negras en el suelo—. ¿Veis estas marcas de quemaduras? Bella fue raptada en su casa por el restrictor, y éste la trajo hasta aquí por el prado. Ella estaba sangrando, y cuando el sol salió su rastro de sangre se incineró y dejó estas señales en el suelo. ¿Y por qué tenía que transportarla al otro lado del prado? Pienso que el cazavampiros llegó buscando a Mary, y de alguna manera tropezó con Bella en esta propiedad. Bella emprendió la huida en dirección a su casa y él tuvo que traerla, probablemente porque había aparcado aquí. Seguidme.

Dio un rodeo por un lado de la casa y llegó a la calle, donde había un Ford Explorer aparcado sobre el bordillo.

—Tropezar con Bella fue, para ellos, un error afortunado, y regresaron esta noche para acabar el trabajo y atrapar a Mary. V, quiero que investigues esta matrícula, ¿de acuerdo? —Butch miró el cielo. Estaba cayendo una leve nevada—. Con esa mierda cayendo, se están borrando las huellas, pero creo que ya sabemos lo esencial sobre lo sucedido afuera. Dejadme inspeccionar el SUV mientras os deshacéis de los cuerpos de esos restrictores. Quitadles todo lo que tengan: carteras, agendas electrónicas, móviles. Dádselo todo a V cuando vuelva, para que lleve las cosas al Hueco. Y no entréis en las casas hasta que yo las haya inspeccionado.

Cuando los hermanos se pusieron a la tarea, Butch se puso a trabajar frenéticamente.

—No hay nada en el vehículo, pero está registrado a nombre de un sujeto llamado Ustead. —Le pasó la tarjeta de registro a Phury—. Probablemente es una identidad falsa, pero quisiera que uno de vosotros revisara la dirección de todas formas. Volveré a casa de Bella para terminar allí.

Tohr miró su reloj.

—Nosotros iremos a la casa de Ustead, luego haremos los patrullajes de protección de civiles. A menos que necesites ayuda aquí.

—No, es mejor que vaya solo.

El hermano hizo una pausa.

—Necesitas cobertura, policía. Porque los restrictores pueden aparecer otra vez. Ninguno logró escapar hoy, pero cuando no den su informe algunos de sus amigos quizás vuelvan a ver qué les pasó.

—Puedo arreglármelas solo. —Sacó su pistola y la revisó—. Pero vacié mi cargador. ¿Me podéis dar otro?

Phury le ofreció una Beretta.

—Toma, está llena.

Tohr no se fue hasta que Butch aceptó una de sus Glock.

Introduciendo un arma en la funda y conservando la otra en la mano, Butch emprendió el camino hacia el otro lado del prado. Estaba en forma, y cubrió la distancia en segundos, sin siquiera sudar. Mientras corría, su mente trabajaba como una máquina, repasando las pistas a seguir y las diversas teorías sobre dónde pudieron haber llevado a Bella.

Cuando llegaba a la parte trasera de la casona, captó un movimiento en el interior. Se pegó a la pared, junto a la puerta corredera rota, y quitó el seguro de la Beretta. En el interior de la cocina se escuchaba ruido de pisadas sobre vidrios rotos. Alguien de gran tamaño caminaba por allí.

Butch esperó hasta que los pasos se acercaron; luego entró de un salto, apuntando con el arma a nivel del pecho.

—Soy yo, policía —murmuró Z.

Butch dirigió el cañón del arma hacia el techo.

—Por Dios, pude haberte disparado.

Pero a Z no pareció importarle el peligro. Se inclinó y rebuscó con la yema de los dedos entre unos fragmentos de platos.

Butch se quitó el abrigo y se remangó. No iba a pedirle a Zsadist que se marchara. No tenía sentido iniciar una discusión con él y, además, el hermano estaba actuando de forma muy extraña, como si estuviera en trance. Su extraordinaria calma era en verdad espeluznante.

Z recogió algo del suelo.

—¿Qué es? —preguntó Butch.

—Nada.

—Procura no alterar la escena, ¿de acuerdo?

Al mirar a su alrededor, se maldijo a sí mismo. Echaba de menos a su viejo compañero de la policía, José. Quería a todo su personal de Homicidios. Quería a sus amigos del laboratorio del CSI.

Se permitió un par de segundos de negra frustración, y luego se puso al trabajo. Empezó por las puertas destruidas y se preparó para registrar cada centímetro de la casa, aunque tardara hasta el amanecer.

* * *

Mary llevó más Alka-Seltzer. Rhage estaba acostado en la cama, respirando lentamente.

Tras tomar la medicina, alzó la mirada hacia ella. Tenía la cara tensa y los ojos recelosos, preocupados.

—Mary... ojalá no hubieras visto todo eso.

—Calla y descansa un rato, ¿vale? Ya habrá tiempo para hablar.

Se desnudó y se metió en la cama junto a él. En el momento en que estuvo entre las sábanas, él la abrazó, formando un edredón viviente con su enorme cuerpo.

Acostada junto a él, cómoda y segura, pensó en Bella.

Sintió una opresión en el pecho y apretó los ojos con fuerza. Si hubiera creído en Dios, habría rezado en ese momento.

Finalmente se durmió. Despertó varias horas después, cuando Rhage dejó escapar un espantoso alarido.

—¡Mary! ¡Mary, corre!

Era una pesadilla. Empezó a agitar los brazos. De un salto, ella se abalanzó sobre Rhage, aplastándose contra su pecho, calmándolo. Al sentir que sus manos todavía se movían, las sujetó y se las llevó a su propia cara.

—Estoy bien. Estoy aquí contigo.

—Oh, gracias a Dios... Mary. —Le acarició las mejillas—. No puedo ver bien.

Bajo la luz de la vela, ella lo miró a los ojos desenfocados.

—¿Cuánto tarda la recuperación? —preguntó.

—Uno o dos días. —Frunció el ceño y luego estiró las piernas—. La verdad es que no estoy tan rígido como de costumbre. Tengo el estómago revuelto, pero no me duele tanto. Cuando sufro la mutación...

Se detuvo, su mandíbula quedó inmóvil. Luego aflojó su abrazo como si no quisiera que ella se sintiera atrapada.

—No te preocupes —murmuró Mary—. No te temo, aun sabiendo lo que hay dentro de ti.

—Por qué tuviste que verlo, Dios. —Meneó la cabeza—. Es espantosa. La cosa esa es espantosa.

—No estoy tan segura de eso. De hecho, me acerqué a la bestia. Tanto como ahora me he aproximado a ti.

Rhage cerró los ojos.

—Mierda, Mary, no debiste hacer eso.

—O lo hacía, o la criatura habría devorado a V y a Zsadist. Pero no te preocupes, tu bestia y yo nos llevamos muy bien.

—No vuelvas a hacer eso.

—Claro que lo haré. Tú no puedes controlarla. Los hermanos no pueden manejarla. Pero esa cosa me escucha a mí. Te guste o no, los dos me necesitáis.

—¿Pero no es... fea?

—Para mí, no. —Le dio un beso en el pecho—. Es horrorosa, terrorífica, poderosa y sobrecogedora. Y si alguien intentara hacerme daño, podría arrasar todo un vecindario. ¿Cómo puede una chica no sentirse cautivada ante semejante galantería? Además, después de ver a esos restrictores en acción, me siento agradecida. Me siento segura. Entre tú y el dragón, me tenéis encantada, no tengo nada de qué preocuparme.

Alzó la vista hacia él con una sonrisa. Rhage parpadeaba rápidamente.

—Rhage... estás bien. No vayas a...

—Pensé que si descubrías cómo era —dijo con voz entrecortada—, no serías capaz de mirarme nunca más. Que sólo verías en mí a ese horrible monstruo.

Ella lo besó y le secó una lágrima de la cara.

—Es parte de ti. Y yo te amo. Con o sin ella.

Él la atrajo hacia sí y la acunó. Mary soltó un profundo suspiro.

—¿Naciste con ella?

—No. Es una maldición, un castigo.

—¿Por qué?

—Maté un ave.

Mary lo miró, pensando que aquello parecía un poco exagerado.

Rhage le acarició la cabeza.

—Hice mucho más que eso, pero matar un ave fue la gota que derramó el vaso.

—¿Me lo vas a contar?

Él hizo una larga pausa.

—De joven, poco después de mi transición, era... incontrolable. Tenía mucha energía y fuerza, y las usaba estúpidamente. No de manera perversa, sólo... tonta. Alardeaba. Era muy pendenciero. Y dormía con muchas hembras, hembras que no debía tomar, porque eran las shellans de otros machos. No lo hacía para fastidiar a sus hellrens, simplemente aceptaba todo lo que me ofrecían. Bebía, fumaba opio, caí en el láudano... Me alegra que no me hayas conocido en esa época. Eso continuó durante veinte o treinta años. Era un desastre, y un día conocí a una hembra especial. Yo la deseaba, pero ella era evasiva, y cuanto más me provocaba, más quería yo tenerla. Sólo vino a mí cuando ingresé en la Hermandad. Las armas la excitaban. Los guerreros la excitaban. Sólo quería estar con hermanos. Una noche la llevé al bosque y le mostré mis dagas y mis pistolas. Ella estaba jugando con mi rifle. Dios, todavía recuerdo cómo lucía en sus manos, era una de aquellas armas de chispa que hacían a comienzos del siglo xix.

«¿Siglo xix? Por todos los cielos, ¿cuántos años tenía?», se preguntó Mary.

—Se disparó en sus manos y escuché que algo caía al suelo. Era una lechuza. Una de esas adorables lechuzas blancas. Todavía puedo ver las manchas rojas de su sangre empapando las plumas. Cuando la recogí y sentí su ligero peso en las manos, me di cuenta de que la negligencia es una forma de crueldad. Verás, siempre me había dicho a mí mismo que al no tener intención de causar daño, cualquier cosa que sucediera no era mi culpa. Pero en ese momento supe que estaba equivocado. Si no le hubiera dado mi arma a esa hembra, el ave no habría muerto. Yo fui el responsable, aunque no apreté el gatillo.

Tragó saliva.

—La lechuza era un ser inocente. Frágil y pequeña, comparada conmigo. Mientras se desangraba, me sentí... devastado, y estaba pensando dónde enterrarla cuando llegó la Virgen Escribana. Estaba lívida. Ella ama a las aves, y la lechuza es su símbolo sagrado. Por supuesto, la muerte de la lechuza fue sólo parte del asunto. Tomó el ave de mis manos y le insufló nueva vida, enviándola otra vez a los cielos nocturnos. Mi alivio, cuando se alejó volando, fue tremendo. Creía que hacíamos borrón y cuenta nueva. Estaba libre, limpio de nuevo. Pero entonces la Virgen Escribana se volvió hacia mí. Me maldijo, y desde entonces, cada vez que pierdo el control, surge la bestia. En cierto modo, es el castigo perfecto. Me ha enseñado a regular mi energía, mi humor. Me ha enseñado a respetar las consecuencias de todas mis acciones. Me ha ayudado a entender el poder de mi cuerpo.

Rió un poco.

—La Virgen Escribana me odia, pero me hizo un enorme favor. En todo caso... ésa es la horrible razón. Maté un ave y conseguí una bestia. Simple y complicado a la vez.

Rhage respiró hondo. Ella pudo sentir su remordimiento tan claramente como si fuera propio.

—Complicado, ciertamente —murmuró, acariciándole el hombro.

—La buena noticia es que en otros noventa y nueve años, más o menos, habrá terminado la maldición. La bestia desaparecerá.

Extrañamente, parecía un poco preocupado por esa idea.

—La echarás de menos, ¿no es cierto? —le preguntó ella.

—No. No, yo... será un alivio. De veras.

Pero el ceño permaneció fruncido.

A la mañana siguiente, alrededor de las nueve, Rhage se estiró en la cama y le sorprendió sentirse bien. Nunca se había recuperado tan rápidamente, y tenía el presentimiento de que era porque no se había resistido al cambio. Tal vez ése era el truco. Dejarse llevar.

Mary salió del baño con toallas en los brazos, y se dirigió al ropero para dejarlas caer por el conducto de la ropa sucia. Parecía cansada, desolada. No le extrañaba, porque habían pasado gran parte de la mañana hablando de Bella, y aunque él hizo todo lo posible por tranquilizarla, ambos sabían que la situación era grave.

Y además tenía otra razón para sentirse preocupada.

—Hoy quiero ir contigo al médico —dijo él.

Ella salió de nuevo a la habitación.

—Ya lo hemos comentado...

—Sí. Y quiero ir contigo.

Cuando ella fue hacia él, tenía la temible mirada que anunciaba discusión.

Él se adelantó a la objeción más obvia.

—Cambia la cita para más tarde. Ahora el sol se pone a las cinco y media.

—Rhage...

—Hazlo —insistió él, con tono duro.

Ella se llevó las manos a las caderas.

—No me agrada que me presiones.

—Perdona: cambia la cita, por favor. —No moderó el tono lo más mínimo. Cuando recibiera la noticia, cualquiera que fuese, él iba a estar a su lado.

Ella tomó el teléfono, maldiciendo en voz baja. Cuando colgó, parecía sorprendida.

—La doctora Della Croce me verá... nos verá... esta tarde a las seis.

—Bien. Y lamento ser tan áspero. Es que tengo que estar contigo cuando lo escuches. Necesito ser parte de esto.

Ella meneó la cabeza y se inclinó para recoger una camisa del suelo.

—Eres el bravucón más dulce del mundo.

Al verla mover el cuerpo, tuvo una erección.

Dentro, la bestia también se agitó, pero esta vez había una curiosa calma en su ardor. No era un gran flujo de energía, sólo una contenida vibración, como si la criatura se contentara con compartir el cuerpo, sin controlarlo del todo. Una comunión, no una dominación.

La bestia sabía ahora que la única forma de estar con Mary era a través de Rhage.

Ella continuó andando por la habitación, ordenando cosas.

—¿Qué estás mirando?

—A ti.

Echándose el cabello hacia atrás, soltó una carcajada.

—Así que estás recuperando la vista.

—Entre otras cosas. Ven aquí, Mary. Quiero besarte.

—Ah, claro. Primero chulo, y ahora cariñoso.

—Así soy.

Rhage retiró las sábanas y el edredón, y bajó la mano por el pecho, pasó sobre el estómago y fue más abajo. Los ojos de ella se abrieron desmesuradamente cuando se puso el miembro erecto en la mano. Mientras se acariciaba, el aroma de su excitación se expandió por la habitación, como una oleada de esencia de flores.

—Ven aquí, Mary. —Movió las caderas—. No sé si lo estoy haciendo bien. Es mucho mejor cuando tú me tocas.

—Eres incorregible.

—Sólo quiero aprender. Dame instrucciones.

—Como si las necesitaras —murmuró ella, quitándose el jersey.

Hicieron el amor de una forma gloriosa, sin presiones. Pero cuando la abrazó después, no pudo dormir. Ella tampoco.

* * *

Esa noche Mary trató de respirar normalmente cuando tomaron el ascensor hacia el sexto piso del hospital. El Saint Francis era más tranquilo a última hora de la tarde, pero aún había bastante gente.

La recepcionista los dejó entrar y luego salió, se puso un abrigo rojo cereza y cerró la puerta con llave tras ella. Cinco minutos más tarde, la doctora Della Croce entró en la sala de espera.

La mujer casi logró ocultar la impresión que le causó Rhage. Aunque iba vestido de civil, con unos pantalones holgados y un sencillo suéter, era todo un espectáculo, con la gabardina de cuero cayendo desde sus anchos hombros.

Rhage era insoportablemente hermoso.

La doctora sonrió.

—Ah, hola, Mary. ¿Queréis pasar a mi despacho?

—Él es Rhage. Mi...

—Pareja —dijo él, alto y claro.

La médica levantó las cejas, y Mary tuvo que sonreír a pesar de la tensión.

Los tres cruzaron el pasillo, pasaron junto a las salas de análisis, los laboratorios, estancias llenas de ordenadores. No hubo charla intrascendente. No hablaron del clima, ni de las vacaciones de verano. La doctora sabía que Mary detestaba la charla insustancial.

Rhage lo había comprendido bien en TGI Friday's en su primera cita.

Le parecía que aquello había ocurrido hacía años. Quién iba a pensar que acabarían aquí juntos.

El despacho de la doctora Della Croce estaba atiborrado de ordenados montones de papeles, expedientes y libros. Diplomas de Smith y Harvard colgaban de las paredes, pero lo que Mary siempre había encontrado más tranquilizador eran las violetas africanas colocadas sobre el alféizar de la ventana.

Ella y Rhage se sentaron.

Antes de que la doctora se acomodara en su silla, Mary habló.

—Entonces, ¿qué me dará, y cuánto puedo soportar?

Della Croce la miró por encima de los expedientes médicos, los bolígrafos, los sujetapapeles y el teléfono.

—Hablé con mis colegas de aquí y con otros dos especialistas. Revisamos tu historial y los resultados de ayer...

—Estoy segura de que así lo hizo. Ahora dígame qué debo esperar.

La otra mujer se quitó las gafas y tomó aire.

—Creo que debes poner tus asuntos en orden, Mary. No hay nada que podamos hacer por ti.

* * *

A las cuatro y media de la mañana, Rhage salió del hospital en un estado de total aturdimiento. Nunca creyó que regresaría a casa sin Mary.

La habían ingresado para una transfusión de sangre y porque las fiebres nocturnas y el agotamiento estaban ligados a un principio de pancreatitis. Si las cosas mejoraban, le darían de alta la mañana siguiente, pero nadie se había comprometido a nada.

El cáncer era violento: su presencia se había multiplicado incluso en el corto tiempo transcurrido entre su examen trimestral de hacía una semana y el análisis de sangre del día anterior. La doctora y sus colegas estaban de acuerdo en que, debido a los tratamientos que ya había recibido, no podían suministrarle más quimioterapia. Su hígado estaba saturado y sencillamente no resistiría la sobrecarga química.

Él se había preparado para una lucha inmisericorde. Y para afrontar mucho sufrimiento, en particular, claro, por parte de Mary. Pero no para la muerte. Y menos tan rápido.

Solamente tenían unos meses. Hasta la primavera, o tal vez el verano.

Rhage se materializó en el patio de la casa principal y fue directamente al Hueco. No podía soportar ir solo a la habitación que compartía con Mary.

Pero cuando estuvo frente a la puerta de Butch y V, no llamó. En lugar de ello, miró la fachada de la casa principal y recordó a Mary dando de comer a los pájaros. La imaginó allí, sobre los escalones, con su adorable sonrisa en la cara y los rayos de sol en el pelo.

Santo Dios. ¿Qué iba a hacer sin ella?

Pensó en la fuerza y la resolución de sus ojos el día que él bebió de otra hembra frente a ella, en lo mucho que lo amaba aunque hubiera visto a la bestia, en su serena y arrolladora belleza, y en su risa y sus ojos grises, metálicos, maravillosos.

Pensó, sobre todo, en la noche en que ella había salido precipitadamente de la casa de Bella, corriendo al gélido frío del exterior, con los pies descalzos, para echarse en sus brazos, diciéndole que no estaba bien, pidiéndole ayuda.

Sintió algo en la cara.

Mierda. ¿Estaba llorando? Sí. Y no le importaba ablandarse.

Bajó la vista y miró la gravilla del camino de entrada, y le causó impresión el absurdo pensamiento de que los guijarros parecían blancos a la luz de los focos. Lo mismo que el muro de contención estucado que rodeaba el patio. Y también la fuente del centro, seca durante el invierno...

Estuvo paralizado un rato. Luego abrió los ojos completamente.

Poco a poco, empezó a caminar hacia la mansión, levantando la cabeza para ver la ventana de su habitación.

Un propósito nuevo, una idea, lo galvanizó, e hizo que pasara por el vestíbulo a toda carrera.

* * *

Mary yacía en la cama del hospital, y trató de sonreír a Butch, que estaba sentado en una silla, con el sombrero y las gafas de sol puestos. Había llegado cuando Rhage salía, para protegerla hasta el crepúsculo.

—No tienes que ser sociable —dijo Butch suavemente, como si supiera que se estaba esforzando por ser cortés—. Haz lo que tengas que hacer.

Ella asintió y miró por la ventana. La vía intravenosa colocada en su brazo no estaba tan mal; no le dolía ni le molestaba. Pero estaba tan entumecida que si hubieran dado martillazos en sus venas probablemente no habría sentido nada.

Era el fin. La certeza de la muerte la había alcanzado. Esta vez sin salidas ni esperanzas. Nada que hacer, ninguna batalla que librar. La muerte ya no era un concepto abstracto, sino un hecho real e inminente.

No sentía paz. Ni aceptación. Sólo ira.

No quería irse. No quería dejar al hombre que amaba. No quería renunciar al terrible caos de la vida.

«Paren esto», pensó, «que alguien pare esto».

Cerró los ojos.

Cuando todo quedó oscuro, vio la cara de Rhage. Y mentalmente le tocó la mejilla y sintió la calidez de su piel. Le llegaron palabras a la cabeza, procedentes de algún lugar que no pudo reconocer, que iban destinadas a... ninguna parte, supuso.

«No me obligues a irme. No me obligues a dejarlo. Por favor».

«Dios, sólo déjame estar aquí con él y amarlo un poco más. Te prometo no desperdiciar los momentos que me concedas. Lo abrazaré y nunca lo dejaré ir... Dios, por favor. Detén esto».

Mary empezó a llorar al darse cuenta de que estaba rezando con todas sus fuerzas, abriendo completamente su corazón, rogando. Mientras invocaba algo en lo que ni siquiera creía, una extraña revelación le vino a la mente entre las brumas de la desesperanza.

Por eso su madre había creído. Cissy no quería bajarse del tiovivo de la vida, no deseaba que dejara de girar, no había querido dejar a... Mary. La inminente separación de su amor, más que el propio fin de su vida, era lo que había mantenido viva su fe. La esperanza de tener un poco más de tiempo para amar hizo que su madre colgara cruces, y mirase imágenes, y susurrara palabras.

¿Y por qué miraba siembre hacia arriba, por qué había dirigido aquellas oraciones al cielo? Aunque el cuerpo no pueda más, los deseos del corazón encuentran un camino de salida. Como todo lo cálido, el amor asciende. Además, la voluntad de volar está en la naturaleza del alma, de modo que su hogar debía estar arriba. Y las dádivas venían del cielo, como la lluvia primaveral, y las brisas veraniegas, y el sol otoñal, y la nieve invernal.

Mary abrió los ojos. Parpadeó para aclararse la vista, y la enfocó hacia el resplandor naciente del alba, detrás de los edificios de la ciudad.

«Por favor... Dios.
»Déjame estar aquí con él.
»No me obligues a irme».

Rhage entró corriendo en la casa, se quitó el impermeable mientras cruzaba, raudo, el recibidor, y subió la escalera. Ya en la habitación, se deshizo del reloj y se cambió de ropa. Tomó una caja lacada del estante superior del ropero, fue hasta el centro de la habitación y se hincó de rodillas. Abrió la caja, sacó un collar de perlas negras, del tamaño de canicas, y se lo puso.

Se sentó sobre los talones, posó las palmas de las manos, vueltas hacia arriba, sobre los muslos, y cerró los ojos.

Haciendo más lento el ritmo de su respiración, se asentó en esa posición hasta quedar apoyado sobre los huesos, más que los músculos. Trató de poner la mente en blanco y luego esperó, rogando ser recibido por la única fuerza que podía salvar a Mary.

Las perlas se calentaron al contacto con la piel.

Cuando abrió los ojos estaba en un brillante patio de mármol blanco. La fuente aquí funcionaba espléndidamente, el agua lanzaba destellos al elevarse por los aires y volver luego a la pila. En una esquina había un árbol blanco, fluorescente, las aves canoras gorjeaban sobre sus ramas, y eran las únicas manchas de color en el asombroso lugar.

—¿A qué debo este placer? —dijo la Virgen Escribana detrás de él—. Seguramente no habrás venido por lo de tu bestia. Aún queda algo de tiempo, según recuerdo.

Rhage permaneció de rodillas, con la cabeza inclinada, la lengua anudada. No sabía por dónde empezar.

—Qué silencio —murmuró la Virgen Escribana—. Insólito en ti.

—Debo elegir mis palabras con mucho cuidado.

—Eres prudente, guerrero. Muy prudente, dada la razón por la que has venido.

—¿Lo sabes?

—Sin preguntas —dijo ella con voz dura—. Verdaderamente, me estoy cansando de tener que recordárselo a la Hermandad. Tal vez cuando regreses puedas recordar esa norma a los demás.

—Mis disculpas.

El borde de la toga entró en su campo visual.

—Levanta la cabeza, guerrero. Mírame.

Él respiró hondo y obedeció.

—Sientes mucho dolor —dijo ella suavemente—. Percibo tu congoja.

—Mi corazón sangra.

—Por esa hembra tuya.

—Te pediría que la salvaras, si eso no te ofendiese.

La Virgen Escribana le dio la espalda. Luego flotó sobre el mármol, dando una pequeña vuelta alrededor del patio.

Él no tenía ni idea de lo que ella podía estar pensando. Ni siquiera sabía si estaba considerando lo que le había pedido. Ahora no la veía, y era posible que se hubiese marchado, ignorándolo.

—Yo jamás haría eso, guerrero —dijo ella leyéndole la mente—. A pesar de nuestras diferencias, no te abandonaría de esa manera. Dime una cosa... ¿y si salvar a tu hembra significara que nunca te liberaras de tu bestia? ¿Y si salvar su vida significara que conservaras tu maldición hasta que fueras al Fade?

—Aceptaría gustoso.

—Odias a la bestia.

—Amo a la mujer.

—Bien, bien.

La esperanza ardió en su pecho. Estaba a punto de preguntarle si habían cerrado un trato, si Mary podía vivir. Pero decidió no arriesgarse a echarlo todo a perder fastidiando a la Virgen Escribana con otra pregunta.

Ella le habló ahora con menos aspereza.

—Has cambiado en buena medida desde nuestro último encuentro en ese bosque. Y creo que ésta es la primera iniciativa desinteresada de tu vida.

El vampiro suspiró, sintiendo en las venas una dulce sensación de alivio.

—No hay nada que no hiciera por ella, nada que no sacrificara.

—Me agrada oírlo —murmuró la Virgen Escribana—. Porque además de conservar a la bestia dentro de ti, exijo que renuncies a Mary.

Rhage dio un respingo, convencido de no haber escuchado bien.

—Sí, guerrero. Me has oído perfectamente.

Un escalofrío de muerte lo atravesó, quitándole el aliento.

—He aquí lo que te ofrezco —dijo ella—. Puedo apartarla de su destino, sanándola por completo. No envejecerá, nunca enfermará, ella misma decidirá cuándo ha de ir al Fade. Y la dejaré tomar la decisión de aceptar o no mi ayuda. Sin embargo, cuando presente la propuesta, ella no sabrá nada de ti, y consienta o no, tú y tu mundo seréis siempre desconocidos para ella. De igual manera, ella no será conocida por ninguno de los que la han visto, restrictores incluidos. Tú serás el único que la recuerde. Y si alguna vez te aproximas a ella, morirá. Inmediatamente.

Rhage osciló y cayó hacia delante, apoyándose en las manos. Pasó largo tiempo antes de que pudiera pronunciar una palabra.

—Mucho me odias.

Un leve choque eléctrico lo atravesó, y se dio cuenta de que la Virgen Escribana le había tocado el hombro.

—No, guerrero, yo te amo, niño mío. El castigo de la bestia fue para que aprendieras a dominarte, para que conocieras tus límites, para que perfeccionases tu interior.

Levantó la mirada hacia ella, sin importarle lo que la deidad viese en sus ojos: odio, dolor, deseos de atacarla.

La voz le tembló.

—Me estás quitando la vida.

—De eso se trata —dijo ella suavemente—. La cara y la cruz, guerrero. Tu vida, simbólicamente, por la de ella, físicamente. Debe conservarse el equilibrio, hay que hacer sacrificios a cambio de los dones. Si voy a salvar a una humana por ti, debe haber un profundo compromiso por tu parte. Cara y cruz.

Él inclinó la cabeza.

Y gritó. Gritó hasta que la sangre se le subió a la cabeza. Hasta que los ojos se le humedecieron y casi se le salieron de las órbitas. Hasta que la voz se le quebró y fue sólo un estertor dramático.

Cuando terminó, la Virgen Escribana estaba de rodillas frente a él, con los ropajes desparramados a su alrededor formando una mancha oscura sobre el blanco mármol.

—Guerrero, si pudiera, te ahorraría esto.

Estaba cerca de creerla.

—Hazlo —dijo él con voz áspera—. Déjala tomar la decisión. Prefiero que tenga una vida larga y feliz sin conocerme, a que muera ahora.

—Que así sea.

—Pero te ruego... déjame decirle adiós. Un último adiós.

La Virgen Escribana negó con la cabeza.

El dolor lo atravesó, hiriéndolo de tal manera que no le habría sorprendido sangrar por cualquier parte.

—Te ruego...

—Ha de ser ahora o nunca.

Rhage se estremeció. Cerró los ojos. Sintió con absoluta convicción que le llegaba la muerte, como si el corazón hubiera cesado de latir.

—Entonces que sea ahora —susurró.

La primera parada de Butch cuando llegó a casa desde el hospital fue el estudio en el segundo piso de la mansión. No tenía idea de por qué lo había llamado Rhage para pedirle que saliera de la habitación de Mary. Su primer impulso fue discutir con el hermano, pero la voz del sujeto había sonado apremiante, así que obedeció y la dejó sola.

La Hermandad aguardaba en la habitación de Wrath. Todos estaban desolados. Y lo esperaban a él. Cuando Butch los miró, se sintió como si estuviera presentando un informe al departamento de policía. Tras un par de meses de no hacer absolutamente nada, era agradable entrar de nuevo en acción.

Aunque lamentaba profundamente que fueran necesarios sus servicios.

—¿Dónde está Rhage? —preguntó Wrath—. Que alguien vaya a buscarlo.

Phury desapareció. Cuando regresó, dejó la puerta abierta.

—Está en la ducha. Enseguida viene.

Wrath miró a Butch desde el otro lado del escritorio.

—¿Qué sabemos?

—No mucho, aunque hay una cosa que me anima. Algunas prendas de ropa de Bella desaparecieron. Ella es muy ordenada, así que puedo decir que eran pantalones vaqueros y camisones de dormir, no la clase de cosas que pudiera haber llevado a la lavandería. Quizás quieran mantenerla viva por un tiempo. —Butch oyó un ruido en la puerta, detrás de él, y se figuró que Rhage había entrado—. Las dos casas, la de Mary y la de Bella, estaban bastante limpias, aunque efectuaré un nuevo registro...

Butch se dio cuenta de que nadie lo estaba escuchando. Se dio la vuelta.

Un fantasma había entrado en la habitación. Un fantasma que se parecía mucho a Rhage.

El hermano estaba vestido de blanco y llevaba una especie de bufanda enrollada en la garganta. También tenía unas vendas blancas en las muñecas. Eran todos los puntos en los que se podía beber de él, pensó Butch.

—¿Cuándo se fue ella al Fade? —preguntó Wrath.

Rhage movió la cabeza y fue a situarse junto a una de las ventanas. Miró el exterior, aunque las persianas estaban bajadas y no podía ver absolutamente nada.

Butch, apabullado por la muerte, que aparentemente había sobrevenido tan rápido, no supo si continuar o no. Miró a Wrath, quien meneó la cabeza y se puso de pie.

—Rhage, hermano. ¿Qué podemos hacer por ti?

Rhage miró por encima del hombro. Fijó la vista en cada uno de los machos presentes en la habitación, terminando en Wrath.

—No podré salir esta noche.

—Por supuesto que no. Y nosotros también nos quedaremos a velar contigo.

—No —replicó Rhage incisivamente—. Bella está allá fuera. Salvadla.

—Pero ¿hay algo que podamos hacer por ti?

—No puedo... no puedo concentrarme. En nada. En realidad no puedo... —Los ojos de Rhage se volvieron hacia Zsadist—. ¿Cómo puedes vivir con eso? Con la ira. El dolor. El...

Z se movió, incómodo, y miró al suelo.

Rhage le dio la espalda al grupo. El silencio se impuso en la habitación.

Y entonces, a paso lento y vacilante, Zsadist fue hasta Rhage. Cuando estuvo junto al hermano, no dijo una palabra, no levantó una mano, no emitió un sonido. Simplemente cruzó los brazos sobre el pecho e inclinó su hombro sobre el de Rhage.

Éste saltó, como sorprendido. Los dos hombres se miraron. Y luego ambos miraron por la oscurecida ventana.

—Continúa —ordenó Rhage con voz apagada.

Wrath se sentó de nuevo tras el escritorio y Butch empezó a hablar otra vez.

* * *

A las ocho de la tarde, ese mismo día, Zsadist había terminado su trabajo en la casa de Bella.

Vertió el último cubo de agua en el fregadero de la cocina y luego guardó los instrumentos de limpieza en el garaje.

Su casa relucía y todo estaba otra vez donde tenía que estar. Cuando ella regresara, la encontraría a su gusto.

Tocó con los dedos la pequeña cadena con diamantes que llevaba al cuello. La encontró en el suelo la noche anterior, y tras arreglarle un eslabón roto, se la puso. Le quedaba pequeña, pues apenas alcanzaba a rodear su amplio cuello.

Exploró la cocina una vez más y luego bajó la escalera hasta la habitación de Bella. Había doblado su ropa cuidadosamente. Cerró de nuevo los cajones. Ordenó en hileras los frascos de perfume sobre el tocador. Pasó la aspiradora.

Ahora le tocaba el turno a sus blusas, jerséis y vestidos. Se inclinó y respiró profundamente. Podía olerla, y el aroma hizo que le ardiera el pecho.

Esos malditos bastardos lo pagarían. Los iba a destrozar con las manos hasta que la sangre negra corriera sobre él como una cascada.

Con el ansia de venganza latiendo en sus venas, fue hasta la cama y se sentó. Moviéndose lentamente, como si temiera romperla, se acostó y puso la cabeza sobre las almohadas. Había un libro, encuadernado con una espiral metálica, sobre el edredón de plumas, y lo recogió. La caligrafía de Bella llenaba las páginas.

Él era analfabeto, de modo que no pudo entender las palabras, pero estaban hermosamente trazadas, su escritura era un bello diseño sobre el papel.

En una página elegida al azar, vio la única palabra que podía leer.

Zsadist.

Había escrito su nombre. Pasó todas las páginas del diario, mirando atentamente. Aparecía mucho el nombre últimamente. Se estremeció al imaginar su contenido.

Cerró el libro y lo dejó exactamente donde lo había encontrado. Luego miró a la derecha. Había una cinta para el pelo sobre la mesilla de noche. Debió de quitársela antes de ir a la cama. La recogió y jugueteó con ella entre los dedos.

Butch apareció en el rellano de la escalera.

Z se levantó de la cama de un salto, como si lo hubieran sorprendido haciendo algo malo. Lo cual, por supuesto, era cierto. No debía invadir el ámbito privado de Bella.

Pero, por lo menos, Butch no parecía más cómodo que él con el encuentro.

—¿Qué diablos estás haciendo aquí, policía?

—Quería revisar la escena de nuevo. Pero veo que eres hábil haciendo limpieza.

Zsadist lo miró desde el otro lado de la habitación.

—¿Por qué te interesa todo esto? ¿Qué puede importarte el rapto de una de nuestras hembras?

—Me importa.

—Importa en nuestro mundo. No en el tuyo.

El policía frunció el ceño.

—Disculpa, Z, pero teniendo en cuenta tu reputación, ¿qué te importa a ti?

—Sólo hago mi trabajo.

—Sí, claro. ¿Entonces por qué te acuestas en su cama? ¿Por qué pasas horas limpiando la casa? ¿Y por qué sujetas esa cinta con pasión?

Z se miró la mano y lentamente aflojó la presión sobre la cinta. Luego clavó al humano una mirada asesina.

—No me fastidies, policía. No me hagas decirte algo que no te gustaría oír.

Butch soltó una maldición.

—Sólo quiero ayudar a encontrarla, Z. Tengo que... Significa mucho para mí, ¿entendido? No me gusta que maltraten a las mujeres. Tengo una fea historia personal con esa clase de cosas.

Zsadist se introdujo la cinta en el bolsillo y dio vueltas alrededor del humano, aproximándosele. Butch asumió una posición defensiva, temiendo el ataque.

Z se detuvo en seco frente al hombre.

—Los restrictores ya han debido de matarla, ¿no es cierto?

—Tal vez.

—Sí.

Z se inclinó hacia delante y tomó aire. No pudo olfatear el miedo en el humano, aunque su gran cuerpo estaba tenso y listo para la lucha. Eso estaba bien. El policía iba a necesitar mucho valor si realmente quería entrar en el juego infernal de la Hermandad.

—Una pregunta —murmuró Z—. ¿Me ayudarás a masacrar a los restrictores que se la llevaron? ¿Tienes estómago para eso, policía? Porque... hablando sin tapujos, no me detendré ante nada.

Los ojos color avellana de Butch se entornaron.

—Te seguiré. Haré lo que hagas tú.

—No soy nada tuyo.

—Te equivocas. La Hermandad ha sido buena conmigo, y yo soy amigo de mis amigos, ¿me entiendes?

Z estudió al macho. Butch emitía un aura de confianza. De estar listo para la acción, incluso la acción sangrienta.

—No conozco la gratitud —dijo el vampiro.

—Lo sé.

Z se irguió y extendió la mano. Sentía la necesidad de sellar el pacto entre ellos, aunque no le gustara hacerlo. Por suerte, el apretón del humano fue suave. Como si supiera lo difícil que era para Z afrontar el contacto físico.

—Iremos juntos tras ellos —dijo el policía en cuanto se soltaron las manos.

Z asintió. Y ambos subieron la escalera.

Mary saludó con la mano cuando el Mercedes se detuvo frente al hospital. Trotó hacia el coche tan rápidamente que Fritz todavía estaba saliendo del asiento del conductor cuando ella saltó al interior.

—Gracias, Fritz. Escucha, he llamado a Rhage seis veces y no responde. ¿Va todo bien?

—Todo bien. Vi a su señor esta tarde.

—¡Bien! —respondió, rebosante de alegría—. Aún es pronto para que haya salido.

Fritz puso el coche en marcha y se incorporó al tráfico lentamente.

—¿Necesita usted algo...?

Ella acercó el cuerpo desde el otro asiento, rodeó con los brazos al pequeño anciano y lo besó en la mejilla.

—Llévame a casa rápido, Fritz. Más rápido de lo que nunca hayas conducido. Viola todas las leyes de circulación.

—Pero, señora...

—Ya me has oído. ¡Lo más rápido que puedas!

Fritz se sintió turbado por la atención que recibía, pero se recuperó rápidamente y pisó el acelerador.

Mary se abrochó el cinturón de seguridad y luego se miró en un pequeño espejo. Las manos le temblaron al llevárselas a las mejillas, y se le escapó una risita nerviosa. Disfrutaba como una niña cuando el vehículo se inclinaba en las curvas.

Al oír sirenas, rió con ganas.

—Disculpe, señora —el doggen la miró—, pero debo esquivar a la policía y es posible que el coche se sacuda un poco.

—Que muerdan el polvo, Fritz.

El doggen oprimió algún botón y todas las luces interiores y exteriores del coche se apagaron. Luego, el Mercedes soltó un rugido que le recordó el paseo por las montañas con Rhage en el GTO.

La diferencia era que en aquella ocasión tenían luces.

Se agarró a la correa del cinturón de seguridad y gritó sobreponiéndose al chirrido de las llantas.

—¡Dime que tienes una visión nocturna perfecta o algo similar!

Fritz sonrió con calma, como si sólo estuvieran charlando en la cocina.

—Oh, sí, mi señora, perfecta.

Con una sacudida hacia la izquierda, viró bruscamente alrededor de una furgoneta y luego entró en un callejón. Pisó el freno con fuerza para no atropellar a un peatón, y luego el acelerador, en cuanto vio despejada la angosta callejuela. Al salir por el otro extremo, se cruzó en el camino de un taxi y esquivó un autobús. Incluso hizo que un SUV del tamaño de un transatlántico lo pensara dos veces antes de adelantarlo.

El anciano era un artista al volante.

Un artista un poco raro, claro, pero asombroso en todo caso.

Entró como una bala en un hueco y aparcó a la primera. Justo en la calle principal. Como si nada.

El coro de sirenas se hizo tan fuerte que ella tuvo que gritar.

—Fritz, van a...

Dos coches patrulla pasaron de largo a gran velocidad.

—Paciencia, señora.

Otra patrulla pasó volando por la calle.

Fritz salió y continuó a gran velocidad.

—Bonito truco, Fritz.

—Sin ánimo de ofender, mi señora, las mentes humanas son fácilmente manipulables.

En el camino, ella reía y daba golpecitos inquietos con los dedos sobre el brazo del asiento. El viaje parecía no acabar nunca.

Cuando llegaron a los primeros portones del recinto, Mary estaba vibrando de pura excitación, y en el momento en que se detuvieron frente a la casa, saltó del coche sin molestarse siquiera en cerrar la puerta.

—¡Gracias, Fritz! —gritó, mirando hacia atrás.

—¡De nada, mi señora! —respondió el viejo.

Atravesó el vestíbulo como una tromba y subió a saltos la gran escalinata. Cuando tomó la curva del segundo piso a todo correr, su bolso osciló y tropezó con una lámpara. Ella dobló la espalda y enderezó el objeto antes de que cayera.

Reía a carcajadas al entrar en la habitación...

Se paró en seco.

En el centro de la habitación, Rhage estaba desnudo y arrodillado, inmerso en un trance sobre una especie de losa negra. Tenía unas vendas blancas atadas alrededor del cuello y las muñecas. Y había gotas de sangre sobre la alfombra. No pudo ver de dónde provenían.

La cara del macho parecía haber envejecido décadas desde la última vez que lo vio.

—¿Rhage?

Él abrió los ojos lentamente. Estaban tristes, apagados. Parpadeó y frunció el ceño.

—¿Rhage? Rhage, ¿qué pasa?

La voz pareció atraer al fin su atención.

—¿Qué estás...? —Meneó la cabeza como tratando de aclararse la vista—. ¿Qué estás haciendo aquí?

—¡Estoy curada! ¡Es un milagro!

Corrió hacia él. Rhage saltó para apartarse de su camino, con las manos levantadas y mirando frenéticamente a su alrededor.

—¡Vete! ¡Ella te matará! ¡Cumplirá sus amenazas! ¡Por Dios, aléjate de mí!

Mary se quedó helada.

—¿De qué estás hablando?

—Aceptaste el don, ¿no?

—¿Cómo sabes...? ¿Cómo sabes que tuve ese extraño sueño?

—¿Aceptaste el don?

Por Dios. Rhage había perdido el juicio. Temblando, desnudo, sangraba y estaba blanco como la piedra caliza.

—Cálmate, Rhage. —No era así como se había imaginado el reencuentro—. No sé nada de dones. ¡Pero escucha esto! Me dormí mientras me hacían otra prueba, y pasó una cosa con la máquina. Explotó, o algo, creo, no sé, me dijeron que hubo un destello de luz. En todo caso, cuando me llevaron arriba otra vez, me extrajeron sangre y todo estaba perfecto. ¡Perfecto! ¡Estoy limpia! Nadie tiene ni idea de lo que sucedió. Es como si la leucemia hubiera desaparecido y mi hígado hubiera sanado solo. ¡Dicen que es un milagro médico!

Despedía felicidad por todos los poros. Hasta que Rhage le sujetó las manos y apretó tan fuerte que le causó dolor.

—Tienes que irte. Ahora. Olvida que me conoces. Tienes que irte. Y no vuelvas nunca.

—¿Qué?

Empezó a empujarla fuera de la habitación, y la arrastró cuando ofreció resistencia.

—¿Qué estás haciendo? Rhage, yo no...

—¡Tienes que irte!

—Guerrero, ya puedes detenerte.

La irónica voz femenina los paralizó.

Mary miró hacia el lugar del que llegaba la voz. Una pequeña figura cubierta de negro estaba en un rincón de la habitación, una luz brillaba por debajo de la túnica flotante.

—Mi sueño —susurró Mary—. Tú eras la mujer de mi sueño.

Los brazos de Rhage la aplastaron al rodearle el cuerpo, y luego la empujó, alejándola.

—Yo no la busqué, Virgen Escribana. Juro que yo no...

—Tranquilízate, guerrero. Sé que cumpliste tu parte del trato. —La pequeña figura flotó hasta ellos, no caminando, sino deslizándose por la habitación—. Pero omitiste un pequeño detalle sobre la situación, algo que yo no sabía hasta que me acerqué a ella.

—¿Qué?

—Olvidaste decirme que ella no podía tener hijos.

Rhage miró a Mary.

—Yo no lo sabía.

Mary asintió y cruzó los brazos.

—Es verdad. Soy estéril. Por los tratamientos.

Los ropajes negros cambiaron de posición.

—Ven aquí, hembra. Ahora voy a tocarte.

Mary avanzó, aturdida, mientras una reluciente mano aparecía entre la seda. El encuentro de las palmas de sus manos produjo un cálido choque eléctrico.

La voz de la mujer sonó profunda y fuerte.

—Lamento que te hayan desposeído de tu capacidad para engendrar vida. La dicha de mi facultad de creación me sustenta siempre, y siento gran pena de que nunca llegues a sostener carne de tu carne en los brazos, de que nunca veas tus propios ojos en la cara de otro ser, de que nunca mezcles tu naturaleza esencial con el macho que amas. Lo que has perdido es suficiente sacrificio. Quitarte a tu guerrero también... es demasiado. Como te dije, te concedo vida eterna hasta que decidas ir al Fade por tu propia voluntad. Y tengo el presentimiento de que tomarás tal decisión cuando le llegue a tu guerrero la hora de abandonar esta tierra.

La mano de Mary fue liberada. Y toda la felicidad que sentía se derramó a mares. Quiso llorar.

—Todavía estoy soñando, ¿no es así? Esto es sólo un sueño. Debí imaginarlo...

Una risa profunda y muy femenina salió de los ropajes flotantes.

—Ve con tu guerrero, hembra. Siente el calor de su cuerpo y convéncete de que es real.

Mary se dio la vuelta. Rhage también miraba, incrédulo, a la figura.

Dio un paso hacia él, lo envolvió con sus brazos, escuchó su corazón.

La figura negra desapareció, y Rhage empezó a hablar en el antiguo idioma. Las palabras le salían de la boca tan deprisa que ella no habría podido entenderlas aunque las pronunciase en inglés.

«Oraciones», pensó, «está rezando».

Cuando acabó, la miró.

—Déjame besarte, Mary.

—Espera, ¿quieres hacer el favor de decirme qué es lo que acaba de suceder? ¿Y quién es ella?

—Luego. No puedo... Debo aclararme las ideas. De hecho, será mejor que me eche un minuto. Siento que voy a desmayarme, y no quiero caer sobre ti.

Mary se pasó el pesado brazo del macho sobre el hombro y lo sujetó por la cintura.

En cuanto Rhage estuvo acostado, se arrancó las fajas blancas de las muñecas y el cuello. Fue entonces cuando ella vio unos destellos de luz mezclados con la sangre que manaba de las heridas rodillas. Se volvió a mirar la losa negra. Había sobre ella algo parecido a trozos de vidrio. ¿O eran diamantes? Con razón tenía laceraciones.

—¿Qué estabas haciendo? —preguntó.

—Guardando luto.

—¿Por qué?

—Más tarde te lo diré. —Tiró de ella para echársela encima y la abrazó con fuerza.

Al sentirle debajo, Mary se preguntó si era posible que los milagros sucedieran. Pensó en los médicos corriendo de aquí para allá con sus análisis y sus radiografías. Sintió el choque eléctrico que le pasó por el brazo hasta el pecho, cuando la figura de toga negra la había tocado.

Y pensó en las desesperadas oraciones que había elevado al cielo.

Sí, decidió. Los milagros existían.

Empezó a reír y a llorar al mismo tiempo, y pensó, emocionada, en la serena reacción de Rhage ante su arrebato.

—Sólo mi madre habría creído esto —dijo después de unos instantes.

—¿Creer qué?

—Mi madre era una buena católica. Tenía fe en Dios, en la salvación y la vida eterna. —Lo besó en el cuello—. Ella lo creería instantáneamente. Y estaría convencida de que la madre de Dios era quien estaba bajo esa túnica negra hace un momento.

—Ésa era la Virgen Escribana. Es muchas cosas, pero no la madre de Jesús. Por lo menos, no según lo que dicen nuestros textos.

Ella levantó la cabeza.

—Mi madre siempre me dijo que me salvaría, creyera en Dios o no. Estaba convencida de que yo no podría escapar de la Gracia Divina a causa del nombre que me puso. Solía decir que cada vez que alguien me llamara, o escribiera mi nombre, o pensara en mí, yo estaría protegida.

—¿Tu nombre?

—Mary. Me llamó así en honor a la Virgen María.

Rhage contuvo la respiración. Y luego rió por lo bajo.

—¿Qué te parece tan gracioso?

Sus ojos eran de un brillante verde azulado.

—Es que V... bueno, Vishous, nunca se equivoca. Oh, Mary, mi hermosa virgen, ¿me dejarás amarte hasta que muera? Y cuando me vaya al Fade, ¿vendrás conmigo?

—Sí. —Le acarició la mejilla—. Pero ¿no te importa que no pueda tener hijos?

—Te tengo a ti, eso es lo único que importa.

—Siempre queda la adopción —murmuró la mujer—. ¿Los vampiros adoptan hijos?

—Pregúntale a Tohrment y a Wellsie. Puede decirse que ya piensan en John como en su propio hijo. —Rhage sonrió—. Si quieres un bebé, yo te conseguiré uno. Puede que sea un buen padre.

—Creo que serás mejor que bueno.

Cuando ella se inclinó para besarlo, él la detuvo.

—Ah, hay otra cosa.

—¿Qué?

—Bueno, la bestia se quedará con nosotros. Hice una especie de pacto con la Virgen Escribana...

Mary se echó hacia atrás.

—¿Hiciste un trato?

—Tenía que hacer algo para salvarte.

Ella se quedó mirándolo, pasmada, y luego cerró los ojos. Él había puesto en marcha la maquinaria; él la había salvado.

—Mary, tenía que dar algo a cambio.

Ella lo besó fuertemente.

—Oh, Dios, te amo —susurró.

—¿Aunque tengas que vivir con la bestia? Porque ahora la maldición es perpetua. Para siempre.

—Me parece bien —sonrió—. Piensa. No deja de ser bonita, me recuerda a Godzilla. Y yo veo el asunto como una promoción: me llevo dos por el precio de uno.

Los ojos de Rhage brillaron, blancos, mientras le besaba en el cuello.

—Me alegra que te agrade —murmuró mientras introducía una mano por debajo de su blusa—. Porque ambos somos tuyos. Por el tiempo que quieras tenernos.

—Será eternamente —dijo ella, dejándose ir.

Y deleitándose en el inmenso amor.